Die Zuckerbäckerin

Das Buch

Stuttgart, 1816: Eleonore und Sonia, zwei verwaiste Schwestern, führen
ein elendes Dasein, das von Hunger und Armut geprägt ist. Um zu überleben, schrecken sie nicht einmal vor Diebstahl zurück. Doch ein glücklicher Zufall und das Mitleid von Königin Katharina verhelfen den beiden
trotz ihrer Tat zu einer Anstellung am Hofe. Während die gewissenhafte
Eleonore das Handwerk der Zuckerbäckerin erlernt und sich in den
Holzträger Leonard verliebt, weigert sich die rebellische Sonia, sich in das
geregelte Dienstbotenleben einzufügen. Königin Katharina wiederum
engagiert sich für die Armen und Mittellosen und kämpft um ihre Ehe.
Auf fesselnde Art und Weise verknüpft der Roman das Schicksal der drei
Frauen miteinander, das von Liebe, Verrat und Intrigen dominiert wird,
und zeichnet ein bewegendes Bild des angehenden 19. Jahrhunderts.

Die Autorin

Petra Durst-Benning ist Autorin, Übersetzerin und Dolmetscherin und
lebt in Wernau. »Die Zuckerbäckerin« ist nach »Die Silberdistel« ihr
zweiter historischer Roman.

In unserem Hause sind von Petra Durst-Benning außerdem lieferbar:

Die Liebe des Kartographen
Die Salzbaronin
Die Silberdistel

PETRA DURST-BENNING

Die Zuckerbäckerin

ROMAN

List Taschenbuch

List Taschenbücher erscheinen im Ullstein Taschenbuchverlag, einem
Unternehmen der Econ Ullstein List Verlag GmbH & Co. KG, München
Originalausgabe
9. Auflage 2001
© 2000 by Econ Ullstein List Verlag GmbH & Co. KG, München
© 1999 by Verlagshaus Goethestraße, München
© 1997 by Econ & List Verlag, Düsseldorf und München
Umschlagkonzept: HildenDesign, München – Stefan Hilden
Umschlaggestaltung: Theodor Bayer-Eynck, Coesfeld
Titelabbildung: »Abend« von Louis Janmot
Lektorat: Gisela Klemt
Gesetzt aus der Cochin, Linotype
Satz: Josefine Urban – KompetenzCenter, Düsseldorf
Druck und Bindearbeiten: Ebner Ulm
Printed in Germany
ISBN 3-548-60057-3

Für meine Eltern

– Prolog –

Stuttgart, Württemberg, im Juni 1820

»Die Liebe höret nimmer auf.«

WILHELM I. VON WÜRTTEMBERG

Die Anhöhe auf dem Rotenberg bei Stuttgart war mit Menschen übersät. Nicht nur aus der Stadt waren sie gekommen, sondern aus dem ganzen Land, um ihre Königin ein letztes Mal zu besuchen. Mehr als ein Jahr war seit ihrem Tod nun schon vergangen, aber noch immer standen Sorge, untröstliche Trauer und Hilflosigkeit in den Gesichtern der Menschen geschrieben. Wie schwer war Gottes Gerechtigkeit zu verstehen! Jahrzehnte hatten sie unter der harten, freudlosen Regentschaft König Friedrichs leiden müssen, bis endlich die Nachricht von seinem Ableben bekannt geworden war. Mit Stöcken bewaffnet waren die Gendarmen damals durchs Land patrouilliert, um Bürger und Bauern von Freudesbekundungen abzuhalten. Erst als sein Sohn Wilhelm und dessen junge Frau, die russische Großfürstin Katharina, den Thron bestiegen, wurden Jubel und Freude offiziell erlaubt. Zuerst mochte es keiner glauben, aber es schienen tatsächlich neue, bessere Zeiten angebrochen zu sein. Die junge Königin war nicht nur schön und klug, sondern hatte ein Herz so weit wie ihre russische Heimat.

Warum nur hatte sie so früh sterben müssen? Immer wieder war es die gleiche Frage, die die Menschen beschäftigte. In der Hoffnung auf eine Antwort – auf irgendeinen Trost – waren sie in den vergangenen Monaten wieder und wieder zu ihrer Ruhestätte in der Stuttgarter Stiftskirche gepilgert.

Nun, da die auf König Wilhelms Wunsch erbaute Kapelle auf dem Rotenberg fertiggestellt worden war, kamen die Menschen hierher, um Katharinas letzte Ruhestätte zu besuchen. Hier droben, so hieß es, nahe der alten Wirtenburg, weit über der Stadt, hatte die Königin sich besonders wohl gefühlt. Als letzten Beweis seiner Liebe hatte Wilhelm die Stammburg der Württemberger in Grund und Boden schleifen lassen, um Platz zu schaffen für Katharinas letzte irdische Heimat.

Kaum einer der trauernden Menschen nahm Kenntnis von der zusammengekauerten Frau, die, wie so viele von ihnen, ein unförmiges Bündel Gepäck neben sich hatte. Wie zu Eis erstarrt saß Eleonore da, die Knie nahe an den Kopf gezogen, den Rücken gegen den glatten Stamm einer Buche gelehnt. Den ganzen Tag über liefen Menschen an ihr vorbei in Richtung Grabkapelle, während unten in der Stadt die Kirchenglocken läuteten. Doch ihr war, als wäre sie am Boden angewachsen und ihre Beine gelähmt. Mehr als einmal machte sie den Versuch, sich den anderen anzuschließen, aber sie kam nicht hoch, blieb mit ihren Erinnerungen unter der Buche sitzen.

Nicht einmal drei ganze Jahre war Katharina Königin von Württemberg gewesen. Doch was sie in dieser Zeit erschaffen hatte, war mehr, als die meisten Menschen in einem langen Leben erreichten. Eleonore schauderte es. Sie wußte, daß ihr Frösteln nicht von der ungewohnten Kühle des Junitages herrührte, sondern tief aus ihrem Herzen kam. Mit Katharina war das Licht verschwunden, die Wärme und Güte. Mochte der König dem Land hundertmal zusichern, er werde alle Anstrengungen Katharinas in ihrem Sinne weiterführen – es würde doch nie mehr das gleiche sein! Er wußte das, und die Menschen wußten es auch.

Es war später Nachmittag und wurde schon dunkel, als Eleonore sich endlich aus ihrer kauernden Haltung erhob.

Allmählich war es um sie herum stiller geworden, nur noch wenige Menschen harrten auf dem Rotenberg aus, unfähig, Katharina für immer gehenzulassen. Mit unsicheren Schritten ging Eleonore auf den runden, kuppelförmigen Bau zu, in dem der Sarkophag mit der Königin aufgebahrt worden war. Der Geruch von Weihrauch und Myrrhe kratzte unangenehm in ihrer Nase, und trotzdem wurde es Eleonore beim Betreten der Grabkapelle leichter ums Herz: Die Schlichtheit des Baus, die schmucklosen Wände, die von keinerlei Reliefarbeiten geziert wurden, hätten Katharina gefallen. Auch, daß ihr Grab nicht mit Blumen, sondern mit einem Kranz aus Früchten bedeckt worden war. Daneben lag ein dicker, cremefarbener Bogen Papier, vollgeschrieben mit ebenmäßigen Schriftzügen. Um den Augenblick des Abschieds so lange wie möglich hinauszuzögern, las Eleonore Zeile für Zeile des Gedichtes, immer wieder.

> Nimm hin, Verklärte, die du früh entschwunden,
> nicht Gold noch Kleinod ist dazu verwendet,
> auch nicht aus Blumen ist der Kranz gebunden,
> in rauher Zeit hast du die Bahn vollendet,
> aus Feldesfrüchten hab' ich ihn gewunden,
> wie du in Hungerstagen sie gespendet,
> ja, gleich der Ceres Kranz flocht ich diesen,
> Volksmutter, Nährerin, sei mir gepriesen![1]

Die Worte stammten aus der Feder Ludwig Uhlands. Wie sehr hatte Katharina den Dichter bewundert! Immer wieder hatte sie bei Feierlichkeiten seine Verse vortragen lassen. Zum ersten Mal seit vielen Wochen huschte nun ein Lächeln über Eleonores Gesicht. Dieses wunderschöne Gedicht, das so tröstlich anmutete, war Uhlands Dank an Katharina. Auch Eleonore war gekommen, um Dank zu sagen. Wie hatte sich ihr Leben verändert, seit sie der Königin vor drei

Jahren zum ersten Mal begegnet war! Eigentlich war es ja ihre Schwester gewesen, die die Königin angesprochen hatte. Sie hatte das Bild noch vor Augen, als sei alles erst gestern gewesen: Mit zerrissenem Leibchen, barfuß, als Räuberin entlarvt, hatte Sonia sich der Königin zu Füßen geworfen und um Erbarmen gefleht. Und Katharina hatte sich ihrer erbarmt, weiß Gott!

Seltsam, daß sie ihr eigen Fleisch und Blut weniger vermißte als die Königin. Mochte sie auch die genauen Umstände nicht kennen und wohl nie erfahren – in ihrem Herzen wußte sie, daß Sonia die Mitschuld trug am Tod der Königin. Durch ein schmutziges Spiel, einen jämmerlichen, selbstsüchtigen Verrat. In dem Sonia sie, Eleonore, sogar zur Helfershelferin gemacht hatte! Wieder erschauderte sie. Daß Sonia selbst bitter für ihre Sünden hatte bezahlen müssen, war in ihren Augen nur gerecht. Sie konnte bei dem Gedanken an ihre Schwester kein Mitgefühl mehr aufbringen. Was einst an Sorge und Verständnis für Sonia in ihrem Herzen vorhanden gewesen war, war aufgezehrt. Statt dessen klaffte dort eine tiefe, schmerzende Wunde.

Schluß damit! Sie wollte jetzt nicht an Sonia denken!

Ihr Blick fiel auf das Bündel Gepäck, in dem all ihre Habseligkeiten verstaut waren. Zum ersten Mal seit vielen Stunden gestattete sie es sich, tief Luft zu holen. Wahrscheinlich hatte alles so kommen müssen. Das Leben ließ sich nicht aufhalten und der Tod auch nicht. Dann kniete sie nieder.

Es war an der Zeit, Abschied zu nehmen.

– Die Geschichte –

Stuttgart, Württemberg, im Herbst 1816

»Ich muß geizen mit der Zeit, das Ende kann frühe herbeikommen.«

KATHARINA VON WÜRTTEMBERG

1

Verstohlen schaute Eleonore sich um. Sie hatte das Gefühl, als sei ihr Herzschlag über das ganze Marktgetümmel hinweg für jedermann zu hören. Sie atmete tief durch, doch nichts auf der Welt hätte es in diesem Augenblick vermocht, die Spannung in ihrer Brust zu lösen.

»Was wir vorhaben, ist der blanke Wahnsinn! Sonia! Ich flehe dich ein letztes Mal an: Laß uns verschwinden! Noch haben wir Zeit!«

Mit angezogenen Knien, den Rücken an die alte Friedhofsmauer gelehnt, kauerte Sonia neben ihr, den Kopf in scheinbarer Erschöpfung auf den Knien abgestützt.

Als keine Antwort kam, rüttelte Eleonore am Arm ihrer Schwester. Wie konnte sie nur hier und jetzt eindösen?

Nach außen hin immer noch den Anschein schläfriger Gleichmütigkeit erweckend, drehte Sonia ihr endlich den Kopf zu. Ein Blick in ihre Augen verriet Eleonore, daß sie hellwach war.

»Halt endlich deinen Mund, du feige Nuß«, zischte sie Eleonore zu. »Wenn's nach dir ginge, würden wir heute wieder mit knurrendem Bauch schlafen gehen! Dazu habe *ich* jedoch keine Lust! Mir ist schon ganz schwindlig vor lauter Hunger.« Voller Selbstmitleid blickte Sonia an ihren viel zu weiten Röcken hinab, durch die sich ihre mageren Knie wie zwei spitze Keile bohrten.

Für einen Augenblick war Eleonore versucht, ihren

Widerstand aufzugeben. Auch sie hatte Hunger. Beinahe unerträglichen Hunger. Doch den ganzen Tag darüber zu jammern wie Sonia nutzte niemandem etwas. Jeder hatte Hunger. Das ganze Land hungerte. Doch niemand tat dies so laut und heftig wie Sonia. Eleonore seufzte. Vielleicht konnte Sonia das beißende Gefühl in ihrem Körper wirklich schlechter ertragen als andere. Hilflos suchte sie nach ein paar tröstenden Worten, als die Schwester sie erneut anfauchte:

»Außerdem – wo hast du deinen Schneid gelassen? Denk an unsere Mutter! Die hätte nie gekniffen!« Ihre dunkelbraunen Augen funkelten kalt wie zwei Sterne am winterlichen Himmel.

Wer die beiden Schwestern nicht näher kannte, staunte oft darüber, wie ähnlich sie sich äußerlich waren, und murmelte etwas von »aus dem gleichen Holz geschnitzt«. Wer sich aber die Mühe machte, genauer hinzuschauen, mußte dieses Urteil zwangsläufig revidieren. Es stimmte, Eleonore und Sonia hatten beide das gleiche kastanienbraune Haar, die gleichen dunkelbraunen Augen. Nur, daß Sonias Haar eine Spur störrischer zu sein schien als Eleonores. Dafür glänzten deren Augen eher wie warmer Milchkaffee, während die Augen ihrer Schwester einen kühlen Schimmer ausstrahlten. Und obwohl beide den gleichen rostroten Mund hatten, wirkten Sonias Lippen fleischiger, fester, ihre gewagte Wölbung auf eine seltsame Art herausfordernder als bei Eleonore.

»Mutter!« gab diese müde zurück. »Die hätte sich nie an eine solche Tollheit gewagt!« Eleonore schüttelte den Kopf. Sie war zwar nur ein Jahr älter als Sonia, doch manchmal hatte sie das Gefühl, als habe die Schwester ihre Mutter nicht wirklich gekannt, sondern immer nur mit den Augen einer Fremden betrachtet. Die große Räuberin Columbina, »die schwäbische Sackgreiferin«, wie sie genannt wurde.

Selbst die rauhesten Burschen hatten Respekt vor ihr, das stimmte schon! Aber wie's drinnen in Columbina aussah, davon hatte Sonia nie etwas gewußt. Sie war von der Mutter immer geschont worden. Wenn's darum ging, über die immer schärferen Verordnungen gegen die Vaganten zu lamentieren, dann war es Eleonore, der sie die Ohren voll-heulte. Wenn sie im Rausch ihre drei Ehemänner beklagte, die sie durch den Strick oder das Fallbeil verlorenen hatte, dann war es Eleonore, die ihr zuhören mußte. Sonia wurden immer nur aufregende Geschichten von Columbinas frühe-ren Taten erzählt, bei denen sie stets mit fetter Beute und höchstens einem blauen Auge davongekommen war. Oft-mals hätte Eleonore ihr dann ins Gesicht schreien mögen: »Sei still, Mutter, hör endlich auf, uns mit deinen Märchen einzulullen!« Doch gesagt hatte sie nie etwas. Welchen Sinn hätte es auch gehabt? Sonia war den Geschichten ihrer Mutter längst verfallen, weigerte sich, die Armseligkeit von Columbinas Dasein zu erkennen. Selbst nach ihrem Tod im letzten Winter war es Sonia nicht in den Sinn gekommen, Stuttgart zu verlassen und aufs Land zu gehen. Immer wie-der hatte Eleonore auf sie eingeredet, doch von einem Leben als Tagelöhnerin wollte Sonia nichts hören. »Kartoffeln in der Erde verbuddeln und Rüben setzen? Nie und nimmer! Soll denn alles umsonst gewesen sein, was Columbina uns beigebracht hat?« Stur wie eine alte Ziege hatte sie ein ums andere Mal die gleiche Antwort gegeben. Daß es bei der ganzen Armut im Land für Sackgreiferinnen so gut wie nichts mehr zu holen gab, davon wollte sie erst recht nichts hören. »Dann müssen wir uns eben neue Wege überlegen, um ans Geld der Leute zu kommen«, war ihre Antwort gewesen. Und deshalb saßen sie heute hier. Tagelang hatte Sonia nichts anderes getan, als auf dem Marktplatz herum-zulungern und zu beobachten: Wer machte hier seine Besor-gungen? Wann kamen die Leute, die aussahen, als hätten sie etwas Geld im Sack? Die Dienstboten und Küchenmägde, das hatte sie schnell heraus, waren die ersten, die frühmorgens auf dem Markt auftauchten. Mit abgezählten Kreuzern in der Hand machten sie die ihnen aufgetragenen Einkäufe, um dann schnell wieder nach Hause zu hasten, wo ein langer Tag voller Arbeit auf sie wartete. Von denen war nichts zu holen, erkannte Sonia und schaute sich weiter um. Etwas später am Morgen, gegen acht Uhr, kamen die Frauen der Handwerker und Ladenbesitzer. Sie, die erst aufstehen mußten, nachdem ihre Mägde das Feuer geschürt und das Morgenmahl für die Familie zubereitet hatten, nahmen sich für die Markteinkäufe mehr Zeit als die Dienstboten. Sie stellten ihre sperrigen Körbe mitten im Weg ab, hielten hier ein Schwätzchen, lauschten da einem Scherz, um sich dann langsam auf den Weg in einen arbeitsamen Tag zu machen. Nein, auch diese Weiber waren es nicht wert, Kopf und Kragen zu riskieren. Trotzdem hielt Sonia mit zäher Verbissenheit an ihrer Überzeugung fest, der Stuttgarter Wochenmarkt biete ein neues und erträgliches Betätigungsfeld für ihre Diebstähle. Am Samstag war es endlich soweit gewesen: Sie hatte die geeigneten Opfer entdeckt.

Eleonore seufzte erneut.

»Da kommen sie!« Wie eine Katze glitt Sonia aus ihrer zusammengekauerten Stellung in die Hocke und suchte dann hinter der Kirchenmauer Deckung. Ihre Augen bewegten sich blitzschnell hin und her, um nur ja kein noch so unbedeutendes Detail zu übersehen.

Da waren die Bediensteten der königlichen Hofküche: Wie jeden Samstag um die gleiche Zeit wälzte sich die kleine Gruppe mühevoll über den Stuttgarter Markt, um das zu kaufen, was die königlichen Gärten und Gewächshäuser nicht selber herzugeben vermochten. Angesichts des mageren Angebots der einzelnen Marktstände fand Eleonore dies jedoch mehr als verwunderlich: hier ein paar ausgemergelte

Hasen, da ein paar Körbe mit Rüben und Kraut, dort kleine Bündel getrockneter Pfefferminze oder Kamille – mehr konnte man auf dem Markt schon lange nicht mehr erstehen. Und trotzdem: Woche für Woche kamen sie samstags aus dem Stuttgarter Schloß hierher, um einzukaufen. An vorderster Stelle marschierte dabei immer derselbe Mann. Von kräftiger Statur, mit fleischigen Armen und einem Blick wie ein Geier, der seine nächste Aasmahlzeit erspäht, musterte er die feilgebotene Ware. Eleonore vermutete, daß er der Küchenvorsteher oder der Koch war. Jedenfalls hatte er den anderen etwas zu sagen, denn auf sein Geheiß hin wurde Ware eingepackt und den Trägern mit ihren großen Körben übergeben. Was darauf folgte, hatte es Sonia besonders angetan: Die zweite Person des Küchentrupps – ein unscheinbares Weib mit fahlblonden Haaren, die sie unter einer wollenen Schute versteckte – öffnete die große, lederne Geldkatze, die sie am Gürtel trug, und bezahlte für die erhaltenen Waren. Auf diese Geldkatze hatte Sonia es abgesehen, seit Tagen sprach sie über nichts anderes mehr. Wieviel Geld wohl darinnen wäre, und was sie damit alles machen und kaufen könnten. Eine Verrücktheit! Schon wenn Eleonore die fleischigen Arme des vordersten Mannes sah, tat ihr alles weh. Mit den Trägern hätten sie es ja noch aufnehmen können. Erstens hatten die alle Hände voll mit ihren Körben, und zweitens sahen sie nicht so aus, als wäre eine Verfolgungsjagd über den Markt in ihren Augen etwas besonders Erstrebenswertes. Obwohl – der letzte von ihnen war gar nicht so übel geraten. Hochgewachsen mit langen Beinen, ebenfalls kräftigen Armen und großen Händen, die sicherlich wußten, wie man eine Frau anzupacken hatte. Sein erdbeerrotes Haar gefiel Eleonore nicht sonderlich gut, aber waren nachts nicht alle Katzen grau? Was denke ich da eigentlich, schalt sie sich. Als ob so einer sich mit ihresgleichen abgeben würde! Der trieb's doch sicherlich mit den feinen Mägden, Küchenweibern und wer sonst noch auf dem Schloß zu schaffen hatte.

»Lorchen, paß auf!« Erregt stieß Sonia sie in die Seite. Der Küchentrupp hatte nun nur noch einen Marktstand zu begutachten.

Lorchen. Wütend biß Eleonore ihre Zähne zusammen. Wenn es überhaupt etwas gab, wofür sie Columbina dankbar war, dann war es ihr Name. Eleonore. Ein vagabundierender Gelehrter, der sein Lehramt bei einer Adelsfamilie verloren hatte, nachdem er einer der Töchter zu nahe getreten war, hatte ihr einst erklärt, daß der Name aus dem Arabischen stamme und soviel wie »Gott ist mein Licht« bedeute. Zum Ärger von Sonia wußte er über deren Namen nichts zu berichten. Seitdem nannte Sonia ihre Schwester nur noch »Lorchen« oder »Lore«.

Nervös drehte sich Eleonore nach allen Seiten um. Die Leute vom Schloß waren jetzt fast auf ihrer Höhe. Eine seltsame Unruhe schien die kleine Gruppe zu begleiten, als läge etwas Aufregendes in der Luft. Eleonore verzog das Gesicht. War es nicht auch so? Wieder zwang sie sich, tief durchzuatmen.

»Jetzt!«

Mit einem Ruck war Sonia aufgesprungen. Im selben Moment entdeckte Eleonore hinter dem Burschen mit dem roten Haar einen größeren Menschenauflauf, doch es war zu spät, um ihre Schwester zu warnen. Mit einem Satz sprang diese zwischen die Küchenbediensteten und auf die fahlblonde Frau zu, riß ihr mit einem groben Ruck die Geldkatze aus der Hand und rannte davon, noch ehe die Überfallene einen ersten Schrei tun konnte. Mit stolpernden Schritten beeilte sich Eleonore, ihrer Schwester nachzueilen. Die bösen Blicke der Marktweiber verfolgten die beiden, doch stellte sich ihnen keine in den Weg. Schließlich hätten sie dabei ihre eigene Ware unbeaufsichtigt einem weiteren möglichen Diebstahl preisgegeben! Sollten doch die Gendarmen die Räuberinnen jagen, statt unentwegt zu prüfen, ob auch jede von ihnen ihren Marktschein dabeihatte!

Sie liefen bereits durch die letzte Reihe mit Marktständen, als Eleonore sich umblickte und einen Schatten unangenehm nahe an sich herankommen sah.

»Lauf schneller, Sonia! Sie kommen immer näher!« Im nächsten Augenblick schrie sie heulend auf. Mit einem riesigen Satz hatte einer ihrer Verfolger sie eingeholt und an den langen Haaren gepackt, die sich durch das wilde Rennen aus ihrem Zopf gelöst hatten. Ein eiserner Griff hielt sie umklammert, während Sonia ihre Flucht fortsetzte, ohne sich auch nur ein einziges Mal umzudrehen. »Laß mich los, du Mistkerl!« Mit gesenktem Kopf trat sie ihrem Bezwinger in die Wade, woraufhin dieser jedoch nur noch fester zupackte. Ihre Kopfhaut brannte wie Feuer und ließ keinen klaren Gedanken mehr zu. Hilflos stand Eleonore da, während der Rest der königlichen Bediensteten zu ihnen aufschloß.

»Da ist ja das Luder!« Mit feuerrotem Gesicht spie der massige Hauptmann Eleonore die Worte ins Gesicht. Dann wandte er sich an seinen Gehilfen. »Aber wo ist die andere mit dem Geld? Hast du die etwa laufenlassen, du Tölpel?« Viel hätte nicht gefehlt, und er hätte dem Jüngeren eine Ohrfeige verpaßt, statt ihn für seine Schnelligkeit zu loben. Doch schien ihm die Gefahr, daß Eleonore dabei entkommen könnte, zu groß.

Erst jetzt bemerkte Eleonore, daß es der Rothaarige war, der sie so fest umklammert hielt. »Wie schnell ein Wunsch in Erfüllung gehen kann...«, murmelte sie vor sich hin, um noch im gleichen Augenblick über ihren Galgenhumor zu erschrecken. Hatte nicht auch Columbina bis zu ihrem bösen Ende stets ein lockeres Sprüchlein auf den Lippen gehabt? Doch ehe sie sich in leidvollen Erinnerungen verlieren konnte, spürte Eleonore wieder die unnatürliche Aufregung der Leute, ja, sie wurde geradezu von ihr angesteckt! Wie ein Bienenvolk, das in seinem unermüdlichen Treiben gestört worden war, summte es erregt um sie herum. Daß ihr Diebstahl und die anschließende Festnahme der einzige Grund für diese Aufregung sein sollte, wollte Eleonore aus irgendeinem Grund nicht recht glauben. Und wirklich: Im nächsten Augenblick erschien eine Dame, so edel und vornehm und so hochschwanger, wie Eleonore noch keine gesehen hatte. Sie trug ein einfaches Kleid, doch glaubte Eleonore, die kühlenden Schichten des wasserblauen Musselins auf der eigenen Haut zu spüren. Darunter wölbte sich ein Bauch, dessen Frucht dem Anschein nach nicht mehr lange auf sich warten ließ. Daß eine Dame von solch hohem Rang und in diesem Zustand unter die Leute ging, wäre an und für sich schon ein Skandal gewesen. Doch Eleonore hatte in diesem Augenblick andere Sorgen. Während die Frau schwerfällig, aber mit großer Würde auf sie zutrat, nutzte Eleonore die Gelegenheit, ihre außergewöhnliche Erscheinung unter niedergeschlagenen Augenlidern genauer zu betrachten. Sie war keine Schönheit im üblichen Sinne, dazu standen ihre Augen eine Spur zu nahe beieinander, und ihr Mund war eine Nuance zu klein, um die Sinnlichkeit auszustrahlen, die Männer so anziehend fanden. Auffällig war auch ihre hohe Stirn, die von einer blaugrünen Samtschute noch betont wurde. Bei einem Mann hätte man wohl vornehm von einer »Denkerstirn« gesprochen, bei einer Dame wirkte sie eher befremdlich. Andererseits verlieh sie ihr ein helles, waches Aussehen. Doch was ihr an alltäglicher Schönheit fehlen mochte, wurde durch das Haar wettgemacht: Wie eingeölt hing es glänzend, einem dunkelbraunen, geflochtenen Teppich gleich, über ihren Rücken hinab.

Die Frau mußte von hohem Rang sein, denn bei ihrem

Anblick machten alle um sie herum hastig eine Verbeugung oder einen tiefen Knicks. Interessiert und nicht unfreundlich musterte sie Eleonore, die diesem Blick schamvoll auswich.

Für einen Augenblick schien die Zeit stillzustehen. Alle Anwesenden verharrten wie Figuren in einem Scherenschnitt. Nur die eilig herbeigeholten Gendarmen wanden sich unter den Augen der feinen Dame.

»Verehrte Hoheit«, begann schließlich einer von ihnen, »im Namen der Königlichen Gendarmerie bitte ich Euch alleruntertänigst um Verzeihung. Daß Ihr Zeuge eines solchen Schauspiels werden mußtet, ist unentschuldbar und eine Blamage für die Königliche Gendarmerie und die Bürgergarde zu gleichen Teilen!« Noch während seiner tiefen Verbeugung warf er seinen Kameraden einen wütenden Blick zu.

Mit einer fast unmerklichen Handbewegung forderte Katharina Pawlovna den Amtsmann auf, sich wieder zu erheben.

»Um Himmels willen! So macht kein Drama aus der Angelegenheit! Glaubt Ihr etwa, da, wo ich herkomme, hätte es keine Diebe gegeben? Doch sagt..., war da nicht eine zweite?« Obwohl ihre Worte melodisch klangen, jede Silbe beinahe gesungen wurde, war ihre Schärfe doch nicht zu überhören. Unter ihrem fragenden Blick wurde der Gendarm noch verlegener. Mit hochrotem Kopf wandte er sich an seine Kollegen.

»Worauf wartet ihr noch? Los, los! Sucht das elendige Luder!« Als ihm auffiel, mit seiner Ausdrucksweise einen weiteren Fauxpas begangen zu haben, errötete er erneut.

»Mich braucht niemand zu suchen! Hier bin ich.«

Fassungslos starrte Eleonore zu ihrer Schwester hinüber. Sonias Flucht mußte sie durch Dornendickicht und Morast geführt haben: Ihr Leibchen war zerrissen, statt mit ihren

Schuhen stand sie barfüßig da und starrte mit großen Augen auf die junge Frau des Thronfolgers. Bevor es einer der Gendarmen verhindern konnte, hatte sie sich in ihrem ganzen jämmerlichen Zustand vor ihr auf den Boden geworfen.

»Verehrte Frau, ich flehe Euch an, habt Mitleid mit mir und meiner Schwester«, brachte sie unter Tränen hervor, bevor sie von zwei Gendarmen grob nach hinten gerissen wurde. »Wir stehlen nicht aus Bosheit, sondern weil ein großes Unglück über uns hereingebrochen ist. Wir . . .«

»Bist du wohl still, Weib! Weißt du denn nicht, wen du vor dir hast? Die Frau unseres Thronfolgers! Großfürstin Katharina von Rußland, die in ihrer liebenswerten Güte dem Stuttgarter Volk einen Besuch abstattet. Und der solches Gesindel wie du erst gar nicht unter die Augen kommen sollte.« Den letzten Satz sprach er so leise, daß ihn außer Sonia nur noch Eleonore verstehen konnte. Unfähig, selbst auch nur die kleinste Silbe herauszubekommen, sah sie, daß nun auch Sonia beunruhigt umherblickte. Mit einer so hohen Dame zu tun zu haben schien sie für einen Augenblick aus der Fassung zu bringen. Doch dann strömte erneut ein Schwall von Unschuldsbeteuerungen aus ihrem Mund.

Der Hauptmann, dem daran gelegen war, den Zwischenfall nicht länger als nötig hinauszuziehen, zögerte. Sollte er sich erneut bei der Frau des Erbprinzen entschuldigen oder gleich den Befehl für den Abmarsch ins Gefängnis auf den Hohenasperg geben? Warum mußte die Russin ihn auch in eine solche Verlegenheit bringen? In ihrem Zustand hütete eine Dame normalerweise das Bett oder hielt sich zumindest in ihren Gemächern auf, um in aller Ruhe auf die Niederkunft der nächsten Generation von Adelsbälgern zu warten. Aber nein: Katharina Pawlovna hielt es mit der Volksnähe! Es war ja im Prinzip schön und gut, die neue Frau des Prinzen Wilhelm häufiger zu Gesicht zu bekommen, als dies bei

Gemahlin Nummer eins der Fall gewesen war. Aber so? Daß niemand auf dem Stuttgarter Schloß versucht hatte, der Russin diesen unsinnigen Ausflug auszureden, verwunderte ihn zusätzlich. Nicht mehr in der Lage, auch nur einen klaren Gedanken zu fassen, starrte der Gendarm mittlerweile unentwegt auf die Leibesfülle der Schwangeren.

Mit einem ungeduldigen Kopfschütteln wandte sich Katharina erneut an ihn.

»Bevor Ihr die beiden Frauen abführt, möchte ich hören, von welch schrecklichem Schicksal diese armen Weiber heimgesucht wurden.« Mit eindringlichem Blick schaute sie dem Gendarm ins Gesicht. »Bin ich nicht hier, um mein neues Volk kennenzulernen? Gibt es eine bessere Möglichkeit, als sogleich mit der Schattenseite zu beginnen? Die Sonne kann schließlich jeder Tor genießen.«

2

Schweigend lagen die beiden Schwestern eng beieinander. Der Raum, in dem ihnen ein Schlaflager zugeteilt worden war, befand sich über dem Küchentrakt von Bellevue, dem Landhaus des Thronfolgerpaares. Durch eine kleine Luke konnte Eleonore den düsteren Nachthimmel sehen, dessen Eintönigkeit nur hie und da von ein paar trüben Sternen unterbrochen wurde. Sie waren nicht allein in der Dachkammer. Um sie herum schnarchten, schnauften und jammerten erschöpfte Frauen in ihrem Schlaf. Einigen von ihnen waren schon beim gemeinsamen Abendbrot die Augen zugefallen. Zu sechst lagen sie hier oben in dieser kleinen Kammer, in der es im Sommer wahrscheinlich unerträglich heiß war. Eleonore spürte, daß Sonia ebenfalls noch wach lag. Doch obwohl sie genug zu bereden gehabt hätten, schwiegen beide. Zuviel war an diesem einen Tag geschehen, als daß man es in Worte fassen konnte.

Nach einer Weile lachte Sonia leise auf und versetzte Eleonore einen Stoß in die Seite. »So red halt was, du taube Nuß! Hat dir mein Auftritt etwa für immer die Sprache verschlagen?« Abermals lachte sie in sich hinein, ein gurrendes, zufriedenes Rollen, das tief aus ihrer Kehle kam.

»Blödsinn! Ich kann unser Glück nur noch gar nicht fassen«, flüsterte Eleonore zurück.

»*Glück* nennst du das? Pah! Daß wir heut' nacht nicht hinter Gittern auf dem Hohenasperg sitzen, hast du nur mei-

nem Geschick zu verdanken und nicht irgendeinem Glück!«
Eleonore spürte Sonias verächtlichen Atem im Gesicht.

»Daß du uns aber auch in diese mißliche Lage gebracht
hast, scheinst du wohl ganz vergessen zu haben! Wie kannst
du da von Geschick reden?«

»Manchmal muß man eben etwas aufs Spiel setzen, aber
das scheint das Fräulein Hasenfuß nicht wahrhaben zu wollen.« Sonia klang nun richtig wohlgelaunt. »Schau uns doch
an: Besser könnte es uns gar nicht gehen. Wir haben ein
Dach überm Kopf, du hast endlich deine ersehnte Arbeit –
obwohl das ein Umstand ist, der mir überhaupt nicht
schmeckt – und zu guter Letzt: Ordentlich zu essen werden
wir wohl auch bekommen.« Befriedigt dachte sie an ihr
erstes Mahl in der Hofküche, das aus einem Teller dicker
Fleischsuppe mit Brot aus weißem Mehl bestanden hatte.

Darauf konnte Eleonore nichts entgegnen. Sonia hatte
recht: Besser hätte es ihnen wirklich nicht ergehen können.
Die Frau des Thronfolgers war auf Sonias Geschichte her-
eingefallen und hatte die vom Schicksal so gebeutelten
Schwestern aus lauter Mitleid mitgenommen. Solch ein
Glück widerfuhr einem wohl nur einmal im Leben.

»In der Küche arbeiten – wo wir noch nie eine Küche von
innen gesehen haben! Wer weiß, was die von uns verlangen... Wir wissen doch gar nicht, welche Geschicklichkei-
ten dabei gefragt sind! Und außerdem: Wenn sie doch noch
herausbekommen, daß deine Geschichte nicht stimmt?«

»Pah! Was du dir für Gedanken machst! Sie werden uns
schon sagen, was wir tun sollen. Außerdem habe ich nicht
vor, mich totzuschaffen, das kann ich dir jetzt schon sagen!
Vielmehr...«

»Was soll das heißen, du willst dich nicht totschaffen«,
unterbrach Eleonore Sonias Redeschwall erneut. »Was hast
du um Himmels willen schon wieder vor?«

»Gar nichts, Schwesterlein, gar nichts. Und sei leise,

sonst wacht die alte Hexe neben dir auf«, zischte Sonia zurück.

Eleonore wußte sofort, wer gemeint war. Die Frau mit der Geldkatze. Ihren boshaften Blicken und sticheln den Bemerkungen nach zu schließen, schien sie das großmütige Herz ihrer Herrin nicht zu teilen. Jedenfalls hatte sie beim gemeinsamen Abendessen des Küchenpersonals unentwegt über die Verderbtheit der beiden Schwestern gegeifert und gezetert, bis ihnen am Ende alle am Tisch feindselige Blicke zuwarfen. Sowohl Eleonore als auch Sonia hatten ihren Redeschwall mit gesenkten Köpfen über sich ergehen lassen, doch Eleonore wußte, daß es nicht lange dauern würde, bis ihre Schwester sich dem Weib widersetzen würde. Aber darüber konnte sie sich heute nacht nicht auch noch den Kopf zerbrechen. Auch an den Rothaarigen, den sie seit dem Vorfall auf dem Markt nicht mehr gesehen hatte, wollte sie nicht denken.

»Sag einmal, wie bist du eigentlich gerade auf diese Geschichte gekommen? Mir wäre in dem Moment bestimmt kein einziger Satz über die Lippen gekommen, geschweige denn ein ganzes Märchen.« So ungern sie es auch zugab: Sie mußte immer noch über Sonias Erfindungsgabe staunen.

»Das war kein Märchen«, erwiderte diese genüßlich. »Erinnerst du dich an den Alten, an dessen Lagerfeuer wir vor ein paar Tagen genächtigt haben?« Als Eleonore bejahte, fuhr sie fort: »Der hat mir von dem Überfall auf den Wagen der Korbmacher erzählt. Während *du* wieder einmal tief und fest geschlafen hast, habe ich mir das stundenlange Gerede des Alten angehört. Nun ja, am Ende war es doch für etwas gut . . .« Durch und durch zufrieden mit sich, seufzte Sonia genüßlich auf. »Bis in die letzte Kleinigkeit hat mir das alte Schwatzmaul den Überfall geschildert: Wie die Räuber erst dem Mann eins über den Schädel zogen, wie sie sich dann an der armen Frau vergingen und dabei zu spät

27

bemerkten, daß sich die beiden Töchter der Unglücklichen davonschlichen. Erst als sie den Wagen nach Geld und Schmuck durchwühlten, merkten die Mörder, daß außer dem Paar noch jemand darin gehaust hatte.«

»Woher hat der Alte das alles eigentlich so genau gewußt?«

»Das habe ich mich auch gefragt«, antwortete Sonia grimmig. »Wenn er nicht so heruntergekommen gewesen wäre, hätte ich fast gewettet, daß der alte Bock selbst bei dem Überfall dabei war. Aber der hatte doch keinen Kreuzer in der Tasche! Nein, ich vermute, daß die wahren Räuber sich ihm gegenüber im Rausch mit ihren Taten gebrüstet haben. Du kennst doch die Männer!«

»Und die Frau haben sie auch umgebracht?«

»Haben sie, die elendigen Lumpen! Jedenfalls hat der Alte das behauptet. Und du hast doch gehört, wie der Gendarm meine Geschichte bestätigt hat, oder?« Wieder mußte Sonia kichern. Daß just der Hauptmann, der sie auf dem Markt festnehmen wollte, derselbe war, der den Überfall vor den Toren Stuttgarts zu klären gehabt hatte, war in ihren Augen eine gütige Fügung des Schicksals. Wurde doch ihren Worten durch seine Bestätigung erst richtig Gewicht verliehen!

Eleonore war nicht wohl bei dem Gedanken, das Unglück von armen Menschen für eigene Zwecke ausgenützt zu haben. Sie wurde von tausend Zweifeln geplagt: Was war, wenn ihnen am nächsten Tag abermals Fragen wegen des Überfalls gestellt würden? Was, wenn Sonia diese nicht beantworten konnte? Was, wenn gar die beiden richtigen Töchter der ermordeten Korbmacher erschienen? Vielleicht würde es sich auch die Herrin des Hauses nochmals anders überlegen? Nun, alles Grübeln nutzte nichts, und immerhin saßen sie nicht im Gefängnis, sondern im Stuttgarter Schloß. Froh, wenigstens einen beruhigenden Gedanken zu haben, ließ Eleonore sich von Sonias tiefen Atemzügen anstecken und fiel endlich selbst in einen traumlosen Schlaf.

3

In einem anderen Flügel des Hauses wurde noch jemand von Schlaflosigkeit geplagt. Obwohl es schon später Abend war, spürte Katharina nicht den geringsten Hauch von Müdigkeit. Vor Stunden hatten bereits ihre beiden Buben aus erster Ehe samt Kindermädchen gute Nacht gesagt, auch in den Gemächern um sie herum war es dunkel und still. Nur bei Wilhelm brannte noch Licht, das wußte sie. Für einen Augenblick war sie versucht, durch den langen Gang zu huschen und ihn in seinem Arbeitszimmer zu überraschen, doch sie widerstand und trat statt dessen ans Fenster. Nachdem sie es einen Spalt geöffnet hatte, atmete sie tief die kalte Herbstluft ein.

Seit König Friedrich, ihr Schwiegervater, ihr das kleine Landhaus Bellevue in einer selten großzügigen Geste zum Geburtstag geschenkt hatte, versuchte sie, soviel Zeit wie nur möglich mit Mann und Kindern dort zu verbringen. Dadurch hatte sich ihr zuvor schon kleiner Hofstaat nochmals verringert: Sparsamkeit wurde in dem reizend gelegenen Anwesen großgeschrieben. Hier, am moosigen Ufer des Neckars, fühlte sie sich immer ein wenig an Zarskoje Selo, Landsitz des russischen Zaren und ihre Geburtsstätte, erinnert. Große Feste oder rauschende Bälle waren mit den wenigen Dutzend Bediensteten natürlich nicht auszurichten, aber Katharina war das recht. Nach ihren langen Arbeitstagen genoß sie die Stille und Intimität ihres Heimes, die sie im Prinzenbau, wo sie die ersten Monate nach ihrer Hochzeit verbracht hatten, nicht hatte finden können.

Immer nur feiern und festen! Das konnte nur ein Müßiggänger, der den lieben Tag lang nicht viel zu tun hatte! Kopfschüttelnd dachte sie an ihre erste Zeit in Stuttgart zurück, wo ein Fest nach dem anderen für sie ausgerichtet worden war. Dabei wäre sie viel lieber gleich zur Tagesordnung übergegangen, hätte sich mit Land und Leuten vertraut gemacht und gearbeitet, wie sie dies auch an der Seite ihres ersten Mannes, des Prinzen Georg von Oldenburg, getan hatte. Doch dafür hatten weder Wilhelm noch sein Vater Verständnis. Sicher, die Menschen hatten es gut mit ihr gemeint, und sie war glücklich über den so freundlichen Empfang gewesen, vor allem, wenn man bedachte, wie die erste Frau des Erbprinzen das Schloß verlassen hatte! Und soviel sie wußte, war Charlotte Auguste bei den Stuttgartern nicht unbeliebt gewesen ...

»Bon soir, ma chère! Katharina, du wirst dir am offenen Fenster den Tod holen!«

Aufgeschreckt drehte sie sich um. Sie hatte weder die Tür noch Wilhelms Schritte gehört, bis er direkt hinter ihr stand.

»Wilhelm! Wie schön, daß du noch Zeit für mich gefunden hast!« Sie umarmte ihn ungelenk, bevor sie sich von ihm ans Bett führen ließ.

»Angesichts der späten Stunde hätte ich mir einen Besuch bei dir fast untersagt, aber da ich weiß, daß meine Russin eine Nachteule ist...« Er musterte sie gründlich. »Sag, solltest du in deinem Zustand nicht auf eine längere Bettruhe achten?«

Katharina stöhnte. »Sollte ich! Jawohl! Aber was kann ich tun, wenn der Schlaf einfach nicht kommen mag? Gehe ich früher zu Bett, wälze ich mich nur stundenlang herum, was bei meinem Leibesumfang nicht das reinste Vergnügen ist. Außerdem . . .«

»Was ist? Träumst du immer noch so böse Dinge?«

»Hin und wieder. Aber laß uns von etwas anderem reden.« Katharina war es unangenehm, über ihre Träume zu sprechen, und sie wußte, daß es auch Wilhelm bei diesem Thema nicht wohl war. Als er das erste Mal durch ihre lauten Angstschreie aus dem Schlaf gerissen worden war, hatten sie nachher beide darüber gelacht und einen Scherz daraus gemacht. Doch als die Dämonen der Nacht ständig wiederkehrten, konnte sie dies nicht mehr mit einem Schulterzucken abtun. Woher die Alpträume kamen, wußte sie selbst nicht; die Tatsache, daß sie überhaupt welche hatte, bereitete ihr Wilhelm gegenüber ein schlechtes Gewissen. Hatte sie nicht allen Grund, in ihrer neuen Heimat Tag und Nacht glücklich und zufrieden zu sein? Wären die Träume nach Georgs plötzlichem Tod gekommen, hätte Katharina dies verstanden. Damals war es ihr wirklich nicht gut gegangen. Auf der Flucht vor ihrem unendlichen Schmerz war sie in jener Zeit wie eine Wahnsinnige durch ganz Europa geirrt, gefolgt von ihren beiden kleinen Söhnen und Milena, ihrer treuen russischen Kinderfrau. Täglich wurde sie von Ohnmachtsanfällen und peinigenden Kopfschmerzen geplagt. Die nächtlichen Quälereien hatten jedoch erst hier angefangen. Nur wenige Wochen nach ihrer Ankunft in Württemberg war sie das erste Mal schweißgebadet aufgewacht. Seitdem bedeutete für sie das Bett keine Stätte der Ruhe mehr.

Wilhelms sorgenvoller Blick beunruhigte sie jetzt mindestens ebensosehr wie die Aussicht auf eine weitere unruhige Nacht. Sie versuchte zu lächeln. »Als wir uns in Wien kennenlernten, machte es dir nichts aus, eine Nachteule im Arm zu halten. Erinnerst du dich? Ganze Nächte haben wir durchtanzt und sind von allen für unser Standvermögen beneidet worden. Ja, ja ..., das Zauberelixier einer jungen Liebe ...« Wilhelm seufzte theatralisch. »Lang ist's her ... schau uns jetzt an – ein richtig altes Ehepaar ist aus uns schon geworden ...« Sie mußten beide lachen.

Zum ersten Mal an diesem langen Tag fühlte Katharina sich richtig glücklich. Zu selten kam es vor, daß Wilhelm auf ihre Scherze einging. Leider hatte sie schon bald nach ihrer Heirat feststellen müssen, daß es ihm zumeist an Humor fehlte.

Als sie sich wieder beruhigt hatten, begann Katharina wesentlich zögerlicher als zuvor:

»Dein Vater hat nach dir gefragt.«

Sofort setzte Wilhelm sich steif auf. »Und? Was will er?«

»Er hat nach dir gefragt, sonst nichts. Ich denke, er würde sich über einen Besuch von dir freuen«, erwiderte sie in bewußt beiläufigem Ton. Ohne ihn anzublicken, griff sie nach einer Tasse Milch, die, wie jeden Abend, auf einem Tablett bereitstand. Sie fügte zwei Löffel dicken, goldgelben Honig hinzu und rührte so lange in der Tasse herum, bis er sich in der Milch aufgelöst hatte. Die Dose mit kleinen Gebäckstücken blieb ungeöffnet.

Lange brauchte sie auf Wilhelms Antwort nicht zu warten. »Er würde sich über einen Besuch von mir freuen! Wie wunderbar! Hat er dir gleichzeitig mitgeteilt, wer sich dann um die Regierungsgeschäfte kümmern soll? Deren Karren *er* in seiner wundervollen Art so gründlich in den Dreck gefahren hat, daß selbst der geschickteste Kutscher ihn dort nicht mehr herauszuholen vermag!«

Katharina verzog den Mund. Sie wußte, worauf Wilhelm anspielte. Fast tagtäglich berichtete er ihr von den Schwierigkeiten, die es bei der Gestaltung der Verfassung gab: Seit der Landtag im letzten Jahr Friedrichs Gesetzesentwurf, der auf Anschauungen des englischen Philosophen Locke und denen des Franzosen Montesquieu basierte, abgelehnt hatte, war ein nicht enden wollender Kampf darum entfacht. Es ginge nicht, daß der König die Verfassung dem Volke so einfach diktiere, hieß es immer wieder. Vielmehr müßten Volk und König zu einem gemeinsamen Vertrag kommen. Doch genau dies wollte nicht gelingen. Wilhelm sah einen Großteil der Schuld in der Sturheit seines Vaters gegenüber den Landständen. Katharina hatte jedoch unter ihren Beratern auch schon andere Stimmen gehört, die besagten, daß Friedrich zu erstaunlichem Entgegenkommen bereit sei. Wie dem auch war – Katharina wollte den politischen Streit nicht mit dem privaten vermengen. Sie hob erneut an:

»Jeder weiß, daß dein Tag eigentlich 48 Stunden haben müßte, Wilhelm. Aber glaubst du nicht, daß du wenigstens eine Stunde für Friedrich entbehren könntest?« Sanft legte sie ihre Hand auf seinen Arm, forderte ihn so auf, ihr wieder sein Gesicht zuzuwenden. »Er ist wirklich sehr krank.«

»Was hat er auch stundenlang im strömenden Regen herumzuspazieren! Seine Vorliebe für Ausgrabungen wird ihn selbst noch ins Grab bringen!« Obwohl er sich bemühte, wütend zu klingen, vernahm Katharina eine erste Sorge in Wilhelms Stimme.

»Ich würde mich von ein bißchen Regen und Wind auch nicht aufhalten lassen, wenn es um etwas geht, was mir lieb und teuer ist«, verteidigte sie ihren Schwiegervater. »Und für deinen Vater gibt es nun einmal im Augenblick nichts Interessanteres als diese alten Mammutknochen, die in Cannstatt gefunden worden sind. Obwohl seine Stimme heiserer klang als ein Reibeisen, hat er mir heute davon vorgeschwärmt!«

Wilhelm blickte auf. »Du warst bei ihm? In deinem Zustand?«

»Das war ich, wenn auch nur für wenige Minuten. Warum auch nicht? Deinen Vater scheint es nicht gestört zu haben. Vielleicht kannst du dich irgendwann daran gewöhnen, daß eine schwangere Frau weder aus Zucker noch schwerkrank ist – auch wenn alle Welt das glauben mag! Viel Zeit bleibt dir allerdings nicht mehr dazu ...«

»Was soll das nun schon wieder heißen?«

Katharina lächelte besänftigend. »Nur, daß es bis zur Niederkunft unseres Sohnes nicht mehr lange dauern wird!«

Wilhelms gerade noch so verkrampften Gesichtszüge entspannten sich sichtlich. »Unser Sohn, wie schön das klingt! Eine Tochter mit der Schönheit ihrer Mutter wäre mir aber auch hochwillkommen!« Unbeholfen und in einer für ihn untypisch zärtlichen Geste strich er über Katharinas riesigen Bauch. Er seufzte. »Ich weiß nicht, wie du das immer machst ..., aber du hast mich wieder einmal überzeugt. Ich werde zu Vater gehen. Vielleicht schon morgen, auf alle Fälle jedoch, sobald mir der Landtag ein paar Stunden Luft zum Atmen gewährt. Bist du nun zufrieden?«

»Es geht doch nicht darum, ob ich zufrieden bin oder nicht.« Wieder ergriff sie seine Hand und suchte seinen Blick. »Worum es geht, ist die Möglichkeit, dich endlich mit ihm auszusöhnen. Wenn er auch nicht immer ein guter Vater gewesen sein mag – er liebt dich, wie man einen Sohn nur lieben kann, glaube mir!« Es stimmte, der alte König hatte wirklich nicht die Gabe, seine Zuneigung offen kundzutun. Im Gegenteil, die Menschen, die er schätzte und liebte, waren sogar ganz besonders seinen Wutausbrüchen und Launen ausgesetzt. Katharina wußte von Mathilde, seiner Gattin, daß der Ursprung von Friedrichs unausgeglichenem Wesen in unerträglichen Knochenschmerzen lag. Sie hatte mittlerweile gelernt, Friedrichs oft verletzende Worte nicht persönlich zu nehmen. Daß Wilhelm dies nicht gelang, lag in ihren Augen überwiegend daran, daß er nicht wollte. Gerade polterte er los:

»Friedrich liebt nur sich selbst, das kannst *du* mir glauben, verehrte Katharina!« Wilhelms Stimme triefte vor Hohn, jedes seiner Worte hatte die Schärfe eines Schwertes. »Ich habe dir versprochen, daß ich ihn aufsuchen werde. Aber mich mit ihm aussöhnen? Das kann ich nicht einmal dir versprechen. Nie und nimmer kann ich vergessen, was er meiner Mutter angetan hat. Einer Mutter die Kinder wegzunehmen! Und uns die Mutter! Die anderen mochten noch zu klein gewesen sein, um ihren Verlust so grausam zu erfahren wie ich, aber glaube mir: Jahrelang habe ich darauf gewartet – Tag für Tag –, er möge sie zurückholen, wo immer sie auch war. Und als es dann auf einmal hieß, sie habe in der Fremde den Tod gefunden, wollte ich es nicht glauben. Meine Mutter – so heiter und liebenswert, so lebhaft und doch so zart wie eine Elfe – sollte tot sein? Noch heute weiß ich nicht genau, was damals geschehen ist. Aber eines kann ich dir sagen: Und wenn ich hundert Jahre alt werde – die Erinnerung an Friedrichs Grausamkeiten wird immer in meinem Gedächtnis bleiben!«

Erst viel später, als Wilhelm längst wieder gegangen war, fiel Katharina ein, daß sie nicht dazu gekommen war, ihm von ihrem Ausflug in die Stadt zu erzählen. Nun, spätestens morgen würde sich sicher ein eilfertiger Geist finden, der ihm von ihren »Kapriolen« berichtete. Sie wußte, daß ihre Begegnungen mit dem Volk von vielen argwöhnisch betrachtet wurden. Trotzig setzte sie sich abermals in ihrem Bett auf. Es war nun einmal nicht ihre Manier, wie Mathilde den ganzen Tag lang über irgendwelchen Feinmalereien und Stickereien zu sitzen, verteidigte sie sich vor sich selbst. Obwohl sie in ihrer Jugend eine künstlerische Ausbildung bei Jegorov, dem »russischen Raphael«, wie er vielerorts genannt wurde, genossen hatte und gerne – und gut – malte, war die Kunst noch nie ihr vorderstes Anliegen gewesen. Die württembergische Königin bedauerte dies. Erst vor Tagen hatte Friedrichs englische Frau sie wissen lassen, daß sie Katharinas ständige Ausflüge in die Stadt nicht für ratsam hielte. Auch ihre beinahe täglich stattfindenden Unterredungen mit Gelehrten der Stadt fand sie für die Frau des Thronfolgers unschicklich und außerdem unnötig. Statt dessen sei sie im Ludwigsburger Schloß, Mathildes ständiger Residenz, jederzeit willkommen, wenn ihr der Sinn nach etwas Abwechslung stünde. Als ob sie auf diese Weise jemals etwas von Land und Leuten erfahren könnte ... Katharina dachte an die unglaubliche Armut, die ihr in jeder Ecke von Stuttgart begegnet war: der armselige Wochenmarkt, die hohlwangigen Gesichter der Menschen, die ewige Bettelei der Kleinsten. Ob Friedrich oder Wilhelm wohl ernsthaft wußten, wie schlecht es um Württemberg bestellt war? Ihr fielen wieder die beiden Schwestern ein, die auf so grausame Art Vater und Mutter verloren hatten. Wie groß mußte die Not der Menschen sein, wenn sich selbst rechtschaffene junge Leute nicht mehr anders zu helfen wußten, als ihren Hunger durch Diebereien zu stillen ... Zufrieden mit sich und der Tatsache, daß sie die beiden vor weiterer Schicksalsschlägen und größerer Verderbnis gerettet hatte, löschte Katharina endlich das Licht und schloß hoffnungsvoll die Augen. Vielleicht waren die Geister der Nacht ihr heuerte wohlgesonnen und bescherten ihr einen ruhigen Schlaf? Zumindest das Kind in ihrem Bauch war friedlich und verschonte sie vor seinen ständigen Stößen und Schubsereien. Doch bevor sie endlich einschlafen durfte, drängte sich ihr noch hartnäckig eine Frage auf: Hatte sie Wilhelm vielleicht absichtlich nichts von ihrem Ausflug und den beiden Diebinnen erzählt? Weil sie ahnte, daß er ihre Entscheidung, den beiden Arbeit zu geben, nicht gutheißen, ja, sie nicht im geringsten verstehen würde?

4

I n der ganzen Stadt läuten die Glocken! Die Kirchenglokken läuten!«

Atemlos, mit roten Ohren und blaugefrorener Nase kam Max, der Küchenjunge, hereingerannt. Den Eimer mit Essensresten, den er der Wache am Tor vorne abgeben sollte, trug er noch unter dem Arm. Verängstigt blickte er sich um. Er hatte seine ganze Familie im letzten Krieg verloren. Und hatten nicht jedes Mal beim Auszug der Soldaten die Glocken aller Kirchen geläutet?

»Jesus Maria!« Sophie, die neben Eleonore am Gemüsebrett stand, bekreuzigte sich.

»Was ist? Was hat das zu bedeuten?« fragte diese aufgeregt, durch Sophies verängstigten Gesichtsausdruck selbst mehr als beunruhigt. Ehe sie sich versehen konnte, bohrten sich die alten Ängste wieder in ihr Herz. Veränderungen hatten in Eleonores Leben bisher nur ein einziges Mal etwas Gutes bedeutet.

»Wahrscheinlich ist der König gestorben«, flüsterte Sophie zurück. »Soll ja seit Tagen schon nicht mehr aus dem Bett gekommen sein, so krank war er.«

Mittlerweile hatte sich fast das ganze Küchenpersonal um Max versammelt, doch der Junge wußte nicht mehr zu berichten. Sophie öffnete ein Fenster, und nun waren die Kirchenglocken für alle zu hören. Es waren in der Tat die Totenglocken, die düster von der Stadt herläuteten. Schutzsuchend blickte sich Eleonore nach Sonia um, doch diese war wieder einmal nirgendwo zu sehen. Immer wieder schaffte sie es, sich am hellichten Tag aus der Küche zu schleichen, um Stunden später zurückzukommen, als wäre nichts gewesen. Die anderen standen wie gelähmt da, mit Rührlöffeln, Tranchiermessern und Kloßteig an den Händen, und lauschten angestrengt, ob die Glocken ihnen verrieten, wessen Tod sie einläuteten. Plötzlich stieß Lili, die eigentlich Liselotte hieß und für die Süßspeisen zuständig war, einen kurzen, gellenden Schrei aus.

»Lieber Vater im Himmel! Und wenn es die Großfürstin ist? Wenn ihr etwas zugestoßen ist?«

Alle Blicke richteten sich entsetzt auf sie.

Lili bekreuzigte sich, schaute mit großen Augen in die Runde. »Die Niçoise hat erzählt, daß der Arzt die ganze Nacht hindurch bei ihr gewesen sei. Das Kind würde sich zuviel Zeit lassen, hat sie gesagt. Aber der Arzt wird doch sicherlich dafür sorgen, daß die verehrte Frau...«

»Ha, glaubst du denn, nur weil die Russin eine feine Dame ist, ist sie vor allem Übel gefeit?« Auf einmal stand Sonia hinter ihnen. Statt ihre langen, braunen Haare wie die anderen Weiber in der Hofküche in einem praktischen Zopf zu tragen, hatte sie sich unzählige kleine Zöpfe geflochten und deren Enden mit bunter Wolle zusammengebunden. An ihren Handgelenken klimperte eine Menge dünner Armreifen, und um ihren Hals hing ein Lederband, in das kleine, bunte Perlen eingefädelt waren. Eleonore hatte es noch nie an ihrer Schwester gesehen. Wie eine Zigeunerin sah sie aus! Bei Sonias Anblick begannen die Spitzen in ihrem Herzen noch stärker zu bohren. Am liebsten hätte sie sie am Arm gepackt und weggezerrt oder ihr den Mund zugehalten, so sehr fürchtete sie die vorlauten Sprüche der Schwester. Statt dessen stand sie hilflos da und sah zu, wie Sonia sich herausfordernd vor Lili aufbaute. Diese wich unwillkürlich einen Schritt zurück. Obwohl sie um einiges älter war, war ihr Sonia mit ihren blitzenden Augen und ihrem scharfen Mundwerk immer ein wenig unheimlich. Im Gegensatz dazu verstand sie sich mit Eleonore ganz gut und mochte gar nicht glauben, daß die beiden so unterschiedlichen Mädchen Schwestern waren.

»Im Kindsbett sind alle Weiber gleich, ob reich oder arm, das ist nun einmal so. Vielleicht hat sie ja . . .«

»Ach, halt du doch dein böses Maul! Was weiß denn schon eine Räuberin wie du vom Kindsbett und feinen Damen!« Wütend fuhr Ludovika dazwischen, packte Sonia, die vor Schmerz und Wut laut aufschrie, und zerrte sie quer durch den Raum. Auf ihrem sonst so blassen Gesicht zeigten sich große, rote Flecken. »Geh an deine Arbeit, faules Luder, sonst schlag ich dich grün und blau! Und bete für die Frau, die dich vor dem Gefängnis bewahrt hat!« Zitternd drehte die ältere Frau sich um. So entging ihr Sonias wüste Grimasse, welche diese hinter ihrem Rücken zog, während sie wehleidig ihren Arm rieb.

Nachdem im Augenblick nichts Näheres zu erfahren war, machte sich jeder wieder an seine Arbeit. Trotzdem wurde weiterhin über Tische und Herde hinweg über die Bedeutung des Kirchengeläutes gerätselt, und die bedrückende Stimmung wollte nicht weichen.

Auch Eleonore nahm das Messer wieder auf, mit dem sie zuvor rote Rüben geputzt hatte, und setzte ihre Arbeit fort. Sonia verstand es wirklich, sich Feinde zu machen. Warum mußte sie auch immer so herausfordernde Reden führen? Wo doch jeder wußte, daß das ganze Personal Katharina von Rußland abgöttisch liebte? Auch Eleonore war ihr längst verfallen. Daß es unter den Adelsleuten auch solch freundliche Menschen gab, hätte sie nie für möglich gehalten. Schließlich waren die meisten Fürsten und Grafen nur Blutsauger und Halsabschneider! Nicht so Katharina, die

Gattin des Thronfolgers. Fast täglich stattete sie der Küche einen Besuch ab und ließ die Bediensteten wissen, wie sehr sie ihre Arbeit schätzte. Von Sophie wußte Eleonore außerdem, daß Katharinas Art, ihren Hof zu halten, um ein Vielfaches einfacher und sparsamer war, als dies sonst in hohen Kreisen der Fall war. Dies war der einzige Punkt, an dem sich die Bediensteten hin und wieder störten. Kein noch so kleines Stück Fleisch konnte ungestört aus der Küche gemogelt werden, alles sei genau abgewogen und ausgerechnet, hatte Sophie beklagt. Und Lili hatte hinzugefügt, sie müsse selbst altbackenes Brot und Kuchen eingeweicht mit Milch und Honig als Süßspeise wieder auf den Tisch bringen. Wieviel Geschick und Können es von der Süßspeisenköchin verlangte, aus solchen simplen Zutaten eine schmackhafte Speise zu zaubern, könne sich kein Mensch vorstellen. Auch wurden statt der sonst üblichen sieben und mehr Speisefolgen höchstens fünf Gänge pro Mahl aufgetischt, womit sich Katharina wie auch Wilhelm zufriedengaben, der Stolz der Köche jedoch verletzt wurde, die dadurch wenig Gelegenheit hatten, ihre Künste vorzuführen. Im Gegensatz zu den anderen fand Eleonore die Sparsamkeit der Hausherrin bewundernswert. »Stellt euch mal vor, da ist ein Mensch, der alles hat und sich doch mit so wenigem zufriedengibt«, hatte sie auf die Klagen der anderen geantwortet, jedoch nur verständnislos Blicke geerntet.

Eleonore seufzte. Wenn sich nur Sonia besser in ihr neues Leben einfügen könnte! Wenn sie nur ein wenig dankbar sein könnte für das große Glück, das den beiden Schwestern zuteil wurde! Dann wäre sie selbst der glücklichste Mensch gewesen. Seit sie nach Bellevue gekommen waren, war kein Tag vergangen, an dem es für sie nicht etwas Interessantes zu entdecken gab.

Allmählich begann sie die Ordnung der großen Hofküche zu durchschauen, und war stets aufs neue fasziniert: Die

Küche des Landhauses bestand aus insgesamt acht Räumen, die ihrerseits noch einmal untergliedert waren. Da gab es eine Küche, in der nur Wild und Geflügel zubereitet wurde. Darin stand ein großer, offener Herd, über dem an einem Spieß bis zu zwanzig Hühner auf einmal gebraten werden konnten. Diesen Spieß von Hand zu drehen war die Aufgabe von Max, dem Küchenjungen. Unter dem Spieß stand eine riesige Pfanne, in der das von den Hühnern herabtropfende Fett aufgefangen wurde. Dieses mußte Max mit einer Kelle immer wieder über das Geflügel gießen, bis es eine knusprige Haut bekam. Ein Teil des Fettes wurde dann dem Soßenkoch gebracht, der wiederum in einem besonderen Raum nur mit der Zubereitung von Soßen und kalten Mayonnaisen beschäftigt war. Eine weitere Küche war nur für die Zubereitung kalter Speisen wie Pasteten, kalte Braten oder Gelees bestimmt. Dort waren an den Wänden riesige Eiskästen angebracht, und große Wasserbassins standen bereit, damit fertige Speisen im kalten Eiswasser gekühlt werden konnten. In einem anderen Raum gab es Bottiche, in denen alle möglichen Fische herumschwammen. In kleineren Kannen schwammen Austern und Hummer – Tiere, die Eleonore noch nie gesehen hatte und vor denen sie sich ekelte. Der Raum, in dem Lili arbeitete, war für Süßspeisen aller Art reserviert. Man hatte einen großen Backofen direkt ins Gemäuer eingebaut. Daneben gab es noch eine offene Feuerstelle. Am allermeisten faszinierten Eleonore in diesem Raum jedoch die unzähligen Kupferformen, in denen Puddings, Aufläufe und Kuchen hergestellt wurden: Da gab es Fischformen und Sternformen, ganz kleine Formen für eine Person und wiederum so große, daß Lili darin einen Pudding für zwanzig Gäste bereiten konnte. In Eleonores erster Woche auf dem Schloß war es ihre Aufgabe gewesen, die kupfernen Formen und Kannen der Süßspeisenküche auf Hochglanz zu polieren. Währenddessen war Sonia in der sogenannten »Hauptküche« damit beschäftigt gewesen, dasselbe mit den kupfernen Kochtöpfen und Pfannen zu tun. Diese waren so groß, daß man darin bis zu achtzig Pfund Fleisch oder 25 Liter Suppe zubereiten konnte. Derweil Sonias Gesicht dabei von Tag zu Tag mißmutiger geworden war, freute sich Eleonore an jedem Stück, das nach getaner Arbeit wieder goldrot glänzte.

In der Hauptküche war auch Johann beschäftigt, der Mann mit den kräftigen Armen, den Eleonore auf dem Markt zuerst gesehen hatte. Ihm als Hauptkoch unterstand die gesamte Küche. Obwohl er bei besonderen Anlässen auch einmal selbst Speisen zubereitete, bestand seine Aufgabe überwiegend darin, die anderen Köche zu überwachen, fertige Speisen zu kosten und abzuschmecken. Sein Urteil war ausschlaggebend dafür, ob eine Speise in den Anrichteraum kam, von wo aus die Speiseträger sie in Warmhaltebehältnissen weiterbeförderten, oder ob sie zurück in die Küche mußte. Mindestens einmal pro Woche kam es dabei vor, daß er einem der Köche eine Ladung Suppe mitten ins Gesicht kippte, weil diese eine Spur zuviel oder zuwenig Salz enthielt. Hand in Hand mit Johann arbeitete Ludovika, außer Lili mit ihren Süßspeisen die einzige Frau unter den Köchen. Dementsprechend stolz war Ludovika und verhielt sich gegenüber den anderen Frauen, die mit niederen Arbeiten beschäftigt waren, immer ein wenig von oben herab. Doch ganz so giftig, wie es anfangs den Anschein hatte, war sie Gott sei Dank nicht, stellte Eleonore nach einigen Tagen fest.

Dennoch herrschte in der Hauptküche wie auch in den anderen Abteilungen nur ein mühsamer Frieden. Mühsam deshalb, weil er tagtäglich aufs neue erkämpft werden mußte. Immer wieder gab es Zänkereien und Eifersüchteleien. Auch nach der Ankunft der beiden Schwestern war die Ruhe wieder einmal gefährlich ins Wanken geraten, und daran war hauptsächlich Sonia schuld: Es hatte nicht lang gedauert, bis sie herausfand, wie sie sich um zugewiesene Arbeiten drücken konnte, wie sich der eine oder andere Küchenbursche durch ein kokettes Augenzwinkern dazu bereit erklärte, Sonia frisches Wasser zu bringen oder einen Eimer mit Schmutzwasser nach draußen zu schleppen. Außerdem hatte sie schon nach wenigen Tagen erkannt, vor wem sie sich in acht nehmen mußte, und so bemühte sie sich, weder von Johann noch von Ludovika beim Müßiggang erwischt zu werden. Die beiden scheuten sich schließlich nicht, Hand anzulegen und Faulheit mit blauen Flecken auszutreiben. Was andere von ihr dachten, scherte Sonia wenig. Die Weiber beäugten sie mehr oder weniger mißtrauisch, trauten sich jedoch nicht, sie offen anzugreifen. Und die Männer, die in der Mehrzahl waren, hatte sie schon bald mit einem breiten Hüftschwung oder einem aufreizenden Augenaufschlag um den Finger gewickelt. Nur Leonard, der Rothaarige, schien ihren Reizen zu widerstehen, was Sonia zu Eleonores Verwunderung jedoch mit Gleichgültigkeit quittierte.

Leonard war weder Koch noch Küchenjunge, sondern für die Befeuerung sämtlicher Öfen zuständig. Er mußte dafür sorgen, daß regelmäßig frisches Buchenholz aus den Holzmagazinen herangeschleppt wurde, und er überprüfte ständig den Vorrat an Holzkohlen, der für die offenen Feuerstellen benötigt wurde. Seine Arbeit führte ihn dabei in jeden der Küchenräume, und so bekam ihn auch Eleonore täglich zu Gesicht. Bei seinem Anblick wurde ihr regelmäßig so heiß, daß sie keines Feuers mehr bedurft hätte. Nachdem er sie auf dem Markt als Diebin gefaßt hatte, war einige Zeit vergangen, bis sie ihm direkt in die Augen blicken mochte, und auch er wich ihrem Blick aus. Dafür verfolgte sie ihn jedoch verstohlen aus den Augenwinkeln, wenn sie glaubte, er würde es nicht bemerken, was wiederum Sonia nicht verborgen geblieben war. Eleonore seufzte. Wenn Sonia ihren schlauen Kopf doch nur dazu verwenden würde, ihr unendliches Glück zu erfassen, statt dieses immer wieder aufs Spiel zu setzen . . .

»Der König ist tot! Der König ist tot!« tönte es auf einmal vom hinteren Eingang der Küche her.

Im gleichen Augenblick stürzte Niçoise, die Zofe der Großfürstin, mit leuchtenden Augen in die Hauptküche.

»Eine Tochter ist geboren! Katharina hat einer Tochter das Leben geschenkt!«

5

Stuttgart, 8. November 1816

Geliebte Maman,

wie Ihr wahrscheinlich schon aus anderem Munde erfahren mußtet,
ist Euer geliebter Bruder am 30. Oktober verstorben. Ja, der König
von Württemberg ist tot. Wie gerne hätte er die Ankunft seiner
Enkelin noch erlebt, doch es war Gottes Wille, ihn früher zu sich zu
rufen. Was für traurige Streiche spielt das Leben uns Menschen
doch? Genau elf Stunden nach dem Tod meines geliebten Onkels
durfte ich Marie das Leben schenken, die – dem Himmel sei Dank! –
gesund und wohlauf ist. Eure Zustimmung erhoffend haben wir
unserer ersten Tochter Euren Namen gegeben – möge ihr Leben so
erfüllt werden wie das Eure! So herrscht in Stuttgart Grund zur
Freude und Trauer zu gleichen Teilen. Wie gerne würde ich diese
Stunden an Eurer Seite erleben, geliebte Maman! Euer Trost und
Eure Liebe, aber auch Euer weiser und besonnener Rat fehlen mir
unendlich, und ich bete täglich, Gott möge mir die Kraft geben, meine
Entscheidungen in Eurem Sinne zu treffen, denn dann sind sie richtig getroffen!

Nach Friedrichs Tod wird sich für Wilhelm und mich sehr viel ver-
ändern. Doch bevor ich von meinen eigenen Sorgen sprechen möchte,
will ich versuchen, Euren Schmerz über den Tod Eures geliebten Bruders zu lindern. Ich lüge nicht, wenn ich sage, Friedrich sei sich bis zu

seinem Ende treu geblieben! Seine starke Natur hat sich gegen seine Krankheit gewehrt, doch wurden die Krämpfe in der Brust immer schlimmer und raubten ihm am Ende den Odem. Mathilde berichtete mir, daß er bis zu seinem Tod bei Bewußtsein war und mit ihr reden konnte, was beiden in der schweren Stunde des Abschieds ein wenig Trost bereitete.

Wilhelm hat angeordnet, daß sich sämtliche Kirchenglocken Württembergs vier Wochen lang zur selben Stunde zum Trauergeläut vereinigen sollen. Leider konnte ich weder dem Leichenzug noch Friedrichs Beisetzung beiwohnen, Maries Geburt hat mich doch mehr geschwächt, als ich dies für möglich hielt. Wie einfach und unkompliziert war da doch die Geburt der beiden Prinzen gewesen! Doch laut Wilhelm soll es ein würdiger Abschied von einem mehr als würdigen König gewesen sein. Dies, so lauteten seine eigenen Worte, war das mindeste, was er seinem Vater schuldig war. Wilhelm selbst scheint über den plötzlichen Tod genauso erschüttert zu sein wie wir alle, doch ist es nicht seine Art, viel über seine Gefühle zu reden. Sehr zu meinem Leidwesen! Oft bekomme ich meinen Gemahl tagelang nicht zu Gesicht, und in der uns verbleibenden, kostbaren Zeit verschließt er sich mir gegenüber wie eine schwere Eisentür. Außerdem lastet die Krone der Verantwortung noch recht schwer auf seinen Schultern. Chère Maman, wir wissen beide, wie schwierig es für einen Thronfolger ist, so spät im Leben das Zepter zu übernehmen ...

In diesem Zusammenhang möchte ich Euch um etwas bitten und gleichzeitig um äußerste Vertraulichkeit beschwören. Wenn Ihr mein Anliegen erst kennt, werdet Ihr mir zustimmen, daß es sehr delikat ist: Zu meinem großen Kummer muß ich gestehen, daß es Wilhelm und Friedrich nicht mehr gelungen ist, sich gänzlich auszusöhnen. Zu viele Mißverständnisse standen wohl zwischen Sohn und Vater, die nun nicht mehr aus der Welt geräumt werden können. Hauptsächlich scheint Wilhelm nicht über den mysteriösen Tod seiner Mutter hinwegzukommen. Ich weiß: Viele Jahre sind seitdem vergangen, und man sollte meinen, daß mit der Seele der Frau auch die ihres Sohnes ihre Ruhe gefunden hat. Doch dem ist leider nicht so. Unglückseligerweise jedoch kann ich Wilhelm nicht helfen, da ich so gar nichts über die Geschichte weiß! Deshalb bitte ich Euch, geliebte Maman, inständig: Erzählt mir, was damals geschehen ist! Was wißt Ihr über diese unselige Angelegenheit, über der seit so vielen Jahren der Schleier der Verschwiegenheit liegt? Auch wenn sich solche Dinge besser von Angesicht zu Angesicht erzählen lassen, bitte ich Euch um Wilhelms willen, mir alles mitzuteilen, was Ihr wißt. Solange der Tod seiner Mutter wie eine große, dunkle Wolke über ihm schwebt, wird Wilhelm wohl auch in Zukunft keine Ruhe finden.

Friedrichs Erbe wird kein leichtes sein, weder für Wilhelm noch für mich. Die Schwierigkeiten mit der Verfassung scheinen ein endloses Trauerspiel zu werden, in das sich mein Gemahl mit seiner ganzen Kraft und Zeit zu stürzen gedenkt. Manchmal befürchte ich, daß er dabei andere Dringlichkeiten übersieht. Geliebte Maman, Ihr könnt Euch die unglaubliche Not nicht vorstellen, die in Eurem (und nun auch meinem) geliebten Württemberg herrscht! Nach dem kalten, verregneten Sommer mit seinen vielen Hagelgewittern ist die Ernte fast gänzlich ausgefallen. Deshalb sind die Preise für Butter und Brot, für Kartoffeln und Fleisch innerhalb der letzten Wochen um das Dreifache gestiegen! Ich bin so verzweifelt, daß ich manchmal fast verzagen könnte! Wie soll ich die mir anvertrauten Menschen ernähren? Manchmal befürchte ich, daß Wilhelm die Ausmaße der verheerenden Armut nicht einmal erahnt! Chère Maman, betet für mich, daß ich die Kraft habe, meinem Land in diesen schweren Zeiten hilfreich zur Seite zu stehen.

Doch ich will nun nicht weiter jammern, verzeiht mir meine Schwäche! Habt Ihr mir nicht gezeigt, wie eine Landesmutter für das Wohl ihrer Kinder sorgen kann? Nun, ich werde mich an jedes Eurer Worte erinnern. Die ersten Schritte habe ich schon eingeleitet, indem ich an meinen verehrten Bruder Alexander schrieb. Und schon gestern hielt ich das Antwortschreiben des Zaren in der Hand! Sehr gerne würde er meiner Bitte nachkommen und württembergische

Bauern in Rußland willkommen heißen. Ich könnte ihn dafür umarmen und bitte Euch, verehrte Maman, dies in meinem Namen zu tun, wenn Ihr Euren Sohn das nächste Mal seht! Wahrscheinlich werden die ersten Schiffe mit württembergischen Bauern schon im nächsten Frühjahr ablegen! Wenn ich durch meine Bemühungen nur eine einzige Bauernfamilie vor dem sicheren Hungerstod retten kann, haben sie sich schon gelohnt! Doch Ihr habt mich gelehrt, in größeren Ordnungen zu denken, und so stelle ich mir vor, daß mindestens zweihundert Familien in meinem geliebten Rußland eine neue Heimat finden werden! Mein großzügiger Bruder hat mir zugesichert, daß er jedem der Neuankömmlinge ausreichend fruchtbares Land zur Verfügung stellen und sie zehn Jahre lang von Steuern und Abgaben verschonen will. Danken wir Gott für einen so großzügigen Sohn, Bruder und Zaren! Leider fehlt es Wilhelm im Augenblick noch an der Gabe, eine bessere Zukunft für die Auswanderungswilligen vorherzusehen. Ist es nicht seltsam, daß ein Mensch, der in seinem Leben schon so viel Wandel und Wechsel erlebt hat, selbst so wenig Visionen besitzt? Ich habe mir jedoch vorgenommen, an Wilhelms Seite die Visionen und den Mut zu haben, an dem es ihm vielleicht hin und wieder mangelt. Noch heute will ich meine Berater empfangen, um in ihrem Kreis über weitere Schritte nachzudenken, welche die Not meines Volkes lindern können. Denkt an mich – betet für mich –, und gebt mir Stärke in meinem Bestreben, eine wahrhaft gute Landesmutter zu werden!

In Liebe und freundlichem Gedenken – Eure Euch liebende Tochter Katharina

Ermüdet lehnte sich Katharina zurück und streckte die Beine aus. Noch einmal überflog sie den Brief. Woran lag es nur, daß sie Wilhelm gerade seine Schaffenskraft und seinen kühlen Verstand zum Vorwurf machte, wo es doch eben diese Wesenszüge waren, die damals in Wien eine so große Anziehungskraft auf sie ausgeübt hatten?

Damals, als sie selbst nicht mehr wußte, wo Gott einen Platz für sie vorgesehen hatte, als sie sich ziellos wie ein Schmetterling treiben ließ – da war ihr Wilhelm, der württembergische Cousin, wie ein sicherer Fels in wilder Brandung erschienen. Sie hatte ihn um seinen kühlen Verstand beneidet, der ihn – ungetrübt von verwirrenden Gefühlen – Entscheidungen treffen oder Standpunkte einnehmen ließ. Noch heute erinnerte sie sich an die nächtelangen Gespräche, die sie abseits vom heiteren Tanzgetümmel miteinander geführt hatten. Entzückt hatten sie dabei festgestellt, daß ihnen beiden die Freude an scharfsinnigen Überlegungen und logischen Schlußfolgerungen gemein war. Nach den Wochen leeren Geredes war Wilhelm wie eine frische Brise in Katharinas Herz gefegt, und ihm mußte es mit seiner russischen Cousine wohl nicht anders gegangen sein, denn sein Werben um sie wurde von Tag zu Tag heftiger. Was sie damals als Scharfsinn betrachtete hatte, sollte ihr nun als Phantasielosigkeit gelten? Katharina seufzte. Was war nur geschehen, daß sie Wilhelm inzwischen mit anderen Augen betrachtete? Die großen Visionen, wie Alexander und wenige andere sie in sich verspürten, waren nun einmal nicht jedermanns Sache.

Auf der kleinen Porzellanuhr neben ihrem Bett war es fast sechs Uhr morgens. Sie fühlte, daß der Schlaf jetzt bereitwillig zu ihr kommen würde, doch genau dies konnte sie nicht zulassen. Es würde nicht mehr lange dauern, bis Niçoise mit ihrem Frühstück vor der Tür stand. Und kurz danach würde die Kinderfrau mit der kleinen Marie kommen. Der Gedanke an ihre erste Tochter ließ Katharinas ermüdete Gesichtszüge weich werden. Mit einem Ruck setzte sie sich auf. Der Tag, der vor ihr lag, würde lang werden, und da konnte es nicht schaden, ihn so früh wie möglich zu beginnen.

Nachdem sie den Brief an ihre Mutter verschlossen und

versiegelt hatte, ging sie zum Fenster. Wie schön, sich wieder ohne den enormen Leibumfang der letzten Wochen bewegen zu können! Die kalte und feuchte Luft tief in ihre Lungen einsaugend, blickte sie über die langsam erwachende Stadt. Wie Glühwürmchen leuchteten die Straßenlaternen die einzelnen Gassen und Wege aus und erzeugten eine trügerische Wärme. Vom Schloßhof drangen die ersten Küchengeräusche zu ihr herauf. Jemand ließ scheppernd einen Eimer zu Boden fallen, doch sonst war es noch still. Frühaufsteher wie Katharina waren selten am Stuttgarter Hof, selbst Wilhelm ließ sich in den Wintermonaten vor acht Uhr morgens nicht blicken. Doch Katharina schätzte die frühen Morgenstunden, die sonst niemand haben wollte.

Sie lächelte. Wie schnell hatte sie sich hier in Stuttgart eingelebt! Sie empfand weder Fremdheit noch Einsamkeit. Selbst hier, im Stuttgarter Schloß, fühlte sie sich zu ihrem eigenen Erstaunen wohl und geborgen. Nur wenige Tage nach Friedrichs Tod hatte Wilhelm darauf bestanden, das kleine Bellevue mit dem gesamten Hofstaat auf unbestimmte Zeit zu verlassen und statt dessen mitten in der Stadt zu residieren. In der Stadt, die Katharina so zu lieben gelernt hatte. Vielleicht lag es daran, daß ihre Mutter ihr und den Geschwistern von klein auf Geschichten aus der Heimat erzählt hatte. So hatte Katharina schon bevor sie nach Württemberg kam, das Gefühl gehabt, Land und Leute zu kennen.

Wie sehr sie Maria Feodorowna vermißte! Immerhin fühlte Katharina die Kraft und innere Stärke ihrer Mutter in sich, die davon herrührt, daß sich ein Mensch von Eitelkeiten freispricht. Wie sehr sie dagegen Petersburg mit seiner eingebildeten, einfältigen und oberflächlichen Gesellschaft haßte! *Pitta*, wie es im affektierten Ton seiner Bewohner genannt wurde – als handele es sich um ein kleines, mit Juwelen behängtes Schoßhündchen. Nein, dorthin zog sie nichts mehr. Spätestens im nächsten Frühjahr, wenn die Straßen wieder passierbar waren, würde sie ihre Mutter und vielleicht auch Alexander bitten, Stuttgart einen Besuch abzustatten.

Wenn sie weiterhin so untätig herumsaß, würde sie bis dahin nicht viel Rühmliches vorzuweisen haben, schalt sie sich und schloß mit einem Ruck das Fenster. Auf dem Weg in ihr Arbeitszimmer stattete sie der kleinen Marie einen kurzen Besuch ab. Die kleine Prinzessin war in einem anderen Flügel des Schlößchens zusammen mit Milena untergebracht. Obwohl sich Katharina nach ihrer eigenen, oft einsam verbrachten Kindheit geschworen hatte, selbst mehr Zeit mit ihren Kindern zu verbringen, zwang sie sich nach einer knappen Viertelstunde, Maries Wiege den Rücken zu kehren. Bei Milena war sie in den besten Händen, das wußte sie. Trotzdem hatte sie ein schlechtes Gewissen, als sie sich gegen acht Uhr morgens in ihr Arbeitszimmer begab, ohne ihre beiden Söhne auch nur kurz gesehen zu haben.

Und dazu sollte sie auch den ganzen Tag über nicht kommen. Die Debatte mit ihren drei engsten Beratern über den von ihr geplanten Wohltätigkeitsverein dauerte bis in den späten Nachmittag hinein und wurde lediglich von einem kurzen Mittagsmahl unterbrochen. Doch als Katharina schließlich die Tür ihres Arbeitszimmers hinter sich zuzog, tat sie dies mit einem Gefühl seltener Zufriedenheit. Zugegeben, ihren ursprünglichen Plan, den Wohltätigkeitsverein ausschließlich mit Damen der Gesellschaft betreiben zu wollen, hatte sie fallenlassen müssen. Aber insgeheim hatte sie von Anfang an damit gerechnet, daß weder der Stuttgarter Verleger von Cotta, noch Bankier Rapp oder Geheimrat von Hartmann Gefallen daran finden würden ... Für die Aufgaben des Wohltätigkeitsvereins sei es vor allem wichtig, hatten sie angeführt, daß kräftig Spendengelder flossen – und dazu durfte man die Herren der Gesellschaft nicht unnötig brüskieren. Katharina zuckte mit den Schultern, was hätte sie diesem Argument entgegensetzen sollen? Nur ein Dummkopf war für gute Ratschläge taub. Sie würde auch so beweisen können, daß Frauen sehr wohl zu Höherem in der Lage waren, als den Tag mit Feinstickereien und Kaffeekränzchen zu verbringen. Außerdem: In allen anderen Punkten waren sie sich rasch einig geworden. Sie würde die Schirmherrschaft über den Verein haben, sein Stammsitz hier in Stuttgart sein, und es würde zwölf Unterorganisationen geben, verteilt auf die einzelnen Landvogteien. Trotzdem hielt das Gefühl der Zufriedenheit nicht lange an, im Gegenteil. Den ganzen Abend über wurde Katharina von nagenden Zweifeln geplagt. Es hing so viel davon ab, daß sie die richtigen Entscheidungen traf!

Doch woher sollte sie immer und bei allem wissen, was richtig und was falsch war? Sicher, sie hatte gute Berater, und sie vertraute deren Urteil in den meisten Fällen. Auf der anderen Seite: Was wußten von Cotta, der Geheimrat von Hartmann oder gar der Bankier Rapp von bitterster Armut? Was wußten diese Männer davon, wie es in der Seele der Ärmsten aussah? Welche Bedürfnisse am dringlichsten gestillt werden mußten, außer der puren Nahrungsaufnahme? Nachdem Katharina sich vorgenommen hatte, die schon hie und da existierenden Hilfsmaßnahmen der Kirchen und einzelner wohltätiger Adeliger in einem zentral geführten Verein zusammenzufassen, wollte sie keinen Fehler begehen. Die Organisation war dabei das kleinere Problem, ging es ihr zum wiederholten Male durch den Kopf, während sie sich für das Abendmahl mit dem König umkleidete. Dafür zu sorgen, daß die Lebensmittel und Gelder nicht in trüben Kanälen versickerten, sondern wirklich das ausgedörrte Feld befruchteten, war mit straffer Überwachung zu gewährleisten. Doch was kam danach? Was würde sein, wenn Alexanders Getreidelieferungen aufgebraucht, der gute Wille des Königs und ihre eigenen Gelder erschöpft waren und die Hungersnot immer noch andauerte?

6

»Leonard, wir brauchen mehr Holz!« – »Leonard, wo bleibt die Kohle?« – »Leonard, der Ofen in der Hauptküche geht aus!«

Mit hochrotem Kopf rannte Leonard zwischen den einzelnen Küchenabteilen hin und her, trieb die für den heutigen Tag zusätzlich bestellten Holzträger zu schnellerem Laufen an und half selbst aus, wo Not am Manne war. Und das war heuer fast überall der Fall: Der große Ofen der Hauptküche, auf dem schon längst die zwanzig Schmortöpfe für das Festdiner simmern sollten, hatte sich gerade den Jahreswechsel dazu ausgesucht, seinen Geist aufzugeben. Erst nach einer geschlagenen Stunde konnte Leonard die Ursache – eine verklemmte Klappe in der Abzugshaube – finden, doch bis es soweit war, drohte Johann vor Ärger überzuschnappen. Kaum war der große Ofen wieder in Gang, hörte er Lili kreischen: »Leonard, was ist das für ein Holz? Schau dir das an, alles ist verrußt von dem elenden Zeugs! Alles schwarz! Die Küche und meine Kuchen gleich mit dazu!« Tatsächlich lag neben ihrem Ofen ein ganzer Stapel feuchtes Holz aufgetürmt. Nachdem er einen der Holzträger angewiesen hatte, der Zuckerbäckerin trockenes Holz zu bringen und das feuchte wieder zurückzutragen, hielt er für einen Augenblick inne. Seine dichten, roten Haare klebten verschwitzt auf der Kopfhaut und juckten fürchterlich. Am liebsten wäre er nach draußen gegangen und hätte seinen Kopf unter den kalten Strahl der Wasserpumpe gehalten, doch die Gefahr, sich dabei zu erkälten, war einfach zu groß. Jetzt krank zu werden – das würde ihm gerade noch fehlen! Wo es so viel zu tun gab! Er schnaufte tief durch, streifte sich mit beiden Händen durch die roten Haarstoppeln und wollte sich wieder an die Arbeit machen, als er hinter sich eine leise Stimme hörte.

»Ist alles in Ordnung? Kann ich dir helfen?«

Er drehte sich um und sah direkt in Eleonores dunkelbraune Augen. Tief drinnen in seinem Bauch machte etwas einen kleinen Sprung. »Ja, ja, alles ist in Ordnung. Soweit dies an einem solchen Tag überhaupt möglich sein kann.« Er zog eine Grimasse und grinste.

Eleonore lächelte verlegen zurück und wandte sich dann um. Noch immer zeichneten sich ihre Schulterknochen spitz durch die dünne Wollschürze ab. Das reichliche Essen der letzten Wochen hatte die Spuren des Hungers auf ihrem Körper noch nicht auszulöschen vermocht. Sonia hingegen, die täglich weitaus weniger Stunden auf den Beinen verbrachte als ihre Schwester und jede Gelegenheit zum Müßiggang nutzte, hatte schon ordentlich zugelegt. Die praller gewordenen Rundungen ihres Leibes zeugten deutlich davon.

Doch Leonard sah weder Eleonores magere Beine noch ihre hohlen Wangen. Sein Blick glitt über ihr gerötetes Gesicht, nahm jede Pore zur Kenntnis, sah den feuchten Film, der seidig auf ihrer Haut glänzte. Und urplötzlich hatte er das Bedürfnis, den zarten Flaum ihrer Nackenhaare, die sich aus ihrer strammen Bezopfung gelöst hatten, zu berühren.

»Halt, warte einen Augenblick!« Hastig griff er nach ihrer Schulter, worauf sie einen Schritt zur Seite machte, als hätte sie sich verbrannt. »Es ist nur ..., was will ich ..., wo haben sie dich heuer eingesetzt?« Im Grunde genommen wußte Leonard nichts mit Eleonore zu bereden, trotzdem wollte er sie nicht gehenlassen.

»Bei den Fischen bin ich«, erklärte Eleonore bereitwillig. »Als zweiten Gang hat der Küchenmeister geräucherte Fische mit einer grünen Soße vorgesehen, und ich soll die Fische von Haut und Gräten befreien. Da, riech einmal!« Während sie ihm eine Hand vor die Nase hielt, zog sie eine Grimasse. »Wie ein Fischweib, nicht wahr?« Sie lachte.

Mittlerweile konnte sie ihm in die Augen schauen und manchmal auch ein paar Worte mit ihm wechseln, ohne daß ihr gleich die Feuerröte ins Gesicht schoß. Trotzdem zog sie es vor, ihn heimlich zu beobachten.

Leonard schluckte. Eleonores weißer Hals, ihre nackten, weißen Arme, die Brüste, die sich schwach durch den grauen Schürzenstoff abzeichneten – wie mochte sich das alles anfühlen?

»Du fragst mich ja gar nicht, wo Sonia zu schaffen hat?« Fast unmerklich hielt Eleonore den Atem an.

»Sonia! Laß mich bloß mit der in Ruhe!« antwortete Leonard mit ungewohnter Heftigkeit. Endlich gelang es ihm, seine Augen von der Wölbung ihrer Brüste abzuwenden. »Von mir aus könnte deine Schwester auf dem Mond Lebkuchen backen, und es würde mich immer noch nicht interessieren.«

Obwohl Eleonore versucht war, Sonia sofort zu verteidigen, mußte sie bei Leonards Worten erst einmal lachen. Die seltsame Spannung zwischen ihnen löste sich langsam.

»Aber was ich tue, das interessiert dich schon, oder?« sprudelte ihr von den Lippen. Doch im selben Moment wurde sie feuerrot. Das unbefangene Geplänkel mit den Mannsbildern, das Sonia so leicht und kokett von den Lippen ging, lag Eleonore eigentlich gar nicht, ganz im Gegenteil. Sie verabscheute es, wenn ein Weib sich durch allzu anzügliche Augenaufschläge oder Andeutungen ständig die Aufmerksamkeit eines Burschen zu verschaffen suchte. Daher war sie nun um so mehr über ihr eigenes Verhalten überrascht.

Leonard lachte. Plötzlich war auch seine Zunge wie gelöst. Schon öfters hatte er in Eleonores Gegenwart festgestellt, daß er nach kurzer Zeit seine Schüchternheit verlor, deretwegen ihn die anderen Weiber in der Küche dauernd aufzogen. Sonia ebenfalls. Nun würden ihm sicher die tollsten Sprüche einfallen, die interessantesten Fragen und aufregendsten Geschichten . . . Doch statt dessen nahm er Eleonores Hand in die seine.

»Das weißt du doch, daß ich mich für dich interessiere, oder?«

Als Eleonore nicht antwortete, sondern ihn nur mit ihren dunklen, warmen Augen anschaute, spürte er ein so heftiges Gefühl in sich, daß ihn auf einmal kalte Schauer durchliefen. Was geschah mit ihm? War er etwa dabei, sich in die magere Räuberin zu verlieben? Daß sie eine solche war, daran hatte er keinen Augenblick gezweifelt. Selbst als Sonia mit ihrer glaubhaften Erklärung auftrumpfte, hatte er es besser gewußt. Nicht umsonst war auch er ein ganzes Jahr auf Wanderschaft gewesen. Mochte es ihm an Gut und Geld nicht viel gebracht haben, so hatte er doch die unterschiedlichsten Menschen kennengelernt und war seitdem nicht mehr der unbedarfte Bauersbub, als der er sich vom Hof seines Bruders verabschiedet hatte. Doch war ihm Eleonores Herkunft egal. »Leonard und Eleonore« – hatte das nicht einen süßeren Geschmack als Lilis Zuckerbrezeln? Er verspürte ein wildes Pochen im Hals.

Gerade in dem Augenblick, als sein Herz weit offen und verletzlich war, fiel ihm der Brief seines Bruders ein, den er schon dutzende Male gelesen hatte und bei sich in der Hosentasche trug. Seine Lippen bebten, und er spürte, wie sich eine kalte Wand zwischen Eleonore und ihn schob. Es ging nicht! Er konnte, nein, er durfte sein Herz nicht verlieren! Weder sein Herz noch seinen Verstand! Nicht jetzt, wo er beides so dringend brauchte... Und vor allem – nicht hier.

Eleonore, die nichts von Leonards inneren Kämpfen ahnte und mit weichen Knien und verwirrtem Herzen vor ihm stand, schaute hoch. Sie registrierte jede Regung in seinem Gesicht, war versucht, jede noch so kleinste Falte auf seiner Stirn glattzustreichen. Doch traute sie sich nicht. Statt dessen legte sie unbeholfen eine Hand auf seinen Arm und drückte ihn sanft.

Es war diese kleine Geste, die Leonard am meisten zu schaffen machte. Die eisige Wand der Entscheidung, die vor ihm stand, wurde wie von Geisterhand weggeschoben – und mit ihr alle nüchternen Überlegungen seine Zukunft betreffend. Er verspürte nur noch den blanken Schmerz der Liebe. Hilflos empfand er, wie sich sein Herz von ihm verabschiedete und sich zu Eleonores Füßen legte. Und er wußte, daß ihm seine Entscheidung nun um ein Vielfaches schwerer fallen würde.

Während um sie herum Dutzende von Küchenangestellten hin und her rannten – nicht ohne die beiden für ihre Untätigkeit böse zu beschimpfen –, spürte auch Eleonore, daß etwas mit ihr geschah. Doch genau wie Leonard bäumte sie sich innerlich gegen die aufkeimenden Gefühle auf. Sie machten ihr angst. So etwas hatte sie noch nie erlebt. Sie empfand diese starken Gefühle für einen beinahe Fremden! Sicher, auf der Wanderschaft hatte es den einen oder anderen Burschen gegeben, der ihr schöne Augen machte und dem gegenüber auch sie sich nicht völlig abweisend gezeigt hatte. Doch mehr als eine heftige Umarmung oder einige leidenschaftliche Küsse waren nie draus geworden. Mit Leonhard war das anders, das spürte und ängstigte sie. Trotzdem schaffte sie es nicht, ihre Hand von Leonards Arm zu nehmen und wegzugehen. Wie angewurzelt stand sie da und schaute ihn an.

»Heut nacht«, flüsterte er heiser. »Laß uns heute nacht zusammenkommen. Nach der Arbeit, im Holzschober.«

Eleonore nickte beklommen.

Keiner von beiden bemerkte Sonia. Minutenlang hatte sie wie zur Salzsäule erstarrt im Türrahmen gestanden. Mit steifen Gliedern ging sie nun auf ihre Schwester und den Rothaarigen zu. Erst als sie unmittelbar neben ihnen stand, spürte Eleonore ihre Gegenwart und drehte sich um. Und erschrak.

Es waren Sonias Augen. Deren übliche braune Farbe hatte sich in ein hartes Grau verwandelt. Kalte, schmerzende Blitze zuckten unaufhörlich darin hin und her, und Eleonore hatte das Gefühl, als würde Sonia innerlich vor Haß verbrennen.

»Wo steckst du denn? Ich suche dich schon überall! Die Königin hat uns beide rufen lassen! Wir sollen sofort zu ihr kommen!« Mit einem harschen Kopfnicken deutete Sonia auf Katharinas Hofdame, die mit unbeweglicher Miene mitten im Treiben der Küche stand.

Eleonore zwang sich, ihren Blick von Sonia abzuwenden. Erst jetzt begann sie, das Gehörte zu verstehen. »Die Königin will uns sehen? Das hat nichts Gutes zu bedeuten...« Mit aller Kraft versuchte sie, ihre Stimme alltäglich klingen zu lassen, statt dessen hörte sie sich in ihren Ohren hohl und blechern an. Unter Sonias Blick hatte sie plötzlich das Gefühl, Leonard schützen zu müssen. Mit einem dumpfen, angstvollen Pochen im Kopf folgte sie Sonia und der Hofdame, die mit hastigen Schritten der heißen Küche und ihren vielen Gerüchen entfloh.

»Was ist?« »Was wollen's von den beiden Schwestern?« »Die Königin verlangt nach den beiden?«

Leonard hörte die Fragen und die Aufregung um sich herum, doch konnte auch er nicht mehr Licht in die seltsame Angelegenheit bringen. Es war in der Tat höchst ungewöhnlich, eigentlich war es noch nie vorgekommen, daß die Königin einen der Küchenangestellten direkt zu sprechen wünschte. Und dann ausgerechnet die beiden Räuberinnen? Nicht einmal Johann, der Hauptkoch, wurde zu ihr zitiert, um eine Menüfolge oder ein Festmahl zu besprechen. Das war die Aufgabe des Hofzeremonienmeisters, der die Wünsche der Königin oder des Königs in Form eines täglichen Speiseplanes an Johann weitergab. Zutiefst beunruhigt blickte Leonard den beiden Frauen nach. Dann aber schüttelte er sich wie ein nasser Hund, der sich von einem kalten Regenguß befreien will. Daß die Königin nach Eleonore und Sonia verlangte, war zwar ungewöhnlich und wert, sich darüber Gedanken zu machen. Andererseits war es nichts im Vergleich zu dem inneren Aufruhr, wie er ihn derzeit erlebte. Nein, das wilde Durcheinander, das seine Muskeln verkrampfen und sein Herz bis zum Hals hochschlagen ließ, hatte andere Gründe, und die brauchte ihm niemand zu sagen. Er stöhnte. Wäre er ein schwächerer Mensch gewesen, so hätte er mit seinem Schicksal gehadert, hätte Gott und die Welt beschuldigt, ihm gerade jetzt, wo er den Weg in sein zukünftiges Glück zu kennen glaubte, eine solche Ablenkung zu präsentieren. Doch Leonard tat nichts dergleichen. Wie weggeblasen waren die wilden, aufschäumenden Gefühle, die ihm zuvor die Worte verschlagen hatten. Während er immer wieder den gleichen Weg zwischen Holzschober und Küche zurücklegte, Ladung um Ladung Brennholz herbeischleppte, arbeitete sein Kopf unablässig. Mit derselben Bestimmtheit, mit der er vor sechs Jahren eine Bestandsaufnahme seines Lebens gemacht und daraufhin den Hof seines Bruders verlassen hatte, zwang er sich auch jetzt, sämtliche Möglichkeiten in seinem Kopf durchzuspielen. Viele waren es nicht. Doch dann kam ihm ein Gedanke, der so ungeheuerlich war, so wagemutig und gleichzeitig so einleuchtend, daß er vor Erregung urplötzlich stehenblieb. Er hörte weder das Fluchen von Martini, dem Tischdiener, der samt einem Tablett heißer Speisen fast auf ihn gerannt wäre, noch reagierte er auf die groben Witze seiner Kameraden. Er wußte nur eines: Gleich am nächsten Tag würde er Erkundigungen einholen, um zu prüfen, ob seine Pläne durchführbar waren. Ha, wie würde sein Bruder schauen, wenn er schon eine Braut mitbrächte! Und dann, wenn seinen Plänen wirklich nichts mehr im Wege stand, würde er Eleonore fragen! Doch zuvor, oder besser gesagt, heute nacht wollte er sie erst einmal in seine Arme schließen wie noch keine vor ihr.

Kaum hatte sich die schwere Eichentür des Küchentraktes hinter den beiden Schwestern geschlossen, wurden sie von einer samtigen Stille eingehüllt, in der das blecherne Scheppern von Sonias Armreifen laut und aufdringlich klang. Während sie lange Treppen hinaufstiegen, wechselten die beiden Schwestern kein Wort. Auch Fräulein von Baur, die Vertraute der Königin, sagte nichts, sondern führte sie unter stummer Mißbilligung weiter. Mit jeder ihrer Bewegungen entfaltete sich ein lieblicher Duft nach frischen Maiglöckchen, der Eleonore den eigenen Körpergeruch nach Schweiß, Fisch und grünen Kräutern unangenehm bewußt werden ließ. Kein Wunder, daß die feine Dame mit schnellen Schritten den Abstand zwischen sich und den beiden Schwestern zu vergrößern suchte. Verstohlen rieb sich Eleonore mit der flachen Hand den Schweiß von der Stirn und wischte dann beide Hände heftig an ihrem Rock ab. Hätte sie sich nur gestern abend nicht geziert und sich im kalten Wasserstrahl des Brunnens gewaschen! Statt dessen war sie vor lauter Müdigkeit wieder einmal unmittelbar nach dem Abendbrot auf ihr Bettlager gefallen und eingeschlafen.

Die Pracht der langen Korridore ließ sie immer langsamer

werden, bis sie Sonias spitzen Fuß in der Wade zu spüren bekam. In jedem Geschoß herrschte eine bestimmte Farbe vor: Auf der unteren Ebene war es ein zartes Gelb gewesen, das Wände, Leuchter und Lampen schmückte. Im ersten Stockwerk, wo laut Niçoise der große und der kleine Speisesaal lagen, waren die Wand- und Fensterbehänge in einem rauchigen Taubenblau gehalten. Schwere, silberne Kerzenhalter schmückten die Wände, und über kleinen Tischen hingen silbergerahmte Spiegel.

Schließlich, im obersten Stockwerk, wo sich wohl die herrschaftlichen Räume befanden, war alles in ein Rot getaucht, das Eleonore an überreife Erdbeeren erinnerte. Erdbeeren, über die Lili dicke Sahne gegossen hatte. Leuchter, die aus Tausenden von geschliffenen Glassteinen zu bestehen schienen, hingen von der Decke, und an den Wänden konnte man wunderschöne Landschaftsbilder in schweren, goldenen Rahmen bewundern. Mit steifen Schritten bewegte sich Eleonore über die farbenprächtigen Bodenteppiche, die sich unter den durchgelaufenen Sohlen ihrer Schuhe wie dickes Moos anfühlten. Sie wußte nicht mehr, wohin sie zuerst blicken sollte, deshalb hielt sie ihre Augen auf den Boden gerichtet. Nie im Leben hätte sie es für möglich gehalten, daß Menschen so lebten. Sicher hatte sie gewußt, daß die Königsfamilie in großem Reichtum lebte, doch was man sich genau darunter vorzustellen hatte, das hätte sie nie erahnt! Reichtum – das war in Eleonores Augen genug zu essen, Kleidung zum Wechseln, vielleicht sogar besonders feine Kleider und Schuhe, dazu eine warme Behausung, die einem niemand streitig machen konnte. Aber dieser Glanz? Diese unzähligen Gegenstände, die nur dastanden, um das Auge der Besitzer zu erfreuen? Diese Farbenpracht, in der jedes Bild, jede Vase und jede Elle Stoff in einer ganz besonderen Weise zusammenwirkten?

Mit jedem Schritt bekam Eleonore es mehr mit der Angst

zu tun, doch statt sich nach Sonia umzudrehen, um wie bisher in der Zweisamkeit Trost zu suchen, marschierte sie weiter. An der vorletzten Türe hielt Fräulein von Baur endlich an und wartete, bis die beiden Schwestern bei ihr angekommen waren. Eleonore zwang sich ein letztes Mal zum Durchatmen, in ihrem Kopf sauste es, daß ihr ganz schwindlig wurde. Was hatte dieser Besuch zu bedeuten? Was konnte die Königin nur von ihnen wollen? War womöglich etwas von den ganzen Reichtümern weggekommen und sie wurden nun des Diebstahls verdächtigt?

»Es ist gut, Fräulein von Baur. Sie können uns alleine lassen.«

Unsicher schaute die Hofdame von der Königin zu den beiden Küchenhilfen. Katharina war irritiert.

»Haben Sie noch etwas auf dem Herzen?«

»Nein, nein. Es ist nur . . .«

»Gut. Gut. Dann gehen Sie. Wenn ich Ihre Hilfe benötige, lasse ich Sie rufen.« Freundlich nickte Katharina ihr zu. Fräulein von Baur war wirklich eine sehr hilfreiche, kluge und hochgeschätzte Person, wie Wilhelm dies bei ihrer Ernennung zu Katharinas Hofdame vorausgesagt hatte. Dennoch war sie für Katharinas Geschmack manchmal ein wenig zu konventionell. Des öfteren hatte sie das Gefühl, sich bei ihr dafür entschuldigen zu müssen, in gewissen Dingen auch einmal einen neuen Weg zu beschreiten. Und so weit mußte es noch kommen, schalt Katharina sich verärgert. Nicht genug, daß sie Wilhelm Rede und Antwort zu stehen hatte, bald verlangten ihre Untertanen dasselbe! Sie riß sich zusammen und lächelte die beiden unsicher dreinschauenden Mädchen an, bemüht, den Geruch nach Zwiebeln und Fisch und mehr zu ignorieren.

»So kommt doch näher.« Mit ihrer rechten Hand winkte sie die beiden Schwestern zu sich her.

»Ihr fragt euch sicherlich, warum ich euch habe holen lassen. Nun, ich will nicht lange um den heißen Brei herumreden. Ich brauche eure Hilfe.«

Unsicher warfen sich die beiden Schwestern einen Blick zu. Keine wußte auf diese völlig überraschende Eröffnung der Königin etwas zu sagen.

»Wie ihr am eigenen Leib verspüren mußtet, kann Armut die Menschen zu seltsamen Taten treiben«, fuhr Katharina fort. »Leider muß ich sagen, daß es im ganzen Land immer schlimmer wird. Mir wird berichtet, daß die Menschen weder genug zu essen noch genug Arbeit haben.« Als sie die verstörten Blicke der beiden jungen Frauen sah, wurde sie unsicher. Vielleicht erwartete sie zuviel? Nun, man würde sehen.

». . . lange Rede, kurzer Sinn: Ich will den Armen helfen, der Armut zu entkommen. Und da ihr beide deren Schicksal kennt, ja, es sogar am eigenen Leib erfahren mußtet, wünsche ich, daß ihr mir von den dringlichsten Wünschen und Nöten dieser Unglücklichen erzählt.« Ihre Augen leuchteten erwartungsvoll.

Die beiden Schwestern blickten sich sprachlos an. Mit allem hätten sie gerechnet – daß man sie eines Diebstahls bezichtigt oder daß man sie wieder auf die Straße jagt –, nur damit nicht!

»*Wir* Euch helfen?« Sonia fand als erste ihre Sprache wieder. »Was wissen wir denn schon? Wir sind doch nur einfache Mädchen, die nicht einmal regelmäßig die Schule besucht haben. Die Korbmacherei . . .« Bedeutungsvoll ließ sie die letzten Worte in der Luft hängen.

Eleonore warf ihr einen scharfen Blick zu.

Katharina winkte ab. »Ob ihr beiden in der Schule wart oder nicht, ist für mich völlig bedeutungslos. Wenn ich das Gespräch mit Gelehrten wünsche, stehen mir genügend der Herrschaften gerne zur Verfügung. Also, bitte keine falsche Scheu. Redet!« Ungeduldig blickte sie die beiden an.

»Nun, mit der Armut ist es so eine Sach'«, begann Eleonore ohne viel nachzudenken. Sie glaubte zwar nicht daran, daß sie der Königin in irgendeiner Art helfen konnte, aber sie wollte es zumindest versuchen. Es fiel ihr nicht schwer, die Zeit mit Columbina in sich wachwerden zu lassen.

»Wenn man einmal arm ist, kommt man einfach nicht mehr davon los. Es ist, als ob die Armut wie Pech an einem klebt.« Sie versuchte, Sonias bohrende Blicke zu ignorieren und sprach weiter: »Wenn man keine Arbeit hat, hat man kein Geld – so einfach ist das. Wenn man kein Geld hat, wirft einen der Wirt aus der Kammer. Und so landet man auf der Straße. Da ist es egal, ob einer vier Kinder hat oder fünf. Wenn er nicht zahlen kann, wird er aus seiner Hütte geworfen. So sind schon viele auf die Straße gekommen.« Sie mußte an die vielen traurigen Geschichten denken, die sich die Vaganten nachts am Lagerfeuer erzählten. »Oft ist es auch so, daß der Mann keine Arbeit mehr findet, weil er krank ist und nicht mehr richtig schaffen kann. Dann schämt er sich, und seine Frau schämt sich auch, und sie tun so, als wäre alles in Ordnung, damit keiner was merkt. Dann gibt's für einige Zeit nur trockenes Brot zu essen und dann immer weniger Brot, und auf einmal ist gar nichts mehr auf dem Tisch. Dann fangen die Kinder an zu heulen und zu schreien vor lauter Hunger. Und die Frau bindet sich ein Tuch um den Kopf und geht hinaus zum Betteln. Weil sie das Elend der Kinder nicht mehr mit anhören kann. Dabei schämt sie sich so.« Ihre Stimme wurde immer leiser, als sie an die vielen Bettlerinnen denken mußte, die an jeder Ecke verstohlene Hände ausstreckten. Das Betteln hatte Columbina immer als unehrenhaft verabscheut. Einem Mann den Geldbeutel aus dem Sack zu greifen war hingegen in ihren Augen ein Handwerk wie jedes andere.

»So ist es«, stimmte Sonia zu. »Die Kinder sind arm dran.« Dann schwieg sie wieder.

Eleonore nahm den Faden erneut auf, als hätte es keine Unterbrechung von Sonia gegeben. »Ein ewiger Kreis ist das. So wie die Kinder es bei den Eltern sehen, so machen sie es später auch. Stiehlt der Vater, um seine Familie sattzukriegen, werden auch seine Söhne stehlen.« Mit Absicht sprach sie von Söhnen und nicht von Töchtern. »Bettelt die Mutter, dann werden es ihr die Kinder gleichtun.«

Eleonore zuckte resigniert mit den Schultern und schaute der Königin ins Gesicht. Sie lauschte mit gespannter Miene ihren Erzählungen. Wäre diese Frau nicht gewesen, säßen sie heute wahrscheinlich im Gefängnis auf dem Hohenasperg. Nie, niemals im ganzen Leben, wären sie etwas anderes als Räuberinnen gewesen, wären als solche gestorben wie Columbina auch. Zum zweiten Mal an diesem Tag verspürte sie ein so heftiges Gefühl in sich, daß sie glaubte, ihr Herz werde daran zerbersten. Und sie wußte: Für Katharina von Rußland hätte sie ihr Leben gegeben.

»Und wenn die Menschen arm sind, werden sie krank. Sie frieren, beginnen zu husten, werden immer schwächer, und schließlich sterben sie.« Wie Columbina, ging es ihr durch den Kopf, aber das konnte sie natürlich nicht erzählen. Sie zuckte erneut mit den Schultern. »Wahrscheinlich ist das alles unwichtig. Wie soll mein Gerede Euch helfen?«

»Vielleicht hast du mir mehr geholfen, als du dir vorstellen kannst...«, meinte Katharina sinnend. »Es gilt, den Kreis zu durchbrechen...« Sie war aufgestanden und begann im Zimmer auf und ab zu gehen. Sonia schubste Eleonore grob in die Seite, als wolle sie ihr weitere, der Königin hilfreiche Worte abringen. Doch Eleonore hatte gesagt, was ihr dazu eingefallen war. Mehr gab es nicht.

Da erklang Sonias rauchige Stimme: »Wenn die Menschen arm sind und nichts zu essen haben, werden sie zu Diebstählen gezwungen, wenn sie nicht verhungern wollen.« Erwartungsvoll schaute sie Katharina an, auch sie wollte von ihr gelobt werden.

Tief in Gedanken versunken zuckte die Königin unmerklich zusammen, als habe sie die Gegenwart der beiden Schwestern schon vergessen. Mit einer ungeduldigen Handbewegung forderte sie die beiden zum Gehen auf. »Es ist gut. Es ist gut. Ihr könnt wieder an die Arbeit.« Sie lächelte beide an, doch dann blieb ihr Blick auf Eleonore haften. »Du hast mir sehr geholfen. Nun muß ich mir das, was ich gehört habe, durch den Kopf gehen lassen.«

»Ich würde Euch sehr gerne wieder einmal von Hilfe sein«, erwiderte Eleonore. Die Worte waren unwillkürlich aus ihrem Mund gepurzelt, aber sie kamen aus ihrem Herzen. »Daß sich eine Königin um die Ärmsten der Armen Gedanken macht, das ... das ist ...«

»Was ist das?« Amüsiert lächelte Katharina die junge Frau an. »So sprich dich ruhig aus, auch eine Königin braucht hin und wieder ein Lob!«

»... edelmütig ist das«, brachte Eleonore schließlich heraus und schämte sich für ihre schlichten Worte.

»Genau«, pflichtete Sonia ihr schnurstracks bei. »So viel Edelmut ist bewundernswert.«

Wieder zuckte Katharina bei Sonias Worten zusammen, als habe sie ein lästiges Insekt gesichtet. Ohne sie weiter zu beachten, wandte sie sich erneut an Eleonore.

»Ich werde deine Hilfe für das, was ich vorhabe, sicher noch öfter benötigen. Und ich freue mich, daß du sie mir so großherzig anbietest. Doch nun geht rasch an eure Arbeit zurück, sonst verpassen wir alle am Ende noch den Jahreswechsel. Ich wünsche euch ein segenreiches, neues Jahr. Möge es bessere Zeiten bringen als das letzte.«

»Und ich freue mich, wenn du mir deine Hilfe so großherzig anbietest«, äffte Sonia Katharinas letzte Worte nach.

»Du meine Güte, Lorchen, ich wußte gar nicht, daß du so gut schmeicheln kannst.« Sie lachte rauh auf. »Die Königin braucht unsere Hilfe, daß ich nicht lache!«

Verletzt starrte Eleonore ihre Schwester an. »Das habe ich ehrlich gemeint! Wie kannst du dich nur darüber lustig machen?«

»Ha! Wenn das nichts ist, worüber man sich lustig machen kann, was dann? Die Königin fragt uns über die Nöte der Armen aus!« Sonias Stimme triefte derart vor Spott, daß es Eleonore schüttelte. »Wenn ich so viel Reichtum hätte wie die da ...«, unwirsch nickte sie mit dem Kopf nach oben, »dann wüßte ich weiß Gott was Besseres zu tun, als mich mit Küchenmädchen abzugeben.«

»Ja, das glaub' ich dir aufs Wort! Daß du dich einen Dreck scheren würdest um das Schicksal von Menschen, denen es nicht so gut geht.«

»Ja und? Kümmert sich denn jemand um uns? Für die Russin ist es doch ein leichtes, den Armen hier und da eine Brotkrume zukommen zu lassen. So viel Gold und Geld wie sie hat«, spuckte Sonia Eleonore ins Gesicht.

»Ich glaube nicht, daß die Königin nur ›Brotkrumen‹ verteilen will. Nein, die hat große Dinge vor, das fühl' ich irgendwie.« Noch immer klangen Katharinas Worte in ihr nach.

»Und was fühlt meine Schwester sonst noch alles? Vielleicht ein heißes Gefühl zwischen den Beinen, hä? Wie du mit diesem rothaarigen Idioten liebelst, ist ja ekelhaft!«

»Ach, daher weht der Wind. Daß ich auch einmal einem Mann gefalle, das paßt dir nicht? Wo du dich doch mit Hinz und Kunz herumtreibst.«

»Ein Mann, pah! Den nennst du einen Mann? Da kann ich dir ...«

»Ach, laß mich doch in Ruhe. Ich habe die Nase voll von dir und deiner bösen Zunge!« Zum ersten Mal in ihrem ganzen Leben schnitt Eleonore Sonia das Wort ab und ließ diese stehen. Sie brauchte Zeit. Wie gerne wäre sie jetzt allein gewesen! Es war so viel geschehen, worüber sie nachdenken mußte. Doch die Arbeiten für die Feierlichkeiten zum Jahreswechsel warteten auf sie, und so machte sie sich schnellstens auf den Weg zu Johann, um sich zurückzumelden. Und nach der Arbeit würde sie Leonard treffen!

7

Wilhelm, wie schön, dich zu sehen. Du kannst dir nicht vorstellen, was ich dir alles zu berichten habe!« Mit einem Klirren ließ Katharina die silbernen Ohrgehänge fallen, die sie gerade anlegen wollte, und drehte sich entzückt zu Wilhelm um. Daß er sie vor dem Abendmahl in ihren Gemächern besuchte, kam in letzter Zeit viel zu selten vor. Und dabei waren dies die einzigen Gelegenheiten, sich unter vier Augen zu unterhalten!

Hastig schloß Katharina die restlichen Ösen ihres silbergewirkten Ballkleides. Wie immer hatte sie aus Bequemlichkeit bis zur letzten Minute damit gewartet, sich ganz anzukleiden. Dafür waren ihre Haare schon längst zu einer perfekt aufgetürmten, dunkelbraun-glänzenden Krone hergerichtet worden, durch die sich unzählige silberne Bänder schlängelten.

»Immer langsam, Geliebte! Es gibt für alles eine Zeit, doch sollen diese letzten Stunden unseres ersten gemeinsam verbrachten Jahres nicht zum Reden bestimmt sein.« Seine Augen waren dunkel vor Liebe und Zuneigung, als er ihr einen in tiefblauen Samt gewickelten Gegenstand überreichte.

Zwei rote Flecken zeigten sich plötzlich auf Katharinas blassem Gesicht, und ihre Augen glänzten. Vorsichtig deckte sie die schweren Falten auf. »Ein Ei! Und es läßt sich sogar öffnen! Was sich wohl darin verbergen mag?« Mit kindlicher Neugier drehte sie das in rotem Moirée emaillier-te Kleinod hin und her. »Der Romanov-Adler und die Kro-ne – Wilhelm, ich befürchte, du hast sämtliche Grundsätze des sparsamen Schwaben für dieses Geschenk aufgeben müssen.«

Wilhelm erwiderte ihr Lächeln. »Das kommt halt davon, wenn man eine verwöhnte Russin zur Frau nimmt. Ich hätt' halt doch eine meiner schwäbischen Cousinen ehelichen sol-len...« Er seufzte, doch war ihm die Freude über seine gelungene Überraschung, die er schon vor Wochen bei einem Juwelier in Petersburg in Auftrag gegeben hatte, anzusehen.

Katharina knuffte ihn spielerisch in die Seite. »Ich warne dich! Auch wenn du dich neuerdings König rufen läßt – gehe nicht zu weit! Schließlich bin ich deine Königin und eine neugierige dazu.« Sie raffte ihre Röcke zusammen und setzte sich auf einen der dunkelrot gepolsterten Sessel, die überall im Raum zum Ruhen einluden. Viel lieber hätte sie Wilhelm sofort von ihrem Gespräch mit den beiden Küchen-hilfen berichtet. Es hatte ihr mehr Aufschlüsse über ihr wei-teres Vorgehen vermittelt, als sie dies in ihren kühnsten Träumen gehofft hatte. Doch wollte sie Wilhelms offensicht-liche Freude nicht verderben, und so begann sie, mit großem Aufsehen das rote Email-Ei zu öffnen, das auf der Vorder-seite mit einem Miniatur-Portrait von ihr verziert war. Wohlwollend stellte sie fest, daß der Künstler auf allzuviel Wirklichkeitstreue und somit auch auf die Wiedergabe ihrer hohen Stirn verzichtet hatte. Dann allerdings verschlug es ihr doch die Sprache. Was sie im Inneren zu sehen bekam, war so reizend, so wertvoll gearbeitet und so liebevoll für sie ausgesucht, daß sie vor lauter Staunen still wurde. Auf einer Schneespur aus glitzernden Diamanten war ein Schlitten aus purem Gold zu sehen, der von zwei prächtigen Pferden gezogen wurde. Deren Mähnen waren weiß, ihr Geschirr in

Rubinrot und im tiefen Blau des Safirs emailliert. »Eine Schlittenfahrt im Schnee!« Ihre Stimme klang so sehnsüchtig wie die des Frühlingsvogels, der die alljährliche Neugeburt des Lebens nicht erwarten kann.

Wilhelm räusperte sich. »Vielleicht sollten wir uns das Ganze einmal in natura ansehen...?«

»In natura? Wie meinst du das? Wenn wir in Petersburg wären, würde ich dich ja verstehen, aber...«

»Dann komm doch einfach mit, meine Zweiflerin! Laß dir einen Mantel bringen und vergiß auch einen Schal nicht! Denn was ich mit dir vorhabe, verspricht ein recht frisches Vergnügen zu werden!«

Kurze Zeit später nahm es Katharina ein zweites Mal den Atem. Im Schloßhof wartete ein prächtiger Schlitten auf sie, vor dem zwei leibhaftige Rösser mit ihren Hufen ungeduldige Bilder in den Schnee schlugen.

»Ein frohes neues Jahr, geliebte Katharina!« Sanft nahm Wilhelm die ungläubig Staunende in seine Arme. »Da ich deine Sehnsüchte nach den Petersburger Schlittenfahrten kenne, soll mein Geschenk eine kleine Entschädigung für entgangene Genüsse dieser Art sein.«

»Das sind aber auch die einzigen Genüsse, die ich mir in Petersburg vorstellen kann«, antwortete sie trocken. Dann nahm sie seine Hand und zog ihn auf den Schlitten zu. »Ach, wenn das Maman sehen könnte! Wie würde sie sich mit mir freuen! Nun bist du mir aber eine kleine Ausfahrt schuldig. Nein, nein, da hilft kein Kopfschütteln und kein Zaudern! Daß unsere Gäste eine Weile auf unsere Gesellschaft warten müssen, hast du alleine zu verantworten. Und morgen nehmen wir die beiden Prinzen zu einer Ausfahrt mit. Und Marie! Oder ist sie noch zu klein für solche Unternehmungen? Müssen wir ihr etwa dieses traumhafte Vergnügen noch ein Weilchen vorenthalten?« Sie lachte laut auf, ließ sich hastig auf dem weichen Polster des Schlittens nieder und klopfte herausfordernd auf den Platz neben sich. »So komm doch! Nur eine kleine Runde durch den Schloßpark, ich bitte dich.« Ein beistehender Diener beeilte sich, die Königin mit einem weißen Bärenfell zuzudecken. Wilhelm gab sich geschlagen und und stieg ebenfalls ein.

Gleich darauf setzte sich der Schlitten in Bewegung. Seine scharfen Kufen gruben schmale Ränder in den verkrusteten Schnee, und wie silbergraue Rauchfahnen zeichnete sich der Atem der Pferde gegen die bitterkalte Klarheit der Nacht ab. Das Geläut der vielen hell klingenden Glöckchen klang Katharina bittersüß in den Ohren.

»Da, siehst du, wie's Madam mit der Wohltätigkeit hält! Hast du das Kleid gesehen? Pures Silber! Und der Haarschmuck ebenfalls aus Silber!« Sonias Stimme klang von Neid zerfressen. Sie hatte wie die meisten der Bediensteten heimlich und von einem Pfeiler verborgen das Spektakel im Schloßhof beobachtet.

»Sie ist nun einmal Königin«, erwiderte Eleonore geistesabwesend. Von ihr aus hätte Katharina zehn Kutschen und ein Dutzend solcher Schlitten besitzen können. Noch immer klangen die Worte der Königin in ihren Ohren nach, übertönten jedes Glockengeläut. »Den Kreis der Armut durchbrechen« – welch wunderbarer Gedanke!

»Königin – na und! Wenn sie es wirklich so gut mit uns meint, soll sie uns gefälligst ein Stück vom fetten Kuchen abgeben«, hörte sie wieder Sonia neben sich. »Schau uns doch an: Während sie das neue Jahr mit einer Schlittenfahrt und einem Festessen einläutet, müssen wir noch länger in dieser verdammten Küche schuften als sonst!« Laut zog sie den Rotz in ihrer Nase hoch und ließ trotzig ihre Armreifen dazu klappern.

»Dafür bekommen wir doch auch zehn Groschen mehr.

Und Lili hat gesagt, für uns wäre heuer ebenfalls ein besonderes Mahl vorgesehen, wenn's auch recht spät damit werden wird«, versuchte Eleonore ihre Schwester zu besänfti-
gen. Woher kam nur dieser ewige Neid? Warum verspürte
Sonia stets diese dunklen Gefühle, die sie innerlich zerfra-
ßen und für die es doch so gar keinen Grund gab? Warum
konnte Sonia nicht erkennen, wieviel sie der Königin zu verdanken hatten? »Und außerdem – uns geht's doch gut!
Während das ganze Land hungert, haben wir genug zu
essen. Wäre es dir vielleicht lieber, wieder ohne Dach überm
Kopf zu sein, nicht zu wissen, was der morgige Tag bringt?«
machte sie einen letzten Versuch.

»Nicht zu wissen, was der morgige Tag bringt – mir kommen gleich die Tränen«, höhnte Sonia zurück. »Mir hat es
gut gefallen auf der Straße. Damals bestand unser Leben
wenigstens noch aus etwas anderem als Gemüse putzen und
Töpfe schrubben! Da waren wir noch jemand. Columbina
und ihre beiden Töchter – die schnellsten Sackgreiferinnen
von ganz Württemberg haben sie uns genannt! Und heute –
schau uns doch an: Drecksweiber nennen sie uns hier.« Voller Selbstmitleid blickte sie auf ihre zerkratzten Händen hinab, starrte angeekelt auf ihr dunkelgraues, schmutziges
Schürzenkleid.

Eleonore konnte nicht glauben, was sie da zu hören bekam. Erzählte Sonia vielleicht von irgendwelchen Träumen? Denn die Erinnerungen, die sie an ihr früheres Leben
hatte, hatten mit Sonias sehnsüchtigen Erzählungen nichts
gemeinsam. Sie hätte Sonia viele Dinge zur Antwort geben
können: Daß Columbina, die große Sackgreiferin, gestorben war, weil sie sich nicht einmal die Hilfe eines Baders,
geschweige denn eines richtigen Arztes für ihren Husten leisten konnte. Daß die Aufregung, nach der sich Sonia scheinbar so sehr zurücksehnte, in Wirklichkeit pure Angst gewesen war. Angst, geschnappt zu werden. Angst, aus der Stadt

gejagt zu werden. Angst, des Nachts von anderen Vaganten ausgeraubt oder vergewaltigt zu werden. Angst vor dem Hunger des nächsten Tages. Und sie hätte Sonia zur Antwort geben können, daß sie die einzige war, die sich bei der täglichen Arbeit die Hände blutig schlug und das Kleid so sehr verschmutzte, daß Ludovika sie deswegen sogar einmal geschlagen und eine Schande für die königliche Hofküche genannt hatte. Sonia gab sich nicht die geringste Mühe, ihre Arbeit ordentlich zu verrichten. Sie versuchte nicht einmal, den Anschein zu erwecken, als bemühe sie sich. Und im Gegensatz zu Eleonore konnte sie nichts Interessantes darin erkennen, für sie bedeutete jeder Tag nur Mühsal und wiederkehrende Eintönigkeit. Im Gegenteil, sie haßte den großen und gut funktionierenden Küchenbetrieb. Nur beim Abendessen in der Küche war Sonia immer die erste, die den Löffel in die Suppe tauchte, die gierig den Teller in die Mitte hielt, um ein zweites oder drittes Stück von Lilis Weißbrot zu erbitten, oder die hungrig zu Eleonore hinüberlinste, ob diese wohl den Fettrand ihrer Scheibe Schinken an sie abtreten würde. Auch tagsüber wurde sie immer wieder dabei ertappt, daß sie sich etwas in den Mund oder in die Schürzentasche stopfte. Und das gute und reichliche Essen zeigte seine Wirkung: Wo früher spitze Knochen in Sonias Gesicht hervorstachen, wölbten sich jetzt runde Wangen. Auch war der Grauschleier auf ihrer Haut verschwunden und an dessen Stelle ein zartes Rosé getreten. Lediglich ihre Haare waren noch genauso störrisch wie früher und standen in seltsamem Kontrast zu ihren Gesichtszügen. Der Gedanke, daß sie ihr Wohlbefinden zu einem Teil auch den Köchen zu verdanken hatte, wäre Sonia jedoch nie in den Sinn gekommen. Statt bei den Küchenvorstehern guten Wind zu machen, sich einmal freiwillig für eine ungeliebte Arbeit anzubieten oder darauf zu hoffen, etwas Neues lernen zu können, war Sonia oft stundenlang wie vom Erdboden verschwunden. Wo sie sich dann aufhielt und was sie während dieser Zeit tat – davon hatte Eleonore nicht die geringste Ahnung. Doch sie betete jeden Abend, ihre Schwester möge nichts anstellen, was sie ins Unglück stürzen könnte.

Plötzlich spürte Eleonore die Kälte der Nacht, und sie legte die Arme um ihren Leib. Sie seufzte. Um sie herum war es still geworden. Die anderen Bediensteten waren längst wieder innerhalb der schützenden Schloßmauern. Auch die königliche Schlittenfahrt mußte zu Ende sein, denn von den Stallungen tönte das Gewieher der Rösser, die ihre heimkehrenden Stallgefährten begrüßten.

»Komm, laß uns auch hineingehen, sonst essen sie uns am Ende noch alles weg«, versuchte Eleonore mühsam einen Scherz. Als sie sich jedoch bei Sonia einhaken wollte, befreite diese sich mit einem Ruck.

»Ja, geh du nur rein zu deiner Lili und deiner Sophie. Und vor allem zu dem rothaarigen Idioten! Ich habe heut nacht was anderes vor!« Mit einem Griff zog sie ein Tuch aus ihrer Schürzentasche, band es sich um den Kopf und rannte dann in Richtung der Pferdeställe davon. Bei jedem ihrer Schritte schlugen die unzähligen Armreifen an ihren Handgelenken zusammen und stimmten eine unselige Melodie an.

Für einen Augenblick war Eleonore unfähig, auch nur einen Schritt zu tun. Ihre Zunge war wie gelähmt, als sie Sonia nachrufen wollte.

»Gräm dich nicht. Sie ist es nicht wert.«

Erschrocken fuhr Eleonore zusammen. Als sie sich umdrehte, blickte sie in Leonards Gesicht. Auf seiner Schulter trug er ein schweres Bündel Holz. Seine Augen blitzten wütend. Unwillkürlich machte ihr Herz einen kleinen Sprung.

»Was weißt denn du? Wie kannst du es wagen, etwas gegen Sonia zu sagen! Du kennst sie doch gar nicht!« Leonards Bemerkung hatte sie mehr verletzt, als Sonias barsches Verhalten dies je vermocht hätte. Warum mußte er seinen Finger in ihre einzige offene Wunde legen? Sie wußte, daß Sonia kein Engel war, aber wer war das schon? Sie deswegen gleich zu verdammen? Die Flucht nach vorn ergreifend, zischte sie: »Außerdem – was fällt dir ein, uns zu belauschen?« Dann drehte sie sich weg, um ins Haus zu gehen.

»Ja, renn nur davon, wenn dir jemand die Wahrheit über deine Schwester sagen will.« Herausfordernd blieb Leonard im Schloßhof stehen. Daß er zufällig das Gespräch der beiden gehört hatte – war dies ein Wink des Schicksals? Vielleicht würde es ihm gelingen, Eleonore die Augen über ihre Schwester zu öffnen, und vielleicht würde sie dann . . .?

»Was genau willst du mit deinen Andeutungen sagen?«

Für einen Augenblick zögerte Leonard noch.

»Weißt du eigentlich, was Sonia treibt, wenn sie sich heimlich aus der Küche schleicht?«

Als Eleonore den Kopf schüttelte, fuhr er fort. »Sie läßt sich mit allen möglichen Burschen ein. Die Knechte im Stall, meine Holzträger, die Wasserträger, die Wachen – selbst ein paar von den Schloßdienern –, von allen läßt sie sich anfassen, erlaubt deren gierige Finger auf ihrem Leib. Manch einer brüstet sich auch damit, daß sie mehr zuläßt, wenn man nur dafür zahlen kann.« Mit traurigen Augen beobachtete er, wie sich der Dolch seiner Worte in Eleonores Herz bohrte, wie die Wunde, die er ihr zufügte, immer tiefer wurde. Dennoch fuhr er fort: »Siehst du denn nicht die Blicke, die sich die Männer zuwerfen, wenn Sonia an ihnen vorbeigeht? Siehst du nicht, wie ihre Schürzenbänder scheinbar zufällig immer dann über ihrer Brust aufgehen, wenn ein Mann vorübergeht? Und wunderst du dich nicht, von welchem Geld sie sich den ganzen Tand und Zierat kaufen kann, mit dem sie sich behängt?«

»Die Mannsbilder sind Sonia schon immer nachgerannt,

sie gefällt ihnen halt«, antwortete Eleonore wenig überzeugend. »Die Amulette und Armreifen und auch die Perlen in ihrem Haar – das sind alles Geschenke, hat sie mir erzählt. Wie kannst du behaupten, daß sie dafür Liebesdienste anbietet!« Doch ihren Worten fehlte die Schärfe, sie konnte Leonards Offenbarungen nichts entgegensetzen. »Du hast Sonia noch nie leiden mögen, wahrscheinlich weil sie auf dich kein Auge geworfen hat«, fügte sie etwas trotzig hinzu.

Leonard schüttelte den Kopf. Nachdem Eleonore seine Offenbarungen so tapfer ertrug, entschloß er sich, ihr die ganze Wahrheit zu sagen. »Das ist noch nicht alles.« Seine Stimme war so weich wie das Fell einer jungen Katze, trotzdem trafen Eleonore auch seine nächsten Worte wie ein harter Schlag. »Sie stiehlt Zucker in der Küche und von den Anrichtetischen im Vorzimmer des Speisesaales. Martini, der Tischdiener, hat sie dabei erwischt und zur Rede gestellt. Sie flehte ihn um sein Stillschweigen an und versprach ihm, sich dafür noch am selben Abend mit ihm zu treffen.«

»Und woher weißt du das alles?« Eleonores Stimme klang nun so blechern, als hielte sie sich einen Trinknapf vor den Mund.

»Ich kam zufällig im gleichen Moment mit einer Bahre Holz zur Tür herein. Das scheint wohl mein Schicksal zu sein – beim Holztragen andere Leute zu überraschen«, fügte er trocken hinzu. »Sie haben mich beide gesehen, aber nichts gesagt. Dann sind sie eilig auseinandergesprungen.«

Vielleicht war das der Grund dafür, daß Sonia immer so böse von Leonard sprach, schoß es Eleonore durch den Kopf. Sie schaute ihn an. Was erwartete er von ihr?

»Vielleicht ist ein Körnchen Wahrheit in dem, was du sagst«, antwortete sie ihm mit fester Stimme. »Und wenn, dann muß ich mich an der eigenen Nase fassen. Denn habe ich als die Ältere von uns beiden nicht die Pflicht, auf Sonia zu achten?« Sie schüttelte den Kopf. »Ich hab's meiner Mutter in die Hand versprechen müssen, kurz bevor sie gestorben ist, daß ich auf Sonia aufpassen werde. Und nun? Columbina würde sich im Grabe umdrehen!«

»Columbina?«

Eleonore zuckte zusammen. Fast hätte sie sich und Sonia verraten, und damit wäre nun niemandem geholfen gewesen! Abrupt packte sie ihn am Ärmel.

»Leonard, ich flehe dich an! Du darfst niemandem etwas davon erzählen, was du von Sonia behauptest! Wenn sie uns aus dem Schloß werfen – ich wüßte nicht weiter!«

Er schüttelte verwirrt den Kopf. Kannte sie ihn denn immer noch nicht? »Natürlich erzähl' ich niemandem etwas. Aber es ist nur eine Frage der Zeit, bis einer von den Obrigen selbst hinter Sonias Lumpereien kommt. Und dann kann ihr keiner helfen, dann fliegt sie in hohem Bogen aus dem Schloß.«

»So weit darf es nicht kommen.« Kalte Angst umklammerte Eleonores Herz, wenn sie daran dachte, wieder auf die Straße zurück zu müssen.

»Jetzt beruhig dich wieder. Vielleicht kommt sie ja von selbst zur Einsicht«, antwortete Leonard wider Willen. »Und wenn nicht – heißt es nicht, daß jeder Mensch für sich selbst verantwortlich ist? Du kannst nicht immer auf Sonia aufpassen, sie ist schließlich kein Kind mehr! Wenn sie ihre Anstellung aufs Spiel setzt, ist das ihre Sache. Dich werden sie sicherlich nicht rauswerfen, selbst wenn Sonia gehen muß.« Für einen kurzen Moment war er versucht, Eleonore vom Brief seines Bruders zu erzählen, doch dann entschied er sich dagegen. Die Zeit war wohl noch nicht reif dafür.

Mit traurigen Augen blickte sie ihn an. »Glaubst du etwa, ich würde sie im Stich lassen und so schuldig an ihrer völligen Verderbnis werden?« Noch während sie sprach, sah sie, wie das helle Licht in Leonards Augen erlosch. Seine Schultern sanken unter der schweren Last des Holzes, und er sah auf einmal alt und müde aus. Hatte sie etwas Falsches gesagt?

Ohne etwas zu entgegnen, packte Leonard erneut sein Holzbündel und ging davon. Als er um die nächste Ecke war, lehnte er sich an das eiskalte Gemäuer und schloß die Augen. Für kurze Zeit war es ihm gelungen, sich eine gemeinsame Zukunft vorzustellen: Leonard und Eleonore. Was für ein Narr er war!

Von der Stadt tönten die Kirchenglocken herauf, um das neue Jahr einzuläuten. Ihr dumpfer Vielklang hing in der Luft wie eine düstere Wolke, die sich nicht vertreiben ließ. Mit hängenden Armen stand Leonard da, den Blick weit in die dunkle Nacht gerichtet. Ihm war, als sehe er vor sich eine Brücke, die ihn lockend aufforderte, ans andere Ufer zu gehen. Hatte er nicht ein Leben lang darauf gewartet, daß ihm jemand diese Brücke baute? Daß dieser Jemand nun gerade sein Bruder sein sollte, war eine Ironie des Schicksals, die er zu übersehen gewillt war. Aber sollte er deswegen ewig am selben Ufer bleiben? Was hatte er bei einem Krug Wein, wenn man ins Reden kam, immer groß getönt! »Veränderungen liegen in der Luft. Es brechen große Zeiten für uns alle an!« Mit verständnislosen Augen hatten ihn seine Trinkkameraden angeschaut. Veränderungen? Große Zeiten? Die würde es für ihresgleichen wohl nie geben, hatten sie gemeint. Und doch. Leonard glaubte an das, was er sagte. Das Ende Napoleons, die Bestrebungen um eine Verfassung, ja, auch die neue Königin – Leonard wußte nicht viel von Politik, doch spürte er, daß diese Dinge irgendwie auch ihn betrafen. Waren es nicht alles Zeichen für eine neue, eine frohe Zukunft? Als Holzträger wollte er jedenfalls nicht sein Leben lang versauern, soviel stand fest! Er ballte die rechte Hand zur Faust, seine Augen glänzten mit dem

Feuer der Zuversicht. Und Eleonore würde sein Leben mit ihm teilen!

Leichtfüßig und mit dem sicheren Gefühl, sich auf sich selbst verlassen zu können, machte er sich auf den Weg in die Hofküche. Schließlich galt es das neue Jahr zu feiern.

8

In der Hofküche war es erstaunlich still für einen gewöhnlichen Nachmittag. Von draußen fiel helles Frühlingslicht durch die Fenster und wärmte selbst die hintersten Winkel. Eleonore versuchte, den süßen Duft von Vanille und Honig einzuatmen, der wie eine zuckrige Wolke in der Luft hing. Die Kochstellen, die Tische, an denen Gemüse geputzt oder Fische ausgenommen wurden, die Wasserbassins, in denen das gebrauchte Geschirr gereinigt wurde – alles stand verlassen da. In den Töpfen warteten vorbereitete Speisen darauf, gekocht oder gesotten zu werden. Die meisten der Bediensteten nutzten die seltene Gelegenheit, sich zwischen der Zubereitung des Mittagsmahls und der abendlichen Verköstigung in ihren Kammern auszuruhen. Möglich war dies nur deshalb, weil die Speisenfolge für den heutigen Abend – eine kräftige Rinder-Consommée, ein mit Speck gespickter Braten und ein Dessert aus Backobst und Reispudding – keine aufwendigen Vorbereitungen erforderte. Seit die Königin zwei der Köche, einen Wasserträger und mehrere Holzträger entlassen hatte, um die Kosten ihrer Hofhaltung nochmals zu senken, war die Last der Arbeit für die einzelnen Leute fast unerträglich schwer geworden. Da half es auch nichts, daß sich das Königspaar mit einfachen Speisen und wenigen Gängen zufriedengab: Nach wie vor mußte die Hofküche täglich Dutzende von kleinen Tafeln verköstigen, eine jede mit ganz besonderen Vorlieben.

Schließlich konnte man den Offizieren der königlichen Garde nicht das gleiche vorsetzen wie einem Kaffeekränzchen adliger Damen, die bei Katharina vorsprechen wollten. Vor Mitternacht kam kaum jemand mehr aus der Küche fort, dazu gab es einfach zuviel zu erledigen, vorzubereiten oder aufzuräumen. Dementsprechend war die Stimmung, viel schneller als früher fiel heuer ein harsches Wort, Fehler und Versäumnisse wurden nun mit einer Ohrfeige gestraft, wo einst tadelnde Worte den gleichen Zweck erfüllt hatten. Dennoch gab es kaum einen, der es gewagt hätte, schlecht über die Königin zu sprechen.

Die einzige, der es immer noch gelang, freie Zeit für sich herauszuschinden, war Sonia. Doch selbst diese schien nicht besonders glücklich darüber zu sein, ging es Eleonore durch den Kopf. Sie war mürrisch und gereizt, und nicht einmal die Späße der Männer in Küche und Hof konnten ein Lächeln auf ihr Gesicht zaubern. Statt dessen kehrte sie ihnen völlig ungewohnt den Rücken zu. Eleonore versuchte, Sonias Launen so gut es ging zu ignorieren. Nach Leonards Anschuldigungen hatte sie sie in den ersten Wochen des Jahres kaum aus den Augen gelassen. Daß ihr jemand so dicht an der Ferse klebte, paßte allerdings gar nicht zu Sonias Freiheitsdrang, und so wehrte sie sich mit der stärksten Waffe, die ihr zur Verfügung stand: ihrer spitzen Zunge. Das Ergebnis war, daß sich die beiden Schwestern täglich heftig zankten. Und herausgefunden hatte Eleonore auch nichts. Wahrscheinlich waren Leonards Anschuldigungen eh nur heiße Luft, nicht mehr als bösartige Gerüchte, von mißgünstigen Weibern in die Welt gesetzt, die selbst ein Auge auf den einen oder anderen Burschen geworfen hatten. Leonard traf sie auch nur noch zwischen Tür und Angel. Für ein längeres Zusammensein, womöglich sogar unter vier Augen, hatten die Tage einfach nicht genug Stunden. Aber im Grunde genommen machte Eleonore die

Mehrarbeit nichts aus. Immer noch gab es täglich so viel Neues für sie zu entdecken. Daß sie sich am liebsten selbst einmal an einen der riesigen Herde gestellt und etwas gekocht hätte, behielt sie besser für sich. Mühsal? Nein, mühselig war es für Eleonore bisher noch nicht gewesen.

»Wenn die Königin ihre Einweihungsfeier in den Sommer gelegt hätte, hätt' ich's auch einfacher gehabt«, knurrte Lili. Kaum hatte sie die Zuckerbäckerei betreten, zog sie sich mit der einen Hand die Schürze zurecht, während sie mit der anderen mehrere Töpfe und Tiegel parat stellte.

»Ach, Lili! Für dich gehört das Jammern wohl einfach dazu, was?« Eleonore mußte lachen. »Was wäre denn im Sommer einfacher gewesen?« Fasziniert schaute sie der Zuckerbäckerin zu, wie diese begann, aus süßem Marzipanteig kleine kartoffelförmige Kugeln zu formen und diese dann in Kakao zu wälzen.

»Das kann ich dir genau sagen: Ich hätte einfach ein paar Körbe mit frischen Erdbeeren genommen, die Früchte in Schokolode getaucht und wär' fertig gewesen!«

»Das kannst du dem Mann im Mond erzählen! Dir macht es doch Freude, diese süßen Träume herzustellen, das kannst du nicht verleugnen.« Eleonore gab ihr einen freundschaftlichen Schubs in die Seite und beäugte zum hundertsten Male die hochaufgetürmten Teller voller Köstlichkeiten, die den geladenen Gästen von Katharinas Einweihungsfeierlichkeiten der ersten Beschäftigungsanstalten in speziellen Dosen überreicht werden sollten. Denn schließlich waren es diese edlen Spender, die ihre Pläne erst möglich gemacht hatten, hatte Katharina erklärt, als sie höchstpersönlich bei einem Besuch in der Küche Lili den Auftrag für die Süßigkeiten erteilt hatte. Als Dank und als Erinnerung an den denkwürdigen Anlaß sollten die Gäste eine süße Überraschung erhalten. Und so hatte die Zuckerbäckerin Hunderte von Nußbögen, Königs-Talern und Katharinen-Kränzchen gebacken. Dazu Berge von Früchten kandiert und Nüsse in Schokolade getunkt. Auf einem weiteren Tablett türmten sich Katzenzungen, ein längliches, sehr luftiges Gebäck, dessen Rezept Lili selbst erfunden hatte. Nun war sie mit der Herstellung ihrer berühmten Marzipankartoffeln beschäftigt, die den Abschluß der Süßigkeitenparade bildeten.

»Wenn du das sagst, wird es wohl so sein. Hier!« Grinsend gab Lili Eleonore eine stumpfe Holznadel. »Unsere Kartoffeln brauchen noch ein paar Augen. Schau«, sie nahm selbst eine Nadel in die Hand und drückte damit sanft ein paar Dellen in eine Marzipankugel, »erst jetzt werden richtige Kartoffeln draus!« Befriedigt musterte sie das Stück und ließ es dann in ihrem Mund verschwinden. »Schmecken besser als die Brombeeren vom Acker! Da, probier auch eine!«

Genüßlich ließ Eleonore die süße Masse auf ihrer Zunge zergehen, wobei sie versuchte, diese so spät wie möglich herunterzuschlucken. Dabei vermischte sich der bittere Geschmack des Kakaos mit der kräftigen Süße des Marzipans zu einem so unwiderstehlichen Gemisch, daß sie genießerisch die Augen schloß.

»Na, schmeckt das nicht süßer als jeder Kuß – selbst wenn er von einem Rothaarigen kommt?« Lili hielt ihr großzügig eine zweite Kugel hin.

»Was weißt denn du von den Küssen eines Rothaarigen?« Beim Gedanken an ihre nächtlichen Treffen mit Leonard wurde Eleonore ganz heiß. Die Röte schoß in ihre Wangen. Um abzulenken, fragte sie: »Sag einmal, Lili, woher kennst du eigentlich die vielen köstlichen Rezepte? Wie wird man eine Zuckerbäckerin?«

»Ha! Das ist ganz einfach: Meine Mutter war Zuckerbäckerin, mein Vater Koch, und sein Vater war ebenfalls schon Koch gewesen. Das ist in unserer Familie einfach Tradition. Von klein auf gab es bei uns kein anderes Gespräch als Rezepte und Küchentratsch!«

»Aber du als Weib? Die meisten Köche sind doch Männer.«

Lili lachte. »Wir Hofstätter-Weiber haben uns halt schon immer durchzubeißen gewußt! Und irgendwann scheinen die feinen Herren Köche gemerkt zu haben, daß auch ein Weib einen Pudding zu rühren weiß. Meine Mutter – die haben sie sogar schon einmal an den bayerischen Hof gerufen. Dort sollte sie dem Zuckerbäcker die Kunst des Zuckerspinnens beibringen. Ich glaub', so gut wie meine Mutter selig hat das keiner beherrscht ...«

»Die Kunst des Zuckerspinnens? Was ist denn das schon wieder?«

»Das kannst du nicht kennen, Lorchen. Hier in Stuttgart wird kein großer Wert auf solche kunstvollen Verzierungen gelegt. So kam ich bisher noch nicht in die Verlegenheit, mich darin üben zu müssen. Und dem Himmel sei Dank, kann ich dazu nur sagen! Denn aus hauchdünnen Zuckerfäden meterhohe Gebilde zu blasen, den Zucker dazu zu bringen, genau die Form anzunehmen, die du dir für ihn ausgedacht hast, ist wirklich eine Kunst! Die zudem sehr viel Zeit und Geduld kostet, also nichts für mich! Hier, die Marzipankartoffel sieht eher aus wie ein faules Ei. Willst du sie noch?«

Gerade als Eleonore sich die Süßigkeit in den Mund steckte, erschien Sonia im Türrahmen. »Ach, hier steckst du also! Da kann ich ja lange das ganze Schloß nach dir absuchen!«

Schuldbewußt schluckte Eleonore den Rest der Marzipankartoffel herunter. Auf einmal war die süße Stille des Nachmittags vorbei.

Die Zuckerbäckerin drehte sich weg und machte sich geschäftig daran, die Süßigkeiten in bereitstehende Bon-

bonnieren umzufüllen. Sie richtete kein Wort an Eleonores Schwester.

»Los, komm. Ich muß mit dir reden.« Ohne Lili zu begrüßen, packte Sonia ihre Schwester am Arm und zog sie hinter sich her.

»Was ist denn? Warum kannst du mir nicht hier sagen, was du zu sagen hast?« Eleonores Zunge war pelzig belegt, ihr Speichel schmeckte bitter und brannte beim Herunterschlucken. Ein dunkles, ungutes Gefühl breitete sich in ihr aus. So stolperte sie einfach hinter Sonia her, bis diese vor einer Kellertür haltmachte.

»Ich brauch' deine Hilfe.« Sonias Augen glänzten wie kalte, regennasse Steine.

»Was ist geschehen? So red halt!« Nun war es Eleonore, die ihre Schwester grob am Ärmel packte. Die Mischung aus Trotz und Hochmut, die sich auf Sonias Gesicht abzeichnete, kannte sie nur zu gut. Noch nie hatte sie etwas Gutes bedeutet.

»Wenn ich nicht müßt', tät' ich dir gar nichts davon erzählen, daß du's gleich weißt!« Laut zog Sonia die Nase hoch, wischte sich mit dem Handrücken darüber und preßte die nächsten Worte heraus.

»Was hast du gesagt? Jetzt red halt deutlich!« Eleonores Gesicht war nur noch eine Handbreit von dem ihrer Schwester entfernt, sie konnte jede Unebenheit auf deren Haut erkennen. Kleine, feuchte Schweißperlen sammelten sich über ihrer Oberlippe, Schweiß brach auch aus den großen Poren ihrer Wangen hervor.

»Ein Kind krieg' ich, verdammt noch mal!«

»Lore! Was ist los? Schläfst du, oder träumst du nur? Wie lange willst du noch an dem Waschtrog stehen? Glaubst du, ich will wegen dir die ganze Nacht aufbleiben?« Mit einem lauten Knall ließ Frau Glöckner, die Hoftafelaufseherin, ihr leeres Tablett auf einen Seitentisch fallen und griff nach einem weichen Baumwolltuch. »So kenn' ich dich gar nicht. Da dachte ich, ich tu' dir einen Gefallen, indem ich den Johann bitte, dich bei mir einzuteilen, aber Undank ist wohl der Welt Lohn«, fuhr sie wütend fort. »Heute ist aber auch überall der Wurm drinnen. Erst fällt einer der Silberputzerinnen eine Gabel unter die Holzstiege, und es dauert eine Ewigkeit, bis wir sie wieder finden, dann fehlt auf einmal ein Dutzend der dunkelblauen Kerzen – und jetzt scheinst du auch noch zur Salzsäule erstarrt zu sein!« Als Eleonore immer noch wie gelähmt dastand, begann sie selbst die restlichen Teller abzutrocknen. Die Empörung brannte rote Flecken in das Gesicht der schlanken, strengaussehenden Frau. Die königliche Porzellankammer war Friederike Glöckners zweite Heimat. Ihre Arbeit verrichtete sie mit beinahe religiösem Eifer, und in ihren Augen gab es im gesamten Hofhaushalt kaum eine Institution, die wichtiger war als die der Porzellanverwaltung. Daß Eleonore oder jemand anders auch nur daran denken konnte, beim Umgang mit dem königlichen Geschirr weniger als äußerste Sorgfalt zu verwenden, empfand sie nicht nur als frevelhaft, sondern als persönliche Beleidigung. Konsterniert plusterte sie ihre Wangen auf, um einen Schwung sauren Atems in die Luft zu blasen. Dann stapelte sie das Geschirr auf ein bereitstehendes Tablett, wobei sie sorgfältig zwischen die einzelnen Stücke eine Lage feines Seidenpapier legte.

Wie durch dichten Nebel hörte Eleonore ihr Jammern, ohne selbst ein Wort herauszubringen. Die goldenen Bordüren der Teller begannen unter ihren Augen auf dem dunkelblauen Hintergrund zu verschwimmen, bis sie wie kleine, funkelnde Wellen hin und her tanzten. Hätte sie auch nur eines der feinen Stücke in die Hand nehmen müssen, wäre es ihr wahrscheinlich mit einem lauten Scheppern heruntergefallen – so sehr zitterten ihre Hände.

»Eleonore – ist dir nicht gut?« Mit verkniffenen Augen hatte die Hoftafelaufseherin ihr Tuch zur Seite gelegt und war nun vor Eleonore getreten, die wie eine junge Birke im Wind hin und her schwankte. »Um Himmels willen, du siehst ja aus, als ob du gleich ohnmächtig wirst. Setz dich besser hin!« Mit einem Ruck schob sie Eleonore zur Seite, einen beunruhigten Blick auf den Tisch werfend, der sich unter der Last der vielen Geschirrstücke fast bog. Ihre größte Sorge galt den Dutzenden von Kerzenleuchtern, Blumenvasen und Tafelaufsätzen, weniger der blassen jungen Frau, die wie ein Geist vor ihr stand. Sollte Eleonore diese mit sich zu Boden reißen, wäre das eine undenkbare Katastrophe gewesen!

Noch immer brachte Eleonore keinen Ton heraus. Sonias Worte klangen ihr so laut in den Ohren, daß sie glaubte, jeder andere müsse sie ebenfalls hören. Vorsichtig schaute sie zu Frau Glöckner hoch, doch auf deren Gesicht war keine Spur von Verachtung, Wut oder Abscheu zu erkennen. Sie sah lediglich etwas besorgt aus. Noch ist Sonias Geheimnis also sicher, ging es ihr durch den Kopf. Mit einem Schlag erwachte sie aus ihrer Lähmung. Sie hatte keine Zeit mehr zu verlieren.

»Frau Glöckner, es tut mir leid, aber mir ist gar nicht wohl. Der Kopf brennt, und mir ist ganz schwindlig. Ich muß ...« Bevor sie den Satz zu Ende gesprochen hatte, rannte sie aus der Küche hinaus. Nach ein paar Schritten in dem kühlen Gang gelang es ihr, tief durchzuatmen.

Eine Engelmacherin mußte gefunden werden! Sonia mußte ihre Glasperlen und Armreifen dafür verkaufen! Sie hatte keine Ahnung, was eine solche Frau für ihre Dienste verlangen würde. Sie selbst mußte ihr Erspartes zählen, obwohl – viel war es nicht, was sie seit ihrer Ankunft auf dem Schloß hatte zur Seite legen können. Denn schließlich bekamen sie nur ein paar Kreuzer für ihre Arbeit, mußten dafür aber nichts für Unterkunft und Essen bezahlen. »Oh, Sonia! Warum mußt du dich so in Gefahr bringen?« So plötzlich, wie sie aus ihrer lähmenden Angst erwacht war, so plötzlich verließ ihr Mut sie wieder. Sie hätte nicht einmal gewußt, wie sie den Namen einer solchen Frau herausbekommen sollte, doch scheinbar kannte Sonia eine Hebamme, die auch in Not geratenen Mädchen half – gegen gutes Geld natürlich! Obwohl Sonia ihr versichert hatte, daß die Frau, zu der sie gehen wollte, ihr Handwerk verstünde, schnürte die Angst um ihre Schwester Eleonore die Kehle zu. Daß Sonia sie gebeten hatte, mitzugehen, zeugte davon, daß auch sie ängstlicher war, als sie zugeben mochte. Aber hatten sie denn eine Wahl? Auf dem Land oder auf der Straße – da hätte Sonia das Kind vielleicht heimlich austragen und es dann in einer dunklen Nacht in das Fenster eines der klösterlichen Findlingshäuser legen können –, hier auf dem Schloß war dies einfach unmöglich. Sonia hatte selbst schon verzweifelt versucht, das Kind loszuwerden, doch das unerwünschte Leben krallte sich in ihren Leib, mochte sie noch so viele Treppen auf einmal hinunterspringen. »Kein Tropfen Blut, kein Ziehen im Bauch und kein Abgang der elendigen Brut!« Ihr Gesicht war eine einzige häßliche Fratze gewesen, als sie Eleonore von ihren Anstrengungen erzählt hatte. Das Unglück, welches ihr widerfahren war, bedeutete in ihren Augen eine einzige Ungerechtigkeit. Der Gedanke, daß sie selbst daran schuld hatte, wäre ihr nie in den Sinn gekommen. Und Eleonore hatte darauf verzichtet, ihr das zu sagen. Was hätte es gebracht? Ihr fielen Leonards Anschuldigungen ein, doch sie wollte nicht wissen, wer an Sonias Zustand schuld hatte. Sie kannte ihre Schwester zu gut, als daß sie eine ehrliche Antwort darauf erwartet hätte. Daß es keiner war, der sich ihrer angenommen hätte, wußte Eleonore auch so. Das konnte sie sich an den Fingern einer Hand ausrechnen. Burschen, die Sonias Eitelkeiten ausnutzten, um sich an ihrem jungen Leib zu ergötzen, gab es zuhauf. Keiner von ihnen wäre bereit gewesen, zu dem Kind in ihrem Leib zu stehen – so gut kannte Eleonore die Männer. Sie wollte Sonias Last jetzt nicht noch durch Vorwürfe schwerer machen. »Heiliger Vater im Himmel...«, hilflos rief sie den Allmächtigen an, doch ein Gebet wollte ihr nicht gelingen, denn Gebete hatte es bislang in ihrem Leben nicht gegeben.

Sonia hatte mit einer Frau vereinbart, daß diese die beiden Schwestern am nächsten Samstag abend zu der Engelmacherin führen würde. Samstags herrschte auf den Straßen der Stadt mehr Trubel als unter der Woche, der Zahltag verführte die Männer immer noch zu einem Besuch im Wirtshaus. So war es für die Mädchen leichter, sich unter die Menge zu mischen und unauffällig zu der Adresse zu gelangen. Das Geld für die Dienste der Frau hatten sie beisammen. Unter Tränen hatte Sonia ihre Armreifen verkauft, und Eleonore hatte nicht schlecht gestaunt, wieviel Geld sie dafür in dem kleinen Krämerladen bekommen hatte. Soweit war alles geregelt. Nachts lagen die beiden Schwestern jetzt wieder in vertrauter Zweisamkeit zusammen und hielten sich an den Händen. Sollte es Sonia am Tag darauf schlechtgehen, mußte Eleonore eine Ausrede finden, um sie bei Johann zu entschuldigen. Wenn es nur schon soweit wäre! Die Warterei raubte Eleonore jede Kraft, sie konnte an nichts anderes mehr denken als an den bevorstehenden Besuch bei der Engelmacherin. Selbst die Aufregung, die im ganzen Schloß aufgrund von Katharinas Feierlichkeiten am nächsten Tage herrschte, ging völlig an ihr vorüber. Wenn wir es nur schon hinter uns hätten! Immer wieder ging ihr der gleiche Gedanke durch den Kopf. Daß sie Sonias Unglück ganz und gar zu ihrem eigenen gemacht hatte, fiel ihr nicht auf.

Es war früher Montagmorgen und der Koch Matthias hatte sie in den Kräutergarten geschickt, um einen Korb frischer Kräuter zu holen. Doch nicht einmal deren würziger Geruch hatte es vermocht, den lähmenden Nebel zu durchdringen, der Eleonore seit Tagen den Verstand raubte. Sie stellte den vollen Korb neben sich auf den Boden, streckte sich und rieb sich mit beiden Händen ihren Rücken, der von der elenden Schlepperei ganz wund war. Mit den müden Bewegungen eines alten Weibes hob sie den Korb dann wieder auf. Bevor sie um die nächste Ecke biegen konnte, sah sie Leonard auf sich zukommen. Sie war ihm aus dem Weg gegangen, so gut es ging. Manchmal hatte sie allerdings das Gefühl, als verfolge er sie absichtlich, geradeso, als ahne er etwas von ihren Seelenqualen und wolle sie in guter Absicht trösten. Doch um ein Gespräch unter zwei Augen zu verhindern, bei dem sie womöglich mehr verraten hätte, als für Sonia gut gewesen wäre, hatte sie krampfhaft die Gegenwart anderer gesucht. Doch hier draußen im Hofgarten konnte sie ihm nicht mehr ausweichen.

»Hallo, Leonard! Du scheinst ja viel zu tun zu haben! Wann immer ich dich sehe, rennst du wie von einer Hummel gestochen an mir vorbei.« Durch diese schamlose Umkehrung der Dinge hoffte sie, Leonard von gefährlichen Fragen abzuhalten. Ich werde nicht einmal rot dabei, durchfuhr es sie, während sie Leonards verständnislosen Gesichtsausdruck registrierte.

In der Frühlingssonne glänzten seine Haare wie poliertes Kupfer, doch stach sein Gesicht selten bleich darunter hervor.

Der würzige, vertraute Geruch verglühter Holzkohle, der von ihm ausging, ließ Eleonore plötzlich ganz ruhig werden. Vielleicht war es falsch gewesen, ihm auszuweichen. Hätte sie nicht vielmehr das Gespräch mit Leonard suchen sollen?

Er griff in seine Hosentasche und zog ein Papierbündel hervor. »Gut, daß ich dich endlich einmal alleine treffe. Wir müssen miteinander reden.«

Keine Begrüßung, kein Scherz kam über Leonards Lippen, während er die zerknitterten Papiere wie ein Schutzschild vor sich hielt.

»Was gibt es denn?« Ein eisiger Griff umklammerte ihr Herz und drohte es zu zerquetschen. Woher hatte Leonard von Sonias Unglück erfahren?

Er schaute sie an. »Ich hätt' schon längst mit dir reden sollen, aber irgendwie hab' ich's immer wieder aufgeschoben. Und du warst auch die ganze Zeit auf dem Sprung. Doch jetzt kann ich nicht mehr anders.«

Erst jetzt fiel Eleonore auf, daß Leonard ganz verändert aussah. Auf seinem Gesicht zeichneten sich schmale Furchen ab. Selbst sein Kinn schien kantiger und der Zug um seinen Mund härter. Das Unglück, das sich in seinen Augen spiegelte, mußte sein eigenes sein, erkannte sie auf einmal. Mit Sonia konnte seine gedrückte Stimmung nichts zu tun haben. Sie nahm seine Hand. »So rede doch! Was kann denn so schlimm sein, daß du es mir nicht erzählen magst?«

»Ich gehe weg. Schon bald. Nach Rußland.«

»Das geht nicht«, entfuhr es ihr. »Ich brauche dich doch!«

Gequält blickte er sie an. »Ich weiß. Und ich brauche dich. Deshalb will ich dich fragen, ob du nicht mit mir kommen willst.«

Eleonore schüttelte den Kopf. »Mitkommen? Ich? Wie stellst du dir das vor? Und Sonia? Ich kann sie doch nicht alleine lassen!« Und jetzt schon gar nicht, wollte sie am liebsten hinzufügen.

Leonard tat, als ob er sie nicht gehört habe. Er zeigte auf die Papiere. »Das sind Briefe von Michael, meinem Bruder.

Du weißt, der mit dem Hof in Kreuchingen auf der Alb. Von dem hab' ich dir doch schon erzählt.«

»Ja. Er und Karla und die drei Buben und drei Mädchen. Ich weiß.«

Leonard nickte. »Die beiden kleinsten sind vor ein paar Wochen gestorben, schreibt er in seinem letzten Brief. Am Winter und am Hunger, schreibt er. Und daß er nicht mehr weiterweiß, schreibt er ebenfalls. Der Boden gibt einfach nicht genug her droben auf der Alb. Zu viele Steine, zuwenig Saatgut, die letzten zwei Mißernten – es geht einfach nicht mehr. Er kriegt seine Familie nicht mehr satt!« Dumpf schüttelte Leonard den Kopf. »Das können wir uns nicht vorstellen, nicht wahr?« Spöttisch deutete er auf die gelbleuchtenden Gemäuer des Schlosses. »Hier drinnen weiß vom Hunger im Land niemand etwas, da können sie behaupten, was sie wollen!«

»Das ist nicht wahr. Unsere Königin tut doch alles menschenmögliche, um die Armut im Land zu bekämpfen. Und der König ebenfalls.«

»Soll das ein Trost sein? Sicher, sie bemühen sich, und in der Stadt mögen ihre Bemühungen auch fruchten. Doch draußen, auf dem Land, da sieht es anders aus. Da verhungern die Leut' – so einfach ist das. Auch Michaels Familie wird verhungern, wenn er nicht weggeht. Und er hat mich gebeten, ihn zu begleiten. Zwei Männer schaffen mehr als einer, schreibt er. In Rußland gäbe es keine Hungersnot, dort will er mit seiner Familie hin.«

»Aber warum gerade nach Rußland?« fragte Eleonore verzweifelt, als hätte es einen Unterschied gemacht, wenn Leonards Bruder statt dessen nach Italien gegangen wäre.

»Weil der russische Zar, der Bruder unserer Königin, die württembergischen Bauern willkommen heißt! Land will er ihnen schenken und Saatgut dazu! Und Steuern müssen sie auch nicht bezahlen, heißt es. Zar Alexander – das ist ein wahrer Menschenfreund! Allein aus Kreuchingen haben schon sieben Familien einen Antrag auf Ausreise gestellt.« Er ließ sie keinen Augenblick aus den Augen, als wolle er verhindern, daß sie ihm wie ein Falter auf durchsichtigen Schwingen davonflog. »Letztes Jahr sind auch schon welche losgezogen, und es soll ihnen nicht schlecht ergangen sein. Verstehst du denn nicht: Die Menschen haben keine andere Wahl! Wenn sie nicht gehen, verhungern sie. Und ich habe auch keine andere Wahl. Michael braucht mich.«

»Und Sonia?« Leonard konnte sich ja gar nicht vorstellen, wie sehr Sonia ihre Schwester brauchte!

»Kannst du Sonia nicht einmal für einen Augenblick vergessen? Und dir dafür ein Leben an meiner Seite vorstellen?« Seine Stimme klang so flehentlich, daß sie das Zuhören schmerzte. »Ich weiß nicht, was uns in Rußland erwartet, aber eines kann ich dir versprechen: Ich werde mich um dich kümmern und dich versorgen, so wahr mir Gott beistehe. Heiraten müßten wir natürlich auch, Eheleute bekommen vom Zaren fünf Desjatinen Land mehr. Eigenes Land, verstehst du? Und niemand will wissen, ob ich der jüngere Sohn bin oder nicht, in Rußland gibt es für uns keine Erbfolge. Dort bekomme ich endlich die Möglichkeit, etwas aus meinem Leben zu machen! Und dem Michael wär's auch wohler, wenn er mich an seiner Seite wüßt'«, fügte er etwas lahm hinzu, als wolle er erneut seinen Bruder als treibende Kraft hervorheben, der er aus Treue folgen mußte.

»Etwas aus dem Leben machen – das kannst du auch hier!« antwortete Eleonore heftig. Seine glühende Begeisterung versetzte ihr einen Stich. »Etwas anderes tu' ich doch auch nicht, oder? Was ich gelernt habe, seit ich auf dem Schloß bin, ist mehr als in meinem ganzen Leben zuvor!« Leonards Reden hörten sich gerade so an, als siechten sie in stumpfer Mühsal auf dem Stuttgarter Schloß dahin. Dabei bedeutete das Leben hier für sie das Himmelreich auf Erden. Trotzdem konnte sie seine Sehnsucht verstehen, denn tief in ihrem Inneren verspürte auch sie etwas Ähnliches. Wenn er Württemberg verließ, dann sicher nicht nur seinem Bruder zuliebe...

»Ein eigener Hof! Das wäre doch etwas ganz anderes! Dann würdest du in deinen eigenen Töpfen kochen und die Teller unserer Kinder füllen. Wir würden unser eigenes Gemüse anbauen, und der fruchtbare Boden würde uns mit reichen Ernten beschenken.« Er packte sie an den Schultern. »Lore, hörst du mich? Wir beide unsere eigenen Herren! Einen Ausreiseantrag in deinem Namen habe ich auch schon gestellt, und er ist genehmigt. Sieh, hier!« Er hielt ihr ein dicht bedrucktes Blatt Papier vors Gesicht. »Es ist alles vorbereitet.«

Sie drehte sich weg und schlug die Augen nieder, bevor Leonard die Wahrheit in ihnen lesen konnte. Würde sie ihm gegenüber auch nur andeuten, wie verlockend seine Worte klangen – wäre sie verloren. Ein Mann, der sich um sie kümmerte, eine Familie, eigener Grund und Boden, den einem niemand mehr wegnehmen konnte – hätte jemand Eleonore nach ihren sehnlichsten Wünschen gefragt, so hätte sie aufgezählt, was Leonard ihr gerade versprach. Nur an Rußland hatte sie dabei natürlich nicht gedacht, wie auch?

»Und schau, hier steht es geschrieben...« Er deutete auf ein anderes Formular: »Gereist wird immer in einer großen Gruppe, eine Kolonne nennen sie das. Michaels Familie und wir sind in der Reutlinger Kolonne gemeldet. Am 3. Juni verläßt die ›Lenzau‹ den Hafen von Ulm. Für uns beide sind zwei Plätze reserviert!«

Erschrocken blickte sie auf. »Am 3. Juni! Aber das ist doch schon in drei Wochen!«

Das Zwitschern der Vögel in den dichtbewachsenen Kronen der Apfelbäume klang so harmlos, die Geräusche, die

von den an- und abfahrenden Fuhrwerken durch das hintere Tor zu ihnen herüberdrangen, so alltäglich, daß seine
nächste Frage wie aus einer anderen Welt zu kommen
schien. »Eleonore – ich frag' dich hier und jetzt: Willst du
mich heiraten und mit mir nach Rußland gehen?«

9

Zur Feier des Tages hatte Katharina ein dunkelviolettes, mit gelben Blüten besticktes Kleid herausgesucht. Die passende Schute war ebenfalls mit gelben Blüten bestickt, und gelbe Seidenbänder waren unter ihrem Kinn zu einer dicken Schleife verknotet. Ihr Haar hing über den Rücken hinab, in einem prachtvollen Netz, in das unzählige kleine Blüten geflochten waren. Ganze drei Stunden hatte Niçoise gebraucht, um das Kunstwerk fertigzustellen. Drei Stunden war Katharina ungeduldig auf ihrem Schemel hin und her gerutscht. Wenn es nach ihr gegangen wäre, hätte sie auch mit einer schlichten Zopffrisur zu den Eröffnungsfeierlichkeiten der ersten Beschäftigungsanstalt gehen können, aber sie wußte, was die Menschen von ihr erwarteten. Und als Dank für deren großzügige Spenden war Katharina bereit, jeden nur erdenklichen Aufwand in Kauf zu nehmen, um als würdige Königin vor sie zu treten und so der Angelegenheit etwas mehr Pomp zu verleihen. Es war von größter Wichtigkeit, bei den heute geladenen Gästen einen guten Eindruck zu hinterlassen, denn schließlich rechnete Katharina auch weiterhin mit ihrer Spendenfreudigkeit. Daß sie selbst den Löwenanteil der Kosten aus ihrem Brautschatz bezahlte, machte ihr reichlich wenig aus. Was hätt' sie schon jemals mit dem goldenen Teeservice anfangen können? Und Schmuck hatte sie auch genug, wozu brauchte sie da noch Schatullen voller ungeschliffenen Rubinen und Saphiren?

In ihrem Inneren formulierte sie eine trotzige Rechtfertigung nach der anderen, als sie an Wilhelms mahnende Blicke angesichts ihres schwindenden Vermögens dachte. Auch Maria Feodorowna hatte in ihrem letzten Brief darauf gedrängt, Katharina möge mehr auf edle Spenden zurückgreifen und weniger auf ihr Petersburger Vermächtnis. Doch trotz aller mahnenden Worte war Katharina der Stolz nicht verborgen geblieben, mit dem ihre Mutter sie zwischen den Zeilen bedachte. Ein Blick auf ihre kleine Porzellanuhr beruhigte sie: Bis zur Abfahrt in die Stadt war es noch eine gute Stunde Zeit. Sie hatte also die Gelegenheit, noch einmal Maria Feodorownas Brief durchzulesen, obwohl sie die Sätze beinahe auswendig kannte. Doch allein der Anblick der gleichmäßig geschwungenen Schrift bereitete ihr Freude, und im Geiste hörte sie die warme Stimme ihrer Mutter.

Mit dem Brief in der Hand ließ sie sich auf der Chaiselongue in der südlichen Fensternische nieder.

Geliebte Tochter!

Während ich diese Zeilen an Dich verfasse, sitze ich im Garten unserer geliebten Sommerresidenz. Erinnerst Du Dich noch an den kleinen Teich, den sich die schwarzen Schwäne zur Heimat auserkoren haben, obwohl die Wasserbassins im vorderen Teil des Parks doch wesentlich größer sind? Nun, wie in jedem Frühjahr haben sich die beiden Eltern entschlossen, ihren Nachwuchs hier ins Leben zu entlassen. Gestern habe ich sie zum ersten Mal beobachten können. Die Federn der Kleinen sind so plustrig und fein, daß es einem vor Entzücken ganz warm ums Herz wird. Ich konnte nicht anders, als auch heute Familie Schwan einen Besuch abzustatten, und so sitze ich nun mit Papier und Feder auf der marmornen Sitzbank unter dem Rosenbogen, die auch einer Deiner Lieblingsplätze war. An diesem Ort fühle ich mich Dir, meiner geliebten Tochter, ganz besonders nahe.

Endlich haben wir den langen Winter hinter uns. In Zarskoje Selo erscheint mir das Leben gleich um ein vielfaches leichter zu sein als in Petersburg. Ach, was haben wir hier für unbeschwerte Zeiten verbracht, erinnerst Du Dich noch? Doch bevor ich in Versuchung gerate, weiter auszuschweifen, möchte ich Dir auf Deinen letzten Brief antworten:

Geliebte Katharina, was Du mir zu berichten weißt, macht mich sehr stolz, weil es zeigt, daß ich Dich zu einer wahren Königin erzogen habe. Auch ich habe meine Arbeit als Landesmutter immer sehr ernst genommen. Noch heute zieht mich Alexander des öfteren zu Rate, wenn es um die Belange der Armen geht. Eine Landesmutter muß sich den Respekt und die Liebe ihres Volkes erst erarbeiten, und ich bin der festen Überzeugung, daß Dir dies in meinem geliebten Württemberg in kürzester Zeit gelingen wird. Wenn man bedenkt, daß Du gerade erst ein Jahr in Deiner neuen Heimat weilst! Und wieviel Steine, nein, Berge Du schon bewegt hast! Wobei so manch nüchternes Herz das größte Hindernis gewesen sein dürfte…

Geliebte Tochter, mit großer Sorge habe ich Deine Bitte vernommen, ich möge Dir alles mitteilen, was ich über den Tod von Auguste Karoline weiß. Ich bete für Euch, daß Wilhelm die traurige Geschichte um seine Mutter endlich vergessen kann! Doch weiß wohl niemand besser als ich, wie sehr die Vergangenheit einen Menschen ein Leben lang beschäftigen kann… Sehr viel ist es nicht, was ich darüber weiß, denn zu dieser Zeit war ich selbst noch ein junges Ding und hatte tausend Dinge im Kopf! Karoline und ich hatten eigentlich herzlich wenig Kontakt, sie hielt sich viel lieber an Deine Großmutter und wurde von dieser verwöhnt wie ein Schoßhündchen. Manchmal war ich ob des innigen Verhältnisses der beiden sogar ein wenig eifersüchtig, man stelle sich das vor! »Selmires« wurde Karoline von Katharina gerufen, das weiß ich noch, als wäre alles erst gestern gewesen. Doch das ist leider fast schon alles! Bevor ich Dich mit ein paar Floskeln abspeise, bitte ich Dich lieber um ein wenig Geduld: Im Augenblick bin ich dabei, einige Erkundigungen anzustellen. Alexander, dem ich Dein Anliegen vorgetragen habe, hat versprochen, mir

101

dabei zu helfen. Wenn Gott will, werde ich Dir schon im nächsten Brief mehr berichten können. Obwohl meiner Ansicht nach solch unselige Geschichten am besten im dunkeln verborgen bleiben . . .

Liebes Kind, laß mich auf etwas Erfreulicheres zu sprechen kommen: Ich kann Dir nur zustimmen, wenn Du behauptest, daß die staatliche Fürsorge streng geregelt werden sollte. Nur wenn Almosen einheitlich und nach bestimmten Richtlinien ausgegeben werden, und dies im ganzen Land gleich gehandhabt wird, kann es Deinem Wohltätigkeitsverein wirklich gelingen, die Löcher der Armut zu stopfen. Aber sei gewarnt: Die Menschen werden es Dir nicht überall danken, daß Du ihre Armut von königlichen Beamten durchleuchten läßt! Und auch die Pfarrersfrau in einem kleinen Dorf, die bei der Verteilung ihrer kärglichen Almosen bisher selbst wie eine Königin dastand, wird von Deinen Beamten nicht gerade begeistert sein. Genausowenig wie die unzähligen Dorfvorsteher, die mit den Armen nach ihrem Gutdünken umspringen konnten, bis nun Deine Beamten diese Idylle stören! Verärgere diese Menschen nicht, denn nur wenn ihre Hilfeleistungen mit denen des Landes vereint werden, seid ihr stärker als die Armut! Es sei Dir daher angeraten, mit äußerster Finesse vorzugehen. Aber was schreibe ich da? Sicherlich haben Deine vorzüglichen Berater Dich schon lang und breit mit diesen notwendigen Übeln gelangweilt, während Du, geliebte Tochter, in Deinem Schaffensdrang schon zwei Schritte weiter warst, nicht wahr? . . .

Die Sonne warf gleißende Streifen auf das eierschalenfarbene Briefpapier und machte so das Lesen mühsam. Nach wenigen Minuten wurde es ihr in der Fensternische unangenehm warm, und sie raffte erneut ihren Rock zusammen, um einen dunkleren Ruheplatz aufzusuchen. Das grelle Licht hatte das dumpfe Pochen in ihrem Kopf in heftige Kopfschmerzen verwandelt, und sie hatte das Gefühl, als würden ihre Augen wie die einer Porzellanpuppe von starren Drähten gehalten. Seufzend faltete sie den Brief ihrer Mutter zusammen. Wie gerne hätte sie sich niedergelegt und in einem verdunkelten Raum ihrem Schmerz hingegeben, statt sinnlos gegen ihn anzukämpfen! Doch ihr Gewand und ihre kunstvolle Frisur würden selbst ein kurzes Ruhen nicht verzeihen. So lehnte sie sich mit dem Brief in der Hand an die kühle Wand und schloß für einen Moment die Augen. Dann trat sie ans hintere Fenster und öffnete es einen Spalt. Hier, wo die Sonne noch nicht hinreichte, war es angenehm frisch, und die dunkelgrünen Wipfel der Bäume warfen lange Schatten auf die Wände des Schlosses. Sie atmete tief durch und versuchte, ihre Augen aus ihrer Starrheit zu befreien. Ihr Blick fiel hinüber zum Gemüsegarten, wo sich ein Mann und eine Frau temperamentvoll miteinander unterhielten. Den Mann kannte sie nicht bei Namen, sie staunte nur über seine feuerroten Haare, aber das Mädchen – war das nicht eine der beiden Schwestern, die sie aufs Schloß geholt hatte? Sie blinzelte mehrmals, um das Gesicht der Frau erkennen zu können, und tatsächlich: Es war die ältere der beiden Schwestern, die ihr – ohne sich dessen bewußt zu sein – so wertvolle Hilfe bei ihren Plänen geleistet hatte. Einer plötzlichen Eingebung folgend durchquerte sie das Zimmer und zog einmal am Glockenzug. Kurz danach hörte sie Schritte auf dem Flur, dann ein sanftes Klopfen.

Sie drehte sich um und zwang sich, ihre Gesichtszüge zu entspannen. Ihre Hofdame hatte fast hellseherische Fähigkeiten, wenn es darum ging, schlaflose Nächte oder Schmerzattacken aus Katharinas Gesicht zu lesen. Wie kein anderer kannte sie ihre Königin und litt bei jeder Kopfschmerzattacke mit ihr. Um wieviel einfacher war es da in Wilhelms Gesellschaft, vor dem sie ihre Anfälle so gut zu verbergen gelernt hatte!

»Fräulein von Baur, bevor Sie die Kutsche vorfahren lassen, habe ich noch eine Bitte. Veranlassen Sie, daß man in einem anderen Gefährt die beiden verwaisten Schwestern, die in der Küche arbeiten, zu den Eröffnungsfeierlichkeiten fährt. Mir drängt sich das Gefühl auf, ich sei es ihnen schuldig, denn habe ich nicht schließlich von ihnen wertvolle Hinweise bekommen?«

Die Hofdame riß beide Augen auf. Würde jemals der Tag kommen, an dem die Königin sie nicht mehr aus der Fassung bringen konnte? »Verehrte Hoheit..., glaubt Ihr, es ist ein weiser Gedanke, bei all der feinen Gesellschaft...«

Katharina winkte ab. »Ich weiß, was Sie sagen wollen, meine Liebe. Dann sorgen Sie eben dafür, daß die beiden sich zuerst waschen, und lassen Sie ihnen saubere Kleidung geben! Armut ist keine Schande, und wer heuer geladen ist, darf sich nicht scheuen, Aug' in Aug' mit ihr zu kommen. Haben wir uns schließlich nicht alle gemeinsam aufgemacht, um die Löcher der Armut zu stopfen?«

Die Beschäftigungsanstalt war in einem uralten, seit Ewigkeiten nicht mehr benutzten Kornspeicher am Stadtrand untergebracht. Als sich ihre Kutsche dem riesigen Gebäude näherte, warfen sich die beiden Schwestern einen bedeutungsvollen Blick zu. Daß sie jemals wieder in diesen Stadtteil gelangen sollten, wäre keiner von beiden je in den Sinn gekommen. Früher hatten sie manche Nacht in den dunklen Mauern verbracht, die das schlimmste Wetter und die ärgste Kälte abzuhalten vermochten. Trotzdem war es Eleonore in dem riesigen Saal, in dem jedes gesprochene Wort zerstückelt von den Wänden zurückhallte, nie ganz wohl gewesen. Schon der Weg dorthin kam einer Mutprobe gleich: Hier, am Rande des Flusses Neckar, gab es keine Straßenlaternen, und kein Nachtwächter schritt die engen Gassen ab, in denen sich außer den Ratten niemand der Berge von Unrat und Müll annahm. Trotzdem waren der alte Kornspeicher wie auch die anderen umliegenden Lagerschuppen bei den Vaganten begehrt, denn vor übereifrigen Beamten der königlichen Gendarmerie war man hier immer sicher gewesen. Von ihnen aufgegriffen und ins Arbeitshaus verfrachtet zu werden war eine der Gefahren, mit denen die Vaganten täglich leben mußten. Genauso schlimm war allerdings die Angst, den eigenen Namen auf einer der gefürchteten »Gaunerlisten« wiederzufinden, denn damit war der erste Schritt ins Gefängnis meist schon getan. Seit es im Land das Gesetz gab, immer und überall einen Ausweis mit dem eigenen Namen und dem Heimatort mitzutragen, waren die Kontrollen um ein vielfaches bedrohlicher geworden. Eleonore dachte an Columbina. »Die neuen Ausweise oder Pässe oder wie sie die Lappen auch nennen, sind unser Untergang«, hatte sie immer wieder gejammert, nachdem sie sich deshalb mit ihren Töchtern im Cannstatter Rathaus anstellen mußte. Nur mit vielen Worten und einem kleinen Säckchen voll Münzen hatte sie den Beamten von ihrer ehrlichen Berufung als »reisender Kesselflickerin« überzeugen können. Als er ihr endlich einen Ausweis samt der Bewilligung zur Reise ausgestellt hatte, war sein Blick auf die beiden Schwestern gefallen. »Diese Reisegenehmigung gilt aber nicht für die Kinder!« Am Ende mußte Columbina weitere zehn Münzen über den Tisch schieben, bevor die Mädchen ebenfalls einen Ausweis bekamen, der ihnen das Reisen im Land erlaubte. So wütend wie damals hatte Eleonore ihre Mutter noch nicht gesehen. Den ganzen Tag über hatte sie kein gutes Wort mehr für die beiden Mädchen gehabt, selbst Sonia wurde von ihr angeschrien. Als Eleonore sich dafür entschuldigen wollte, daß sie ihre Mutter soviel Geld gekostet hatten, bekam sie als Antwort eine Ohrfeige verpaßt, daß ihr das halbe Gesicht brannte.

Sonia versetzte ihr einen Stoß in die Seite. »Weißt du noch?« Die überraschende Einladung, die Fahrt in der Kutsche und nun diese Begegnung mit ihrem früheren Leben hatten rote Flecken auf ihr blasses Gesicht gezaubert. Zum ersten Mal seit Tagen schien sie ihr eigenes Unglück vergessen zu haben. Der kommende Samstag war weit weg.

»Und ob!« Auch Eleonore war durch den Ausflug abgelenkt, so daß es ihr gelang, Leonard und seine quälende Fragen vorübergehend zu verdrängen und sich nur mit der Gegenwart abzugeben. Ewig konnte sie ihm ihre Antwort nicht schuldig bleiben, das wußte sie. »Der alte Schuppen hat sich ganz schön verändert, seit wir das letzte Mal hier übernachtet haben, nicht wahr?«

Sonia kicherte leise. »Ich möcht' trotzdem nicht mehr hierher zurück, das kannst du mir glauben.« Auf einmal wurden ihre Augen dunkel. »Was wohl aus den anderen von damals geworden ist? Die Metzgers-Marie oder der Sepp oder die beiden alten Brüder, wie hießen sie noch? Jetzt, wo die Königin und ihre Helfershelfer sie von hier vertrieben haben ...«

»Psst. Bist du still! Wenn dich jemand hört!« Um sie herum blickten einige der geladenen Damen von ihren goldbedruckten Heften auf und zu ihnen herüber. Eilig packte Eleonore ihre Schwester am Handgelenk und zog sie zur Seite. »Fast hättest du uns verraten, du dumme Nuß!« Kopfschüttelnd blickte sie in den Raum. Es sah Sonia gar nicht gleich, so unachtsam zu sein, wenn es darum ging, die eigene Vergangenheit zu verbergen. Wahrscheinlich setzten ihr die Erinnerungen mehr zu, als sie eingestehen wollte, ging es Eleonore durch den Kopf. Sie deutete mit ihrem Kinn auf das geschäftige Treiben. »Und außerdem: Die Königin hat niemanden vertrieben! Ihre Idee ist doch großartig. Statt den Armen nur ein Almosen zu geben, bekommen sie hier Arbeit, und ihre Würde bleibt gewahrt.«

»Pah! Als ob das eine von denen wirklich will! Schau dir doch die unglücklichen Gesichter an!« zischte Sonia zurück. »Die pfeifen doch auf ihre ›Würde‹, solange sie etwas zum Beißen haben und einen Schluck Wein dazu!«

Eleonore schwieg. So einfach wollte ihr keine Entgegnung auf Sonias Worte einfallen. Die Frauen, die hier an den Dutzenden von Spinnrädern und Webstühlen saßen oder damit beschäftigt waren, kleine papierne Banderolen auf fertige Wollknäuel zu ziehen, machten wirklich keinen besonders dankbaren, geschweige denn glücklichen Eindruck! Mit gesenkten Köpfen saßen sie über ihre Arbeit gebeugt, die Blicke, die sie den Besuchern zuwarfen, waren eher mißmutig als dankerfüllt. Nun, war es denn ein Wunder, wenn sie bestaunt wurden wie Zwerge auf einem Jahrmarkt? Eleonore hatte Mühe, sich von der dumpfen Unlust um sie herum nicht anstecken zu lassen. Ihr fielen die Worte der Königin bei der feierlichen Ansprache vor dem Kornspeicher ein. Dem neuen Wohltätigkeitsverein sei es zu verdanken, daß die Fürsorge endlich neue Wege gehen könne, hatte sie mit glühenden Augen verkündet. »Zum ersten Mal werden nicht mehr würdige Arme und unwürdige in einen Topf geworfen! Nein, wer gesund genug ist zum Arbeiten, der soll in Zukunft auch arbeiten dürfen!« Mit einer weitausholenden Handbewegung hatte sie auf die anwesenden Gäste gezeigt und weitergesprochen: »Was wir hier sehen, ist nur Ihrer Wohltätigkeit, Ihrer Menschenliebe und Ihren edlen Spenden zu verdanken! Diese Beschäftigungsanstalt ist die erste ihrer Art, aber, verehrte Gesellschaft, so wahr mir Gott helfe, ihr sollen noch viele im ganzen Land folgen! Indem hier auf einen geregelten Tagesablauf und unentwegte Betriebsamkeit geachtet wird – Dinge, die den meisten der hier Beschäftigten noch fremd sind –, bekommen die Menschen die Möglichkeit, ein ehrliches und strebsames Leben zu führen, ja, sich von ihrem unlauteren Lebenswandel abzukehren!«

Daraufhin hatten die feinen Damen zaghaft in die Hände geklatscht. Wahrscheinlich hatten sich die meisten von ihnen unter »Eröffnungsfeierlichkeiten« etwas anderes vorgestellt. Fröstelnd zogen die Mitglieder des Wohltätigkeitsvereins ihre sommerlichen Umhänge enger, denn es gelang keinem einzigen Sonnenstrahl, die kalten, feuchten Mauern zu durchdringen. Erst nachdem sie von einem livrierten Diener jeweils eine mit Lilis Köstlichkeiten gefüllte Bonboniere mit der verzierten Aufschrift »Zum Dank – Dem edlen Spender der 1. Beschäftigungsanstalt – Stuttgart, 13. April 1817« überreicht bekamen, wurden ihre Mienen versönlicher.

Vielleicht lag es auch an der Tatsache, daß nirgendwo Kinder herumrannten, sinnierte Eleonore weiter. Auch Männer waren nicht zu sehen, nur Frauen durften hier beschäftigt werden. Im Grunde genommen war Katharinas Weg schon recht. Vielen Armen war daran gelegen, sich ihr Brot selbst zu verdienen, mochte Sonia auch etwas anderes behaupten. Sie hier zu beschäftigen war auf alle Fälle besser, als sie zusammen mit Irren und Todkranken ins Spital zu sperren! Krampfhaft suchte Eleonore nach einer Rechtfertigung, mit der sie Katharina, der von ihr über alles geliebten Königin, hätte unbeschwert zujubeln können. Denn genau dies wollte ihr nicht richtig gelingen. Sie schalt sich für ihren Hochmut. Wer war sie schon, daß sie Katharinas Werk hätte rügen dürfen? Sie, eine ehemalige Diebin, die es nur zum Drecksweib gebracht hatte? Sie, die Tochter einer Räuberin, die nie etwas Anständiges gelernt hatte?

Auf einmal durchfuhr sie ein Gedanke. Sie zuckte zusammen. Verwundert drehte sich Sonia zu ihr um. »Was ist los?«

Mühsam zwang Eleonore ihre Stimme zu einem heiseren Flüstern. »Sonia, ich weiß, woran es hier fehlt!«

»Woran es hier fehlt? Wie meinst du das?«

»Nun, es ist . . ., was ich meine, ist . . .« Auf einmal war sie sich doch nicht mehr so sicher. Wie konnte sie nur auf den Gedanken kommen, besser als die Königin zu wissen, was gut für die armen Seelen war?

»Jetzt red halt schon, wenn du was zu sagen hast.« Sonia starrte ihre Schwester mit mißtrauischen Augen an. Daß diese sich mit solcher Überzeugung für etwas einsetzte, verunsicherte Sonia. Diese Seite kannte sie an Eleonore nicht. Bisher war sie ein Mensch gewesen, den man sehr leicht überreden konnte, wenn man nur recht bestimmt seine Sache hervorbrachte.

Eleonore sah das Funkeln in Sonias Augen und hielt es für das gleiche Glühen, das auch sie wärmte.

»Du selbst hast doch gesagt, daß die Weiber hier keinen glücklichen Eindruck machen, oder?«

»Ja, schon. Aber was geht das uns an? Wir sind doch bald wieder von hier verschwunden, Gott sei Dank, kann ich nur sagen!«

»Darum geht es doch gar nicht. Was ich sagen will, ist: Die Weiber hier, das sind doch alles schon fertige Menschen, an ihre alten Wege gewöhnt. Ob die sich jemals mit Katharinas Plänen anfreunden können? Würde es nicht viel mehr Sinn machen, wenn die Königin sich statt dessen um die Kinder von diesen Frauen kümmern würde?«

»Die Kinder? Wozu? Laß doch die Kinder in Frieden! Oder willst du die etwa auch gleich ans Spinnrad setzen?«

»Nein.« Eleonore verdrehte die Augen. Fast bereute sie es, überhaupt davon angefangen zu haben. Sie machte einen letzten Versuch.

»So denk doch einmal nach: Die Frauen, die hier sitzen und für ein paar Groschen den ganzen Tag schuften müssen – haben sie denn eine andere Wahl?«

Sonia zuckte mit den Schultern. Sie konnte sich einfach

nicht denken, worauf Eleonore hinauswollte. Allmählich wurde ihr das Gerede über Kinder, die sie nichts angingen, lästig. Doch dann erinnerte sie sich daran, daß sie selbst sehr bald Eleonores Beistand und Hilfe bedurfte und nahm sich zusammen. Sie versuchte einen aufmunternden Blick. Mehr brauchte es nicht, um Eleonores Wortschwall erneut in Gang zu setzen.

»Die Frauen hier haben keine andere Wahl, sie müssen froh sein, daß sie nicht verhungern. Aber die Kinder draußen auf der Straße, um die sich niemand kümmert – die müßten eigentlich noch eine andere Wahl haben!«

»Was für eine Wahl hat man denn schon als Kind?« fragte Sonia verächtlich. »Schau uns doch an: Hat uns denn einer gefragt, ob wir Columbina folgen wollten? Nicht, daß ich jemals etwas anderes gewollt hätte . . .«

»Das ist es doch gerade!« Sonias Antwort war genau die Bestätigung, auf die Eleonore gewartet hatte. »Wenn sich niemand der Kinder annimmt, werden sie wie ihre Eltern, egal, ob das gut oder schlecht für sie ist. Deshalb müssen die Kinder eine Gelegenheit bekommen, sich zu bessern, mehr aus ihrem Leben zu machen. Sie müssen etwas lernen dürfen!«

»Mehr aus ihrem Leben machen – du hörst dich an wie der rothaarige Idiot! Der schwingt auch so seltsame Reden! Von wegen, jeder Mensch hat sein Leben selbst in der Hand. Pah! Das sind doch Träumereien.«

Eleonore stutzte. Was wußte Sonia von Leonards Plänen?

»Das sind keine Träumereien!«

Sonia zog die Augenbrauen in die Höhe. »Und was willst du jetzt aus deinen ›Erkenntnissen‹ machen, häh?« Sie gab Eleonore einen Schubs in die Seite.

»Wenn ich das wüßte. Ich kann ja wohl schlecht zur Königin gehen und ihr meine Meinung sagen. Aber recht hab' ich trotzdem.«

»Und wieso eigentlich nicht?« Kalte Augen funkelten herausfordernd unter Sonias schwarzen Wimpern hervor. »Nehmen wir doch die Gelegenheit beim Schopf und erbitten das Ohr unserer verehrten Landesmutter!« Hart packte sie ihre Schwester am Arm und zog sie hinter sich her.

Mit aller Kraft stemmte Eleonore sich dagegen. »Um Himmels willen!« zischte sie. »Bist du wahnsinnig geworden? Laß mich sofort los!«

Mit hochgezogenen Augenbrauen verfolgten die Damen der feinen Gesellschaft das Ringen der beiden. Auch die Frauen an den Webstühlen schauten auf. Als sie in den beiden Mädchen ihresgleichen erkannten, stießen ein paar von ihnen schrille Pfiffe aus. Andere trampelten mit ihren Füßen auf den Boden, bis der ganze Raum von einer wogenden Unruhe erfaßt war. Die zwei Aufseherinnen der Beschäftigungsanstalt klopften hilflos mit ihren Stöcken auf den Boden, ermahnten die Frauen zur Ruhe, doch ohne Erfolg.

Schutzsuchend drängten sich Katharinas Gäste an die Wand oder hasteten aus dem Raum. Ihre Mienen verrieten, was sie von dem ganzen Aufruhr hielten, dem sie sich nun dank Katharinas abwegiger Idee, die Einweihungsfeierlichkeiten direkt vor Ort stattfinden zu lassen, ausgesetzt sahen. Die Unverfrorenheit, mit der sich die Frauen aufführten, bestätigte sie nur in ihrer Überzeugung, daß Wohltätigkeit und die damit verbundenen Almosen am besten aus der Ferne zu tätigen waren.

Plötzlich jedoch ebbte die Unruhe wieder ab. Die Blicke der Anwesenden konzentrierten sich nun auf die Mitte des Raumes. In ihrem violetten Kleid mit den gelben Blüten wirkte die Königin wie ein schöner, bunter Falter, der sich in eine dunkle Höhle verirrt hatte und nun nach Licht suchend hin und her flatterte. Doch als sie zu sprechen begann, klang sie weder hilflos noch verirrt.

Ihre Augen richteten sich auf die beiden Schwestern. Wohlwollend nickte sie ihnen zu. Nichts in ihrer Miene verriet die höllischen Kopfschmerzen, unter denen sie noch immer litt.

»Und womit kann ich euch beiden heute helfen?« fragte sie, nicht ohne ein feines Lächeln.

Es war Sonia, die antwortete. In einer hastigen Verbeugung ließ sie sich zu Boden fallen. »Verehrte Königin, ich bitte unser Auftreten zu entschuldigen. Aber vielleicht sind wir es, die Euch helfen können. Oder besser gesagt: Meine Schwester ist es, die etwas zu sagen hat«, antwortete sie forsch, ohne dem Blick ihres Gegenübers auszuweichen. Dann schubste sie Eleonore nach vorne, die heftig zitterte und so aussah, als ob sie verzweifelt nach einem Loch suchte, in dem sie verschwinden konnte.

Unter den Umstehenden verbreitete sich ein erschrockenes Murmeln. Wie konnte die Küchenmagd – und daß es sich um eine solche handelte, konnte man schließlich sofort erkennen – nur so unverfroren daherreden? Und wie konnte die Königin dies zulassen? Überhaupt: Was hatte ihresgleichen hier zu suchen?

Für einen kurzen Augenblick schien Katharina ebenfalls verblüfft zu sein. Doch dann klatschte sie in die Hände. »Dieser Esprit! Diese jugendliche Forschheit! Ist es nicht eine Freude?« Lächelnd und herausfordernd zugleich blickte sie in die Runde. Überall traf sie auf unsichere Blicke. Ungerührt wandte sich Katharina nun an Eleonore.

»So, so. Du hast mir etwas zu sagen. Nun, da ich schon einmal deinen Rat erbeten und dies nicht bereut habe, schlage ich vor, daß wir uns zu einem weiteren Gespräch in meine Kutsche zurückziehen.« Sie nickte Eleonore freundlich zu und erhob dann ihre Stimme. »Die Eröffnungsfeierlichkeiten sind hiermit beendet.«

10

In dem Raum standen ein Tisch, zwei Stühle, eine lange, hölzerne Bank und ein Regal, in dem Berge von graubraunen Lumpen aufgetürmt waren. Ein Bett oder eine andere Schlafstatt waren nirgendwo zu sehen. Offensichtlich wohnte hier niemand. Der Raum glich eher einer selten benutzten und nie gelüfteten Abstellkammer, deren alte, verbrauchte Luft Eleonore im Hals kratzte. Vor den Fenstern hingen dunkle Leinentücher, die zwar das Sonnenlicht abhielten, jedoch nicht die Hitze, die für einen Tag im April ebenso ungewöhnlich wie unangenehm war. Obwohl es schon später Nachmittag war, brannte die Sonne mit unverminderter Glut auf den festgetretenen Boden der schmalen Gassen und staute sich dort wie in einem vorgewärmten Ziegelstein auf.

Stumm saßen die beiden Mädchen auf den Stühlen, vor sich auf dem Tisch eine kleine, schwarze Tasche. Immer wieder blickten sie zur Tür, als könnten sie allein durch die Kraft ihrer Gedanken bewirken, daß diese sich öffnete und die Frau hereintrat, auf die sie nun schon seit zwei Stunden warteten.

»Wo sie nur bleibt«, zischte Sonia und rutschte auf dem Stuhl hin und her.

Eleonore zuckte mit den Schultern. Mit jeder Minute, die sie hier verbrachten, wuchs in ihr das Bedürfnis, Sonia am Arm zu packen und wegzulaufen. Aber wäre damit jemandem geholfen?

»So eine Geburt kann doch nicht ewig dauern! Was, wenn sie nachher bei mir auch so lange braucht?« nörgelte Sonia weiter und blickte dabei Eleonore vorwurfsvoll an.

Ihre Schwester schwieg weiterhin. Daß sich die Hebamme mit einem Mädchen in Sonias Lage genausoviel Zeit nehmen würde wie bei einer Geburt in einem feinen Kaufmannshaus – daran glaubte sie nicht. Trotzdem wurde auch ihre Angst immer größer. Die Verzögerung bedeutete schließlich, daß sie im Dunkeln nach Schloß Bellevue zurücklaufen mußten! Doch um Sonia nicht weiter zu beunruhigen, behielt sie ihre Ängste für sich. Jetzt galt es erst einmal, das Kommende zu überstehen.

Als draußen auf dem Gang plötzlich Schritte zu hören waren, schreckten beide gleichzeitig zusammen. Mühevoll, begleitet vom Ächzen der ausgetretenen Holzstufen, stieg jemand die schmale Stiege herauf, die zu der Kammer unter dem Dach führte. Dann ging die Tür auf und eine große, erstaunlich jung wirkende Frau kam herein. Mit einem Poltern setzte sie ihre schwere, lederne Tasche auf dem Boden ab. Ohne eine Erklärung für ihr spätes Erscheinen ging die Frau in die Ecke des Raumes, wo ein Eimer mit Wasser stand.

»Welche von euch beiden ist es, die meine Hilfe braucht?« Während sie sich die Hände wusch, schaute sie zum ersten Mal zu den beiden Mädchen hinüber.

Sonia antwortete.

»Hast du das Geld dabei?«

Hastig schob Eleonore ihrer Schwester die Tasche mit den Münzen zu. Sonia hob sie hoch. »Hier.«

»Gut. Dann zieh dich jetzt aus. Am besten alles, wenn du keine Blutflecken draufhaben willst.« Die Frau holte ein Bündel Lumpen aus dem Regal und legte diese auf den Tisch.

Ihre raschen, sicheren Bewegungen erinnerten Eleonore

an Lili, wenn diese sich die Zutaten für eine Süßspeise zurechtstellte. Auf einmal fiel alle Angst von ihr ab. Sie spürte, daß Sonia hier in den besten Händen war, die man in ihrer Lage finden konnte.

»Was ist mit dir? Willst du dabeisein? Von mir aus kannst du bleiben, aber nur, wenn du nicht zu denen gehörst, die beim Anblick von Blut zu schreien beginnen oder ohnmächtig umfallen.« Mit einem scharfen Blick wurde Eleonore von der Frau, die ihr Gesicht nach wie vor durch ein Tuch verhüllte hatte, gemustert.

»Ich weiß nicht so recht...« Hilflos blickte Eleonore zu Sonia hinüber. Eigentlich hatte sie noch nie richtig viel Blut gesehen.

»Lorchen, bleib!« Sonias Stimme klang heiser und atemlos.

»Natürlich bleib' ich, was hast denn du gedacht.« Eleonore versuchte ein Lächeln, aufmunternd nickte sie Sonia zu, die unbeholfen neben dem Tisch stand. Unbekleidet glich ihr Körper mehr dem eines frühreifen Kindes als dem Leib einer Frau. Ihre Beine waren schmal und langgliedrig, ihr Hinterteil klein und fest, ihre Brüste hoch und so fein, daß es Eleonore unmöglich war, sich ein säugendes Kind daran vorzustellen. Nichts an diesem Leib erinnerte an die fleischige Fülle anderer Frauen, deren Brüste schwer nach unten hingen und deren Hinterteile sich breit unter runden Hüften zur Seite erhoben. Daß in Sonias Leib die Frucht eines Mannes heranwachsen sollte, konnte Eleonore kaum glauben. Und doch war es so.

Die Frau hielt Sonia ein großes Tuch hin, nach dem sie sofort dankbar griff. »Leg dich jetzt auf den Tisch. Deck dich am besten mit dem Tuch zu. Wie ist es: Kannst du deine Hände stillhalten, oder soll ich dich festbinden?«

»Ich...weiß...nicht.«

Die Frau warf einen langen Blick in das weiße Gesicht,

aus dem die dunklen Augen wie glühende Edelsteine hervorstachen. Dann erwiderte sie: »Halt dich am Tisch fest, wenn die Schmerzen stärker werden.«

Nachdem sie den Eimer mit Wasser und einen leeren Eimer neben sich gestellt hatte, holte sie aus ihrer Tasche ein zangenartiges Instrument und eine schmale, silberfarbige Gabel.

Beunruhigt tauschten die beiden Schwestern einen Blick. Dann trat Eleonore neben Sonias Kopf und nahm ihre Hand.

Die Frau schaute auf. »Wenn du ruhig bleibst, wird es nicht lange dauern. Dann kannst du nach Hause gehen und bist deine Sorgen los.« Zum ersten Mal schwang die Spur eines Gefühls in ihrer Stimme mit. Doch sofort wurde sie wieder sachlich. »Wenn alles gutgeht – und das wird es, denn du bist jung und stark –, wirst du die Nacht hindurch noch bluten. Leg dir einfach Tücher zwischen die Beine, wie du es bei deiner monatlichen Blutung auch tust.« Ihr Blick wanderte von einer Schwester zur anderen. »Wenn doch etwas schiefgehen sollte – wagt es nicht, hierher zurückzukommen! Wenn's drauf ankommt, würde ich beschwören, dich noch nie im Leben gesehen zu haben, und außerdem: Helfen könnt' ich dir dann sowieso nicht mehr.« Sie hielt Eleonore ein zusammengerolltes Tuch hin. »Da, gib ihr das in den Mund. Ein Mittel, was die Schmerzen erleichtert, kann ich dir nicht geben, weil ich keines mehr habe. Und der Himmel weiß, wann es wieder welches gibt. Nicht einmal im städtischen Hospital haben sie Morphium, dort nehmen sie ganze Gliedmaßen ohne Betäubung ab«, sagte sie mehr zu sich als zu den beiden Mädchen.

Die Frage, was sie denn machen sollten, wenn etwas schiefginge, brannte Eleonore auf der Zunge. Doch um die Frau nicht zu verärgern, schwieg sie. Am Ende würde sie sich weigern, den Eingriff vorzunehmen.

Die Frau wusch sich nun die Hände in dem Wassereimer. Dabei verrutschte ihr Kopftuch ein wenig und enthüllte so einen Teil ihres Gesichtes. Eleonores Gefühl hatte sie nicht getäuscht. Die Hebamme war in der Tat noch sehr jung und ihre Haut so rosig und frisch wie die eines gutgenährten Mädchens vom Lande. Doch wo bei diesem jugendliche Unschuld das Antlitz schmückte, hatte sich bei der Hebamme ein harter Zug um den Mund gegraben.

»Wag es nicht, laut zu schreien! Wenn du schreien willst, beiß auf dieses Tuch. Du kannst dir ja vorstellen, was mit mir passiert, wenn die Leute im Haus dich hören.«

Sonia nickte beklommen.

»Gut. Dann fang' ich jetzt an.« Einer anderen Frau hätten die Hände gezittert, doch als sie Sonias Beine auseinander-preßte, waren ihre Griffe präzise und sicher.

Sonia schloß die Augen.

Eleonore verstärkte den Druck auf die Hand ihrer Schwester.

Ein leises Wimmern war von Sonia zu hören, als die Frau mit ihrer Arbeit begann. Dann biß sie mit aller Kraft auf den Knebel, den Eleonore ihr in den Mund geschoben hatte.

Vom unteren Tischende drang ein leises, schabendes Geräusch zu Eleonore, das jedoch von der Stimme der Frau, die nun unaufhörlich vor sich hinsprach, übertönt wurde.

»Wie gerne hätt' ich den Saukerl hier liegen, von dessen Brut ich dich befreien soll. Wahrscheinlich läßt er es sich gerade bei einem Krug Bier gutgehen. Oder er hat ein ande-res Weib im Arm, in das er sein Ding stecken kann. Wir Weiber bleiben die ewig Dummen. Es sind unsere Wänste, in denen es sich die elenden Bastarde so gerne häuslich machen. Es sind unsere Brüste, an denen sie sich später fest-saugen wie Blutegel an ihrem Wirt, und es ist unser Leib, aus dem wir sie wieder herauskratzen müssen . . .«

11

Verehrte Katharina...« Rote Flecken zeichneten sich auf Wilhelms Gesicht ab. »Wenn ich Dich unterbrechen darf...«

»Aber ja doch. Wir können gern später weitersprechen, wenn dir im Augenblick nicht der Sinn danach steht.« Rasch erhob sich Katharina von einem der Besucherstühle, die vor Wilhelms Schreibtisch plaziert waren. Als sie um das riesige Schreibmöbel herumging, versuchte sie ein besänftigendes Lächeln, obwohl sie das Gefühl hatte, innerlich von all den Neuigkeiten, die sie mit sich herumtrug, bersten zu müssen. Sie brannte darauf, Wilhelms Meinung zu den ihrer Ansicht nach geradezu revolutionären Gedanken zu hören, die sie in die Tat umzusetzen bereit war. Nach ihrem Gespräch mit der Küchenmagd hatte sie die letzten Tage damit verbracht, mit ihren Beratern eine neue Strategie auszuarbeiten. Nun wollte sie ihre weitere Vorgehensweise unbedingt von Wilhelm absegnen lassen. Da es dabei um hochoffizielle Angelegenheiten und nicht allein um ein Gespräch zwischen Eheleuten ging, hatte sie sich bei Wilhelms Privatsekretär einen ebenso hochoffiziellen Termin beim König geben lassen. Daß Wilhelm sich einfach so Zeit für sie genommen hätte, daran glaubte Katharina längst nicht mehr. Nach wie vor dominierten die andauernden Verfassungskämpfe seinen Tagesablauf, und noch immer schien keine Einigung in Sicht zu sein. Ganz im Gegenteil, der Landtag trotzte seinem neuen König nicht minder als dem alten.

Statt also wie jeden Nachmittag um diese Zeit bei der kleinen Marie zu sein, war Katharina in seinem riesigen Amtszimmer erschienen. Doch Wilhelms Miene nach zu urteilen sah es danach aus, als habe sie die Spielstunde mit ihrer Tochter umsonst geopfert.

Katharina sann kurz darüber nach, ob sie ihren Gatten auf die schweren Unruhen ansprechen sollte, die den ganzen Tag über in der Stadt getobt hatten. Laut ihren Beratern war es fast unmöglich gewesen, durch die engen Gassen der Innenstadt zu gelangen, ohne dem wütenden Mob in die Arme zu fallen. Ein ganz wilder Haufen hatte scheinbar sogar versucht, das Sitzungsgebäude, in dem die Verfassungsdiskussionen stattfanden, zu stürmen. Erst als Wilhelm Militärpatrouillen eingesetzt hatte, waren die aufgebrachten Menschen auseinandergestoben. Nein, es war besser, es nicht zu erwähnen, entschied Katharina. Sein Kopf war wahrscheinlich schon voll genug mit all dem Ärger. Als Wilhelm nun jedoch wieder das Wort ergriff, war sie von seinen Äußerungen mehr als überrascht.

»Es geht nicht darum, jetzt oder erst später über deine Pläne zu sprechen. Es geht um deine Pläne im allgemeinen und besonderen. Und darum, daß du mit deiner arglosen und so bemühten Wohltätigkeit Lawinen freitrittst, von deren Existenz du noch nicht einmal etwas ahnst!« Seine Stimme klang wieder etwas ruhiger, dennoch war der gereizte, streitbare Unterton nicht zu überhören. Ruhelos ging er zum Fenster, dann drehte er sich abrupt um. »Weißt du eigentlich, welche Auswirkungen die Aufhebung des Auswanderungsverbotes hat?«

Betroffen starrte Katharina ihren Mann an. Sie wußte weder, worauf er hinauswollte, noch, wie sie seine feindseligen Blicke deuten sollte.

»Nun, ich will es dir sagen: Mehr als dreitausend Menschen haben sich letztes Jahr gemeldet, dieses Jahr sind es schon über elftausend – und das Jahr ist noch nicht einmal zur Hälfte herum!«

»Aber das ist doch wunderbar! Wie wird sich Alexander freuen, daß sein großzügiges Angebot so in Anspruch genommen wird!« Vor ihren Augen sah sie Hunderte von kleinen Gehöften wie Pilze aus dem fruchtbaren Boden von Kasachstan, Tadschikistan oder Kirgisien schießen. Sie sah lachende und zufriedene Bauern, die ihr Feld bestellten und abends an einem Tisch mit ihren russischen Nachbarn bei Brot und Wein das Leben feierten. Sie wandte sich Wilhelm zu, sah in sein gequältes Gesicht, und das schöne Bild vor ihren Augen zerplatzte wie eine Seifenblase. »Was ist, geliebter Gatte? Warum macht dich der Gedanke, daß so viele Württemberger eine neue Heimat bekommen werden, nicht genauso glücklich wie mich?«

»Weil ihre Heimat hier ist! Hier in Württemberg! Und wenn du es genau wissen willst: Der Gedanke, daß sie ihre Heimat verlassen, bringt mich fast um. Welch ein Verlust für unser Land! Wer sich zur Auswanderung entschließt, hat Mut und Tatkraft. Die schlechtesten Württemberger sind es daher nicht, die das Land verliert!« Sein Gesicht verzog sich zu einer bitteren Miene. »Daß sie dem russischen Zaren eher zutrauen als mir, sie vor Hunger und Not zu erretten ... auch das schmerzt.« Als Katharina ihm eine tröstende Hand auf den Arm legen wollte, drehte er sich mit steifen Schultern von ihr weg. Angespannt starrte er zum Fenster hinaus, als stünde die Antwort auf alle seine Sorgen im wolkenverhangenen Nachmittagshimmel geschrieben.

Wie vom Schlag getroffen stand Katharina da. Daß Wilhelm so stark für seine Untertanen empfand, daß ihn deren Weggehen so sehr schmerzte, hätte sie nicht für möglich gehalten. Es erfüllte sie einerseits mit Glück – zeigte es doch, daß Wilhelm neben seinem kühlen, nüchternen Verstand doch ein großes Herz besaß. Auf der anderen Seite bekümmerte sie sein Schmerz sehr.

»Wilhelm...«, begann sie vorsichtig, »ich kann mir sehr gut vorstellen, welche Qualen es dir bereiten muß, zuzusehen, wie so viele brave Menschen die Heimat verlassen. Aber ist es in der augenblicklichen Situation nicht das Beste für alle? Unter Alexanders Obhut haben sie Aussicht auf ein besseres Leben. Außerdem bleibt so für die Zurückgebliebenen viel übrig, man hat mir berichtet, daß die Auswanderer ihr Land für ein paar Heller an Verwandte oder Nachbarn verkaufen!« Sie versuchte ein Lächeln und brachte doch nur eine hilflose Grimasse zustande.

»Ein besseres Leben!« Er verzog sein Gesicht zu einer bitteren Fratze. »Das bleibt erst noch abzuwarten. Wie Ratten verlassen sie das sinkende Schiff! Wer in der Zwischenzeit unsere Äcker bestellen soll, ist diesen Abtrünnigen völlig egal. Daß es einfach Zeit braucht, bis die Hilfsmaßnahmen für die Landwirtschaft wirken, kann keinem von ihnen verständlich gemacht werden. Nein, da wird es für ein, zwei Jahre ein wenig knapp mit dem Brot und der Suppe, und schon heißt es: Auf nach Rußland! Der ›von Gott erhabene Alexander‹ wird uns schon erretten!« Seine Stimme triefte vor Spott und Verachtung.

»Ein wenig knapp? Wilhelm! Ich weigere mich, deine Worte für bare Münze zu nehmen.« Mit großer Mühe zwang sich Katharina, ruhig zu bleiben. Sie wollte nicht glauben, was sie da hörte. Daß der König es den Ärmsten der Armen übelnahm, das schriftlich niedergelegte Recht zur Auswanderung in Anspruch zu nehmen, könnte einfach nicht wahr sein! Auch daß er auf ihren Bruder und auf die Liebe, die ihm sein Volk entgegenbrachte, eifersüchtig war, war etwas, das vollkommen außerhalb von Katharinas Verständnisvermögen lag. Und daß er das wirkliche Ausmaß der Hungerkatastrophe weiterhin so unterschätzte, war ebenso unfaßbar!

Ohne auf sie einzugehen, begann er, Finger für Finger an seiner Hand abzuzählen. »Was hat das Ministerium für Inneres in den letzten Monaten nicht alles unternommen: Maßnahmen zur Ausdehnung des Futtermittel- und Obstanbaus wurden bereits ergriffen – ich frage mich nur, wer sie durchführen soll, wenn die Herren Bauernschaft es so eilig haben, ins reiche Rußland zu gelangen? Die Vorratswirtschaft ist von Grund auf erneuert und reformiert worden, staatliche Kontrolleure werden in Zukunft dafür sorgen, daß die Kornhäuser im Land stets für den Notfall gefüllt werden. Ein Erlaß über den Verzehr von Ersatzstoffen wird derzeit im ganzen Land verbreitet, meine Beamten mühen sich damit ab, auch den letzten Bauern im verlassensten Winkel des Landes über die Vorzüge von Kräutern, Wurzeln und Pferdefleisch aufzuklären. Und? Werden mir meine Bemühungen etwa gedankt? Meine Beamten schreiben sich die Finger wund, um sämtliche neue Erlasse so schnell wie möglich unter die Leute zu bringen, während draußen im Land der bloße Unmut tobt! Man berichtet mir, daß meine Pläne, zusätzliche Flächen zu bebauen, von der Landwirtschaft höchst mißtrauisch betrachtet, teilweise sogar verweigert werden! Sie hätten mit ihrem bisherigen Ackerland genügend zu tun, sagen die Bauern. Kein Wunder, wenn die Hälfte von ihnen nach Rußland rennt!« Wilhelm stand sein Unverständnis über das Verhalten der Bauern ins Gesicht geschrieben. »Und von meinen Generälen muß ich mir Anspielungen darüber anhören, daß unser Land mit seinen Menschen nach Ausdehnung lechze. Ja soll ich denn vielleicht den nächsten Krieg beginnen, nur um mehr Land zu gewinnen?«

Versteinert stand Katharina immer noch an derselben Stelle. Ihre Hände, mit denen sie die Rückenlehne eines

Stuhles umklammert hielt, waren kalt und steif. Nach Wilhelms Litanei hatte sie das Gefühl, Welten von ihrem Gatten entfernt zu sein. Entgegen ihrer sonstigen Art machte sie nicht einmal mehr den Versuch, eine Brücke zu schlagen. Ihre Augen, müde von einer durchwachten Nacht, brannten. Ruhig entgegnete sie:

»Dir mag es vielleicht wie eine persönliche Beleidigung vorkommen, daß die Bauern das Land verlassen. Für die Menschen selbst ist es die pure Verzweiflung, welche sie zu diesem Schritt zwingt! Es ist geradezu zynisch, von Abenteuerlust oder einer augenblicklichen Laune zu sprechen. Ich sage damit nicht, daß du in irgendeinem Maße an dem verheerenden Hunger schuld hast, Gott behüte! Kein Mensch in diesem Land würde so etwas behaupten. Aber es ist nun einmal eine Tatsache, daß bei einer Untersuchung im letzten Monat siebzig von hundert Haushalten als bargeld-, getreide- und brotlos anerkannt werden mußten. Wilhelm – das sind Zahlen, an denen selbst du als König nicht vorbeisehen kannst.«

Sie raffte ihre Röcke zusammen, drehte sich um und machte sich ohne Eile auf den Weg hinaus. Sie spürte dabei seinen Blick im Rücken und wartete darauf, von ihm aufgehalten, zurückgerufen zu werden. Doch als sie an der Tür ankam, hatte Wilhelm noch immer nichts gesagt. Müde und mit schmerzendem Kopf verließ sie die königlichen Amtsstuben. Was nun aus ihren Plänen für eine Armenschule werden sollte, daran mochte sie im Augenblick nicht denken.

12

Obwohl Eleonore manchmal glaubte, die Zeit müsse anhalten, weil zuviel um sie herum geschah und sie gar nicht alles so schnell begreifen konnte, verging doch Tag um Tag, Woche um Woche.

Längst redeten die Schwestern nicht mehr von Sonias Schwangerschaft und dem Besuch bei der Engelmacherin, doch die Erinnerung an dieses Erlebnis verband sie wie eine unsichtbare Kette.

Und Leonard? Leonard war fort.

»Eleonore, was ist mit dir? O Weib, mir bricht es das Herz, dir bei deinem Seelenleid zuzuschauen! Was soll ich nur mit dir machen?«

Eleonore versuchte ein Lächeln. »Ist schon gut, Lili. Ich war nur mit den Gedanken woanders. Von mir aus können wir anfangen.« Aufmunternd nickte sie der Zuckerbäckerin zu.

»Mit den Gedanken woanders! Ich kann mir schon denken, wo. Ach, ich weiß nicht...« Lili schüttelte den Kopf, und ihre wäßrigblauen Augen wurden ganz dunkel. »Vielleicht hättest du auf dein Herz hören und mit ihm gehen sollen. Also, wenn ich von der ganzen Sache gewußt hätte – ich hätt' dir zugeraten, glaub' ich. Obwohl..., wer würde mir dann heuer helfen?« Ihr Gesicht verzog sich zu einem unfreiwilligen Grinsen.

Eleonore wurde ganz warm ums Herz. »Ach Lili! Du bist

so nett und freundlich! Nicht genug, daß du mir dummer Kuh was beizubringen versuchst – als Dank dafür mußt du dir auch noch mein Gejammere anhören.« Unbeholfen packte Eleonore die Zuckerbäckerin am Arm und drückte sie.

Lili befreite sich aus Eleonores Griff und drehte sich verlegen zur Seite. »Hast doch gar nicht gejammert! Aber ich seh' dir auch so an, was durch deinen Kopf schwirrt. Ist ja auch kein Wunder. Sag, hat er dir schon geschrieben?«

Eleonore seufzte. »Bisher noch nicht. Aber daß ich nicht mit ihm auf die große Reise gegangen bin, bereue ich nicht, da kannst du glauben, was du willst. Und ich *hab'* auf mein Herz gehört«, fügte sie trotzig hinzu. Während sie sprach, wurde ihr klar, daß sie mit diesen Worten sogar die Wahrheit sagte.

»Und wieso machst du dann die meiste Zeit ein Gesicht wie sieben Tage Regen, häh?«

»Mach' ich ja gar nicht.«

»Eben doch. Der Leonard fehlt dir, wie ein Mann einem Weib nur fehlen kann.«

»Und wenn es so wäre? Gut, ich hab' ihn gern gehabt, den Leonard. Aber ich hab' nicht mit ihm nach Rußland gehen können. Was wäre aus Sonia geworden? Und was, wenn die Königin nochmals nach mir verlangt?«

»Sonia! Die kann sich selber helfen und die Königin auch, wie ich vermute. Aber belassen wir es dabei. Wenn wir nicht bald mit unserer Arbeit beginnen, müssen wir einen Nachtisch herzaubern.« Lili begann, Töpfe, Messer und verschiedene Zutaten auf einem großen Holzbrett zusammenzustellen.

Dankbar griff Eleonore nach einem Apfel und machte sich daran, ihn sorgfältig zu schälen. Für manche Menschen war alles im Leben immer so einfach, ging es ihr durch den Kopf. Alles war entweder schwarz oder weiß, Tag oder

Nacht. Die Zuckerbäckerin schien Gefühle des Hin- und Hergerissenseins nicht zu kennen. Eleonore glaubte ihr, wenn sie behauptete, an ihrer Stelle mit nach Rußland gegangen zu sein.

»Wie heißt die Speise eigentlich, die du mir heute beibringen willst?«

»Das ist eine gute Frage«, entgegnete Lili. »In Bayern, wo die Süßspeis' herkommt, wird sie ›Bavesen‹ genannt, bei uns hier im Schwabenland hat sie eigentlich keinen besonderen Namen. Aber man sagt, daß schon die Mönche im Mittelalter solche Bavesen gebacken haben, Birnen und Äpfel hat's schließlich schon immer gegeben.«

Neugierig schaute Eleonore zu, wie unter den flinken Händen der Zuckerbäckerin aus dem Obst kleine Würfel entstanden, die sie in einen Topf warf.

Von allen Arbeiten in der Küche liebte sie die »Lernstunden« mit Lili am allermeisten. Oft fielen sie in den frühen Nachmittag – dann, wenn die Mittagsmahlzeit vorüber war und die Zubereitungen für den Abendtisch noch Zeit hatten. Dann nahm Lili sich die Zeit, auch einmal neue Rezepte auszuprobieren oder Eleonore etwas zu erklären. Nur manchmal, so wie heute, wurden Lilis Künste auch zwischendurch verlangt, wenn es galt, eine besondere Süßspeise heiß und frisch auf den Tisch zu bringen.

»So, endlich ist dieses verfluchte Feuer an. Der neue Holzträger muß sein Handwerk auch noch lernen, das kann ich dir sagen! Was der an Trockenholz anbringt, reicht in den meisten Fällen gerade dazu, ein Räucherfeuer für Trockenfleisch herzurichten!« Lili stemmte die Arme in die Hüfte und warf dem Feuer mißtrauische Blicke zu, als befürchte sie, es würde im nächsten Augenblick wieder ausgehen. Als sie den Topf mit den Obststückchen daraufgestellt hatte, griff sie nach einer kleinen Porzellandose.

»Ein bißchen Zimt und Anis kann bei Äpfeln und Birnen

nie schaden. Zucker brauchen wir keinen, das Obst ist süß genug. Jetzt heißt es kräftig umrühren.« Sie drückte Eleonore einen großen Holzlöffel in die Hand und ging zum Brotschrank, um einen Laib Weißbrot herauszuholen.

Tief atmete Eleonore den süßen Duft ein, der von dem Topf aufstieg. Wie jeden Tag dankte sie ihrem Schicksal – und Lilis Fürsprache –, daß sie nun ausschließlich in der Süßspeisenküche eingeteilt worden war, statt wie bisher da mithelfen zu müssen, wo Not am Mann war.

Nachdem es zu Beginn so ausgesehen hatte, als lege die Königin keinen großen Wert auf Feierlichkeiten am Hof, geschweige denn auf Kaffeekränzchen mit Gräfinnen und Baroninnen, war sie in den letzten Wochen dazu übergegangen, fast täglich die verschiedensten Gäste an ihre Tafel zu bitten. Da es sich bei ihren Besuchern zumeist um Damen handelte, wurden hauptsächlich feines Backwerk, Konfekt und süße Speisen aufgetragen. Zu Beginn hatte Lili sich ihren neuen Aufgaben mit Tatkraft und Schaffenslust gestellt, doch nach kurzer Zeit hatte sie einsehen müssen, daß die viele Mehrarbeit von ihr allein einfach nicht zu schaffen war. Und so hatte sie bei Johann, dem Küchenvorsteher, darum gebeten, Eleonore als tägliche Hilfe zugeteilt zu bekommen.

Eleonore nahm ein Ei in die Hand und zerschlug es am Rand einer tönernen Schüssel, wie Lili es ihr gezeigt hatte. Das splitternde Geräusch der Eierschalen war wie Musik in ihren Ohren. Sanft glitt erst die weiße, durchsichtige Flüssigkeit in die braune Vertiefung, dann folgte das Eigelb. Vorsichtig wiederholte sie diese Prozedur mit fünf weiteren Eiern, dann begann sie mit einem flinken Schwung aus dem Handgelenk, die Eier mit einer Gabel zu einer lockeren Masse zu schlagen.

Lili hatte derweil die gekochte Fruchtmasse vom Feuer genommen und ließ nun langsam Mehl in Eleonores Schüssel rieseln. Dabei achtete sie darauf, nie mehr Mehl auf einmal hineinzuschütten, als Eleonore mit ihrer Gabel unterarbeiten konnte. Wurde der Teig zu fest, goß sie etwas Milch hinzu.

Nachdem Lili es zu Beginn dabei belassen hatte, Eleonore alle möglichen Handlangerarbeiten erledigen zu lassen, ließ sie sich inzwischen auch bei der eigentlichen Zubereitung der Speisen von ihr helfen. Eleonore stellte sich dabei so geschickt an, daß eine andere an Lilis Stelle nicht nur verblüfft, sondern auch neidisch geworden wäre. Schließlich stand die Kunst des Zuckerbackens in der Küchenhierarchie ganz oben. Eleonore traute sich mittlerweile tatsächlich allerhand zu. Und hinter der Zubereitung der Bavesenspeise schien nicht sonderlich viel Aufwand zu stecken, ging es ihr durch den Sinn. Wieviel interessanter klangen da die Rezepte, die sie sich heimlich zu ihrem eigenen Vergnügen ausdachte! Sie würde Äpfel mit Rosinen füllen, in Rotwein kochen und dann mit einem dunkelroten Johannisbeergelee glasieren. Oder die zarten Blätter einer neu erblühten Rose in Zuckerwasser stärken und daraus hauchdünne Plätzchen backen. Oder... Sie blinzelte mit den Augen. Was waren das für Tagträumereien, schalt sie sich. Sollte ihr nicht eher daran gelegen sein, bei Lili zu erlernen, wie eine echte Zuckerbäckerin vorging? Sie schluckte den bitteren Kloß, der sich in ihrem Hals gebildet hatte, hinunter. Dann galt ihre ganzes Interesse nur noch der Zuckerbäckerin.

Lili hatte in der Zwischenzeit den Weißbrotlaib in Scheiben geschnitten, diese mit dem Fruchtmus bestrichen und mit anderen Scheiben belegt. Auf die träufelte sie nun etwas Milch. Danach nahm sie die gefüllten Brote und tauchte sie in Eleonores Teigmasse. Auf dem Feuer begann in einer Pfanne zerlassenes Schmalz bereits zu brutzeln, und Lili beeilte sich, die Brote hineinzulegen. Nach kurzer

Zeit war die ganze Küche mit dem goldgelben Duft des warmen Schmalzgebäckes erfüllt.

Bevor sie das Gebäck aus der Pfanne holte, pickte sich Lili mit einer langen Gabel ein Stück heraus. Genießerisch hielt sie es unter ihre Nase und schnupperte daran. Dann zerteilte sie es in drei Teile und begutachtete das innere Aussehen, bevor sie sich einen Bissen in den Mund steckte. »Wenn das meine Mutter sehen würde – du meine Güte, die Hände würde sie über den Kopf schlagen! Die Tochter der großen Hofzuckerbäckerin Martha Lilienthal bäckt Bavesen!«, grinste sie mit vollen Backen. »Mutter wäre es nie im Traum eingefallen, ihre Tatkraft für solch simple Gerichte zu verschwenden! Aber was soll ich machen?« Theatralisch zuckte sie mit den Schultern. »Wenn's den Leuten nun mal so schmeckt?«

Wie jeden Tag hatte die Hoftafelvorsteherin das für den jeweiligen Anlaß gewünschte Service auf speziellen Anrichtetischen herauslegen lassen, so daß Eleonore nur noch die benötigten Gebäckschalen und Platten wegnehmen mußte. Das heutige Porzellan war mit einem bäuerlichen Blumenmuster verziert, in der Mitte der Teller war jeweils ein Korb mit Obst abgebildet, um den sich grünes Weinlaub rankte. Angesichts des rustikalen Musters und der Art von Lilis Süßspeise vermutete Eleonore, daß es sich bei Katharinas Gästen heute um niedriger gestellte Adelsleute oder Bürgerfrauen handeln mußte.

»So.« Befriedigt sah Lili auf die Schale mit den hochaufgetürmten, goldgelb gebackenen Gebäckstücken. Dann nahm sie eine Dose und streute großzügig Zucker über das Ganze. »Das soll den Weibern wohl ihre Spendenfreudigkeit versüßen und Katharinas Geldbeutel füllen, so daß sie in ihrer Gutmütigkeit wieder alles an die Armen und Nichtsnutzigen weitergeben kann.«

Nachdem die gefüllten Brote von einem Tischdiener abgeholt worden waren und die beiden Frauen die Küche geputzt hatten, ging jede ihrer Wege. Um fünf Uhr mußten sie sich wieder in der Küche einfinden. Lili wollte die Zeit nutzen, ihrer Familie in der Stadt einen kurzen Besuch abzustatten – die Körbe wie immer voll mit angeschlagenem Obst, von der königlichen Tafel übriggebliebenem Gebäck, hartem Brot und ein paar Eiern. Eleonore, die keine solchen familiären Verpflichtungen hatte, ging in den Obstgarten – dorthin, wo Leonard um ihre Hand angehalten hatte – und legte sich ins frisch gestutzte Gras. Hier fühlte sie sich ihm so nahe wie nirgendwo anders, hier konnte sie mit geschlossenen Augen seinen männlichen Geruch wahrnehmen und sich vorstellen, Leonard selbst käme gerade um die Ecke.

Nachdem sie ihre zu engen Schuhe ausgezogen hatte, streckte sie die Beine weit vor sich aus und genoß die warme Luft, die ihre bloße Haut streichelte. Sie war gerade eingedöst, als sie einen Schatten über sich spürte. Unwillig öffnete sie die Augen.

»Lorchen, wach auf! Los, du verschlafenes Huhn, was ich dir zu sagen habe, wird dich wachmachen wie ein kalter Regen. Nur auf eine angenehmere Art!« Sonias silbernes Lachen wurde von den in den Baumwipfeln ruhenden Vögeln mit gezwitschertem Singsang nachgeahmt.

Eleonore blinzelte erneut. Ohne die bunten Glasperlen und schmückenden Bänder in ihrem Haar sah Sonia jünger und verletzlicher aus als früher. Doch ihre Augen glänzten nach wie vor so kalt wie Bergseen.

»Was gibt's denn so Wichtiges?«

Sie konnte gegen die Schärfe in ihrer Stimme nichts tun. Manchmal erweckte Sonias Anblick eine ungewohnte Wut in ihr, gegen die sie hilflos war. Dabei war Sonia noch nie zuvor in ihrem Leben so kleinlaut gewesen. Noch nie hatte sie sich so bemüht, ihrer Schwester zu gefallen. Eleonore hatte wirklich keinen Grund zur Klage: Tagsüber mühte sich Sonia mehr recht als schlecht in der Küche ab, abends lag sie mit offenen Augen neben ihrer Schwester in der heißen, stickigen Dachkammer. Vorbei waren die unerlaubten Ausflüge, fast vergessen die unschönen Gerüchte, die jeden ihrer Schritte begleitet hatten. Immer wieder suchte sie Eleonores Blick und versuchte sogar manchmal, ihr einen Weg oder eine Arbeit abzunehmen. Zum ersten Mal überhaupt schien sie Eleonore wahrzunehmen, schien sie zu spüren, wann es ihrer Schwester gut und wann es ihr weniger gut ging. Auch über die Königin ließ sie keine bösen Bemerkungen mehr fallen, was Eleonore rasch aufgefallen war. Doch statt dem Herrgott für Sonias Sinneswandel dankbar zu sein, betrachtete sie sie mit äußerstem Mißtrauen. Unwillkürlich wartete sie jeden Tag darauf, daß aus der kleinen Flamme der Untugend in Sonia ein neues Fegefeuer erwachen würde.

»Ich habe einen Brief für dich. Hier.« Sie streckte ihr eine Hand entgegen.

Hellwach setzte Eleonore sich auf. »Von wem?«

Sonia zog die Augenbrauen hoch. »Wer weiß?«

Endlich griff Eleonore nach dem dicken, braunen Briefumschlag in Sonias Hand. Als sie die krakelige Schrift sah und ihren Namen las, entspannte sich ihr Gesicht. Der Brief war von Leonard, in Ulm abgeschickt, noch vor seiner endgültigen Abreise. Sie begann zu rechnen. Drei ganze Wochen hatte der Brief von Ulm bis hierher gebraucht, Leonard würde nun schon längst auf einem Schiff in Richtung Rußland unterwegs sein.

»Na, willst du ihn nicht lesen?« Ungeduldig zwickte Sonia sie in den Schenkel.

»Nein, das mache ich später.« Wenn ich alleine bin, fügte sie im stillen hinzu und hoffte, Sonia könnte ausnahmsweise einmal ihre Gedanken lesen.

Doch diese machte es sich nun ebenfalls im weichen Gras

bequem. Flink zog sie ihre Schuhe aus und schob ihren Rock nach oben, um Luft an ihre schmalen Beine zu lassen. Den Brief keines Blickes oder Wortes mehr würdigend, brachte sie Eleonore mit ihrer nächsten Bemerkung völlig aus der Fassung.

»Sag einmal, deine Kochkünste... Reichen die nicht bald aus, um selbst eine Zuckerbäckerin zu sein, statt nur Lilis Handlangerin?«

»Wie kommst du denn darauf?« Eleonore schüttelte den Kopf. »Was für ein Gedanke! Was ich kann, ist keiner Rede wert.«

Gedankenverloren kämmte Sonia ihre Haare mit der rechten Hand. Dann teilte sie ein paar Strähnchen ab und begann, einen dünnen Zopf zu flechten. »Nun... da hört man aber ganz andere Sachen«, antwortete sie gedehnt und warf Eleonore einen scharfen Blick zu.

»Was für andere Sachen? Wovon redest du eigentlich?«

»Du scheinst wirklich nicht zu wissen, was um dich herum gesprochen wird, was?« Sonia schüttelte ungläubig den Kopf. »Daß du dich geschickt anstellen würdest, heißt es. Die alte Kuh, die Ludovika, hat sich bei Johann neidisch darüber ausgelassen, daß du dein Handwerk schon besser verstündest als manch einer, der es sein Leben lang gelernt hat.«

»Ach, was. Das ist doch nur Gerede«, antwortete Eleonore heftig. So gern sie in der königlichen Hofküche arbeitete und so dankbar sie für ihr neues Leben war – der tägliche Tratsch hinter dem Rücken der anderen, die ewigen kleinen Streitereien und Eifersüchteleien zwischen den einzelnen, damit konnte sie einfach nichts anfangen. Was für die anderen das Salz in der Suppe bedeutete, das den langen, anstrengenden Arbeitstag mit Abwechslung würzte, war für Eleonore unangenehm und machte sie verlegen. Das Wortgeplänkel, das die anderen so gut beherrschten und das in fast allen Küchenabteilen zu hören war, meisterte sie nicht, weil es ihrem Wesen von Grund auf widersprach. Sonia hingegen fühlte sich dabei wie ein Fisch im Wasser und brachte mit ihren oft so treffenden, spitzen Worten ihre Zuhörer laut zum Lachen. Daß dies immer auf Kosten anderer geschah, machte ihr nichts aus, im Gegenteil: Sie schien die kleinen Eifersüchteleien durch gezielte Bemerkungen noch bewußt anzustacheln.

»Und der Johann hat geantwortet, daß es nicht mehr lange dauern würde, und du tätest der Lili was vormachen.«

»Blödsinn«, wehrte Eleonore erneut ab. »Der Johann redet viel, wenn der Tag lang ist. Die Lili ist eine Künstlerin. Und ich? Ich bin bestenfalls eine Handwerkerin, mehr nicht. Außerdem: Was hätte ich schon davon, wenn ich wirklich so gut wäre, wie du sagst?« Ohne es zu wollen, ging Eleonore nun doch auf Sonias Reden ein.

»Nun, du könntest an Lilis Statt arbeiten. Ich weiß zwar nicht, was du so schön daran findest, den ganzen Tag wie ein Ackergaul zu schuften, aber dann wärst du immerhin die königliche Zuckerbäckerin! Und würdest ein königliches Gehalt bekommen.«

»Und Lili? Was würde aus der werden? Nein, ich glaub', du bist von allen guten Geistern verlassen. Und ich auch, daß ich mich auf ein solches Gespräch einlasse! Wir müssen beide froh und dankbar sein, daß wir überhaupt hier arbeiten und wohnen dürfen. Ich für meinen Teil möchte jedenfalls nicht mehr mit früher tauschen, das kann ich dir sagen«, entgegnete Eleonore heftig und drehte sich ein wenig zur Seite. Wie gerne würde sie nun lesen, was Leonard ihr geschrieben hatte. Statt dessen mußte sie mit Sonia dieses aberwitzige Gespräch führen. Daß Ludovika und Johann solche Dinge behauptet haben sollten, konnte sie eh nicht glauben. Sie wußte nur nicht, was Sonia mit diesen Lügen bezwecken wollte. Wahrscheinlich wollte sie ihr nur schöntun, weil sie immer noch ein schlechtes Gewissen hatte. Daß Eleonore ihretwegen ein neues Leben in Rußland ausgeschlagen und dem Ruf ihres Herzens widerstanden hatte, schien Sonia schwer zu beeindrucken, auch wenn sie die Entscheidung ihrer Schwester nie kommentiert hatte. Ein so selbstloses Verhalten, das fast an Selbstaufgabe grenzte, galt in ihren Augen als bloße Dummheit. Da es sich jedoch um ihre Schwester handelte, die dieses Opfer brachte, zwang sie sich, zumindest ein wenig Dankbarkeit an den Tag zu legen. Daß sie Eleonore tatsächlich dankbar war, übersah sie in ihrer Eigenliebe völlig.

»Wenn dir so gar nichts daran gelegen ist, in der Küche jemand zu werden, frag' ich mich, wieso du dann fast jede freie Minute dort verbringst«, sagte Sonia mürrisch. Hartnäckig fuhr sie fort: »Wer jammert denn immer darüber, daß er keine Gelegenheit hatte, etwas zu lernen? Das bist doch du! Und jetzt, wo etwas aus dir werden könnte, willst du die Möglichkeit einfach so in den Wind schlagen?«

Endlich war Sonia gegangen. Statt Leonards Brief sofort zu öffnen, starrte Eleonore auf das braune, faltige Papier. Ihr Kopf war voll von Sonias Worten, die ein wildes Durcheinander in ihr ausgelöst hatten. Warum war Sonia auf einmal so sehr an Eleonores Wohlergehen gelegen? Hatte womöglich das, was Sonia durchleben mußte, einen besseren Menschen aus ihr gemacht? Nicht, daß sie ihre Schwester jemals für schlecht gehalten hatte! Nein, Sonia war eben, wie sie war. Daß sie sich nun mehr als bisher ihrer Schwester anschloß, Halt bei ihr suchte, sich dafür aber auch mehr um Eleonores Belange kümmerte, war doch völlig normal. Daß Sonia sie brauchte – war das nicht auch der Grund dafür gewesen, hierzubleiben? Trotzdem machte die Heftigkeit, mit der Sonia gesprochen hatte, ihr angst. Wieder einmal hatte sie das Gefühl, als braue sich eine dunkle Wolke über ihr zusammen. Doch dann wischte sie im Geist alle dunklen Gedanken zur Seite.

Vorsichtig öffnete sie mit ihrem Fingernagel den dicken Briefumschlag. Sie hob den Bogen an und betrachtete die schwarzen Schnörkel auf dem dunkelbraunen Hintergrund. Die einzelnen Buchstaben waren gleichmäßig groß, manchmal fast krakelig, trotzdem hatte Eleonore keine Mühe, Leonards Schrift zu entziffern.

Liebe Eleonore,

während ich diese Zeilen schreibe, sitze ich mit Michael, Karla und den Kindern am Ufer der Donau. Wir sind nun schon seit drei Tagen hier in Ulm und warten darauf, unser Schiff betreten zu dürfen. Die Reise hierher war beschwerlicher, als wir dachten, mit Karla und den Kindern war nur ein langsames Vorwärtskommen möglich. Außer uns haben sich Hunderte von Bauern hier eingefunden, und es herrscht ein unglaubliches Gedränge. Mit Sack und Pack sitzen sie da und warten darauf, endlich von der Heimat Abschied nehmen zu können. Du kannst Dir nicht vorstellen, wer alles ein neues Leben in Rußland wagen will: vom kleinsten Wiegenkind bis zum alten Greis, auch viele Weiber, manche sogar in guter Hoffnung! Den Behörden scheint es egal zu sein, und die Russen prüfen nur, ob auch jeder die 300 Gulden vorweisen kann, die pro Kopf für die Auswanderung erforderlich sind. Ein ganzer Haufen seltsamer Kirchenanhänger ist auch dabei. Pregianzer nennen sie sich. Komische Gesellen. Du solltest einmal deren Gebete hören oder die lustigen Weisen, die sie singen! Sehr christlich hören die sich in meinen Ohren nicht an ...

Gestern sind drei Schiffe abgefahren, und wir hatten gehofft, auf einem von ihnen dabeizusein. Es heißt, daß wir in 14 Kolonnen reisen werden, und der Himmel weiß, in welcher wir landen! Aber im Grunde genommen ist es gleich, ob wir heute oder morgen wegkommen.

Geliebte Eleonore, wenn Du nur hiersein könntest! Die Aufregung, die Freude auf den Neuanfang, auch die Angst davor – wie gerne hätte ich alles mit Dir geteilt. So ist es, als würde ich das Ganze nur zur Hälfte miterleben, während sich meine andere Hälfte nach Dir verzehrt. Noch immer kann ich nicht fassen, daß die Sorge um Deine Schwester in Dir stärker war als Deine Liebe zu mir. Doch Du hast deine Entscheidung gefällt und ich weiß, daß Du es Dir nicht einfach gemacht hast. Nun müssen wir damit leben. Ich denke jeden Tag an Dich, und so sehr mein Herz auch schmerzt, ich weiß, daß auch ich die richtige Wahl getroffen habe. Michaels Weib ist von der langen Hungersnot so krank und schwach, daß wir uns große Sorgen um sie machen. Wäre er hiergeblieben – sie hätt's nimmer lang gemacht. Und ohne mich wär' er halt auch nicht gegangen. Jetzt hoffen wir darauf, daß sie sich auf der langen Reise erholen kann. Vorräte haben wir genug dabei, man muß nur aufpassen, daß nachts nichts wegkommt. Gestern hat einer versucht, einem anderen, während dieser schlief, einen Sack mit Trockenfleisch unter dem Kopf wegzuziehen! Das hat der Kerl jedoch gemerkt und dem anderen kräftig eins übergezogen!

Liebe Eleonore, nun muß ich meinen Brief beenden. Gerade kommt einer und hat unseren Namen gerufen. Auf dem nächsten Schiff, der »Samsara«, sollen wir reisen. Nun heißt es eilig unsere Siebensachen packen und einen guten Platz ergattern. Sie scheinen sehr viele Menschen auf ein Schiff zu laden, da wird das Gedränge groß sein. Vielleicht kann ich Dir noch einmal von unserer Reise schreiben. Wenn nicht, werde ich mich aus der neuen Heimat melden. Ich denke an Dich und warte schon jetzt auf den Tag, an dem Du nachkommen willst – in die neue Welt! Bis dahin lebe wohl – Gott sei mit Dir;

Dein Leonard.

Eleonore glaubte, ihr Herz wolle vor lauter Schmerz zerbersten. Der Tag hatte urplötzlich seine sommerliche Süße verloren. Sie glaubte, keine weitere Minute allein mit sich und ihren Gedanken bleiben zu können. Mit einem Ruck setzte sie sich auf. Ohne nochmals auf Leonards Worte zu blicken, packte sie den Brief in ihre Schürzentasche und ging ins Schloß zurück. Sie suchte sämtliche Küchenabteile ab, bis sie endlich Johann über einem Stapel Zettel sitzend fand.

»Johann, gibt es eigentlich ein Buch, in dem geschrieben steht, wie eine Küche zu funktionieren hat? Ich meine ... da ist noch so vieles, was ich nicht weiß ... und ich will nicht immer einem von euch auf der Pelle sitzen und die Zeit rauben. Ihr müßt alle so hart schaffen, und da komm' ich daher und stell' dumme Fragen.«

Der Küchenvorsteher ließ seine Schreibfeder sinken und schaute auf. Der Schmerz in Eleonores Augen rührte etwas in ihm an, das er nicht näher bezeichnen konnte. Er, der Weibern sonst nur den Hof machte in der Hoffnung auf eine fröhliche Nacht auf königlichen Strohballen! Er wunderte sich über sich selbst. Und doch beschloß er, innerhalb eines Augenaufschlags, alles daranzusetzen, um ihr zu helfen.

»Es gibt für alles Bücher«, erwiderte er. »Es gibt Bücher, in denen steht geschrieben, wie man ein Menü zusammenstellt und welche Mengen von Speisen man für wie viele Gäste benötigt. Es gibt Bücher, aus denen man erlernen kann, wie eine festlich gedeckte Tafel auszusehen hat und welche Weine zu welchem Essen passen. Es gibt sogar Bücher, in denen nichts anderes außer Rezepten geschrieben steht.« Er zuckte mit den Schultern. »Die Küche, das Kochen und die Zuckerbäckerei sind wie ein unergründlicher See, von dem niemand weiß, wie tief er eigentlich ist. Es liegt an jedem Koch selbst, wie tief er in diesen See hineintauchen will. Die meisten begnügen sich mit ein wenig Wissen, andere tauchen immer wieder ein. Deren Netz

quillt irgendwann über von all dem Wissen, das sie ange-
sammelt haben, und sie beginnen, selbst ein Buch zu schreiben.« Er deutete ein wenig hilflos auf die Flut von Zetteln,
die er vor sich auf dem Tisch liegen hatte. »So wie ich. Aber
lassen wir das ... Du mußt mir nur sagen, womit du beginn-
en willst, und ich werde dafür sorgen, daß man dir das entsprechende Buch dazu ausleiht.«

Eleonores Augen funkelten wie zwei dunkelbraune Edelsteine. »Ich will *alles* lernen.«

13

U nd dann dürfen wir natürlich nicht vergessen, verehrte
Gäste, daß unser geliebtes Land über keinerlei Boden-
schätze oder sonstige natürliche Ressourcen verfügt. Wir
haben kein Gold und kein Silber. Noch nicht einmal ein paar
Salzminen haben wir! Dafür haben wir den größten Schatz,
den ein Land besitzen kann: die Menschen Württembergs!
Was liegt also näher, als diesen Menschen die beste nur mög-
liche Bildung angedeihen zu lassen?« Strahlend blickte
Katharina in die Runde.

Wie jeden Mittwoch hatte Katharina das Wort »Bettel-
tag« in ihr ledernes Notizbuch eingetragen. Dies bedeutete, daß sie zur wöchentlichen Kaffeerunde einlud: adlige
Damen, aber auch reiche bürgerliche. Eine Einladung in
Katharinas so reizvoll gelegenes Landhaus zu bekommen
bedeutete eine hohe Ehre. Mit eigenen Augen zu sehen, wie
die Königin lebte – wer hätte sich das nicht sehnlichst
gewünscht? Vor allem, seit Bellevue unter den Händen des
begnadeten Architekten Saluccis zu einem wahren Juwel
geschliffen wurde, dessen Facetten weit über die Grenzen
Cannstatts hinaus zu funkeln begannen.

Doch als Katharina nun in die nachmittägliche Tischrunde blickte, entdeckte sie auf einigen Gesichtern schwinden-
des Interesse. Ratlose Augen, fragende Blicke starrten ihr
entgegen, wo sie auf Zustimmung und Stimulanz gehofft
hatte. Die Frauen, die sich seit Tagen auf die Einladung

gefreut hatten, schienen regelrecht enttäuscht zu sein: Statt erheiternder Anekdoten und dem neuesten Klatsch bekamen sie von der Königin einen Vortrag über die Notwendigkeit einer höheren Mädchenschule gehalten.

Katharina seufzte innerlich auf. Immer mehr kam sie sich vor wie einer der russischen Artisten, die an Alexanders Hof auftraten: Der Balanceakt zwischen gesellschaftlichem Geplänkel einerseits und ernsthaftem Werben für ihre Anliegen andererseits fiel ihr von Woche zu Woche schwerer. Warum erkannten die dummen Hühner nicht von selbst, woran es in ihrem Land fehlte? Schließlich waren sie es doch, die ein Leben hier verbracht hatten!

Nach einer schlaflosen Nacht brannten ihre Augen, und ihre Kopfhaut schmerzte durch die straffe Flechtfrisur. Nur mit äußerster Selbstbeherrschung konnte sie verhindern, daß sie vor Ungeduld laut losbrüllte. Wäre damit jemandem geholfen gewesen? Sicherlich nicht. Erst letzte Woche hatte Bankier Rapp, ihr oberster Berater in Geldangelegenheiten, sie auf die Wichtigkeit eines stetigen Spendenflusses hingewiesen. »Ihr müßt reden wie um Euer Leben«, war sein Rat gewesen. »Es gibt nichts, was den Reichen so sehr schmeichelt wie die ungeteilte Aufmerksamkeit einer Königin – also bewirtet und beschwatzt die Täubchen, bis sie Euch goldene Eier ins Körbchen legen. Erst dann macht es Sinn, weiter zu überlegen, wie wir diese Eier verteilen werden.«

Sie wandte sich also an die Baronin von Hartmannsfelden, die zu ihrer Linken saß. »Habt nicht auch Ihr zwei reizende Töchter, die im passenden Alter wären, um eine höhere Schule zu besuchen?«

»Ja, das stimmt«, antwortete die Baronin ebenso erfreut wie erstaunt. »Unsere Sophie-Maria ist dreizehn, und Margarete wird zehn.« Es kam selten vor, daß sie Stuttgart einen Besuch abstattete. Das Gut der Herren von Hartmannsfelden lag südlich von Tübingen und somit ein ordentliches

Stück abseits – sehr zum Leidwesen der lebenslustigen und unternehmungshungrigen Baronin, die ihre Jugendjahre in Baden-Baden genießen durfte und die sich selbst nach langen Ehejahren noch nicht mit der Abgeschiedenheit ihrer neuen Heimat abfinden konnte. Daß die Königin so gut über eine entfernt wohnende Adelsfamilie Bescheid wußte, hätte sie nicht gedacht. Katharinas folgende Worte sorgten für die nächste Verblüffung:

»Hier in Stuttgart heißt es, bei den Herren von Hartmannsfelden würde man nicht nur eine ausgezeichnete Jagd genießen dürfen, sondern sehr oft auch wichtige Künstler und Literaten als Tischnachbarn haben.«

»Nun, ja...«, die runden Wangen der Baronin erröteten, »...man ist halt bemüht, auch in unserer Wildnis der Kultur immer eine Tür offenzuhalten.« Sie lachte beschämt. »Allerdings schmeicheln die Gerüchte unseren Tischrunden, denn leider kommt es nur allzu selten vor, daß es einen Maler oder Dichter zu uns verschlägt. Wo Tübingen doch so viel kurzweiliger ist...«

Auf Katharinas Stirn bildete sich eine kleine, steile Falte. »Die Abgeschiedenheit der schönen Alb!« Sie seufzte bedeutungsvoll, als kämen ihr täglich Klagen dieser Art zu Ohren. »Vielleicht solltet Ihr es mit dem Bibelspruch halten: ›Wenn der Prophet nicht zum Berge kommt, muß eben der Berg zum Propheten gehen!‹ Und das würde in Eurem Fall bedeuten: Schickt Eure Töchter hier in Stuttgart auf die zukünftige Mädchenschule. Und besucht die beiden, wann immer es nur geht.« Sie lachte. »Ihr werdet sehen – nach dem Trubel in Stuttgart werdet Ihr die Abgeschiedenheit Eures Anwesens erst richtig zu schätzen wissen. Ist es nicht so, Gräfin Branitzky?« Mit einem Augenzwinkern wandte sie sich an eine überaus schlanke und in dunkelblaues Samt gekleidete Dame mittleren Alters.

Als Antwort erfolgte zuerst ein theatralisches Stöhnen,

dann griff sich die Gräfin mit einer reich beringten Hand an die Stirn. »Wie recht Ihr habt, Eure Hoheit! Die vielen Bälle, das Theater, die Oper, dann die Soupers und Matinées – manchmal könnte es einem schon zuviel werden! Nun bin ich allerdings nicht in der glücklichen Lage, ein Landschlößchen mein eigen nennen zu können«, fügte sie seufzend hinzu. »Wenn mir der Sinn nach Erholung steht, muß ich unser kleines Chalet in Bad Wildbad aufsuchen. Doch leider lassen die vielen Verpflichtungen nur seltene Besuche im Schwarzwald zu.« Wieder seufzte sie. »Allein die vielen Dienstboten! Kehre ich ihnen nur für einen Tag den Rücken zu, geht alles drunter und drüber! Ich weiß nicht, wie Ihr es schafft, Euren Hofstaat in dieser traumhaften Ordnung zu führen und dennoch Zeit für Eure anderen Aktivitäten übrig zu haben.«

›Das kommt davon, daß bei dir die dreifache Kopfzahl an Bediensteten anstellig ist, du eingebildete, dumme Kuh!‹ dachte Katharina, zuckte aber nur lächelnd mit den Schultern. »Vielleicht liegt es daran, daß ich wirklich größten Wert auf gut ausgebildetes Personal lege. Denn nur wer sein Handwerk gelernt hat, kann mit dem besten Nutzen für seinen Herrn arbeiten. Auf einer höheren Schule würden die Mädchen, also beispielsweise auch Ihre Töchter, lernen, Dienstboten die richtige Anleitung...«

Als sich die Tischrunde zwei Stunden später auflöste, hatte Katharina den Grundstock für ihre Mädchenschule gelegt. Auf ihr Versprechen hin, die Töchter der anwesenden Damen bevorzugt als Schülerinnen aufzunehmen, und nach vielen weiteren Schmeicheleien, die Katharina elegant und unauffällig über die Lippen kamen, waren insgesamt siebentausend Taler an Spendengeldern zugesagt worden. Dieser Betrag würde nicht nur dazu ausreichen, ein geeignetes Gebäude zu erbauen, sondern auch noch, um die Gehälter der Lehrpersonen für die ersten zwei Jahre zu entrichten, frohlockte Katharina, als sie sich mit hochgelegten Füßen auf ihrem Bett ausruhte.

Bis zum Umkleiden für das Abendmahl blieb ihr noch genügend Zeit, um ein wenig die Augen zu schließen. Doch schon bald stand sie rastlos wieder auf. Gleich morgen würde sie an ihre Mutter schreiben und um genaue Unterrichtspläne der russischen Mädchenpensionate bitten. Wie würde Maria Feodorowna staunen, wenn sie erfuhr, daß sie in ihre Fußstapfen und in die ihrer Großmutter, Katharina der Großen, trat! Was die Bildung für weibliche Mitglieder der Gesellschaft betraf, war Württemberg wirklich sehr rückständig! Im Gegensatz dazu waren Mädchenschulen in St. Petersburg schon längst an der Tagesordnung. Mochte man über Zarin Katharina behaupten, was man wollte: immer war sie dafür eingetreten, daß ihre Geschlechtsgenossinnen stärker in die Verantwortung für Gesellschaft und Politik gezogen wurden. Es war höchste Zeit, auch in Württemberg neue Ziele zu setzen! Sie stand auf und läutete nach Niçoise. Sie konnte es nicht mehr abwarten, die straffen Zöpfe loszuwerden. Für das Abendmahl würde eine locker gesteckte Hochfrisur ausreichen. Als sie sich vor ihren Spiegel setzte und auf ihre Kammerzofe wartete, mußte sie nochmals an ihre nachmittägliche Tischrunde denken. Sie lachte. Wie entrüstet sich manch eine bei dem Gedanken an eine spezielle Mädchenschule gezeigt hatte! Als ob es mit einer feinen Heirat alleine getan wäre! Dabei hatte sie den edlen Spenderinnen längst nicht all ihre Pläne für die neu zu schaffende Institution mitgeteilt: Es wäre doch allzu voreilig gewesen, die Frauen darüber aufzuklären, daß sie gedachte, neben der Kunst, dem Singen und Musizieren auch Turnunterricht einzuführen... Und zu eröffnen, daß die feinen Töchter der höheren Gesellschaft sich die Schulbank mit begabten, aber mittellosen Mädchen teilen würden, hatte auch noch Zeit!

Während Niçoise damit beschäftigt war, Katharinas hüft-langes Haar aus der Bezopfung zu entwirren, um es dann mit festen Bürstenstrichen auf Hochglanz zu polieren, spür-te die Königin endlich, daß sie eine weiche, warme Welle der Ruhe überkam. Die zufriedene Müdigkeit, die sich nur nach einem arbeitsam verbrachten Tag einstellte, kroch in ihre Knochen und Glieder und machte sie ganz schwer. Sie atme-te langsam und tief ein. Der Geruch des seidigen Haarpu-ders kitzelte in ihrer Nase, und sie zog eine Grimasse. Eigentlich hatte sie doch allen Grund, mit sich zufrieden zu sein.

Der Wohltätigkeitsverein hatte in den letzten Monaten zu ihrer vollsten Zufriedenheit gearbeitet. Dabei hatten es die einzelnen Mitglieder ihr nicht leichtgemacht. Wo Katha-rinas Pläne ihrer Ansicht nach hinkten, wurden gnadenlos Verbesserungsvorschläge auf den Tisch gebracht. Daß es sich bei der Vorsitzenden um die Königin handelte, beein-druckte die Mitarbeiter des Vereins herzlich wenig, waren sie doch allesamt sehr engagierte Menschen, denen das Wohl der armen Bevölkerung über alles ging. Inzwischen funktionierte die Verteilung von Lebensmitteln, Kleidern und Brennmaterial fast reibungslos, wie selbst die anfängli-chen Gegner von Katharinas Plänen zugeben mußten. Obwohl auch die diesjährige Ernte äußerst mager ausgefal-len war, konnte man dennoch behaupten, daß der große Hunger in Württemberg ein Ende hatte. Einen wesentli-chen Teil hatten Alexanders Getreidelieferungen dazu bei-getragen, das stimmte schon. Dennoch konnten sich auch die von ihr ins Leben gerufenen Hilfsmaßnahmen sehen las-sen: Die Beschäftigungsanstalten sprossen im ganzen Land wie Pilze aus dem Boden und boten vielen Frauen die Mög-lichkeit, zum Lebensunterhalt ihrer Familien beizutragen. Außerdem hatte Katharina den Gedanken von Eleonore weitergesponnen und Schulen für die Kinder der Armen einrichten lassen. Dort wurden die Kleinsten nicht nur sicher verwahrt, während ihre Mütter arbeiteten, sondern ihnen wurde gleichzeitig ein strebsamer Lebenswandel und sparsame Genügsamkeit gepredigt. Dem Himmel war Dank, daß die Spenden der Reichen im Land weiterhin unermüdlich flossen! Katharina seufzte, woraufhin die Kammerzofe hastig mit dem Kamm innehielt.

»Es ist gut, Niçoise. Du kannst weitermachen.« Freundlich nickte Katharina dem Mädchen zu.

»Ihr müßt Euch schonen, Eure Hoheit. Mit der vielen Arbeit bringt Ihr Euch und Eure Gesundheit in Gefahr.«

Gönnerisch tätschelte Katharina den Arm der Kammerzofe. »Soll ich mich etwa auf die faule Haut legen? Nein, nein, dazu habe ich viel zuviel zu tun. Und es macht mir Spaß! Ich kann es kaum erwarten, morgen die Heimarbeiterinnen zu besuchen. Da fällt mir ein . . ., ich muß auch noch die beiden Küchenhilfen benachrichtigen lassen . . . Wie bin ich gespannt, ob dieses neue Prinzip sich bewährt hat! Und das sollte ich mir entgehen lassen?«

»Nein, nein . . .« Niçoise suchte eifrig nach passenden Worten. Sie wußte, daß die Königin ihr Ehrlichkeit nie übelnehmen würde, doch nun, da es ihr gelungen war, sie überhaupt in ein solches Gespräch zu verwickeln, wollte sie es auch richtig anpacken. »Ihr habt doch so viele patente Damen, die Euch gerne bei Eurer Arbeit helfen. Überlaßt doch denen einen Teil der Termine. Vielleicht wäre es auch hilfreich, nicht so viele Verabredungen in eine Woche zu legen. Es treibt Euch doch keiner!«

Katharinas sonniges Lächeln verschwand urplötzlich. Die Augen in die Ferne gerichtet, starrte sie auf ihr Spiegelbild. Große, dunkle Augen, die ihr seltsam fremd vorkamen, blickten ihr entgegen. »Eigenartig, manchmal habe ich wirklich das Gefühl, als hetze mich jemand. Ich kann nichts aufschieben, selbst wenn ich es wollte! Nein, nein, ich muß geizen mit der Zeit. Das Ende kann früh herbeikommen. Deshalb darf ich nichts Gutes, auch nicht das Geringste, versäumen oder verschieben.«

14

Möge der Herrgott die Hand beschützend über unser Schiff halten und für eine glückliche Weiterreise sorgen. Ihr Brüder und Schwestern im Glauben, so lasset uns singen...«

»Jetzt singen die schon wieder.« Mürrisch blickte Michael zu den Pregianzern hinüber, die sich im vorderen Teil des Schiffes zum Gottesdienst eingefunden hatten. »Wenn das so weitergeht, dann gut' Nacht!«

Leonard erwiderte nichts. Sein Blick streifte Michael, der mit verschränkten Händen und säuerlicher Miene dasaß. Neben ihm schlief Karla, sein Weib, unter einem Berg Decken. Söfchen und ihre beiden Brüder waren nirgends zu sehen. Weit konnten sie auf dem Schiff jedoch nicht sein.

Stumm zurrte Leonard den letzten Sack Lebensmittel mit einem Lederriemen zu und verstaute ihn dann neben den anderen. Zufrieden betrachtete er die prall gefüllten Säcke: Kartoffeln, Rüben, ein ganzes Bündel in Streifen geschnittenes Trockenfleisch, dazu mit Anis gewürzte Brotfladen. Und Wein. Drei riesige Tonflaschen voll. Auch ihm war nach einem Dankesgebet zumute. Daß sie während ihres letzten Aufenthaltes so gute und vor allem so günstig Lebensmittel kaufen konnten, war wirklich ein Glücksfall sondergleichen. Wenn man bedachte, wie man ihnen bisher das Fell über die Ohren gezogen hatte, waren gerade die Antichristen sehr christlich zu ihnen gewesen! Leonard machte es sich an der Schiffsaußenwand bequem. Die Gast-freundschaft der Türken war so überraschend wie ange-nehm gewesen. Noch klangen ihm laut die Warnungen im Ohr, die bei früheren Aufenthalten an sie herangetragen worden waren. Die Antichristen seien Barbaren, hatte es geheißen. Sie würden mit Säbel und Dolch mordend durch die Straßen ziehen und bei Nacht die im Hafen liegenden Schiffe der Auswanderer überfallen, um Kinder und Frauen zu verschleppen. Dieses und noch Schlimmeres wurde den Auswanderern vor allem in Orsova, der letzten ungarischen Stadt vor der Grenze zur Türkei, erzählt. Leonard erinnerte sich noch genau an einen besonders aufdringlichen Händler, der sie mit seinen Waren bis aufs Schiff verfolgt hatte. Wenn sie bei ihm nichts kauften, so hatte er behauptet, müßten sie später im Türkenland elendig hungern. Dabei hatte er das Dreifache von dem verlangt, was sie nur fünf Tage später in der türkischen Stadt Vidin für die gleichen Waren gezahlt hatten. »Verfluchter Wucherer!« In seiner Erregung merkte Leonard nicht, daß er laut gedacht hatte.

Michael blinzelte gegen das Sonnenlicht herüber. »Was hast du gesagt?«

»Ich hab' gesagt, laß die Leut doch singen, wenn's ihnen danach zumute ist.« Je länger die Reise andauerte, um so mehr ging ihm Michael mit seinem ewigen Gejammer auf die Nerven. Leonard rechnete nach: Fast zehn Wochen waren sie nun schon unterwegs. Immer öfter zweifelte er an der Richtigkeit seiner Entscheidung. Unruhig stand er auf und stieg über eine Gruppe kartenspielender Männer hin-weg. Als das Boot einen unerwarteten Hüpfer machte, schwankte er ein wenig und trat dabei einem der Karten-spieler auf die Hand. Böse Beschimpfungen wurden ihm nachgeschrien, und er beeilte sich, mit eingezogenem Kopf fortzukommen. Etwas weiter hinten hatte er ein freies Stück Reling erspäht, da wollte er hin. Nun würde er die nächsten vier Wochen keine Möglichkeit mehr haben, vom Schiff herunterzukommen! Keine Möglichkeit, Michael und seiner mürrischen Art zu entfliehen. Daß er in seinem Feuereifer über die Auswanderung ins gelobte Rußland gänzlich vergessen hatte, wie schwierig sein Bruder war, konnte sich Leonard nun, da er Michael wieder täglich um sich hatte, nicht mehr erklären.

Michael war ein durch und durch schwarzsehender Mensch, dem es nie gelang, dem Leben etwas Schönes abzugewinnen. In allem erkannte er nur das Schlechte, überall fühlte er sich übervorteilt, anderen mißgönnte er jedes bißchen Glück. Dabei übersah er völlig, wenn das Leben ihn mit Glück beschenkte: Gelang es ihm im Herbst, eine gute Weizen- und Haferernte einzuholen, jammerte er über die verhagelten Kirschen. Kam einer seiner Nachbarn mit einem Krug Bier vorbei – was selten genug vorkam, weil Michael nirgendwo sonderlich gut gelitten war –, freute er sich nicht etwa über den Besuch, sondern argwöhnte nächtelang, was der Mann von ihm wollen könnte. Statt sich über seine drei Söhne zu freuen, die, kaum daß sie laufen konnten, ihm eifrig bei der Hofarbeit zur Hand gegangen waren, beklagte er sich nur über die beiden Töchter, die ihm »die Haare vom Kopf fraßen«. Michaels Art hatte sich auch auf der Reise nicht gebessert. Ganz im Gegenteil: Seinem Drang zum Jammern und Klagen wurde täglich neuer Zündstoff geliefert. Auf der ersten Reiseetappe hatte er auf einem Platz im Innenraum des Schiffes bestanden. Doch schon nach wenigen Tagen hatte er begonnen, sich bitterlich über die schlechte Luft, die beengten Räumlichkeiten und über die Rücksichtslosigkeit seiner Mitreisenden zu beschweren. Mit einer gewissen Häme erinnerte Leonard seinen Bruder daran, daß er für einen Lagerplatz oben an Deck plädiert hatte. Als sie in Wien auf ein anderes Schiff mußten, beeilte sich Michael, für sich und seine Familie diesmal einen Platz im Freien zu sichern. Doch bald begann er, sich auch über dessen Qualitäten zu beschweren: An Deck sei der Wellengang stärker zu spüren, außerdem sei es zu windig, die Gischt würde auf der Haut brennen und die Sonne auch... Zuerst hatte Leonard versucht, um des Friedens willen seinen Bruder zu beschwichtigen, ihn von diesen oder jenen Vorteilen zu überzeugen. Doch als er merkte, daß Michael mit fast krankhafter Lust immer weiter nach etwas suchte, über das er nörgeln konnte, hörte er einfach nicht mehr hin.

Karla, Michaels Weib, ertrug die Launen ihres Mannes mit stoischer Ruhe. Es schien fast nichts zu geben, was sie aus der Fassung bringen konnte – allerdings auch nicht im Positiven. Leonard hatte das Gefühl, als fehle ihr ein entscheidender Teil, der in seinen Augen einfach zum Menschsein gehörte. Karlas Gefühllosigkeit – war das schon immer so gewesen? Oder hatte Michaels mürrische Art im Laufe der Jahre auf sie abgefärbt? Um wie vieles anders war da doch Eleonore! Eleonore, die sich über so kleine Dinge wie einen besonders gelungenen Kuchen freuen konnte. Die jeden neuen Tag staunend begrüßte, die bereit war, allem und jedem unvoreingenommen und mit offenem Herzen zu begegnen. Kein Wunder, daß alle in der Küche sie zu schätzen gelernt hatten, Ludovika einmal außer acht gelassen. Eleonore... schon ihren Namen zu denken, tat Leonard weh, und dennoch flatterte er täglich wie ein bunter, aufdringlicher Schmetterling durch seinen Kopf.

Oft bemühte er sich, sich einzureden, mit der Ankunft in Rußland würde auch sein mürrischer Bruder zuversichtlicher werden. Meist dauerte es jedoch nicht lange, und er zweifelte wieder daran. War es damals nicht auch schon Michaels Art gewesen, die ihn aus dem Haus getrieben hatte? War sein heldenhafter »Verzicht«, sein Wunsch, Michael und den Seinen nicht als zusätzlicher Esser zur Last zu fallen, nichts als ein bequemer Vorwand gewesen, endlich wegzukommen? Nur weg?

Die Häuser Vidins wurden immer kleiner, dafür nahm das dunkle Blau zwischen dem Schiff und dem türkischen Land immer mehr zu. Der nächste Hafen würde schon ein russischer sein.

Endlich.

Kleine, schwappende Wellen klatschten an den hölzernen Schiffskörper und schabten unaufhörlich den letzten Rest der braunen Farbe vom Rumpf des Schiffes. Leonard atmete tief durch. Irgendwie roch die Luft hier anders als auf ihrer bisherigen Reise. Ihm war, als könne man das salzige Wasser mit jedem Atemzug schmecken, und wenn er ins Wasser schaute, glaubte er, in der aufschäumenden Gischt weiße Salzkrusten zu erkennen.

»Das ewige Spiel der Wellen wühlt einen richtig auf«, hörte er plötzlich eine rauchige Stimme neben sich sagen. »Es wird wohl nie ein Mensch erfahren, was tief unten im Meer zu finden ist. Vielleicht eine andere Welt?«

Leonard lehnte sich zurück. Seine Schultern strafften sich. »Mit welchen Fragen quälst du dich ab? Solltest du die nicht viel eher an deinen Mann richten? Der Prediger hat doch sicher auf alles eine Antwort, oder?«

Barbara, die Frau von Peter Gertsch, dem Anführer der Pregianzer, antwortete mit einem langsamen Augenaufschlag. Ihre Lider waren mit einer Farbe geschwärzt, die sie wohl während ihres Aufenthalts in Vidin erstanden haben mußte. Neben ihrer gebräunten Haut stach das Weiß ihrer Augen nun um so heftiger hervor. Wie alle Frauen auf dem Schiff war auch sie in der Sommerhitze nur mit einer dünnen Schürze bekleidet. Doch während die einfachen Kleidungsstücke an den anderen Weibern formlos herunterhingen, beschmutzt vom eigenen Dreck und dem ihrer Kinder, zerschlissen von der Sonne und dem Alter, so schmiegten sie sich an Barbaras Leib wie eine zweite Haut. Leonards Blick blieb unwillkürlich auf ihren runden Brüsten haften, die sich durch den dünnen Stoff so genau abzeichneten, daß er die Erhöhungen ihrer Brustwarzen erkennen konnte.

Barbara gähnte. »So etwas kann ich Peter nicht fragen. Der ist doch mit ›höheren‹ Dingen beschäftigt.« Sie streckte beide Arme über den Kopf, als wolle sie ihre verkrampften Muskeln lockern. Dabei spannte sich der Stoff über ihrer Brust noch mehr. Kleine Schweißperlen hingen in dem dichten Haar in ihren Achselhöhlen. Ihr Geruch stieg Leonard scharf in die Nase. Er spürte, wie sich seine Manneskraft regte und fluchte leise in sich hinein. Der Anblick der krausen, dunklen Haare unter ihren Armen hatte eine Hitze in ihm ausgelöst, über die er sich ärgerte.

Barbara spreizte ihre Beine ein wenig auseinander, als suchte sie auf dem schwankenden Schiffsboden nach mehr Halt. Dabei seufzte sie leise auf.

Leonard stöhnte. Was wollte das Luder von ihm? Um sich und seinen Aufruhr nicht zu verraten, wandte er sich ab und starrte auf das Meer. Das Weib wußte ganz genau, was sie mit ihrem Verhalten bei Leonard auslöste, da war er sich ganz sicher. Und das gelang ihr nur wegen der wochenlangen Enthaltsamkeit, die ihm durch die Reise aufgezwungen wurde, ging es Leonard durch den Kopf. Obwohl, wenn er ganz ehrlich war – sie hätte ihm schon gefallen können ...

Von Beginn ihrer Reise an hatte die Frau des Kirchenführers ihm lange, von dunklen Wimpern verdeckte Blicke zugeworfen. Sie schien sich einen Spaß daraus zu machen, ihn bei jeder Gelegenheit wie zufällig am Arm zu streifen, oder – wie jetzt – während eines belanglosen Geplänkels mit ihren weiblichen Reizen zu prahlen. Peter, der Prediger, schien von ihrem Treiben entweder nichts mitzubekommen, oder es war ihm gleichgültig. Sünde schienen die Pregianzer nicht zu kennen. Ihrer Auffassung nach waren sie allein durch den Akt der Taufe für alle Zeiten von Sünde reingewaschen, hatte einer der Anhänger Leonard in einem längeren Gespräch erklärt. Leonard war protestantisch getauft und nie ein großer Kirchgänger gewesen, daher waren ihm die Gesetzmäßigkeiten und Vorschriften der Kirche nicht geläufig. Die Anschauung der Pregianzer, was die Sünde betraf, erschien ihm jedoch ein wenig zu simpel. Kein Wunder, daß die Leute von manchen als »Galopp-Christen« bezeichnet wurden. Eine Taufe dauerte doch meist nicht länger als eine Stunde – und das sollte für ein ganzes Leben reichen?

Obwohl sie in ihrem Äußeren rein gar nichts mit ihr gemein hatte, erinnerte Barbara ihn an Sonia. Schon deshalb war er dem Weib nicht sonderlich zugetan, mochte sie seine männliche Begierde auch noch so anheizen. Sonia, wegen der Eleonore daheimgeblieben war. Als er spürte, daß Barbara ihn noch immer aus den Augenwinkeln beobachtete, packte er rasch seinen Tabakbeutel aus und begann, sich seine Pfeife mit türkischem Tabak zu stopfen. Am Ende bildete sich das Luder noch etwas ein! Diese Genugtuung wollte er ihr nicht gönnen, nachdem schon sein Körper ihren Reizen gegenüber hilflos ausgeliefert war.

Nachdem er wegen des starken Windes fünf Zündhölzer vergeudet hatte, gelang es ihm endlich, die Pfeife zum Glühen zu bringen. Er nahm einen tiefen Zug. Noch nie zuvor in seinem Leben hatte er geraucht, doch in den letzten Wochen war er zu einem starken Raucher geworden. Die Sorge, beim nächsten Halt keinen Tabak zu bekommen, erschien ihm zeitweise genauso schlimm wie die Sorge um Lebensmittel. Natürlich wußte er, woher die plötzliche Vorliebe für den schwarzen Tabak kam: Das Rauchen bedeutete Flucht. Flucht vor der Enge und ihren menschlichen Gerüchen. Flucht vor der Krankheit und dem Husten, vor den blutigen Auswürfen seiner Schwägerin Karla, die diese neuerdings mit jedem Hustenanfall ausspuckte. War Leonard an Deck, eingehüllt in den würzigen Pfeifenrauch, konnte er all dies vergessen. Der Rauch erinnerte ihn an seine frühere Arbeit auf dem Stuttgarter Schloß. Er fühlte sich durch den weißen Qualm wie gereinigt, ihm war, als würde er mit jeder Pfeife die Gefahren der vielen ansteckenden Krankheiten, die mit ihnen auf dem Schiff lungerten, ausräuchern und so für sich selbst unschädlich machen. Bisher hatte es genutzt, dem Himmel sei Dank. Wenn er an die vielen Kranken und Toten auf dieser Reise dachte, wurde ihm kalt ums Herz. So viele verlorene Träume, so viele Reisen ins Nichts. Auch Fritz, Michaels jüngster Sohn, und Regine, seine um ein Jahr ältere Schwester, hatten ihr Leben lassen müssen. Tag für Tag waren ihre Körper immer weniger geworden, bis sie auf einmal aufgehört hatten zu atmen. Leonard rechnete nach. War es wirklich erst fünf Tage her, daß Peter Gertsch das letzte Gebet für die beiden gesprochen hatte?

Endlich verzog sich Barbara wieder, und er setzte sich mit dem Rücken an die Schiffswand, zog einen zusammengefalteten Bogen Papier aus seiner Brusttasche, glättete ihn und begann, einen Brief an Eleonore zu schreiben. Er wußte, daß es Wochen dauern würde, bis er den Brief aufgeben konnte. Und daß es danach wieder Wochen dauern würde, bis Eleonore ihn in der Hand hielte. Trotzdem ließ er sich nicht davon abhalten, seine Gedanken auf Papier zu bringen. Am liebsten hätte er Eleonore nur aufregende Episoden oder lustige Zwischenfälle an Bord beschrieben und die ganzen Todesfälle, Krankheiten und Gemeinheiten außer acht gelassen. Andererseits fühlte er sich zu einem aufrichtigem Bericht über die Reise verpflichtet, denn hoffte er nicht immer noch darauf, Eleonore möge eines Tages dieselbe Reise antreten? Sollte dies jemals der Fall sein, so wollte er, daß sie den Strapazen mit offenem Auge entgegentreten und nicht mit verklärtem Blick eine böse Enttäuschung nach der anderen erleben würde. Kaum hatte er die ersten Buchstaben auf Papier gebracht, wanderte sein bröckeliger Kohlestift wie von selbst über die nächsten Zeilen:

Geliebte Eleonore,

wieder sitze ich auf einem Schiff, wieder haben wir einen Hafen verlassen. Diesmal war es der von Vidin, einer türkischen Stadt, in der wir drei Tage Aufenthalt hatten. Hast Du meinen letzten Brief aus Wien bekommen? Ich hoffe es so sehr und habe doch keine Möglichkeit, dies jemals zu erfahren.

Als wir uns in Stuttgart das letzte Mal sahen, war Frühling. Und jetzt? Jetzt sind wir schon mitten im Hochsommer. Daheim, droben auf der Alb, werden sie die klägliche Getreideernte einbringen, sagt Michael und hat dabei einen recht verzagten Gesichtsausdruck, wenn er dies auch nie zugeben würde. Auch ich vermisse die Heimat schon jetzt und bin noch nicht einmal in unserem neuen Zuhause angekommen! Aber das liegt wohl daran, daß ich das Liebste, was ich habe, daheim lassen mußte ...

Es heißt, daß wir noch ungefähr vier Wochen brauchen, bis wir in Ismail ankommen. Das wird der erste russische Hafen sein, den wir anlaufen. Danach kann ich wahrscheinlich kein Schiff mehr sehen! Obwohl ich sagen muß, daß die Fahrt bisher recht ordentlich war. Den Erzählungen von Auswanderern aus anderen Kolonnen nach, die wir in Vidin und zuvor auch in Orsova getroffen haben, hatten wir sogar großes Glück mit dem Wetter. Ein Schiff mit fast dreihundert Menschen an Bord wurde bei einem Sturm vor der türkischen Küste so schwer beschädigt, daß es nur noch dem Herrgott zu verdanken war, daß es ans Land gespült und niemand dabei verletzt wurde. Gestern haben wir das »Eiserne Tor« hinter uns gebracht ...

15

... wir das »Eiserne Tor« hinter uns gebracht. So nennen sie die gefährlichste Stelle der ganzen Donau, und ich muß sagen, man hätte keinen trefflicheren Namen wählen können! Die Felsen stehen wie Berge im Flußbett in die Höhe, es ist, als ob man durch eine steinerne Hölle fährt. Die Schiffer, die Gott sei Dank ihr Handwerk verstehen, hatten alle Hände voll zu tun, das Schiff zwischen den Felsen heil hindurchzukriegen. Trotzdem hörte man es unten immer wieder gefährlich knarren und ächzen. Selbst den rauhesten Burschen unter den Passagieren schien es dabei mulmig geworden zu sein, jedenfalls war auf dem ganzen Boot kein Geschrei mehr zu hören, auch kein Gelächter oder lautes Singen. Selbst die Kleinsten hatten aufgehört zu wimmern und zu weinen. Alle waren ganz still und beteten zu ihrem Herrgott, auf daß er uns sicher aus der Hölle herausführt. Und nach einer Stunde war es geschafft: Das Wasser wurde urplötzlich wieder ruhig wie ein stiller Tümpel. Der befreite Juchzer, den unsere Schiffer ausstießen, zeigte mir, daß auch sie erleichtert waren, der Gefahr entronnen zu sein. Es war, als atme das ganze Schiff auf. Die Pregianzer begannen, eines ihrer lustigen Gebetslieder zu singen, die Proviantsäcke wurden ausgepackt – Angst macht Hunger, hast du das gewußt? –, und erleichtert griffen die Menschen zu. Weinflaschen kreisten, und nach kurzer Zeit hatte man das Gefühl, auf einem fröhlichen Ausflug zu sein. Doch es dauerte nicht lange, und die Langeweile des Reisealltags hatte uns alle wieder ergriffen. Tagelang...

»Eleonore! Um alles in der Welt, wo steckst du denn?«

Aufgeschreckt schaute Eleonore hoch. »Was ist denn? Ist's schon Mittagszeit?« Sie ließ den Brief sinken und beugte sich nach vorne, um einen Blick zu der großen Uhr zu werfen, die über dem Schloßportal angebracht war. Gerade bewegten sich die Zeiger schläfrig einen Schritt weiter in Richtung elf Uhr.

Wie so oft in diesem heißen Sommer hatte sie sich in ihrer freien Zeit im Obstgarten ein schattiges Plätzchen unter einem der Bäume gesucht. Hier, etwas abseits von den wie Backsteine aufgeheizten Schloßmauern, wehte immer ein leichtes Lüftchen, das die dampfende, feuchte Hitze ein wenig erträglicher machte. Da bei den hohen Temperaturen niemand etwas Warmes zu Mittag essen wollte, geschweige denn Gelüste auf heiße Süßspeisen hatte, waren Lilis und Eleonores Fähigkeiten weniger gefragt, was beiden zusätzliche freie Zeit bescherte. Dafür mußten Matthias' Kochkünste um so mehr herhalten: Zusammen mit Sophie richtete er den ganzen Tag unermüdlich kalte Platten an. Dabei war eine kunstvoller als die nächste, um wenigstens so die trägen Gaumen der Schloßbewohner zu einem kleinen Happen zu verführen. Lilis Auftritt war für Eleonore unverständlich. Sie verzog unwillig ihren Mund.

»Wir müssen schon jetzt mit der Arbeit beginnen. Also, es ist doch zum Haareraufen!« Lilis Gesicht war von der Hitze so rot angelaufen, daß ihre Sommersprossen darin völlig verschwanden. Ihre Haare kräuselten sich noch mehr als sonst, und was nach einem halben Tag in der Küche von ihren Zöpfen noch übrig gewesen war, hatte sich nun, nach ihrem Spurt durch den Schloßhof, völlig aufgelöst.

»Warum denn um Himmels willen? Es ist doch noch nicht einmal elf Uhr. Sie wollen die Kuchen und das Gebäck für die Feierlichkeiten doch erst heute nachmittag abholen?«

»Das schon. Aber dich wollen sie schon um zwölf Uhr

abholen, habe ich gerade von Fräulein von Baur erfahren. Du und Sonia sollt mal wieder mit zu dieser Einweihungsfeier. Daß sich einer von denen Gedanken macht, wie ich die ganze Arbeit alleine schaffen soll – darauf kommt niemand!« Vorwurfsvoll strich sie sich eine widerspenstige Haarsträhne aus dem Gesicht. »Ich möchte mal wissen, was ihr mit dieser neuen Mädchenschule zu schaffen habt. Nur weil du ein- oder zweimal der Königin von eurer früheren Mühsal berichtet hast, scheint ihr für alle Ewigkeit Katharinas Lieblinge zu bleiben.« Lili prustete laut auf. »Soll sie doch einmal nach Stuttgart zu meiner Familie fahren! Die könnten ihr auch ein Lied davon singen, wie's ist mit der Armut!«

»Jetzt beruhige dich wieder«, antwortete Eleonore heftiger, als sie eigentlich wollte. »Ich kann doch auch nichts dafür, wenn die Königin uns zu allen möglichen Anlässen rufen läßt.« Innerlich machte ihr Herz jedoch einen kleinen Freudenhüpfer. Katharinas Geste war genau im richtigen Augenblick gekommen und schaffte es, das schwarze, dunkle Loch in ihrem Herzen mit Licht und Freude zu füllen. Nun, dann mußten sie und Lili eben noch zügiger arbeiten als sonst, das war Eleonore die Einladung wert. Mit einem Ruck stand sie auf und folgte Lili ins Schloß zurück.

Auf halbem Weg blieb Lili plötzlich stehen, und Eleonore konnte gerade noch bremsen, um nicht auf die Zuckerbäckerin aufzulaufen. Die Sonne warf durch die grünen Baumkronen gelbe Streifen auf das Gesicht der Älteren. Ihr Blick war müde und glasig. »Lorchen, es tut mir leid. Ich freu' mich ja für dich. Es ist nur so . . ., die Hitze macht mich müde und . . .« Sie zuckte mit den Schultern.

»Ja, was ist denn?« fragte Eleonore unwillig nach, nicht bereit, Lili die harschen Worte sofort zu vergeben.

»Ach, ich weiß auch nicht. Schon seit Tagen bin ich so erschöpft, daß ich mich flach auf dem Boden ausstrecken könnte. So kenn' ich mich gar nicht. Oder habe ich schon jemals etwas verbrennen lassen?«

»Nein«, antwortete Eleonore kurz angebunden. Es war wirklich noch nie vorgekommen, daß Lili einen Kuchen zu spät aus dem Ofen geholt hatte. Gerade deshalb hatte sie das Donnerwetter, das Johann auf die Zuckerbäckerin herabprasseln ließ, für ungerecht gehalten. Wahrscheinlich steckte seine Schelte Lili noch heute in den Knochen.

Sehnsüchtig betastete sie die dicken Papierseiten von Leonards Brief in ihrer Rocktasche. Eigentlich hatte sie vorgehabt, Lili jede Einzelheit daraus zu berichten, aber jetzt war ihr die Lust daran vergangen. Mit verschlossener Miene raffte sie ihren Rock zusammen und lief weiter.

Daß nun auch Lili anfing, ihr die königlichen Einladungen zu mißgönnen, wie die meisten anderen auch, tat weh. In den letzten Monaten, während sie Tag für Tag so eng miteinander arbeiteten, hatte sich eine Vertrautheit zwischen den beiden eingestellt, die Eleonore viel bedeutete. Noch nie zuvor war sie mit einer Frau befreundet gewesen. Früher, auf der Straße, hatten Freundschaften keinen Platz gehabt. Ihre Verbindung zu Sonia hätte sie nicht als Freundschaft bezeichnen wollen. Sonia war ihre Schwester. Manchmal, wenn Eleonore sich über eine von Sonias Verrücktheiten geärgert hatte, kam ihr der Gedanke in den Sinn, daß sie Sonia vielleicht gar nicht sonderlich mögen würde, wenn diese nicht gerade ihre Schwester wäre. Aber solche Gedanken schob sie schnell wieder zur Seite, brachten sie doch eh niemandem etwas ein. Sonia war ihre Schwester, und das war das Ende vom Lied. Als sie sich dagegen entschieden hatte, Leonard zu folgen, war dies gleichzeitig eine Entscheidung für Sonia gewesen. Eleonore konnte nicht behaupten, daß völliger Undank der Lohn für ihr schweres Opfer gewesen sei: Sonia bemühte sich tatsächlich viel eher als früher darum, ihrer Schwester zu gefallen. Auch drückte

sie sich bei weitem nicht mehr so oft um unangenehme
Arbeiten und war wie alle anderen manchmal von früh bis
spät in der Küche beschäftigt. In ihrer freien Zeit ging sie
jedoch nach wie vor ihre eigenen Wege, und Eleonore hatte
aufgehört zu fragen, wohin sie diese Wege führten.

Tatsächlich war es so, daß Sonia lediglich ihr Jagdgebiet
verlegt hatte. Nachdem sie feststellen mußte, wie schnell sie
dabei Gefahr lief, von einem der Dienstboten bei Johann
oder Ludovika oder – noch schlimmer – bei ihrer Schwester
angeschwärzt zu werden, hatte sie den ganzen Stallbur-
schen, Wasserträgern, Soldaten und Kammerdienern den
Rücken zugedreht. Während sie tagsüber bei ihrer Schwester guten Wind machte, ging sie abends auf immer längere
Erkundungsgänge. Es war keine Abenteuerlust, die Sonia in
die kleinen, verräucherten und bierseligen Spelunken von
Cannstatt trieb. Es war auch nicht die Lust nach einem
Mann und dessen starken Armen. Es war ihr unbewußtes,
jedoch auch unstillbares Bedürfnis nach Bewunderung, das
sie wegtrieb vom Schloß. Flüsterte ihr auch nur einer der am
Tresen stehenden Männer ein paar schöne Worte über ihr
Haar, ihre Augen oder ihren Körper ins Ohr, hatte sich der
Abend für sie schon gelohnt. Ihr silbernes Gurren war
Gegenstand vieler haßerfüllter Blicke der anderen Weiber.
Wie sehr haßten sie Sonia für ihre urweibliche Kokettheit,
mit der sie ihre Schultern zurückwarf und dabei ihre Brüste
in die Höhe streckte, daß den Kerlen fast die Augen aus dem
Kopf fielen!

Eines Tages wurde eine Gruppe von Schauspielern, die
sich einen Spaß daraus machten, eine wüste Spelunke nach
der anderen anzulaufen, auf Sonia aufmerksam. Die Dar-
steller des Stuttgarter Theaterhauses staunten nicht schlecht,
mitten in einer der verschriensten Gaststätten der Altstadt
auf eine Schauspielerin zu stoßen, die ihresgleichen suchte.
Während die Frauen der Gruppe Sonias zigeunerhafte,

dunkle und erotische Erscheinung sofort mit argwöhnischen, eifersüchtigen Augen beobachteten, wurden die Schauspieler genauso in Sonias Bann gezogen wie alle anderen Männer vor ihnen auch. Ohne auf den Protest ihrer weiblichen Begleitung zu hören, nahmen sie Sonia in ihre Mitte, fütterten sie wie ein Schoßhündchen mit Pralinen und tranken prickelnden weißen Wein mit ihr. Und als es an der Zeit war, von dieser Schenke in die nächste zu wandern, war es keine Frage, daß Sonia mitkam. Vor allem zwei Burschen hatten es besonders auf sie abgesehen: Der eine, Tobias Richter, war selbst noch ein Neuling in der Theatergruppe. Er hatte bisher nur kurze Auftritte, bei denen er höchstens einmal über die Bühne laufen mußte. Doch war er damit vollauf zufrieden. Allein schon die Tatsache, zu dem erlauchten Kreis der farbenfrohen und gefeierten Gesellschaft zu gehören, reichte ihm. Der zweite, der sich um Sonias Gunst versuchte, war Gustav Bretschneider, dem an der Seite der berühmten Hofschauspielerin Melia Feuerwall meist die männliche Hauptrolle des jeweiligen Stückes zufiel. Da König Wilhelm ein begeisterter Anhänger des Hoftheaters war und dieses für nicht unerhebliche Geldbeträge von Thouret, dem königlichen Baumeister, hatte modernisieren lassen, waren die Schauspieler beschäftigter als je zuvor. Und sah es zu Beginn so aus, als würde die neue Königin die Leidenschaft ihres Mannes für Theater und Oper nicht teilen, so wurden sie bald eines Besseren belehrt. Allerdings nutzte Katharina das Hoftheater für ihre Zwecke: Allein im laufenden Jahr hatte sie schon zwei Aufführungen des Spielplans – Mozarts Zauberflöte und Schillers Jungfrau von Orleans – zu Benefizveranstaltungen erklären lassen, deren Erlöse ihren wohltätigen Zwecken zugute kommen sollten. Bei vier Theaterabenden pro Woche und einer wöchentlichen Oper am Sonntag hatten die Schauspieler und Sänger viel zu tun, waren jedoch auch in den höchsten Kreisen gefeierter denn je zuvor.

Bei so viel Bewunderung war es für Melia Feuerwall, einer Primadonna, wie sie im Buche stand, ein leichtes, mit einem gönnerischen Zwinkern im Auge zuzuschauen, wie sich ihr Bühnenpartner und der junge Tobias von Sonia zum Narren machen ließen. Den Männern mußte ab und an gezeigt werden, wo ihr Platz war, und wenn ihr dabei ausgerechnet eine kleine Küchenmagd zu Hilfe kam – was sollte sie dagegen haben? Solange Gustavs zerstreuter Liebestaumel sich nicht auf sein Können auf der Bühne auswirkte, konnte er der Magd nachlaufen, wohin er auch wollte.

16

In den nächsten Wochen machte sich Melia Feuerwall einen Spaß daraus, das Katz-und-Maus-Spiel der drei zu verfolgen. Heimlich mußte sie dem Mädchen applaudieren, das mit den beiden Männern spielte wie mit Fischen an einer langen Angel. Um dem Schauspiel, das nicht auf, sondern hinter der Bühne stattfand, noch mehr Würze zu verleihen, ermunterte Melia Sonia immer öfter, sich dem Kreis ihrer Anhänger anzuschließen.

Dies geschah nicht aus völlig uneigennützigen Gründen, konnte sich selbst Sonia in ihrer Selbstverliebtheit denken. Schnell hatte sie erkannt, daß Melia die ungekrönte Königin der kleinen Gruppe war, an deren erhabenem Rang keiner kratzen durfte, wollte er sich nicht am nächsten Tag schon in der Gosse wiederfinden. Schon sehr bald hatte sie außerdem heimlich beobachten können, daß die berühmte Hofschauspielerin jede Gelegenheit nutzte, sich unbemerkt von der Gruppe zu entfernen, um die ganze Nacht nicht mehr aufzutauchen. Dabei kam ihr wohl der Trubel um Sonia recht, der neugierige und unbequeme Blicke von ihr ablenkte. Es hätte Sonia schon interessiert, welchen geheimen Liebschaften Melia hinter dem Rücken der anderen nachging, jedoch kümmerte sie sich nicht weiter darum. Sie jedenfalls fühlte sich im neuen Kreis ihrer Verehrer so wohl wie eine Katze vor dem Sahnetopf. Und genau wie eine solche saugte sie jeden Tropfen an Bewunderung auf, den sie ergattern konnte. Daß sie ihre nächtlichen Ausflüge am nächsten Tag meist mit bleierner Müdigkeit bezahlen mußte, nahm Sonia gern in Kauf. Sooft es ging, ließ sie sich von Johann zu einfachen, monotonen Arbeiten wie dem Gemüseputzen oder Kartoffelschälen einteilen – Arbeiten, bei denen sie sich körperlich kaum anstrengen mußte. Und bei denen sie in aller Ruhe ihre nächsten Auftritte planen oder sich Gustavs liebestolle Worte erneut durch den Kopf gehen lassen konnte.

Noch viel lieber war ihr allerdings die Nachricht von Fräulein von Baur gewesen, welche besagte, daß die Königin sie und Eleonore zu einer weiteren Einweihungsfeier einlud. Nach einer durchfeierten Nacht, die mit einem mitternächtlichen Picknick im Schloßpark geendet hatte, war Sonia jede Zerstreuung recht, solange sie nicht mit Arbeit zu tun hatte. Hämisch dachte sie an die Berge von Möhren, die Sophie nun alleine schälen mußte, während sie die neuesten Machenschaften von Katharinas Wohltätigkeit bewundern durften. Und Lili, der alten Zicke, konnte es auch nicht schaden, wieder einmal auf sich alleine gestellt zu sein, ohne die gutmütige Eleonore an ihrer Seite zu haben! Ein zufriedenes Grinsen breitete sich auf Sonias Gesicht aus. Allmählich fing das Schloßleben an, ihr Spaß zu machen.

Gemächlich machte sie sich auf den Weg, Eleonore zu suchen. Wütende Blicke trafen sie von allen Seiten, während sie ohne Hast und mit aufreizend schwingenden Hüften durch die langen Dienstbotengänge schlenderte. Genüßlich dachte sie an den letzten Abend, ließ sich Gustavs schmeichelnde Worte noch einmal wie Honig auf der Zunge zergehen. Heute abend konnte sie damit prahlen, von der Königin eingeladen worden zu sein!

Doch dann blieb sie wie vom Donner gerührt stehen. War dies nicht der Zeitpunkt, um einen ihrer langgehegten Pläne in die Tat umzusetzen? Je länger sie sich mit dem Gedanken befaßte, um so wacher wurde sie, bis schließlich jede Mattigkeit wie ein alter Lappen von ihr abgefallen war. Was sie vorhatte, war machbar. Warum also noch warten? Sie dachte krampfhaft nach: Hatte Königin Katharinas Hofdame nicht behauptet, sie müsse sich nun auf die Suche nach Eleonore machen? Das bedeutete, daß sie, Sonia, vor ihrer Schwester von der königlichen Einladung erfahren hatte. Nun war Eile angesagt. Hastig rannte sie die schmale Stiege hinauf unters Dach, wo ihre Schlafkammern lagen. Ebenso hastig durchwühlte sie ihren Spind, im dem ihre Habseligkeiten lagen. Nachdem sie fündig geworden war, rannte sie in Richtung Backstube. Wie sie ihre Schwester kannte, war ihr daran gelegen, die fehlende Zeit im voraus wettzumachen. Wenn es ihr nicht gelänge, Eleonore vor ihrem Eintreffen in der Zuckerbäckerküche zu erwischen, konnte sie ihren Plan in den Wind schreiben.

Gerade als Eleonore und Lili die Zuckerbäckerei betreten wollten, kam Sonia ihnen laut schreiend entgegen. Sie preßte eine Hand auf ihr linkes Auge. »Lore, hilf mir, ich werde blind! Meine Augen, ich sehe nichts mehr!« Sie heulte so sehr, daß ihr ganzer Leib davon geschüttelt wurde.

»Jetzt beruhige dich erst einmal! So kann ich gar nichts sehen!« Eleonore schaute Lili an, die verständnisvoll mit den Schultern zuckte. Jeder wußte, daß Sonia gern aus der kleinsten Lappalie eine Tragödie machte. Kopfschüttelnd ging Lili in die Küche, um schon einmal alleine mit der Arbeit zu beginnen.

Krampfhaft starrte Eleonore in Sonias Auge. Sie konnte es zur Hälfte öffnen.

»Also, ich seh' da nichts, tut mir leid!« Langsam wurde Eleonore etwas ungeduldig. Es war ihr nicht recht, daß Lili die ganze Arbeit allein verrichten mußte, nur wegen Sonias Zimperlichkeit. »Ich bin blind, und dich kümmert das einen Dreck!« heulte Sonia erneut los. Ihr Schreien hatte mittlerweile die halbe Küchenmannschaft herbeigelockt, jeder steuerte einen hilfreichen Rat bei, was in solch einem Falle zu tun sei. Vereinzelte schadenfrohe Blicke waren jedoch nicht zu übersehen.

»Weg da! Macht euch wieder an die Arbeit!« scheuchte Ludovika die anderen schließlich davon und trat mit einem Lumpen in der Hand an Sonia heran. »Da, preß dir den aufs Auge, das ist ein Kamillensud, der wird dir schon helfen!«

Ob es nun Ludovikas strenger Blick oder ihr kamillengetränkter Lappen war, wußte niemand so genau, doch plötzlich ging es Sonias Auge wieder besser. Über die ganze Unternehmung war allerdings so viel Zeit verstrichen, daß Eleonore sich nicht einmal mehr bei Lili verabschieden konnte, sondern sich umgehend mit Sonia auf den Weg zur Schule machte.

Der Innenhof der Schule war bis auf den letzten Platz mit Menschen besetzt, und zwar überwiegend mit Frauen. Denn außer den Müttern der Schülerinnen war nur ganz vereinzelt auch der Vater mitgekommen, um die erste Schule Stuttgarts dieser Art einzuweihen.

Ganz unterschiedliche Arten von Müttern saßen da: Die in feinstem Putz hergerichtete Gräfin fand sich mit pikierter Miene neben einem ärmlich gekleideten Weibe wieder, allem Anschein nach eine Arbeiterin oder Näherin. Ganz hinten, verschämt an die Mauer gedrückt, aber dennoch mit einem unverkennbar stolzen Gesichtsausdruck, stand eine ganze Reihe von Frauen der untersten Bevölkerungsschicht. Ihre Kleider waren zwar sauber, aber zerschlissen, so daß sie einen ordentlichen Eindruck unmöglich machten. Ihre Haare hatten die Frauen zu Zöpfen gebunden und diese eng am Kopf festgesteckt. Neidisch begutachteten sie die bunten Federn und Perlen im Haar der feinen Damen. Und doch hatten sie, die den Haarputz der Reichen in mühevoller Heimarbeit und für einen Hungerlohn herstellten, den gleichen Grund zur Freude wie diese Damen: Auch für *ihre* Töchter war Katharinas Schule gedacht. Ihre schlauen Töchter, deren Begabungen den Lehrern in der Grundschule aufgefallen und der Königin mitgeteilt worden waren. Ihre Töchter, die allein durch ihre Fähigkeiten und nicht durch den Zufall ihrer Geburt in die Schule aufgenommen wurden. Noch wußten die Frauen nicht, was ihren Kindern diese Schule mit ihrer Bildung bringen würde. Sie waren zunächst nur froh, daß die Mädchen gut aufgehoben waren, täglich eine warme Mittagsmahlzeit bekamen und später vielleicht eine Arbeit mit guter Entlohnung finden würden. Diese Aussichten machten den Umstand wett, daß die Mädchen für die nächsten zwei Jahre beim Geldverdienen ausfielen ...

Links von der Tribüne standen Eleonore und Sonia. Auch sie konnten sich an den farbenprächtigen Roben der feinen Damen nicht sattsehen. Unentwegt wanderten ihre Blicke über die anderen Gäste. Handgeklöppelte Spitzen, durchbrochener, zartgefärbter Batist in Hunderte von Falten gelegt, selbst schwerer Samt verbrämt mit schmalen Pelzbordüren. Und erst die Kopfbedeckungen! Kleine und große Hüte, Schuten und Kappen, verziert mit Federn, Schleiern, Blumen und Perlen machten aus jeder noch so unscheinbaren Trägerin eine Dame von Welt. Neidisch blickte Sonia einer besonders herausgeputzten Mutter nach, an deren linkem und rechtem Arm jeweils ein junges Mädchen in Schuluniform daherschritt: Was hätte Sonia darum gegeben, nur ein einziges Mal in das taubenblaue, mit unzähligen Spitzenbordüren verzierte Gewand steigen zu dürfen! Wie prachtvoll hätte das zauberhafte Hutgebilde aus gleichfarbigem Tüll ihre dunkelbraune Haarpracht gekrönt! Wahrscheinlich hatte das Weib schon eine halbe Glatze unter dem Hut zu verbergen, ging es Sonia gehässig durch den Kopf.

Doch dann kam ihr wieder ihr Plan in den Sinn, und die feinen Falten des Neids verschwanden. Waren sie nicht beide auf dem besten Wege, selbst zu Ruhm und Geld zu kommen? Ihre Verbindung zu den Theaterleuten war nur der erste Schritt. Und jetzt würde auch Eleonore nicht auf der Strecke bleiben . . .

»Das Leben hat seine ernste Seite, und für den Ernst des Lebens muß der Mensch erzogen werden. Die moralische Kraft ist des Weibes einzige Stärke, die veredelte Charakterbildung ist die beste Ausstattung für zwei Welten.« Beschwörend blickte Katharina in die Runde. Den angespannten Mienen, den großen Augen und den in Falten gelegten Stirnen nach schienen die meisten der Anwesenden ihren Worten noch zu folgen. Vielleicht waren die Damen jedoch auch nur damit beschäftigt, sich das komplizierte Spitzenmuster von Katharinas Gewand genauestens einzuprägen, um bei ihren Ehegatten Aufträge für Stoffballen genau dieser Art aufzugeben.

»Mit dieser ersten Lehranstalt Stuttgarts, die alleine für das weibliche Geschlecht eingerichtet worden ist, geht ein großer Traum von mir in Erfüllung. Ich hoffe, daß die Vorsteher dieser neuen Anstalt, von der Wichtigkeit ihres Berufes durchdrungen, stets mit Eifer seiner Vollführung nachstreben werden.« Ihr Blick streifte den zukünftigen Rektor der Schule, der mit einem beseelten Lächeln auf dem Gesicht ein kleines Stück rechts von ihr stand. Es mochte nicht viele Menschen geben, die Katharinas vollstes Vertrauen genossen, der kleine, schmale Mann namens Zoller hatte es.

Mit bewegter Stimme fuhr sie fort: »Ich hoffe auch, daß die Schülerinnen mit immerwährender Anstrengung die ihnen dargebotenen Bildungsmittel zu benutzen sich beeifern. Das Gegenteil wäre als Undank zu betrachten; eine Untugend, welche aus diesem Kreise verbannt sein muß.«

Obwohl Katharina die zukünftigen Schülerinnen bei diesen Worten mit einem strengen Blick bedachte, machte sie sich auch hier keine allzu großen Sorgen. Ganz im Gegenteil: Sie glaubte schon das Glühen in den Augen der frischgebackenen Schülerinnen zu erkennen, welches von einem unstillbaren Wissensdurst herrührt und welches keine Aufgabe zu schwierig, keine Mühsal zu hoch erscheinen läßt, wenn es nur der eigenen Fortbildung und Wissensmehrung dient! Nein, die Schülerinnen wußten sehr genau, welch großes Glück ihnen widerfuhr. Bei den Eltern der Mädchen war Katharina sich dagegen nicht so sicher. Der Gedanke, die eigene Tochter auf eine von der Königin errichtete Lehranstalt zu schicken, galt bei vielen als *en mode* und als etwas, wodurch man sich von anderen Adelsfamilien abheben konnte. Insgeheim hofften die Mütter wohl auch, der zukünftige Wert der Mädchen auf dem Heiratsmarkt würde dadurch steigen. Schließlich sollte es ja Männer geben, die eine gepflegte Konversation mit ihrer Gattin schätzten, obwohl die Mütter für sich selbst die Erfahrung gemacht hatten, daß allzuviel Gesprächigkeit von ihrer Seite nicht sonderlich gefragt war... In einer feierlichen Geste legte Katharina nun ihre rechte Hand wie zum Schwur auf ihre Brust.

»Ich meinerseits verspreche, immer den größten Anteil an diesem Institute zu nehmen. Möge Gott Ihre und meine Sorge mit Gelingen krönen! Er sieht unser aller reine Absicht, bloß diese gilt vor dem Richterstuhl des Allerhöchsten. Und nun, verehrte Gäste, lassen Sie uns einem Gedicht von unserem verehrten Freund und Künstler Ludwig Uhland lauschen, vorgetragen von Elisabeth, Baronesse von Hartmannsfelden. Möge die Bescheidenheit seiner Zeilen unser Leben auf ewig begleiten!«

Ein schüchternes, in ihrer Schuluniform unscheinbar wirkendes Mädchen trat an das Rednerpult. Den Blick über die Köpfe der Anwesenden gerichtet, begann es:

Bei einem Wirte, wundermild,
Da war ich jüngst zu Gaste,
Ein goldner Apfel war sein Schild,
An einem langen Aste.

Es war der gute Apfelbaum,
Bei dem ich eingekehret,
Mit süßer Kraft und frischem Schaum
Hat er mich wohl genähret.

Es kamen in sein grünes Haus
Viel leichtbeschwingte Gäste,
Sie sprangen froh und hielten Schmaus
Und sangen auf das Beste.

Ich fand ein Bett zu süßer Ruh
Auf weichen, grünen Matten,
Der Wirt, er deckte selbst mich zu,
Mit seinem kühlen Schatten.

Nun fragt' ich nach der Schuldigkeit,
Da schüttelt er den Wipfel.
Gesegnet sei er alle Zeit
Von der Wurzel bis zum Gipfel![2]

17

Eleonore atmete auf. Das wäre geschafft. Jetzt, da die Anspannung des Zuhörens vorüber war, mußte sie unwillkürlich gähnen.

Sofort drehte sich Sonia zu ihr um. »Was ist? Hat dir etwa nicht gefallen, was die Königin zu sagen hatte?« fragte sie scheinheilig. »Beim Apfelbaum einkehren!« Sie lachte spöttisch. »Daß ich nicht lache! Während die Madame vom feinsten Porzellan mit goldenen Löffeln speist, sollen wir Äpfel fressen!«

»Du mußt immer alles gleich schlechtmachen! Ich fand das Gedicht sehr schön.« Eleonore schüttelte tadelnd den Kopf. »Komm, während sich die Herrschaften die Schule anschauen, sollten wir uns um die Tafel mit dem Gebäck kümmern. Wenn ich der Lili schon nicht bei der Zubereitung helfen konnte, so will ich wenigstens jetzt dafür sorgen, daß alles ordentlich angerichtet wird.«

»Ich will jetzt aber nicht arbeiten!« Trotzig stampfte Sonia mit dem rechten Fuß auf den Boden. Ihre Unterlippe schob sich wie bei einem weinerlichen Kind nach vorn.

Verwundert drehte Eleonore sich um. »Auf was wartest du denn noch?«

»Jetzt sind wir der Küche einmal entronnen, und schon willst du mich wieder zu deinen heißgeliebten Kuchen schleppen! Daß ich mir auch gerne die Schule anschauen würde, darauf kommst du nicht, was? Wenn wir solch eine

Lehranstalt schon nicht besuchen dürfen, so möchte ich zumindest einmal gesehen haben, wo die Schülerinnen ihren Alltag verbringen.«

Ein heißer Schwall durchfuhr Eleonore. Wie gedankenlos sie war! Natürlich mußte es Sonia schmerzen, zu sehen, welche Möglichkeiten die jüngeren Mädchen hatten – angesichts ihres eigenen, wenig aussichtsreichen Lebens!

»Du hast recht, Sonia. Auch ich bin gespannt, wie es sich so als Schülerin lebt.« Sie hakte sich freundschaftlich bei ihrer Schwester ein und wurde sofort durch ein Lächeln von Sonia belohnt, in dem allerdings der Glanz des Triumphes nicht zu übersehen war.

Stumm und jede in ihre eigenen Gedanken versunken, folgten sie dem Stimmengemurmel. Sie, Eleonore, hatte gut reden. In Johanns Büchern, in denen sie über Küche und Kochkünste lesen konnte, hatte sie eine wundervolle und in ihren Augen schier unerschöpfliche Quelle für ihren Wissensdurst gefunden: die Reihenfolge der Speisen. Die Ausstattung festlicher Büfetts. Die Zusammenstellung eines feinen Menüs. Und natürlich Rezepte aller Art! Seit sie Zugang zur königlichen Küchenbibliothek hatte, vergrub Eleonore in jeder freien Minute ihren Kopf in einem dieser Bücher. Sie wollte herausfinden, was hinter den einzelnen, manchmal recht seltsam anmutenden Titeln steckte. Zu Beginn konnte sie sich nicht vorstellen, wie man ein ganzes Buch nur der Zusammenstellung eines Menüs widmen konnte. Doch als sie die ersten Seiten durchblättert und die wunderschönen Speisekarten erblickt hatte, begann sie die dahinterstehende Kunst zu verstehen. Nicht nur die Speisenfolge richtete sich nach dem Anlaß für die Festlichkeit – auch die künstlerische Verzierung der Menükarten war entsprechend: So hatte Eleonore beispielsweise die Menükarte einer Hochzeitsfeier gefunden, um deren Rand sich unzählige zierliche Elfen, Schwalben und kleine Engel rankten. Die

Einladung zu einem Jagdfrühstück hatte auf einem in Form eines Hirsches gestanzten Papier gestanden. Was Eleonore jedoch mit besonderem Entzücken erfüllte, war die Menükarte anläßlich einer Dichterlesung: Sämtliche Speisen und Weine waren in Form eines frechen Gedichtes aufgeführt! Und erst die Rezeptbücher! Die Folge einer solchen Lektüre war, daß sie nachts wach lag, weil ihr so lange eigene Rezeptideen im Kopf herumschwirrten, bis sie vor Aufregung keine Ruhe mehr fand. Nie im Leben hätte sie sich träumen lassen, wie spannend es in einer Küche zugehen konnte! Nein, man brauchte weder Farbe noch Pinsel, weder ein Musikinstrument noch die Bühne des königlichen Hoftheaters, um ein Künstler zu sein! In Eleonores Augen waren alle, die in der Küche verzehrbare Kunstwerke schufen, begnadete Menschen. Nur hin und wieder schlich sich nach solch sinnesfreudiger Lektüre der undankbare Gedanke ein, daß Lili vielleicht doch zu den etwas weniger wagemutigen Köchinnen gehörte. Doch die hohen Künste der Zuckerbäckerei waren nun einmal am sparsamen Stuttgarter Hof nicht gefragt, wie Lili selbst schon angemerkt hatte. Und außerdem, war es nicht auch eine Kunst, die ländlich-einfachen Süßspeisen in Lilis ausgezeichneter Qualität herzustellen? Plötzlich spürte Eleonore, wie ihr beim Gedanken an Lilis Fruchttörtchen das Wasser im Mund zusammenlief. Nachdem sie Sonia durch mehrere, immer gleich aussehende Schulräume gefolgt war, ein Musikzimmer und einen Raum begutachtet hatte, in dem die Schülerinnen mit bunten Bällen und Reifen spielen durften, reichte es ihr. Außer ihnen war kaum noch jemand hier. Dafür war der Festschmaus im Schulhof – dem Klingen der Gläser und den aufgeregten Stimmen nach – schon voll im Gange. Wahrscheinlich hätte niemand etwas dagegen, wenn auch sie sich von dem Büfett bedienten. Eleonore stand der Sinn nach einem kühlen Glas Fruchtpunsch und einem Heidelbeer- oder Kirschtörtchen. Trotzdem folgte sie Sonia noch die Treppe hinauf in den nächsten Unterrichtsraum, der sich in ihren Augen kaum von den vorherigen unterschied. Daß Sonia zugunsten der Schulbesichtigung auf Lilis Leckerbissen verzichtete, zeigte doch, wie sehr sie die Mädchen um ihre Chance beneidete. Im stillen beschloß Eleonore, Johann bei der nächsten Gelegenheit darum zu bitten, Sonia in die Hofküchenbibliothek mitnehmen zu dürfen. Sicherlich würde er ihr diesen Wunsch nicht verwehren, und dann stünde auch Sonia die Schatztruhe der Bücher offen. Ein stilles Lächeln machte sich auf ihrem Gesicht breit. Könnte sie doch nur Leonard davon berichten, welch gute Wende es mit Sonia genommen hatte! Sobald er in seiner neuen Heimat angekommen und ansässig geworden war, wollte er ihr seine Anschrift mitteilen. Glücklich dachte Eleonore, daß sie sich dann endlich für seine unermüdlich eintreffenden Briefe bedanken und ihm selbst ihr Herz öffnen konnte.

Es dauerte einen Augenblick, bis sie die seltsamen Geräusche wahrnahm, die vom Schulhof hochdrangen. Schrille Schreie, vermischt mit gurgelndem Würgen. Frauen keuchten, und Mädchen weinten. Ein Überfall? Eine Schrecksekunde lang standen die beiden Schwestern wie angewurzelt da, dann rannten sie beide zum nächsten Fenster und beugten sich, so weit es ging, hinaus. Was sie sahen, war ebenso erschreckend wie unheimlich: Ungeachtet ihrer edlen Roben und der anderen Gäste standen Frauen und Mädchen kopfübergebeugt da und übergaben sich. Zusammengekrümmte Leiber sanken zu Boden. Wer noch stehen konnte, wurde von bösen Krämpfen geschüttelt und hielt sich den Bauch.

Am nächsten Tag wurde Lili unter dem Verdacht der Giftmischerei ins Staatsgefängnis auf den Hohenasperg gebracht, wo sie wenige Wochen später an einer verschleppten und nicht behandelten Lungenentzündung starb. Eleonore wurde von Johann zur neuen Zuckerbäckerin berufen.

18

Noch Wochen später gelang es Katharina nicht, das
Grauen dieses Tages zu vergessen. Wieder und wieder
sah sie im Geiste die ungläubigen Gesichter der Frauen vor
sich, die ihr vertraut hatten und die dieses Vertrauen beinahe mit dem Tod bezahlen mußten. Ganz so schlimm war
es am Ende nicht gewesen, doch ein paar Tage hatten die
Damen wirklich leiden müssen. Eine schwere Lebensmittel-
vergiftung hatte Katharinas eiligst herbeigerufener Leibarzt
bei all jenen festgestellt, die Kuchen und Torten von dem
Büfett gegessen hatten. Es war purer Zufall gewesen, daß
Katharina selbst nicht zu den Unglücklichen gehörte. Sie,
die sonst von Süßem nicht genug bekommen konnte, war
von einer der Mütter auf dem Weg zum Büfett aufgehalten
worden. Als die Frau endlich wieder von ihrer Gastgeberin
abließ, war die Katastrophe schon geschehen. Ob die Süßspeisen nun vergiftet gewesen oder lediglich verdorben
waren, machte im Grunde genommen keinen Unterschied.
Es wäre die Aufgabe der Zuckerbäckerin gewesen, schlecht-
gewordene Zutaten sofort wegzuwerfen und nicht für die
Zubereitung von Speisen für die königliche Tafel zu verwenden. An Gift mochte Katharina immer noch nicht glauben. Scheinbar hatte es in den letzten Wochen mehrere kleine Zwischenfälle in der Zuckerbäckerei gegeben, wie eine
der beiden Schwestern unter Tränen bemerkt hatte, während sie auf den Arzt warteten. In dem ganzen Durchein-

ander war Sonias Bemerkung untergegangen, doch fielen ihre Worte Katharina später wieder ein. Als sie den Hauptkoch Johann darauf ansprach, mußte er mit zerknirschter Miene zugeben, daß tatsächlich ein verbrannter Kuchen auf Lilis Konto ging. Von mehr wisse er jedoch nicht, doch müsse er in diesem Zusammenhang Eleonore und ihr Geschick lobend erwähnen, die wahrscheinlich aus falsch verstandener Loyalität mehr als einmal die Unzulänglichkeiten der Zuckerbäckerin verdeckt oder wiedergutgemacht hatte.

Die Entscheidung, Eleonore zur neuen Zuckerbäckerin zu ernennen, war daraufhin die natürlichste Sache der Welt gewesen.

Wenigstens etwas Gutes war also aus der unglückseligen Geschichte entstanden... Daß das Mädchen etwas im Kopf hatte, hatte Katharina schon bei ihrer ersten Begegnung gespürt. Trotzdem konnte sie sich nicht so recht daran erfreuen.

Wie jeden Samstag, hatte der Hofzeremonienmeister den Speiseplan für die nächste Woche neben ihr Gedeck legen lassen. Lustlos studierte sie die Auflistung der Speisen, ohne eine Änderung darin vorzunehmen. Mit fragend hochgezogenen Augenbrauen blickte Wilhelm vom anderen Tischende zu Katharina hinüber, die mit dem Speiseplan in der Hand ins Leere schaute.

Es gab noch etwas, das ihr den Appetit gründlich verdarb. Maria Feodorownas Brief brannte wie glühende Kohlen in der seitlichen Tasche ihres dunkelblauen Kleides. Zu bedeutend war ihr der Inhalt erschienen, als daß sie den Brief so einfach offen hätte herumliegen lassen. War dies der richtige Augenblick, um Wilhelm davon zu berichten? Vor allem: War der Inhalt des Briefes überhaupt geeignet, Wilhelms Haß auf Friedrich zu mindern? Oder würde er, wenn er erst einmal um die schrecklichen Umstände des Todes seiner Mutter wußte, den Verstorbenen nur um so mehr verfluchen? Hätte sie doch nur die Toten ruhen lassen, wie Maria Feodorowna ihr angeraten hatte! Doch dazu war es nun zu spät. Sie konnte das traurige Geheimnis nicht mehr vergessen. Und sie trug schwer daran. Sie dachte an das Bildnis der Frau, die sie nie kennengelernt hatte. In einem schweren, goldenen Rahmen hing es direkt hinter Wilhelms Schreibtisch in seinem Arbeitszimmer. Der Platz war nicht zufällig gewählt worden. Wilhelm mußte sich nur umdrehen, um in das Antlitz seiner Mutter zu blicken. Das Bild zeigte sie im zarten Alter von sechzehn Jahren, kurz nach ihrer Heirat mit dem wesentlich älteren Friedrich. In der Tradition der alten Künstler war sie in einer prächtigen und aufwendigen Robe gemalt worden, die in einem seltsamen Kontrast zu ihrem beinahe noch kindlichen Gesicht stand. Wie so viele der alten Bilder wirkte auch dieses unecht und leblos. Mit einem Buch in der rechten Hand stand sie vor einem Marmorsockel, auf dem ein üppiges Blumenbukett dekoriert war. Geschickt hatte der Maler einen Lichtstrahl auf Augustes Gesicht gezaubert, so daß die Schönheit des Blumengebindes neben ihrem jugendlichen Antlitz fast völlig erblaßte. Daß es dabei den Blick des Betrachters auch auf Augustes leeres Lächeln, die von unerträglicher Langeweile gezeichneten Augen und ihre ein wenig hilflos in die Höhe gezogenen Augenbrauen lenkte, schien er übersehen zu haben. Jedenfalls machte das Mädchen keinesfalls den Eindruck einer jungen und glücklichen Braut, sondern vielmehr den eines Kindes, das sich in einem dunklen Wald verlaufen hatte und sich nun ratlos fragte, wohin es laufen sollte.

Je länger Katharina darüber nachdachte, desto unschlüssiger wurde sie: Sollte sie Wilhelm von ihren Nachforschungen und deren Ergebnis erzählen, oder sollte sie Auguste Karolines Tod um seinetwillen mit dem Schleier des ewigen Schweigens verhüllen?

Sie blickte zu Wilhelm hinüber, der sich lustvoll seinem Mahl widmete. Das Unschuldslamm! Er schob Katharinas Verdruß allein auf die Sache mit den vergifteten Speisen. Wenn es nur so wäre! Katharina seufzte leise.

Lange Entschuldigungsschreiben waren an alle Leidtragenden des Unglücks gesendet worden, und fast alle hatten mit verständnisvollen Worten geantwortet. Schließlich war es nicht Katharinas Schuld gewesen – bei der Hitze dieses Sommers konnte man regelrecht zusehen, wie gute Speisen von einer Stunde auf die andere verdarben. Und außerdem waren alle wieder gesund geworden. So oder ähnlich hatten alle Antworten geklungen. Aber blieb den Frauen denn etwas anderes übrig, als solche Schreiben zu verfassen? Sie konnten wohl kaum einen lebenslangen Groll gegen die Königin hegen?

Auch daß der Vorfall ihr Wilhelm wieder näher gebracht hatte, erfreute Katharina nicht sonderlich. Hinter seinem Lächeln, seinen tröstenden Worten glaubte sie einen leisen Hauch von Genugtuung zu erkennen. Doch kaum hatte sich dieser böse Gedanke in ihr Hirn eingeschlichen, kämpfte Katharina schon gegen ihn an. Wie konnte sie ihrem Gatten weniger als die ehrlichste Anteilnahme unterstellen? Schließlich ermunterte er sie immer wieder, nicht aufzugeben, sich nicht von einem kleinen Rückschlag entmutigen zu lassen. Er hatte sogar angeboten, ihren nächsten Unternehmungen nicht nur seinen königlichen Segen, sondern auch Hilfestellung in Form von zusätzlichen Beratern zu geben. Trotzdem fiel es ihr schwerer als sonst, Wilhelm zuzuhören, vor allem, wenn er über seine neuesten Schachzüge gegenüber dem Landtag berichtete. Noch immer war keine Einigung über eine neue Verfassung in Sicht, doch scheinbar hatte er Mittel und Wege gefunden, seine Ziele auch ohne die Zustimmung seiner Gegner durchzusetzen. Dementsprechend gut war jetzt seine Laune. Gönnerisch tätschelte er Katharinas Hand.

»So laß dir doch von dieser unseligen Angelegenheit nicht den Appetit verderben! Manchmal muß man eben einen Umweg gehen, um ans gesteckte Ziel zu gelangen! Du kannst mir glauben, geliebte Katharina, als ich Anfang Juni mit meinem Kompromißversuch abermals gescheitert bin, war ich auch recht entmutigt. Welche Zugeständnisse hatte ich immerhin gegenüber den ständischen Wünschen gemacht! Und was hat es mir genützt? Nichts. Weil sie nicht darauf eingegangen sind. Nun, ich habe meine Lektion daraus gelernt! Sollen sich die Herren im Landtag ruhig weiter über unsere Verfassung streiten. In der Zwischenzeit werde ich die gesamte Staatsverwaltung reorganisieren – und dies nach meinen Vorstellungen!« Er lachte. »Daß ich den Freiherrn von Malchius dafür gewinnen konnte, war ein Glücksfall sondergleichen. Für ihn wie für mich!«

»Freiherr von Malchius?« Katharina zwang sich, Wilhelms Worten zumindest ein wenig Aufmerksamkeit zu schenken, obwohl ihr die ganzen unseligen Verfassungskämpfe allmählich gestohlen bleiben konnten! In ihren Augen standen lediglich die Eitelkeiten erwachsener Männer der neuen, modernen Verfassung im Weg – und sonst gar nichts! »War das nicht der frühere Finanz- und Innenminister von Jerome Bonaparte?«

»Das war einmal.« Mit einer abfälligen Handbewegung wischte Wilhelm den Namen seines Schwagers wie eine lästige Fliege vom Tisch. »Doch der Mann ist ein Genie! Elf Organisationsedikte hat er bezüglich der Zentralverwaltung inzwischen vorbereitet, und für die Lokalverwaltung sind fünf weitere vorgesehen. Sind diese erst einmal in die Tat umgesetzt, können sie von mir aus in die neue Verfassung schreiben, was ihnen gefällt.« Doch dann verschwand sein zufriedenes Grinsen, und wütende Linien gruben sich in seine blassen Wangen.

»Das alles hätte schon Jahre früher geschehen können! Durch Vaters Eigensinn und Borniertheit ist kostbare Zeit verlorengegangen. Immer nur geradeaus schauen, nie einmal nach links oder rechts – das war seine Art!« Er warf einen Blick auf das Portrait des Verstorbenen, welches in einer langen Reihe von Bildern an der riesigen Wand des Speisesaales hing. »Es wird nicht mehr lange dauern, bis auch Bayern und Baden administrative Neuerungen, die weitreichende wirtschaftliche Besserungen zum Ziele haben, durchführen. Doch bis es soweit ist, hat Württemberg seine Außenhandelsverbindungen so ausgebaut, daß uns keiner mehr überholen kann. Und dann wird unsere Zukunft rosig sein!« Zufrieden lehnte er sich zurück. Martini trat an den Tisch und schenkte aus einem kleinen Kännchen schwarzen, dicken Mocca nach. Genüßlich nahm Wilhelm einen Schluck. »Friedrich würde Augen machen, wenn er wüßte, welche ungeahnten Fähigkeiten in seinem Sohn, dem er so gar nichts zutraute, stecken!«

Katharina schaute auf. Wilhelms Worte waren von einem solchen Haß durchtränkt, daß allein das Zuhören schmerzte. Wie war es nur möglich, gegen den eigenen, zudem noch verstorbenen Vater eine so tiefe Bitterkeit zu hegen? Was würde sie auslösen, wenn sie ihm von dem Brief erzählte? In ihrem Gesicht zuckte es leise, doch Wilhelm war zu sehr in seine Genugtuung versunken, als daß er etwas von Katharinas innerem Kampf gemerkt hätte.

19

Barbara, die Frau von Peter Gertsch, dem Sattler und Prediger der Pregianzer, war verzweifelt. Seit sechs Wochen saßen die Auswanderer – oder sollte man nun nicht besser sagen: die Einwanderer? – schon auf der russischen Insel Ismail fest, und eine Woche Quarantäne sollte noch folgen. Was danach kam – Barbara wußte es nicht. Sie wußte bald gar nichts mehr. Ratlos blickte sie über die eng nebeneinanderliegenden Leiber hinweg, als könne sie nicht verstehen, was diese Menschen eigentlich mit ihr zu tun hatten.

Wie die meisten hatte sie geglaubt, mit der Fahrt durch das »Eiserne Tor« den schwersten Teil der Reise hinter sich zu haben. Doch bald wurde sie eines Besseren belehrt. Konnte es etwas Schlimmeres geben, als von den Stromschnellen hin und her geschüttelt zu werden wie ein Hase von einem tollwütigen Hund? Hoch in die Luft war der ächzende Schiffsleib samt seiner menschlichen Fracht gehoben worden, um danach sofort wieder zwischen zwei Wellen niederzukrachen. Keine Menschenseele durfte an diesem Tag an Deck, zu groß war die Gefahr, von einer Welle über Bord geschleudert zu werden. Mit Schaudern dachte Barbara an den elenden Gestank der zusammengepreßten Leiber zurück, an das Weinen der Kinder, das Beten und Jammern der Erwachsenen. Doch irgendwann hatte das wilde Toben des Schiffes endlich nachgelassen und damit auch die

Angstschreie der Menschen. Erstaunt hatten sie festgestellt, daß das Schiff völlig intakt war, ja, nicht einmal den kleinsten Riß von der Fahrt durch die Hölle davongetragen hatte. Notdürftig hatten sie daraufhin versucht, sich vom Erbrochenen zu reinigen und das durcheinandergewirbelte Gepäck zu sortieren.

Danach ging die Fahrt endlos weiter. Vorbei an verbrannten Steppen, an Uferböschungen mit nackten Felswänden und brackigem Sumpfwasser. Sengende Hitze und Abertausende von Stechmücken begleiteten die Fahrt, die nicht enden wollte. Daß schon jemals eine Menschenseele auch nur einen Fuß in diese gottverlassene Landschaft gesetzt haben sollte, konnte sich niemand vorstellen. Die Wildheit der Natur, die den Reisenden täglich begegnete und die unbezwingbar erschien, machte ihnen angst. Würde ihre neue Heimat genauso feindselig aussehen? Von Tag zu Tag wurde die Stimmung auf dem Schiff bedrückter. Dazu kamen der Hunger und die Krankheiten: Obwohl die Kolonnenführer allen eindringlich geraten hatten, genügend Lebensmittel für die lange Fahrt von Vidin nach Ismail mitzunehmen, hatte es keine zwei Wochen gedauert, bis die ersten ohne Nahrung waren. Zähneknirschend und recht unwillig hatten die anderen ausgeholfen, so gut es ging, doch auch deren Vorräte waren knapp bemessen. Auch das Wasser reichte hinten und vorne nicht aus. Geregnet hatte es schon seit Wochen nicht mehr. Niemand wußte, ob dies nun Fluch oder Segen war. Denn während des schrecklichen Unwetters eine Woche nach der Passage des »Eisernen Tores«, das das Schiff fast überspült hätte, hatte keiner Zeit gehabt, Regenwasser aufzufangen. Da galt es, die Kinder festzubinden, auf daß sie nicht von einer der riesigen Wellen weggespült wurden. Krampfhaft hatte man sich an seine Habseligkeiten geklammert, hatte versucht, losgerissene Säcke und Beutel zu retten, die wie wildgewordene Stiere über das Deck hüpften. Noch nie war den Menschen eine Nacht so schwarz erschienen. Nicht einmal Blitze hatten das Toben des Sturmes erhellt, kein Mond und kein Stern waren zu sehen gewesen. Dafür war das Grollen des Donners lauter, als man es jemals gehört hatte, und vermischte sich mit den schrillen Angstschreien der Menschen zu einer unheimlichen Symphonie. In den Morgenstunden hatte das Unwetter endlich nachgelassen. Was das »Eiserne Tor« nicht vermocht hatte, war dem unmenschlichen Sturm gelungen: Verfroren, bis auf die Knochen durchnäßt, mußten die übermüdeten Menschen mit dem übermächtigen Ausmaß der Katastrophe fertig werden. Acht Opfer gab es zu beweinen: drei Kinder waren einfach nicht mehr aufzufinden, so daß man annehmen mußte, daß der Sturm ihre kleinen Leiber über die Reling geschleudert und verschlungen hatte. Die anderen fünf Opfer waren durch ihre Krankheit bereits so geschwächt gewesen, daß sie der Gewalt der Nacht nichts mehr entgegenzusetzen hatten. Zudem waren zwei der Hauptsegel zerfetzt worden, und fast jeder hatte den Verlust eines oder mehrerer Gepäckstücke zu tragen. Mutlos und stumm wurde die Reise fortgesetzt.

Und doch war es Barbara bisher gelungen, mit zaghafter Zuversicht nach vorne zu schauen. Auch als das Fieber ausbrach und fast ein Drittel der Reisenden von der glühenden Hitze geschüttelt wurde, hatte sie ganz tief drinnen gewußt, daß ihre kleine Familie verschont bleiben würde. Woher sie diese Zuversicht nahm, konnte sie nicht sagen, religiöse Überzeugung war es jedenfalls nicht. Es war einfach so, daß Barbara eine gewisse Bevorzugung vom Schicksal erwartete, und bisher war diese Erwartung auch noch nie enttäuscht worden. Doch nun fühlte sie sich wie ein Schmetterling, der mit spitzen, dünnen Nadeln hinter einer Glasscheibe aufgespießt wurde.

Wieder ließ sie ihren Blick kreisen. Auch aus diesem

Gefängnis gab es kein Entrinnen. Die russischen Behörden waren unerbittlich: Sieben Wochen Quarantäne und keinen Tag weniger mußten sie hier verbringen. Die Gefahr, daß die Einwanderer Seuchen mit sich brächten, sei zu groß, hatte man ihnen erklärt. So mußten sie unter freiem Himmel ihr Lager aufschlagen und warten.

»Seuchen einschleppen!« Sie spuckte vor sich auf den Boden, als könne sie sich so von dem bitteren Geschmack in ihrem Mund befreien. »Die wenigsten werden dieses Lager lebend wieder verlassen.« Obwohl sie nicht gerade leise sprach, hörte niemand ihren Worten zu. Teilnahmslosigkeit hatte sich im ganzen Lager breitgemacht. Jeden Tag gab es neue Tote zu beklagen, und es waren bei weitem nicht mehr nur die Alten und Schwachen, die keine Kraft mehr zum Leben hatten. Erst vor drei Tagen war Barbara durch das Röcheln ihres Mannes geweckt worden. Ungläubig hatte sie an seine Stirn gegriffen und die trockene Hitze des Fiebers gespürt. Sofort hatte sie Josef, ihren Sohn, zum einzigen Brunnen im Lager geschickt, um Wasser für kühlende Umschläge zu holen. Zeit, ihrem Herrgott dafür zu danken, daß er wenigstens sie und Josef verschont hatte, blieb Barbara danach nicht mehr. Unermüdlich wechselte sie heißgewordene Lappen durch kalte aus. Hartnäckig und mit aufeinandergebissenen Zähnen versuchte sie, Peter ein paar Schlucke der brackigen Flüssigkeit einzuträufeln. Stunde um Stunde redete sie ihm zu, während sie innerlich sämtliche Flüche ausstieß, die sie kannte. Wie konnte ihr Mann sie so im Stich lassen? Wußte er denn nicht, welche Todesängste sie ausstand? Mit eisernem Griff hielt sie seinen Kopf auf ihrem Schoß, während sie ihm aus einem kleinen Becher Wasser einflößte. Immer wieder kamen Leute zu ihr, um sich nach dem Befinden des Predigers zu erkundigen. Bewundernd und auch ein wenig überrascht registrierten sie Barbaras hartnäckige Pflege. Wo andere zu resignieren begannen, kämpfte sie mit aller Macht gegen die Krankheit. War dies das gleiche Weib, das mit offenem Schurz den Burschen lange Blicke nachgeworfen hatte? Nun, in der elenden Enge des Lagers waren sie bereit, ihre Meinung über die Frau des Predigers, die so gar nicht zu ihm passen wollte, zu ändern.

Barbara, die wußte, was in den Köpfen der Leute vor sich ging, hätte am liebsten laut gelacht. Wie dumm die Menschen doch waren! Und wie leicht man sie durch bloße Äußerlichkeiten an der Nase herumführen konnte. Doch sie brauchte ihre ganze Kraft, um Peter am Sterben zu hindern. »Ich kann's nicht zulassen! So haben wir nicht gewettet. Den Himmel auf Erden hast du mir versprochen, doch alles, was ich bisher erlebt hab', glich der Hölle!« zischte sie dem beinahe ohnmächtigen Mann zu. Doch in ihre Wut über sein Versagen – denn das war seine Krankheit in ihren Augen – mischten sich erste Zweifel. Hatte sie, Barbara, womöglich zum ersten Mal in ihrem Leben die falsche Wahl getroffen? Sie dachte an das kleine Dorf, in dem sie bis zu ihrem fünfzehnten Lebensjahr gelebt hatte. Immer war es ihr gelungen, unter ihren Geschwistern jemanden zu finden, der Barbara zuliebe auf sein Stück Brot oder Speck verzichtet hatte. Der lieber selbst fror, um dafür Barbara einen Zipfel Decke mehr zu geben. Der an ihrer Stelle die schweren Wassereimer vom Brunnen ins Haus trug. In ihren Augen war ihr Leben nur dadurch einigermaßen erträglich geblieben. Als dann Peter Gertsch vor fünf Jahren in Obernhausen aufgetaucht war, sich mitten auf den Dorfplatz gestellt und gepredigt hatte, waren ihr nicht nur seine Worte, sondern auch er selbst wie die Erlösung erschienen. Von der christlichen Lehre der Pregianzer hatte sie noch nie gehört, doch was er zu sagen hatte, leuchtete ihr ein und erschien um ein vielfaches erträglicher als das ewige fromme Gestammel ihrer Mutter. Wo diese immer nur von Buße sprach, wurden bei den Pregianzern lustige Lieder gesungen. Buße und Bußlieder kannten sie gar nicht, hatte Peter Gertsch erklärt, denn durch den Akt der Taufe waren sie schließlich von Gott von all ihren Sünden befreit worden. Es war die Pflicht der Menschen, sich ihres Lebens zu erfreuen und zu Ehren Gottes zu tanzen und zu singen. Daß die anderen im Dorf Peter Gertsch und seine Anhänger als »Galopp-Christen« verspotteten, war Barbara egal. Ungläubig blickte sie nun auf die hohlwangige, schweißnasse Maske von Gertschs Antlitz herab. War das der gleiche Mann, der ihr Herz so hoch hatte schlagen lassen? Ohne einen Hauch von Wehmut hatte Barbara dem Dorf und ihrer Familie damals den Rücken zugekehrt und war mit dem Prediger gegangen. Doch nun dachte sie beinahe sehnsüchtig an das winzige Haus, in dem ihre Eltern und ihre Geschwister lebten. Was hatte sie schon gewonnen? Sie hatte die ersten fünfzehn Jahre ihres Lebens dicht an andere Leiber gedrängt auf dem harten Boden der Hütte verbringen müssen – und nun erging es ihr hier nicht besser. Sicher, die ersten Jahre mit Gertsch auf der Wanderschaft waren aufregend gewesen. Ein guter Redner war überall gern gesehen, immer fand sich jemand, der ihnen Speis und Trank und ein Dach überm Kopf anbot. Zu Gertschs Freude hatten sich ihnen immer mehr Menschen, die mit der alten Lehre der Kirche nichts mehr anfangen konnten, angeschlossen. Als mit der Hungersnot im letzten Jahr auch für die Pregianzer das Überleben immer schwieriger wurde, war Peters Entscheidung zur Auswanderung in den Augen der anderen ein folgerichtiger Schritt gewesen.

Das hatten sie nun davon! Haßerfüllt schaute sie auf den Kranken hinab, der mit verdrehten Augen in den Himmel starrte. Wieder tunkte sie ein Tuch in den Wassereimer neben ihr und wischte ihm damit über das Gesicht. Was sollte sie nur machen, wenn er starb? Die Russen wollten keine

alleinstehenden Frauen, ganz ausdrücklich hatte dies in den
Ausreisepapieren gestanden. Alleinstehende Männer hingegen waren willkommen. Die konnten schließlich schaffen
und arbeiten, während Witwen und Waisen in der neuen
Heimat nur eine Last bedeuteten, die niemand tragen wollte.
Panische Angst schlich sich in Barbaras Herz. Um nichts in
der Welt wollte sie allein mit Josef die ganze, weite Reise
zurück antreten. Dazu hatte sie einfach nicht die Kraft. Und
außerdem: Was erwartete sie schon in Württemberg? Voller
Angst registrierte sie die immer schwächer werdenden
Atemzüge ihres Mannes. Tief drinnen wußte sie, daß alle
ihre Bemühungen umsonst waren. Peter würde sterben. Sie
sah in Josefs weitaufgerissene, ängstliche Augen. Mit kind-
lichem Zutrauen erwartete er von seiner Mutter, daß durch
ihre Taten alles wieder gut werden würde. Wütend schalt sie
sich für ihre Zögerlichkeit, sich das Ausmaß von Peters
Erkrankung nicht schon früher einzugestehen. Woher kam
nur diese Unentschlossenheit in ihr? Hatte sie sich von den
anderen im Lager womöglich schon anstecken lassen? Mit
einer achtlosen Geste ließ sie seinen Kopf von ihrem Schoß
rutschen. Wieviel Zeit sie mit seiner Pflege vergeudet hatte!
Unvermittelt und mit einem unbändigen Überlebenswillen
traf Barbara eine Entscheidung: Von diesem Augenblick an
würde sie auf das richtige Pferd setzen. Welches das richtige
war, hatte sie schon im Sinn. Und die passenden Brocken,
um es anzulocken und einzufangen, hatte sie auch.

Am nächsten Tag wurde Peter Gertsch beerdigt.

Die Lagerbewohner hatten von den Russen die Genehmigung bekommen, ihre Toten am Rande des Lagers in einem
speziell für diesen Zweck abgesteckten Stück Boden zu
begraben.

Nachdem der Prediger krank geworden war, hatte Martin Niederecker dessen Aufgabe als Gemeindevorstand
übernommen. Täglich stand er an den Gräbern der Verstor-

benen, um sie in die Arme Gottes zu übergeben. Nur vorübergehend sollte dieser Zustand sein, Niederecker hoffte jeden Tag auf die Nachricht, daß die Seuche endlich gebannt und Gertsch auf dem Weg der Gesundung sei.

Doch nun war aus dem »vorübergehend« ein »ewiglich« geworden, und die Pregianzer standen wie eine verirrte Herde Schafe um das Grab ihres Anführers herum. Am verlorensten wirkte Niederecker selbst, auf dessen Schultern die fast unmögliche Aufgabe lastete, den Zurückgebliebenen Trost zu spenden.

Vom anderen Ende des Lagers beobachtete Leonard den Zug der Pregianzer, die mit lautem Wehgesang in Richtung Friedhof wanderten. Zuvorderst ging Barbara, die Witwe, mit ihrem Sohn an der Hand. Mit hocherhobenem Kopf schritt sie voran. Die Konturen ihrer Gestalt waren gegen den dunklen Septemberhimmel scharf umrissen. Barbaras Anblick erinnerte Leonard an einen der Scherenschnitte, die von den fliegenden Buchhändlern mit ihren Bauchläden daheim in Stuttgart feilgeboten wurden.

Mehr als vier Monate dauerte ihre Reise nun schon an, und noch immer war kein Ende in Sicht. Und obwohl Leonard sich wie alle anderen nichts sehnlichster wünschte, als endlich da anzukommen, wo ihr neues Zuhause wachsen sollte, so schreckte er gleichzeitig vor dem Gedanken zurück. Schon längst erschien ihm die Zukunft als Bauer nicht mehr so rosig wie zu Beginn der Reise. Die herben Landschaften mit ihren fremd anmutenden, spröden Gewächsen empfand er als unzugänglich und abweisend. Waren sie womöglich blind und unbedacht in das Abenteuer Rußland gestürzt? Was, wenn die russische Erde nichts hergab, was zum Leben taugte? Seine Ängste wurden von den neuesten Nachrichten geschürt, die sie von den russischen Lagervorstehern in erstaunlich gutem Deutsch erfahren hatten.

Entgegen früherer Pläne, so hieß es, sei ein Großteil der bereits eingewanderten Schwaben nicht in Odessa geblieben, sondern hatten sich die Genehmigung vom Zaren geholt, nach Georgien weiterreisen zu dürfen, besser bekannt als Transkaukasien. Wie ein Mensch freiwillig ins unwirtliche Georgien gehen wollte, war den Lagerverwaltern allerdings unverständlich. Während der Wintermonate waren die Wege dorthin unpassierbar. Schneelawinen hatten schon so manchen Reisenden in die Tiefe gerissen und für ewig begraben. Selbst im Sommer hatte man Mühe, mit Lasttieren auf die steinigen Pässe zu kommen. Und dann die Geschichten von Räubern und Überfällen! Nein, Transkaukasien mochte zwar über fruchtbaren Boden verfügen – trotzdem hätten keine zehn Pferde sie dorthin gebracht. Doch scheinbar hatten sich die Kolonisten weder von den guten Ratschlägen des Generals Ermolov in Odessa noch von denen Zar Alexanders von ihrem Vorhaben abbringen lassen, bis dieser letztendlich einwilligte. Selbst seine Ankündigung, den Kolonisten statt der versprochenen 60 Desjatinen Land aufgrund des besonders fruchtbaren georginischen Bodens nur 35 Desjatinen zu verleihen, hatte niemanden abgehalten. In diesem und im Jahr zuvor hatten sich fast fünfhundert Familien, aufgeteilt in zehn Scharen und mehr schlecht als recht von den Soldaten des Zaren geschützt, auf den Weg nach Tiflis gemacht. Leonard fragte sich, warum. Ihre Vorgänger mußte ja in Odessa wirklich Unerfreuliches erwartet haben!

Dann dachte er wieder einmal an Michael. Wie lange noch würde er es in dessen Gesellschaft aushalten? Mittlerweile saß er manchmal stundenlang schweigend und in sich versunken da, was Leonard jedoch mindestens so unerträglich empfand wie sein sonst übliches Gejammer. Schon jetzt konnte er sich seine Zukunft als Nachbar von Michael genau vorstellen: Nach einem Tag harter Arbeit auf dem

Feld würde er sich abends Michaels Klagen anhören müssen. Darüber, daß die russischen Steine im Feld mindestens so beschwerlich auszuklauben waren wie die schwäbischen, daß das Saatgut nichts tauge, daß es geregnet habe oder auch daß es nicht geregnet habe, daß die Werkzeuge nichts taugten und so weiter. Im Geiste sah Leonard schon seinen Wein im Becher sauer werden. Aber was blieb ihm anderes übrig? Immer und immer wieder stellte er sich die gleiche Frage und kam doch zu keiner vernünftigen Antwort. Er hatte sich als Bauer um russisches Land beworben, nun mußte er also russisches Land bestellen, mit seinem Bruder im Schlepptau. Die einzige Chance, möglichst viel Distanz zwischen sich und Michael zu bringen, war die, weiterzuwandern nach Georgien. Dorthin würde Michael ihm sicher nicht folgen. Aber Leonard schreckte davor zurück, denn jede Meile, die er zurücklegte, würde ihn weiter von Eleonore entfernen. Der Gedanke, daß sie ihm eines Tages folgen würde, war oftmals das einzige, was ihn davon abhielt, vor Wut und aufgestauter Unzufriedenheit laut aufzuschreien. Doch wie lange mochte das noch dauern? Mutlos griff er nach einem kleinen Kieselstein und warf ihn von sich weg. Dann legte er sich zurück und hoffte auf gnädigen Schlaf, in dem die quälenden Stunden des Tages ein wenig schneller vergingen als sonst.

Doch vor dem Schlaf kamen die Gedanken. Immer wieder dieselben Gedanken. An Eleonore. An die elendige Situation, in der er lebte. An Michael, der ihn wegen allem und jedem bedrängte und um Rat fragte. Nie konnte er ihn in Ruhe lassen! Dabei war er, Leonard, auch bei den anderen Reisenden inzwischen ein gefragter Mann. Vor der Reise hätte Leonard sich nicht vorstellen können, wie lange und ausdauernd und um welche Nichtigkeiten sich Menschen streiten konnten. Hier, wo die Leute so eng aufeinandersaßen, waren Streitereien an der Tagesordnung, doch bis heute hatte Leonard sich nicht daran gewöhnt. Die ewigen Auseinandersetzungen um nichts und wieder nichts zehrten jeden Tag mehr an seiner Geduld. Mehr als einmal hätte nicht viel gefehlt, und er hätte sich selbst in einen Kampf verwickeln lassen, in dem sein Gegner von der Wucht seiner Fäuste sicher unangenehm überrascht worden wäre. Statt dessen fiel ihm immer wieder ungewollt die Rolle des Vermittlers zu. Den Menschen war es zur Gewohnheit geworden, Leonard um Hilfe zu bitten, wenn sie nicht mehr weiterwußten. »Wenn einer im Würfelspiel volltrunken fast sein ganzes Hab und Gut verspielt, kann dann am nächsten Morgen sein Weib kommen und alles wieder zurückfordern?« fragten sie ihn. Oder: »Wenn einer in Vidin zwei Ferkel gekauft, aber vergessen hat, auch Futter für sie mitzunehmen und ein anderer die Tiere wochenlang gefüttert hat, bis sie groß und fett geworden sind – wem gehören sie dann?« Immer wieder beteuerte Leonard, er sei nicht der Richtige, um solche Fragen zu klären. Was wisse er einfacher Bursche schon davon, was als Recht und was als Unrecht anzusehen sei? Die Leute sollten zum Kolonnenführer gehen, oder zu Gertsch, dem Prediger. Trotzdem vertrauten die Leute weiterhin lieber auf sein Urteil, das auf gesundem Menschenverstand gebaut war. »Wenn du dein Maul aufmachst, kommt nur halb soviel Mist dabei heraus wie bei allen anderen«, hatte erst gestern ein Schlossergesell ihm schulterklopfend bestätigt. Leonard blieb nichts anderes übrig, als sich mit seiner neuen Rolle abzufinden. Wenn er so dazu beitragen konnte, einen Teil der täglichen Reibereien schon im Keim zu ersticken, warum eigentlich nicht? So unangenehm, wie er nach außen hin tat, war ihm das Vertrauen der Leute schon lange nicht mehr, stellte er plötzlich erstaunt fest.

Der Schlaf wollte nicht kommen. Dafür spürte er plötzlich einen dunklen Schatten neben sich. Erstaunt blickte er auf. Barbara saß neben ihm. Sie hätte er wirklich nicht erwartet! Ihre Augen glänzten wie vom Regen nasse Kieselsteine.

»Ich muß mit dir reden. Jetzt. Sofort.«

Leonard zuckte mit den Schultern. Alles war besser als die ewige Eintönigkeit des nicht enden wollenden Tages. »Von mir aus.«

»Gut.« Sie blickte sich hastig um. »Aber nicht hier. Laß uns wohin gehen, wo wir ungestört sind.«

Er lachte. »Ungestört – das ist gut. Wo, bitte, soll das sein?«

Barbara hatte ihn schon am Arm gepackt, um ihn hochzuziehen. »Auf dem Friedhof ist jetzt bestimmt niemand mehr. Die Leut' haben für heute die Nase voll von den Toten.«

Unwillig stakste Leonard hinter der Frau her. Er konnte sich um nichts in der Welt vorstellen, was Peter Gertschs Witwe von ihm wollte. Gleichzeitig war er jedoch von ihrer Bestimmtheit, ihrer Unbeirrtheit wie benommen. Barbara vermittelte den Eindruck, als habe sie keine Zeit zu verlieren. Und das hier im Lager, wo Zeit der schlimmste Feind eines jeden geworden war!

Der Friedhof war tatsächlich menschenleer. Die dunkle, aufgehäufte Erde der neu hinzugekommenen Gräber roch säuerlich, wie halbgegorenes Fallobst auf schwäbischen Wiesen. Dumpf drangen die Stimmen der Lagerbewohner zu ihnen herüber, vereinzeltes Lachen, schrilles Keifen und dumpfe Beschimpfungen.

Umständlich nestelte Leonard sein Tabaksäckchen aus der Tasche und begann, seine Pfeife zu stopfen. Er schaute zu Barbara hinüber, die sich wie selbstverständlich auf einem kalten Steinbrocken niedergelassen hatte. Sie deutete mit der Hand auf einen anderen Stein neben sich. Nichts wies mehr auf das kokette Weib hin, das ihm während der langen Schiffsreise geile Blicke zugeworfen und Einblicke in ihren Blusenausschnitt verschafft hatte. Jetzt stützte sie lediglich ihren Oberkörper ab, als sei sie müde vom Tragen einer schweren Last.

Noch immer hatte sie die Katze nicht aus dem Sack gelassen. Leonard war versucht, ohne Umstände nach dem Grund für dieses Gespräch zu fragen, doch irgend etwas hielt ihn zurück. Statt dessen sagte er: »Das mit deinem Mann tut mir leid.«

Barbara nickte. »Er war ein guter Mann. 's ist schade um ihn.«

»Was willst du jetzt machen?«

Zum ersten Mal seit ihrem Zusammentreffen umspielte ein kleines Lächeln Barbaras volle Lippen. Ein heißer Strahl schoß als Antwort durch Leonards Lenden, und er schalt sich dafür, die Witwe eines anderen Mannes zu begehren. Aber war es denn ein Wunder, nachdem er fast vier Monaten kein Weib gehabt hatte? Doch ihm blieb nicht viel Zeit, sich seiner Scham und Geilheit hinzugeben, denn Barbaras Antwort traf ihn wie ein Blitz aus heiterem Himmel.

»Dich heiraten will ich.«

Leonard glaubte, nicht richtig gehört zu haben. Geräuschvoll verschluckte er seine Entgegnung zusammen mit einem tiefen Zug Pfeifenrauch, so daß er nach Atem ringen mußte.

»Du hast richtig gehört.« Barbara ließ ihn nicht aus den Augen. Wie ein Greifvogel war sie bereit, nach ihm zu fassen, sollte er angesichts ihrer Offenheit einfach davonlaufen wollen.

Sie hätte sich keine Sorgen zu machen brauchen. Wie gelähmt saß Leonard da und hörte schweigend zu, während Barbara tausend Gründe für eine solche Verbindung anführte. Sie schloß mit den Worten: »Josef und ich würden die weite Heimreise nicht mehr überleben, das weiß ich genau. Doch um hierzubleiben, braucht er einen neuen

Vater und ich einen neuen Mann. Was hab' ich nicht alles hin und her überlegt in den letzten Tagen – das kannst du mir glauben. Schon allein meinem Kind zuliebe mußte ich jeden noch so abwegigen Gedanken zulassen, wenn er unserer Zukunft dienen könnte. Und doch ist mir nichts anderes eingefallen als das, was ich dir jetzt vorgeschlagen habe. Wenn ich bis zur Weiterreise nicht wieder verheiratet bin, schicken sie mich zurück.«

Endlich fand Leonard seine Sprache wieder. »Vorgeschlagen! Du sagst das so nüchtern, als würdest du mir irgendeinen Handel vorschlagen! Dabei geht es doch um viel mehr! Ich hab' daheim in Stuttgart ein Mädchen, und ich hoffe, daß ich sie sobald als möglich nachkommen lassen kann. Eleonore heißt sie. Wie soll ich dich da heiraten?« Insgeheim bewunderte Leonard Barbaras Offenheit, mit der sie ihr Anliegen vorgetragen hatte. Das mindeste, was er ihr schuldete, war, mit der gleichen Ehrlichkeit zu antworten. Daß sie damit umgehen konnte, daran zweifelte er keinen Augenblick lang. Barbara war eine Frau, die den Dingen ins Auge schaute und die nicht, wie sein verehrter Herr Bruder, den Kopf in den Sand steckte. Trotzdem sah er sie bei Eleonores Namen kurz zusammenzucken. Sofort danach straffte sich jedoch ihr Oberkörper wieder, als wäre sie just in dem Augenblick zu einem wichtigen Entschluß gekommen. Beschwörend blickte sie ihn an. »Du sagst, ich würde dir einen nüchternen Handel vorschlagen? Nun, du hast nicht ganz unrecht. Denn ich bin noch nicht fertig mit dem, was ich dir zu sagen habe. Ich . . .«

»Halt«, unterbrach Leonard sie barsch. Was machte es für einen Sinn, wenn er sie auch nur einen Satz weiterreden ließe? Nie im Leben würde er auf ihren Vorschlag eingehen. »Wieso hast du eigentlich gerade mich als deinen zukünftigen Gatten auserwählt? Es gibt doch noch Dutzende anderer Junggesellen hier.« Seine rechte Hand machte eine alles umfassende Geste in Richtung Lager. »Ich bin mir sicher, daß so mancher viel darum geben würde, dich zum Weib zu nehmen. Geh und such dir einen aus, der sein Herz nicht daheim gelassen hat.« Um seinen Worten ein wenig die Schärfe zu nehmen, strich er ihr beim Aufstehen über die Wange.

Blitzschnell wie eine Schlange packte sie ihn am Handgelenk. »Halt! Warte! Du kannst noch nicht gehen. Nicht, solange du nicht den Rest meines Vorschlags gehört hast.«

Unwillig wollte er zu einer Entgegnung ansetzen, als sie ihm erneut über den Mund fuhr. »Daß du ein Mädchen daheim hast, habe ich nicht gewußt, das geb' ich zu. Es macht die Sache sicher nicht einfacher für uns beide, dennoch bist du der Richtige für mich.« Ohne seinen rechten Arm loszulassen, zog sie mit ihrer freien Hand eine lederne Geldkatze aus ihrem Rock. »Hier. Das ist der zweite Teil meiner Abmachung.« Mit schnellen Fingern nestelte sie den Knoten des Lederbändels auf und schüttete mehr als zwei Handvoll Goldmünzen auf den Boden zwischen ihnen.

»Was ist das für Geld? Was soll das?«

»Ein Teil davon könnte dir gehören.« Ihre Stimme war wie dickflüssiger Honig. »Das ist das Gold, das Peter für den Aufbau einer neuen Gemeinde beiseite gelegt hatte. Nur: kein Peter, keine Gemeinde! So einfach ist das. Martin Niederecker bemüht sich zwar, so gut es geht, in Peters Fußstapfen zu treten, doch fehlt es ihm an Stärke und an der Kraft, Dinge in der Zukunft zu sehen und diese dann auch wahr zu machen. Trotzdem habe ich vor, ihm einen Teil des Goldes zu übergeben. Ungefähr so viel.« Sie hielt ein kleines Häufchen Münzen in die Höhe. »Damit können sie sich eine Kirche bauen und selig werden. Die anderen Pregianzer wissen nicht genau, wieviel Gold Peter in die neue Heimat mitgebracht hat. Es gibt nichts Schriftliches. Vertrauen war selbstverständlich. Und keiner käme auf den Gedanken, daß die Witwe, die ihren Gatten so aufopfernd gepflegt hat, einen Teil des Geldes wegschwindelt. Du würdest also eine gute Partie heiraten.« Nun ließ sie ihre weiblichen Reize auf gewohnte Art spielen, brachte ihre Brüste aufreizend in Leonards Augenhöhe. Ihre Lippen öffneten sich ein wenig, und ihre Zähne glänzten perlmuttfarben.

Leonard schluckte erneut. In seinem Kopf begannen sich aberwitzige Gedanken zu formen. Ängstlich und mit der Hilflosigkeit eines Ertrinkenden versuchte er, sie zu unterdrücken, ihrer Herr zu werden, sie auf keinen Fall laut werden zu lassen.

Doch dann übernahm Barbara diese Aufgabe. »So denk doch: Damit wärst du deinen Bruder, diesen Jammerlappen, ein für allemal los. Glaub nicht, daß ich nicht gemerkt habe, daß ihr beide wie Feuer und Wasser seid. Wir könnten einen guten Anfang machen in unserer neuen Heimat. Reich würden wir werden und wohlhabend. Du mit deinem Geschick, deiner Stärke und Schläue – und ich mit dem Geld. Ich würde dich unterstützen, wo es nur geht, doch hättest du in allem das Sagen – wie es sich für einen Mann gehört.« Unaufhörlich strich sie wie eine Katze mit sanften, einlullenden Bewegungen über seinen Rücken. Helle Lichtblitze gingen von dem wie achtlos dahingeworfenen Gold aus und zwangen Leonard, immer wieder hinzusehen.

»Und du hast natürlich auch schon genaue Pläne, wofür wir das Gold verwenden sollten.« Obwohl er sich bemühte, seine Stimme ironisch klingen zu lassen, hörte sie sich in seinen Ohren lediglich blechern an.

Barbaras Lachen klang nun schon unbeschwerter. »Die hab' ich. Und deshalb hab' ich auch ganz speziell dich als Gatten auserkoren. Denn nur einer, der so schlau ist wie du, kann mir dabei helfen, den größten Krämerladen der gesamten württembergischen Kolonie zu eröffnen.« Ihre Augen weiteten sich und glänzten nun mit dem Gold um die Wette. »Alles, was die Bauern zum Leben und Arbeiten brauchen, werden sie bei uns kaufen. Angefangen von der Kleidung bis hin zu Werkzeugen, Dingen fürs Haus und Saatgut. Vielleicht richten wir sogar eine Ecke mit Musikinstrumenten ein – die Pregianzer sind ein lustiges Völkchen, das gerne singt und musiziert. Auch ganze Stoffballen soll es bei uns geben, und Nähzeug dazu. Und Schuhe! Und Stiefel! Alles eben. Alles!« Wieder lachte sie. »Und du wirst es verkaufen. Ich seh' sie schon vor mir, wie sie anstehen, um bei Leonard, dem sie ja so sehr vertrauen, einen guten Kauf zu machen.«

Irgend etwas an Barbaras Ton reizte Leonard, sie am Hals zu packen und zu schütteln. *Und Eleonore?* wollte er wütend herausbrüllen. Wo hat Eleonore ihren Platz bei all deinen tollen Plänen?

Als könne sie Gedanken lesen, schoß Barbara ihr letztes Geschütz ab. »Außerdem: Wir sind nicht mehr in Württemberg, wo sie mit Ehesündern umgehen wie mit Mördern und Lumpen. Was gehen uns die Leut' in Rußland an? Wenn du deine Eleonore auf Teufel komm raus nicht vergessen kannst, trennen wir uns halt nach ein, zwei Jahren wieder! Und du bekommst einen bestimmten Betrag ausgezahlt, mit dem ihr euch eine neue Zukunft aufbauen könnt. Ich werde eine Zeitlang die verlassene, zutiefst getroffene Ehefrau spielen, bis alle Welt vor lauter Mitleid fast zerfließt. Und dann ... sehen wir weiter. Rausschmeißen können sie mich aus ihrem Rußland dann jedoch nicht mehr«, fügte sie befriedigt hinzu.

20

Während Leonard zusammen mit seiner Frau Barbara und seinem Stiefsohn in Carlsthal, einem vier Stunden von Odessa entfernt gelegenen Dorf, die letzten Holzbalken seines neuen Hauses zusammennagelte, war Eleonore mit den Vorbereitungen für die königliche Weihnachtstafel für das Jahr 1817 beschäftigt.

Seit der Ankündigung von Maria Feodorownas Besuch zum heiligen Fest glich die Küche einem Tollhaus. Täglich wurden Berge von Lebensmitteln an der hinteren Küchentür abgeliefert, bis sich auf jeder nur erdenklichen Fläche Gänsekeulen, frisch geschlachtete Hasen, Körbe voller Eier, dunkel geräuchte Schinken und vieles mehr stapelten. Max, der Küchenjunge, kam mit dem Verstauen der Ware nicht mehr nach. In den Kühlbecken und Vorratsschränken wurde der Platz eng. In der Zuckerbäckerei konnte sich Eleonore zwischen Säcken voll weißem und dunklem Mehl, Töpfen mit Honig, Nüssen, getrockneten Früchten und aromatisch duftenden Gewürzen kaum mehr bewegen. Dennoch gehörte sie zu den wenigen, denen es gelang, in dem ganzen Drunter und Drüber einen kühlen Kopf zu bewahren. So hatte Ludovika vor lauter Aufregung ein für den Koch Matthias bestimmtes, in Pergamentpapier eingeschlagenes Paket Fleisch für ihr eigenes gehalten und ohne nachzuschauen in einen Topf geworfen. Bis Matthias das Unglück bemerkte, war es zu spät. Drei der allerfeinsten Schinken waren so in der Suppe gelandet, während er ratlos vor einem Topf voller Schweineknochen stand, die für seine Vorspeisenplatte unbrauchbar waren. Dazwischen flatterte Frau Glöckner, die Hoftafelaufseherin, wie ein aufgeschrecktes Huhn hin und her. Nur Johann war die Ruhe selbst. Er wußte: Mochte die Aufregung auch noch so groß sein, er konnte sich dennoch auf seinen Küchentrupp verlassen. Pünktlich zur Ankunft der Königinmutter würde alles vorbereitet sein. »Wir sind die große Kocherei einfach nicht mehr gewohnt!« hatte er gegenüber Eleonore bemerkt. »Daß Katharina zum Besuch ihrer Mutter jede Sparsamkeit fallen und dafür auftischen läßt, bis sich Tische und Bänke biegen – wer hätte das gedacht!«

Zufrieden betrachtete Eleonore das lange Holzregal, auf dem sich Dutzende von Blechdosen aneinanderreihten. Schon im November hatte sie damit begonnen, kleine Honigkuchen und Pfeffernüsse zu backen. Danach waren saftige Früchtekuchen mit kandiertem Obst, Marzipan- und Nußstollen und das kräftige, aus dunklem Korn gebackene Schnitzbrot gefolgt, welches König Wilhelm besonders gern mochte. In Papier eingeschlagen und in den Dosen aufbewahrt, konnten die würzigen Backwaren ihr ganzes Aroma entfalten. Nun, gegen Ende der dritten Adventswoche, waren nur noch kleine Lebkuchen, Schokoladentaler und Nußbeugel zu backen, ansonsten konnte Eleonore sich wieder ganz ihrer Hauptaufgabe, nämlich den für die tägliche Tafel bestimmten Süßspeisen widmen. Morgen, so hieß es, würde man Maria Feodorownas Zug erwarten. Für dieses Ereignis hatte Eleonore sich etwas ganz Besonderes ausgedacht und ihre Idee von Johann beim Hofzeremonienmeister, vor dem sie selbst gehörigen Respekt hatte, absegnen lassen. Die Zutaten dafür standen bereit. Nun blieb ihr nichts anderes mehr übrig, als auf ein gutes Gelingen zu hoffen. Während sie auf Sophie wartete, ging sie im Geist nochmals alle Handgriffe durch, die getan werden mußten, um die gebackenen Schwäne aus zartem Biskuitteig herzustellen, die es zur Feier des Tages als Dessert geben sollte: Nach dem Backen würde sie die Schwäne mit weißer und dunkler Schokolade umhüllen und auf einem Teich blaugefärbter Marzipanblätter samt Seerosen anrichten. Die Idee dazu hatte Eleonore sich aus einem von Johanns Büchern geholt, wo Schwäne eine Hochzeitsspeisekarte zierten.

Wer Eleonore inmitten aller Rührschüsseln, Backformen und Süßspeisen beobachtete, wäre nie auf den Gedanken gekommen, daß sie jemals etwas anderes gewesen war als eine Zuckerbäckerin. Wie ein Fisch im Wasser ging sie in ihrer neuen Aufgabe auf. Mit sicheren Griffen meisterte sie jede noch so schwierige Kunstfertigkeit, bei der anderen Zuckerbäckern die Hand zitterte. Wieso sollte ihr das luftige Schokoladen-Baiser mißlingen? Warum fiel es anderen so schwer, Rosenblüten oder Efeuranken aus Marzipan zu formen? Weshalb wurde in den Büchern, die sie las, immer behauptet, neue Rezepte zu erfinden sei eine Kunst? Sobald Eleonore mit einem Rührlöffel in der Hand vor dem Herd stand, war jede Unsicherheit wie weggeblasen. Daß sie allerdings durch Lilis Versagen zur königlichen Zuckerbäckerin aufgestiegen war, war der einzige Wermutstropfen in ihrem sonst so süßen Alltag, den sie sehnlichst zu vergessen suchte. »Wenn sie nicht wegen Giftmischerei ins Gefängnis gemußt hätte, dann wär' sie halt wenige Wochen später hier im Schloß gestorben – also mach dir nichts draus!« lautete Sonias Rat. Doch so viel Kaltschnäuzigkeit konnte Eleonore nicht aufbringen. Als königliche Zuckerbäckerin bekam sie mehr Lohn, als sie je für möglich gehalten hätte. Von dem ließ sie, sooft es ging – und sehr zu Sonias Unmut –, Lilis Familie ein paar Groschen zukommen. Sie wußte eh nicht so recht, was sie mit dem Geld anfangen sollte. Sie hatte alles, was sie zum Leben brauchte. Mit ihrer neuen Stellung war eine bessere Kammer einhergegangen, die sie sich anfänglich noch mit Sonia geteilt hatte. Seitdem diese aber nicht mehr im Schloß wohnte, hatte sie das kleine Eckzimmer ganz für sich allein. Sich nach einem langen Arbeitstag zurückziehen zu können, ohne dem ewigen Wehklang aus Schnarchen und Schnaufen anderer Menschen lauschen zu müssen, bereitete Eleonore neben ihrer Arbeit die größte Freude. Für neue Kleider brauchte sie ebenfalls kein Geld auszugeben. Benötigte sie eine neue Schürze, weil die alte verschlissen war, mußte sie dies nur sagen, und schon wurde ihr aus der königlichen Wäschekammer eine gebracht. Im Gegensatz zu Sonia, die von oben bis unten mit billigem Schmuck behängt war, konnte sie ihr Herz weder für bunte Perlenketten noch für farbige Lederbänder und anderen Tand erwärmen. Und so füllte sich ihr Sparstrumpf von Monat zu Monat mehr. Bald wurde sie im ganzen Schloß als »gute Partie« betrachtet. Angefangen bei den Hausdienern bis hin zum königlichen Stallmeister und Herrn über sechzig edle Rösser, gab es kaum einen unter den männlichen Angestellten, der nicht zumindest ein Auge auf die gutaussehende und sanftmütige Zuckerbäckerin geworfen hatte. Vielen war erst nach Sonias Fortgehen aufgefallen, wie hübsch deren Schwester war. Wenn auch auf eine andere Art: Das Sonnenlicht mußte in einem ganz besonderen Winkel auf ihr Haar fallen, um es zum Glänzen zu bringen. Und ein strammer Marsch durch die kühle Winterluft genügte, um ihre ansonsten blassen Wangen in zartem Rosa erstrahlen zu lassen. Genau dies war es, was die Männer an Eleonore so reizte: In ihren Augen war sie wie eine Blume, die darauf wartete, daß ihre noch fest geschlossenen Blütenkelche zum Blühen erweckt wurden. Keiner wußte genau, was sich hinter ihrer jungfräulich wirkenden Sprödheit verbarg. Alle gierten danach, Eleonores Weiblichkeit zu entdecken.

Im Gegensatz zu Sonia, die keinen noch so flüchtig zugeworfenen Blick übersehen hätte, entging Eleonore das Interesse der Männer völlig. Nur ganz selten einmal fand sie in ihrem ausgefüllten Alltag die Zeit, über sich und ihr Leben nachzudenken. Die plötzliche Einsamkeit, die in solchen Momenten über sie herfiel, war bisher von Leonards Briefen verjagt worden. Im stillen hatte Eleonore gehofft, Leonard würde mit wachsender Entfernung wie ein dunkler Punkt in der Landschaft immer kleiner werden und die Erinnerung an ihn an Bedeutung verlieren. Doch das Gegenteil war der Fall, wie sie sich schmerzhaft eingestehen mußte. Nachts konnte sie sein störrisches, rotes Haar unter ihren Händen spüren. Im Traum erzählte sie ihm alles, was sie berührte. Sie lachten und sie weinten zusammen, bis sie tränenüberströmt aufwachte. In der Einsamkeit dieser nächtlichen Stunden hatte Eleonore das Gefühl, als wandele sie wie durch dichten Nebel durchs Leben, als nähme sie die Hälfte davon gar nicht wahr. Doch wie sonst hätte sie mit ihrem Schmerz fertig werden sollen?

Erst vor ein paar Tagen hatte sie Leonards letzten Brief erhalten. Auf dem Stempel war das Datum vom 30. Oktober zu erkennen, was bedeutete, daß der Brief nur knapp sieben Wochen unterwegs gewesen war. Und das auf eine solche Entfernung! Hieße das nicht auch, daß sie ebenfalls in sieben Wochen bei ihm sein könnte? Jetzt, wo Sonia sie nicht mehr so dringend brauchte? Da Leonard nun endlich in der neuen Heimat angekommen war, hatte sie angenommen, daß seine Bitten, sie möge ihm folgen, noch dringlicher werden würden. Statt dessen hatte er magere zehn Zeilen zustande gebracht, wie Eleonore bitter enttäuscht feststellte. Es sei sehr kalt in Carlsthal, das ihm zugewiesene Grundstück samt Hütte sei groß, und der Boden sehe vielversprechend aus, soweit er dies unter der gefrorenen Winterbrache erkennen könne. Das wichtigste sei nun, so schrieb er, die Hütte bewohnbar zu machen. Kein Wort davon, wie sehr er sie vermißte, kein Wort von Heimweh. Auch über seinen Bruder und dessen Familie hatte er keine Zeile verloren. Vielleicht dachte er, daß sie nun an der Reihe war mit dem Briefeschreiben, jetzt, wo sie eine Adresse hatte? Ihr Blick fiel auf die runde Küchenuhr über dem Eingang. Bis zu Sophies Eintreffen hatte sie noch fast eine Stunde Zeit. Eilig kramte sie ein paar Bögen Papier hervor, auf denen sie sich sonst Notizen zu neuen Rezepten machte. Doch dann blieb sie erst einmal ratlos vor dem leeren Blatt sitzen. Welches waren die richtigen Worte, um ihrem Liebsten zu sagen, daß sie jetzt bereit war, ihm zu folgen?

21

G eliebte Katharina! Ich bin sprachlos!« Ermattet lehnte
sich Maria Feodorowna zurück und schloß für einen
kurzen Moment die Augen. Amüsiert betrachtete Katharina
ihre Mutter. Vor ihnen auf einem kleinen Tisch stand ein
Teller mit Butterbrezeln sowie eine Kanne mit dampfender,
heißer Schokolade. Beides war noch unberührt, was angesichts von Maria Feodorownas Leidenschaft für das schwäbische Gebäck, »durch das dreimal die Sonne scheint«,
ungewöhnlich war.

»Was ist, Maman? Was hat Euch die Sprache verschlagen?« Lächelnd schenkte Katharina die duftende, heiße
Schokolade in dünnwandige Tassen.

Maria Feodorowna öffnete die Augen und erwiderte
Katharinas Lachen. »Du bist es, mein Kind! Ich kann nicht
fassen, was du in der kurzen Zeit deines Hierseins alles
geschaffen hast: dein Wohltätigkeitsverein, die Beschäftigungsanstalten, die erste Mädchenschule Stuttgarts, zu der
ich dir übrigens besonders gratuliere, die Landwirtschaftliche Fakultät in Hohenheim . . .«

»Hier muß ich Euch unterbrechen, geliebte Maman! Die
Landwirtschaftliche Akademie war und ist Wilhelms Bemühungen zu verdanken. Er ist derjenige, der Neuerungen auf
landwirtschaftlichem Gebiet fördert, wo es nur geht.«

»Bescheidenheit ist eine Zier, die jeder Dame gut ansteht,
liebes Kind. Aber war es nicht dein Gedanke, von Beginn an

zehn Stipendiaten aufzunehmen und auch Waisenkindern eine Ausbildung in Hohenheim zu ermöglichen? Und wer hat angeregt, wie einst auf der Hohen Carlsschule russische Studenten aufzunehmen? Alexander läßt dir übrigens ausrichten, wie glücklich er darüber ist, daß angehende Gutsverwalter, aber auch die Söhne unseres Landadels, hier eine so vorzügliche Ausbildung genießen dürfen.«

Katharina lachte. »Und von den gebrochenen Herzen der vielen jungen Württembergerinnen, die von den Russen hier zurückgelassen werden, spricht niemand, nicht wahr?«

Maria Feodorowna stimmte abermals in das Lachen mit ein. »Manch einer wird wahrscheinlich nicht nur die neuesten Anbaumethoden und einen Schwerzschen Pflug, sondern auch eine schwäbische Ehefrau mit nach Hause nehmen.« Mit Tränen in den Augen tätschelte sie Katharinas Hand. »Ich bin so stolz auf dich, liebes Kind! Dein Tun ist wirklich einer Königin würdig! Und dann die Kinder! So reizend und wohlerzogen!«

»Und was haltet Ihr von meiner neuesten Institution?« fragte Katharina erwartungsvoll.

»Du meinst die Kinderbeschäftigungsanstalt am Rande der Stadt?« Umständlich teilte Maria Feodorowna eine Brezel in kleine Stücke. Dann gab sie sich einen sichtbaren Ruck. »Wenn du meine ehrliche Meinung hören willst: Sie ist ein wenig schlicht, oder?« Sie zuckte mit den Schultern. »Mich beschlich ein gewisses Gefühl der Trostlosigkeit. Soll denn das ganze Leben der Kinder so schlicht aussehen?«

Katharinas Blick verdüsterte sich. »Das ist der Gedanke! Ich frage Euch, geliebte Mutter: Bedarf es bei diesen Kindern des Schmuckes und Zierats? Sollen sie nicht vielmehr an die Einfachheit gewöhnt und in Demut aufgezogen werden.«

Sinnend blickte Maria in die Ferne. »Damit magst du recht haben. Trotzdem, ich kann die dünnen Kleidchen nicht vergessen, die groben Mützen, die von den kleinen Händen so tapfer gestrickt werden.«

Katharina schüttelte den Kopf. »So kenne ich Euch gar nicht. Kämen solche Einwände von der Gräfin Branitzky, hätte ich es verstehen können! Aber daß Ihr, geliebte Maman, meine Absichten nicht zu verstehen vermögt? Ich frage Euch: Wäre es denn besser, ich ließe die Kinder Perlen sticken und feinen Damaststoff mit kunstvoller Spitze verzieren, auf daß unsere lieben Freundinnen sich daraus eine Abendrobe mehr schneidern lassen können? Nein, die Kinder sollen lernen, Dinge des täglichen Lebens für sich herzustellen. Wir wollen ihnen die Lust an harter und unermüdlicher Arbeit nicht nehmen, sondern diese fördern!« Sie winkte ab. »Übrigens ... Ihr ahnt ja nicht, wer mich auf den Gedanken einer solchen Kinderbeschäftigungsanstalt gebracht hat! Aber das ist eine andere Geschichte, die ich Euch vielleicht ein anderes Mal erzähle.«

»Ja, laß uns diese seltenen Minuten der Zweisamkeit nutzen. Später, während der großen Tafelrunden, wird uns kaum Zeit für ein Gespräch unter vier Augen bleiben.« Maria Feodorowna rückte mit ihrem Stuhl näher an Katharina heran. »Schon lange wollte ich dich fragen: Wie hat Wilhelm eigentlich die Neuigkeiten über den Tod seiner armen Mutter aufgenommen?«

Für einen Augenblick schaute Katharina verwirrt drein. Dann winkte sie ab. »Ich habe bisher nicht mit ihm darüber gesprochen. Ich weiß, was Ihr denkt: Erst konnte es mir nicht schnell genug gehen, mehr darüber zu erfahren, und dann belasse ich es dabei. Aber glaubt es mir: Es war bisher einfach noch nicht der richtige Zeitpunkt dazu. Soll ich etwa zwischen zwei Terminen zu ihm gehen und sagen: Geliebter Wilhelm, ich weiß jetzt, wie deine Mutter ums Leben kam. Dein Vater hatte jedoch keine Schuld daran, also schließe doch bitte endlich Frieden mit ihm?« Sie zuckte mit den

Schultern. Ihre hohe Stirn war plötzlich von tiefen Furchen gezeichnet.

»Aber habt ihr denn gar keine Zeit für euch? Ich meine, du müßtest die Zeit ja nicht unbedingt dazu nutzen, um die Toten wieder aufzuwecken! Deine Hoffnung, daß du Wilhelm mit seinem Vater über dessen Tod hinaus versöhnen könntest, habe ich von Anfang an nicht teilen können, aber lassen wir diesen Punkt einmal beiseite . . .«

»Ich weiß auch nicht, was ich Euch sagen soll. Im Grunde habe ich wirklich keinen Anlaß, mich zu beklagen. Wilhelm unterstützt mich und meine Bemühungen, wo es nur geht. Sitzen wir zusammen über einem Plan, habe ich manchmal das Gefühl, als berührten sich unsere Geister gegenseitig.« Sie lachte. »Das hört sich seltsam an, nicht wahr? Aber es ist so: Ich habe einen Gedanken – und Wilhelm spricht ihn aus. Er findet den ersten Schritt zu einer Lösung – und plötzlich sehe ich den ganzen Weg vor mir. Der mir zuvor wochenlang nicht einfallen wollte!«

»Aber das ist doch wundervoll! Wenn Eheleute sich so verstehen, eine solch fruchtbare Zusammenarbeit erleben wie ihr, ist das nicht ein Zeichen für eine tiefe Liebe und ein großes, gegenseitiges Verständnis?«

»Das sollte man meinen, nicht wahr?« Katharinas Stimme klang blechern. »Wilhelm versteht sich mit sehr vielen Menschen sehr gut – auf der Geistesebene. Doch liebt er deshalb gleich seinen Finanzminister? Oder den Freiherrn von Malchius, sein neuestes Zugpferd im Stall?«

»Die Traurigkeit in deiner Stimme schmerzt mich sehr, liebe Tochter. Trotzdem denke ich, daß sie nicht ganz begründet ist. Wäre sonst die Frucht eurer Liebe in deinem Leib?«

»Das Kind!« Katharina schluckte. »Er will endlich einen Thronfolger – diesen Wunsch haben wir sogar gemeinsam. Trotzdem, Wilhelm verschließt sich mir gegenüber, was seine Gefühle angeht. Manchmal denke ich sogar, er trägt sie anderswohin.«

»Du meinst, eine Geliebte? Wilhelm, dieses Arbeitstier?«

Katharina schaute auf. Obwohl Maria Feodorowna bemüht war, den Gedanken als reine Spekulation vom Tisch zu wischen, hatte leiser Zweifel in ihrer Stimme mitgeklungen. Auf einmal schämte sich Katharina: Wie konnte sie ihrer Mutter die ersten Tage ihres Aufenthaltes in der alten Heimat mit derlei schwermütigem Geschwätz versauern! Sie gab sich einen Ruck und versuchte zu lächeln.

»Ich rede dummes Zeug. Bitte verzeiht einer Schwangeren die überschwappenden Emotionalitäten! Ich hoffe doch, daß ich dieses Wehklagen zusammen mit der Morgenübelkeit bald verlieren werde.«

»Das wirst du, liebe Tochter. Schließlich gehörst du nicht zu den Menschen, die ihr Leben mit Jammern verbringen. Und dazu hast du auch keinen Grund.«

Bemüht, die eigenen Unsicherheiten, das Eheglück ihrer Tochter betreffend, zu überspielen, suchte Maria Feodorowna nun krampfhaft nach einem anderen Gesprächsthema. Den Rest des Nachmittags verbrachten Mutter und Tochter deshalb damit, Neuigkeiten über gemeinsame Bekannte auszutauschen. Erst als sie sich zurückzog, um sich für den Abend umzukleiden, gestattete sich Maria Feodorowna ein sorgenvolles Gesicht. Stimmte es, was man sich an fast allen Höfen Europas hinter vorgehaltener Hand erzählte? Daß Wilhelm keiner Frau treu sein konnte? Auf einmal fielen ihr die Worte des Erzherzogs Johann von Österreich wieder ein, die er noch vor Katharinas Eheschließung geäußert hatte. Wilhelm würde nicht nur um Katharina werben, sondern sich gleichzeitig sehr wohl mit der Fürstin Bagration zu amüsieren wissen, hatte er angedeutet. Maria Feodorowna, die Johanns Reden für die

Eifersucht des Verlierers gehalten hatte, hatte ihn damals heftig zurechtgewiesen und alleine stehengelassen. Und noch etwas schlich sich in ihre Erinnerung: der Skandal, der Wilhelms erster Ehe vorausgegangen war. Hatte er nicht damals die junge Bürgerliche, die ihm gar Zwillinge geboren hatte, urplötzlich in Paris sitzenlassen, um die arme Charlotte Auguste zu heiraten? Vielleicht waren Katharinas Vermutungen, ihren Gatten betreffend, gar nicht so weit aus der Luft gegriffen ...

22

Du meine Güte, ist die gnädige Madame heute übellaunig!« Eine Grimasse ziehend kam Sonia aus dem Ankleidezimmer der Melia Feuerwall, wo sie für die Reinlichkeit zuständig war. Ohne Eile stellte sie ihren Wassereimer ab und betrachtete sich ausgiebig in dem raumhohen Spiegel, der vor Melias Zimmer hing und ihr zur letzten Kontrolle vor ihren Auftritten diente.

Louise, Melias französische Zofe, pflichtete ihr bei. »Das kannst du laut sagen. Erst will sie das dunkelrote Samtkleid, und ich quäle mich mit den tausend Haken in ihrem Rücken ab. Kaum hat sie es an, bekommt sie vor dem Spiegel einen Schreikrampf darüber, wie unkleidsam der ›Fetzen‹ sei. ›Fetzen‹, hörst du?«

Sonia verdrehte die Augen. »Ich würde dafür sterben, diesen Fetzen auch nur einmal tragen zu dürfen.«

Louise grinste. »Wahrscheinlich würde er dich wesentlich besser kleiden als Madame. Was frißt sie auch unaufhörlich die süßen Pralinés, die ihr Geliebter in solch großen Mengen daläßt?«

Sonia witterte einen günstigen Augenblick, endlich mehr über den geheimnisvollen Geliebten der Hofschauspielerin zu erfahren. Doch Louise winkte ab. Obwohl sie wie alle anderen Mitglieder der Schauspieltruppe Klatsch und Gerüchte wie die tägliche Luft zum Leben brauchte, konnte sie Sonia in dieser Hinsicht nicht weiterhelfen. »Das Luder ist

211

zu raffiniert. Was ihren Amor angeht, läßt sie sich nicht in die Karten schauen. Und ehrlich gesagt...«, fügte sie hinzu, »habe ich auch noch anderes zu tun, als hinter Madame herzuspionieren. Wenn's mich auch noch so interessieren tät'!«

Sonia seufzte. »Glaubst du, mir geht es anders? Kaum ist mein Tagwerk bei Melia vollbracht, fordert Gustav seinen Tribut.«

»Wie der wohl aussehen mag...« Louise lachte verschwörerisch. »Du wirst schon wissen, warum du den armen Tobias keines Blickes mehr würdigst, oder?«

Auf einmal wurde es Sonia der Vertraulichkeiten zuviel. Daß jemand ihr Bemühen durchschaute und sogar den Grund dafür erkannte, paßte ihr ganz und gar nicht. Es stimmte: Gustav Bretschneider hatte ihr in der Tat viel mehr zu bieten als der junge Tobias, selbst noch Neuling in der Truppe. Was machte es da schon, daß sich unter den schmucken Kostümen des Älteren ein faltiger und oftmals auch übelriechender Leib verbarg? Im Dunkeln sind alle Katzen grau, versuchte sich Sonia einzureden, während sie nachts Gustavs graugewordenen Pelz und seine schlaff herabhängende Mannes-»Pracht« liebkoste. Doch Louise ging dies ganz und gar nichts an.

»Oh, ich glaube, Madame ruft nach dir. An deiner Stelle würde ich ganz schnell das Glätteisen erhitzen, sonst ist nachher wieder der Teufel los.«

Hastig raffte Louise ihre Röcke zusammen und verschwand in der Höhle der Löwin.

»Blöde Kuh!« Sonia schnitt eine unschöne Grimasse. Dann drehte sie sich abermals vor dem Spiegel hin und her. Erst letzten Monat hatte Gustav ihr das rosafarbene Seidenkleid geschenkt und jetzt diesen Traum aus lila Rüschen und schwarzen Samtbändern. Wenn er nur nicht jeden Abend darauf drängte, sie möge ihre Kleider so schnell wie möglich ablegen!

Doch alles im Leben hatte halt seinen Preis. Resolut schob sie jeden Anfall von Selbstmitleid zur Seite. Wenn sie nur herausbekommen könnte, wer der geheimnisvolle Mann im Leben der Melia Feuerwall war! Mit diesem Wissen wären Sonias Sorgen ein für allemal gelöst. Der Mann war sicherlich verheiratet oder ein hoher Beamter. Oder gar beides? Melia würde sich Sonias Verschwiegenheit wohl einiges kosten lassen, davon war sie überzeugt. Warum sonst die ganze Geheimniskrämerei? Ganz geschickt wollte sie es anstellen. Statt plumpe Drohungen auszustoßen, würde sie Melia von ihrer Ergebenheit und Freundschaft überzeugen und davon, daß jedes Geheimnis bei Sonia sicher sei. Für einen Preis, versteht sich. Denn hatte nicht alles im Leben seinen Preis ...

Sie lachte. Es war alles nur eine Frage der Zeit, da war sie sich sicher. Hatte sie bisher nicht alles bekommen, was sie wollte? Und Eleonore hatte sie dabei auch nicht vergessen! Sie war schließlich doch ganz in Ordnung. Wäre ihre Schwester sonst Zuckerbäckerin am königlichen Hof geworden? Nicht, daß Sonia sie auch nur eine Minute darum beneidet hätte. Aber wenn es nun einmal Lorchens sehnlichster Wunsch war, bis zu den Ellenbogen in der Teigschüssel zu versinken!

Sonia lachte. Sie hatte noch keine Minute ihren Abschied vom Schloß bereut. Kein Gemüseputzen mehr. Kein Kupferputzen. Und auch nicht mehr Ludovikas verdrießliche Miene tagein, tagaus. Nun gut, auch hier im Theaterhaus wurden ihr Putzdienste zugewiesen. Aber es war nur noch eine Frage der Zeit, bis Gustav sie ganz und gar als seine Geliebte anerkannte. Und als solche würde sie keinen Putzlappen, geschweige denn einen Besen, mehr in die Hand nehmen! Bei diesen Gedanken fiel ihr ein, daß sie dem Schauspieler vor dem großen Auftritt eigentlich noch einen kurzen Besuch abstatten konnte. Wenn er nur nicht so launisch wäre! In dieser Hinsicht stand er Melia in nichts nach. Einmal nannten sie es »Premierenangst«, ein anderes Mal »Lampenfieber«. Heute war es letzteres. Sonia konnte zwar nicht verstehen, was denn nun so besonders daran war, daß die Mutter der Königin im Publikum saß, aber bitte: Wenn dies Grund genug war, sich tagelang aufzuregen, dann war dies wohl die Art der Künstler!

»Pah! Damals, auf der Straße mit Columbina – da konnten wir uns ›Lampenfieber‹ oder ähnliche Sperenzchen nicht leisten! Da hieß es einen klaren Kopf bewahren!« flüsterte Sonia leise kichernd vor sich hin. Von ihr konnten die Herren und Damen Künstler alle noch etwas lernen! Aber sie war nicht so dumm, die anderen dies fühlen zu lassen. Nein, in deren Augen war sie die kleine, arglose und etwas kokette Putzmagd, die selig war, sich im glitzernden Kreis der Schauspieler aufhalten zu dürfen. Und so sollte es vorerst auch noch bleiben. Denn unter diesem Deckmantel war die Möglichkeit am größten, eines Tages etwas über Melias geheimnisvollen Liebhaber herauszufinden.

23

Nach den anstrengenden Neujahrsfeierlichkeiten hatte Maria Feodorowna sich in ihre Suite zurückgezogen, um ein wenig zu ruhen. Blaßblonde Wintersonne fiel durch die kahlen Wipfel der Bäume bis ins Fenster und verströmte eine schwache Wärme. In zwei Tagen wollte die Königinmutter abreisen. Müde lehnte sie sich auf der Chaiselongue zurück, um von dort aus ihrer Zofe Anweisungen beim Pakken der vielen Kisten und Koffer zu geben. Während unter Ludmillas geschickten Händen ein Ballkleid nach dem anderen zwischen dicken Bögen Seidenpapier verschwand, konnte sie sich schon jetzt eines Anfalls von Sentimentalität nicht erwehren. Das dunkelbraune Samtkleid und die schwarze Fuchsstola hatte sie bei ihrer Ankunft getragen. Und das da, das blaugrüne, am Weihnachtsabend! Wie glockenklar die beiden Buben gesungen hatten! Und wie liebevoll Alexander und Peter mit der kleinen Marie umgingen! Katharina war nicht nur eine gute Landesmutter, sondern auch eine vorzügliche Mutter für ihre eigenen Kinder. Und bald sollte Marie noch ein Geschwisterchen bekommmen. Ach, wenn sie Katharina in dieser Zeit nur beistehen könnte! Was gab es Schöneres, als einen Säugling im Arm zu halten, noch dazu, wenn es der eigene Enkel war? Wäre Katharinas Niederkunft für April oder Mai vorausgesagt worden, hätte sie sich vielleicht überreden lassen, ihren Besuch so lange auszudehnen. Aber Juni? Um nichts in der

Welt wollte sie dem jungen Königspaar so lange zur Last fallen. Und schließlich hatte sie noch andere Kinder. Alexander würde ihre Rückkehr nach Rußland sicherlich schon herbeisehnen. Sie nahm ihm immerhin viele lästige Repräsentationspflichten ab!

Das Klopfen an ihrer Zimmertür unterbrach ihre Gedankenwanderungen.

»Entschuldigt, verehrte Tante, daß ich so einfach und ohne Voranmeldung bei Euch hineinschneie.« Selbst in dieser für Wilhelm nicht alltäglichen Situation hielt er seinen Rücken so steif wie der preußischste aller Soldaten, und seine Miene zeigte keinerlei Anzeichen von Unsicherheit. Lediglich die roten Flecken auf seinen Wangen verrieten, daß dieser spontane Besuch bei seiner Schwiegermutter ihn einige Überwindung gekostet haben mußte.

Maria Feodorowna war sich nicht klar darüber, ob sie sich über Wilhelms Besuch freuen sollte. Obwohl sie ihn gern mochte, ging ihr in seiner alleinigen Gegenwart meist sehr schnell der Gesprächsstoff aus. So herzlich wie nur möglich versicherte sie ihm jedoch, daß sein Besuch keinesfalls ungelegen käme und sie sich im Gegenteil darüber freue, vor ihrer Abreise noch eine Gelegenheit zu einem kleinen Plausch mit ihrem Schwiegersohn zu bekommen. Nachdem sie sich auf der kleinen Sitzgruppe am Fenster niedergelassen hatten, entstand eine kurze Stille.

»Nun, verehrter Wilhelm, was sagst du zu Katharinas Vorliebe für das Gedankengut dieses Herrn Pestalozzi?«

Verdutzt schaute Wilhelm auf. »Pestalozzi? Ist das einer der Brüder mit der Kunstsammlung?«

Maria Feodorowna lachte. »Ich sehe, Ihr nehmt es mit der Gewaltenteilung wirklich sehr ernst. Pestalozzi ist derjenige, der die Meinung vertritt: Der Arme muß zur

Armut erzogen werden. Nach diesem Grundsatz hat Katharina ihre Beschäftigungsanstalten für Kinder ausgestattet. Ein völlig neuer Gedanke, nicht wahr?«

Wilhelm zuckte mit den Schultern. »Wie Ihr selbst sagtet, gehören alle Bereiche der Wohltätigkeit zu Katharinas Aufgabengebiet, welches sie sehr pflichtgetreu – und, wenn ich das sagen darf – mit einem hohen Aufwand an Zeit betreut.«

Damit war dieses Thema erschöpft. Wieder einmal fiel Maria Feodorowna auf, wie wenig Visionen Wilhelm hatte. Wie anders war da doch Alexander, ihr Sohn! Während jener sich als »Mitglied einer neuen Generation« bezeichnete, die lernen mußte, mit den rasenden Veränderungen ihrer Zeit fertig zu werden, fehlte Wilhelm dazu jede Phantasie. Nicht einmal im Gespräch gelang es ihm, neue Wege zu beschreiten, geschweige denn, im wahren Leben nach den Sternen zu greifen! Dabei hatte die Menschheit nach einer Ära von absolutistischen Herrschern doch gerade Führer solchen Formats dringend nötig! Krampfhaft suchte Maria Feodorowna nach einem Gesprächsstoff, zu dessen Erörterung weder sonderlich viel Gemüt noch Phantasie erforderlich waren.

»Meintest du mit ›einem der Brüder mit der Kunstsammlung‹ etwa Melchior oder Salpiz Boisserée?« fragte sie mit bemüht interessierter Miene.

»Pestalozzi... Boisserée natürlich! Wie konnte ich die Namen nur verwechseln! Katharina ist besessen von dem Gedanken, deren Bildersammlung zu kaufen. Allerdings besteht dabei ein kleines Problem...« Das zerknirschte Grinsen auf seinem Gesicht versöhnte sie wieder ein wenig.

»Tja, das liebe Geld. Es scheint sich allerdings wirklich um einen wahren Schatz zu handeln. Nach dem, was man sich erzählt, ist die Sammlung der beiden Brüder an mittelalterlicher Kunst wirklich einzigartig.«

»Nun, wir werden sehen.«

Wenn er nicht des leichten Geplänkels wegen gekommen war, weshalb dann? Maria Feodorowna hatte plötzlich Mühe, ihre Irritation vor ihrem Besucher zu verbergen.

»... ich weiß, daß es seltsam ist, wenn ein Sohn so viele Jahre nach dem Tod seiner Mutter immer noch über denselben rätselt, aber ...«

Maria Feodorowna durchfuhr es heiß und kalt. Das war der Grund für seinen Besuch! Hatte Katharina doch recht gehabt mit ihrer Vermutung, Wilhelm würde nicht ruhen, bis er eines Tages alles über das so lang zurückliegende Unglück erführe! Kurz erwägte sie, sich mit ein paar vagen Sätzen herauszureden. Dann aber fielen ihr Katharinas Worte wieder ein: »Weiß Wilhelm erst einmal, daß sein Vater nichts mit dem Tod seiner Mutter zu tun hat, gelingt es ihm vielleicht doch noch, mit ihm Frieden zu schließen.«

Maria Feodorowna schickte Ludmilla aus dem Zimmer. Eine Minute lang schaute sie daraufhin Wilhelm nur an. Eisern hielt er ihrem Blick stand, als ahne er von ihrem inneren Kampf. Schließlich seufzte sie. »Ich werde dir erzählen, was ich von Augustes Tod weiß. Aber ich warne dich: Es bedarf eines Mannes, um mit diesem Wissen umgehen zu können. Wenn du glaubst, damit dem Kinde in dir Frieden geben zu können, hast du dich getäuscht.«

Wie auf ein Stichwort verzog sich die müde Wintersonne hinter eine Wolkenwand, und im Zimmer wurde es düster.

»Das Kind in mir existiert seit meinem siebenten Lebensjahr nicht mehr. Seit dem Tag, an dem meine Mutter uns verließ. Oder verlassen mußte. Ist es nicht wenigstens mein Recht, zu erfahren, warum sie nie wiederkam?«

Der trotzige Haß in seiner Stimme gefiel ihr nicht. Wo sollte sie anfangen? Was sollte sie auslassen, was beschönigen? Mit gemischten Gefühlen begann Maria Feodorowna zu erzählen:

»... wie du weißt, war deine Mutter ein blutjunges Ding, als sie Friedrich heiratete. Es gab kaum eine Fünfzehnjährige, die von so aufblühender Schönheit war wie Auguste. Und die eine solche Lebhaftigkeit ausstrahlte. In Augustes Gegenwart hatte jeder das Gefühl, er bekäme ein Stück der eigenen Jugend und Unbeschwertheit zurück. Aber... es gab auch kaum eine Prinzessin, deren geistige Interessen so zurückgeblieben waren wie die ihren.«

Wilhelm öffnete den Mund, aber Maria Feodorowna sagte bestimmt: »Nein, Wilhelm. Wenn du willst, daß ich weitererzähle, dann hör mir zu.« Unter ihrem strengen Blick wandte er seine Augen ab, und sie fuhr fort.

»Es war nicht Augustes Schuld, daß ihre Bildung so wenig gefördert worden war. Am Braunschweigischen Hof herrschte nun einmal zu jener Zeit ein sehr oberflächliches Gesellschaftsleben, dazu kam die Sorge ihrer Eltern um Augustes kranke Brüder, deren Geisteszustand leider als schwachsinnig zu bezeichnen war. Dennoch ließ sich Friedrich nicht von seiner Zuneigung zu Auguste abbringen. Er war der festen Überzeugung, daß er seiner jungen Braut alles beibringen könnte, was diese vom Leben wissen mußte.« Sie hielt inne. »Die ersten Ehemonate verliefen besser, als die meisten Skeptiker, Augustes Vater eingeschlossen, vermutet hätten. Friedrich nannte deine Mutter ›meine kleine Frau‹ und sah aus wie der glücklichste Mensch auf Erden. Und Auguste genoß die vielen Reisen und den Umstand, endlich den lästigen Ermahnungen ihres Vaters entronnen zu sein. Dann aber wurde Friedrich mit seinem Regiment nach Lüben versetzt, und das Reisen hatte ein Ende. Dafür zog die Langeweile in Augustes neues Leben ein. Friedrich bemühte sich nach allen Kräften, Zerstreuung für sie zu finden, und bat Gräfin Karoline Friederike von

Görtz, sie möge sich ein wenig um seine junge, gelangweilte Gattin kümmern. Was diese auch tat. Zu dieser Zeit, Auguste trug dich bereits unter dem Herzen, bat die Gräfin deinen Vater, er möge den Launen seiner jungen Frau doch etwas gnädiger gegenüberstehen. Was Friedrich auch versuchte, das kannst du mir glauben! Doch kam es immer öfter zu sehr unschönen Szenen, in denen deine Mutter mit Zornesausbrüchen und Beleidigungen auf Äußerungen Friedrichs reagierte. Ich war des öfteren Zeugin ihrer Auseinandersetzungen. Du kannst dir den Klatsch vorstellen, der bald an allen Höfen über die Ehe deiner Eltern herrschte! Die Situation war für Friedrich so peinlich, daß er sich schon deshalb aufs äußerste bemühte, seiner junge Braut mehr Verständnis entgegenzubringen. Als sie dich schließlich am 27. September 1781 zur Welt brachte, war das Eheglück der beiden beinahe wieder perfekt.« Maria Feodorowna lächelte. Wer mochte schon mit einem Säugling im Arm streiten?

»Aber wie konnte es dann kommen, daß sie Friedrich nur wenige Jahre später davonlief?« In Wilhelms Stimme klang die ganze Einsamkeit seiner Kindheit mit.

Maria Feodorowna schüttelte den Kopf. »›Davonlaufen‹ würde ich ihr Verhalten nicht nennen. Vielmehr ist deine Mutter unter einen schlechten Einfluß gelangt. Nämlich unter den meiner Schwiegermutter.«

»Katharina die Große? Sie gab meiner Mutter Schutz und Hilfe, als sie dies am nötigsten hatte. Was sollte daran verwerflich sein?«

Die ältere Frau seufzte. Wie sollte sie Wilhelm vom Wesen der großen Regentin erzählen, die alles und jeden manipulieren konnte? Wie sollte sie ihm klarmachen, daß Katharina die Große, selbst glücklos in ihren Beziehungen zu Männern, das Schicksal Augustes dazu nutzte, sich am männlichen Geschlecht zu rächen? Wie sollte sie erklären, daß Friedrichs Treue zu Paul, ihrem verstorbenen Gatten, ihm letztendlich zum Verhängnis wurde?

In jenen Tagen war Katharinas tiefe Abneigung gegenüber ihrem Sohn Paul immer offensichtlicher geworden. Man hätte schon blind und taub sein müssen, um nichts davon mitzubekommen. Maria Feodorowna spürte noch heute den Schmerz, mit dem sie hilflos zuschauen mußte, wie die Zarin alles tat, um Paul und sie von jeder politischen Einflußnahme fernzuhalten! *Das* würde *sie* nie verzeihen. Dieses herzlose Verhalten seiner Mutter hatte Paul nicht nur das Herz gebrochen, sondern ihm letztlich auch den Verstand genommen – davon war Maria Feodorowna überzeugt. Die Erinnerung an jene Jahre ließ ihr Herz plötzlich bis zum Hals hinauf schlagen. Mit größter Disziplin zwang sie sich, mit ihrer Geschichte fortzufahren.

»Deinen Vater bezeichnete sie als ein ›Werkzeug‹ des Preußenkönigs, in dem sie einen ihrer größten Feinde sah. Sie vermutete, durch ihn würde mein Gatte zu mehr Macht gelangen. Und bald danach ...«

Wilhelms verständnislose Miene lies sie verstummen. Wut keimte in ihr auf. Wut über ihre Naivität, die sie glauben ließ, sie könne heute, so viele Jahre später, etwas erklären, was im Grunde unerklärlich war: die menschliche Seele. Doch sie hatte damit angefangen – nun mußte sie ihre Geschichte auch zu Ende bringen.

»Am Petersburger Hof gab es viele Verleumdungen und böse Gerüchte über Friedrichs und Augustes Ehe, was sicherlich nicht zu deren Gelingen beitrug. Der Ehrlichkeit halber muß ich aber hinzufügen, daß deine Mutter wirklich keine sonderlich brave Gattin war! Wenn nur die Hälfte aller Liebesabenteuer, die ihr nachgesagt wurden, wahr gewesen wäre, hätte Friedrich jeden Grund zur Eifersucht gehabt.

Ende des Jahres 1786 wurde Friedrich von Katharina aus

Rußland hinauskomplimentiert, was ihn zutiefst getroffen hat. Paul und ich konnten reden, soviel wir wollten, Katharina ließ sich nicht erweichen. Schweren Herzens mußte ich von meinem Bruder Abschied nehmen. Auguste hingegen wurde in den Zarenhaushalt aufgenommen und reiste fortan mit Katharina durch die Lande.«

»Und meine Geschwister und ich?«

»Friedrich hat euch mehr geliebt als alles andere auf der Welt. Er wollte ein guter Vater sein, glaube mir. Daß es ihm nicht immer gelang, mochte auch an dem Umstand liegen, daß deine Mutter nicht, wie er wünschte, nach Braunschweig zu ihren Eltern zurückkehrte, sondern in Rußland blieb. Nicht einmal auf die eindringliche Bitte ihres Vaters, sie möge doch zurückkehren, ging sie ein. Aber damals war es schon zu spät . . .«

»Was war zu spät?« Wilhelms Gesicht verzog sich düster. Was er bisher von seiner geliebten Mutter zu hören bekommen hatte, entsprach nicht im geringsten dem Bild, das er sich von ihr gemacht hatte. Er hatte Maria Feodorowna versprochen, ohne Zwischenrede zuzuhören. Mehr aber auch nicht! War sie erst einmal fertig, würde er ihr schon seine Meinung zu dem sagen, was sie von sich gab. Seine Mutter und Liebesabenteuer! Nichts als Gerüchte! Und nicht einmal Maria Feodorowna scheute sich davor, sie ohne mit der Wimper zu zucken zu wiederholen.

»Zu diesem Zeitpunkt war deine arme Mutter schon in den Fängen des schrecklichen Generalleutnants von Pohlmann. Dieser Mann war von Katharina eigentlich dazu bestellt worden, deine Mutter auf ihrem Landgut in Estland, Schloß Lohde, zu beschützen. Beschützen! Wie eine Gefangene hat er sie dort gehalten! Wenn dies auch nur ein Mensch geahnt hätte, wäre vieles anders geworden, aber so?« Sie machte eine hilflose Geste. »Von Pohlmann fing alle Briefe ab, die an Auguste gerichtet waren. Er ließ keine

Besucher zu ihr und schottete sie von der Außenwelt ab wie eine Gefangene.«

»Das gibt es doch nicht! Das muß doch jemandem aufgefallen sein!«

»Wem? Estland ist weit weg von Petersburg, und Schloß Lohde nicht gerade das Domizil, welches viele Gäste anzieht. Es war leider so, daß Auguste dem furchtbaren Menschen schutzlos ausgeliefert war, ohne daß auch nur eine Seele am Petersburger Hof etwas davon mitbekam. Auch Katharina nicht. Und dein Vater, der Arglose, schon gar nicht!« Sie schwieg für einen Moment.

»Die Nachricht von ihrem Tod traf uns alle völlig überraschend. Ich mochte es zuerst gar nicht glauben. Ein Blutsturz. Auguste – das lebhafte, junge Mädchen! Dein armer Vater war so fassungslos, daß er zunächst gar nicht schreiben konnte. Der Gedanke, daß Auguste mit nur 24 Jahren mutterseelenallein hatte sterben müssen, brach ihm das Herz.« Sie ignorierte Wilhelms verächtliche Blicke. Hätte sie jetzt auch nur einen Augenblick gezögert, so hätte sie wahrscheinlich der Mut verlassen. »Doch es sollte noch schlimmer kommen.« Um Verständnis heischend schaute sie den gequälten jungen Mann an. »Katharina hatte wohl Gewissensbisse, daß sie ihre geliebte Auguste so fernab jeder Zivilisation ihrem Schicksal überlassen hatte. Sie stellte Nachforschungen an. Das Ergebnis war schrecklich.« Maria Feodorownas Augen wurden dunkel.

»So redet doch schon, ich bitte Euch!«

»Es hieß, daß am Tag ihres Todes so laute Schmerzensschreie aus dem Schloß gedrungen waren, daß die Bauern auf den Feldern sie hören konnten. Diese riefen dann einen Arzt, der an die verriegelten Türen des Schlosses pochte und um Einlaß bat. Vergeblich. Die Schreie wurden immer schwächer und verklangen schließlich. Natürlich gab es damals Gerüchte, vielleicht ahnte die Zarin sogar von Anfang an die wahren Umstände von Augustes Tod. Uns blieben sie jedoch viele Jahre lang verborgen ...«

»Und wie sahen die wahren Umstände aus?« Der ganze Haß auf die kalte Welt, die seine Mutter im Stich gelassen hatte, klang in Wilhelms Stimme mit.

»Von Pohlmann hatte Auguste in andere Umstände gebracht. Als dies ans Licht zu kommen drohte, verweigerte er ihr bei der Geburt jeden Beistand. Kalt und gefühllos sah er mit an, wie sie sich vor Schmerzen wand und schließlich alleine, ohne die Hilfe einer Hebamme oder eines Arztes, während einer Fehlgeburt das Leben lassen mußte.«

24

Daheim in Schwaben bedeutete der März in guten Jahren das Ende des Winters, angekündigt durch das Singen der Vögel, die von wer weiß woher zurückgekehrt waren. Und plötzlich wußte man: Jetzt dauerte es nicht mehr lange, dann machte die Natur Gevatter Winter den Garaus! Unwillkürlich stieß Leonard einen Seufzer aus. In Rußland war der März nur ein weiterer Wintermonat, den es durchzustehen galt. Als ob sich auch nur ein Mensch auf das nahende Frühjahr gefreut hätte! Den Schilderungen der anderen nach bedeutete das Ende des Winters nichts Gutes für die Bewohner von Carlsthal und Umgebung. Begannen erst einmal die Schneemassen und die tiefgefrorenen Flüsse und Bäche aufzutauen, dann Gnade ihnen Gott! Binnen weniger Tage würde keine Straße mehr passierbar, keine Brücke mehr begehbar sein – alles würde in einem grauschwarzen Matsch versinken. Dagegen konnte man nichts tun, hieß es. Wer wollte schon den einen Gaul, den man besaß, auf den hüfthoch aufgeweichten Wegen zu Tode schinden, nur um unnötige Botengänge zu machen? Nein, da war es doch besser, zu Hause zu bleiben und abzuwarten.

Barbaras Miene hatte sich beim Zuhören verdrießlich verzogen. »Wahrscheinlich ist alles nur halb so schlimm, und die faulen Lumpen suchen nach einer Ausrede, um nicht mit ihrem Tagwerk auf den Feldern beginnen zu müssen«, hatte sie gemeint. »Womöglich schleichen sie sich sogar davon, um nach Odessa zu fahren und dort für ein paar Kopeken billiger als bei uns einzukaufen.« Daraufhin war sie tagelang zu jedem Kunden so unfreundlich gewesen, daß Leonard sie am Ende in den hinteren Teil der Hütte schickte, dorthin, wo Schlafraum und Küche lagen. Wenn nun die Kunden wirklich ausblieben, hätten sie das ausschließlich ihrer Maulerei zu verdanken, hatte er sie angeschrien. Ob sie denn nicht bemerkte, daß die Leute gerade jetzt viel mehr einkauften als sonst – wahrscheinlich, um Vorräte für die kommenden Wochen zu haben? Doch Barbara hatte ihm nur trotzig den Rücken zugekehrt und geschwiegen. Als dann die kleine Glocke über der Ladentür ertönte, war er froh gewesen, einen Grund zu haben, um wieder nach vorne zu gehen. Doch abends war sie ihm dann urplötzlich um den Hals gefallen und hatte ihn umarmt, als wäre es das letzte Mal.

Leonard seufzte wieder. War das nicht die Geschichte ihrer Ehe? Ein ewiges Auf und Ab. Barbaras Launen wechselten manchmal so schnell, daß Leonard Mühe hatte, Schritt zu halten. War sie frühmorgens bester Laune, so konnte es gut sein, daß er zum Mittagsmahl auf ein mit verkniffenen Lippen dasitzendes Weib traf, das kein Wort sprach. Wenn er dann in ihre Augen blickte, glichen diese den grauen Glasmurmeln, die Josef wie einen Schatz in einem Leinenbeutel hütete – kalt glänzend und vollkommen leblos. Josef schienen die Gemütsschwankungen seiner Mutter nicht viel auszumachen. Er war von Natur aus ein stilles Kind und ließ sich weder von ihren guten Launen anstecken noch von ihren schlechten. Vielmehr saß er meist mit großen Augen am Eßtisch und verfolgte die Wortwechsel zwischen seinem Stiefvater und seiner Mutter wie ein unbeteiligter Besucher, der zufällig hineingeschneit war. An manchen Tagen, wenn Barabara ihn wieder einmal mit ihrer

Launenhaftigkeit bis zur Weißglut gereizt hatte, konnte er plötzlich auch Josefs glatte Miene nicht mehr ertragen und mußte an sich halten, um das Kind nicht bis zur Besinnungslosigkeit zu schütteln. Dann erschrak Leonard über die Gewalt, die er in sich spürte. Dies war eine Seite, die er weder in seinen Heimatjahren noch auf der langen Reise hierher jemals von sich kennengelernt hatte.

Mit schweren Schritten ging er zur Ladentür. Draußen war es stockdunkel, Straßenlaternen gab es keine. Sie waren auch nicht nötig. In Carlsthal gab es keinen Grund, des Nachts auf die Straße zu gehen. Leonard stieß ein bitteres Lachen aus. Vielleicht hätte er statt eines Krämerladens ein Wirtshaus eröffnen sollen? Wodka und ein Ort, an dem man seine Sorgen vergessen konnte – wie notwendig hätte er dies so manches Mal gehabt! Heute war auch so ein Tag. Nach den Neuigkeiten, die Barbara ihm während des Mittagmahls ins Gesicht geschleudert hatte, hatte er Mühe gehabt, den restlichen Tag hinter sich zu bringen, ohne seine Kunden etwas von seiner inneren Aufruhr merken zu lassen.

Von ihren Nachbarn ahnte niemand etwas von den Spannungen, unter denen die kleine Hütte mit dem vorgebauten Krämerladen fast zu zerbersten drohte. Für sie waren Leonard und Barbara Plieninger welche, die es zu bewundern galt. Schließlich hatten sie es in der neuen Heimat zu etwas gebracht. Nur Martin Niederecker, der mehr schlecht als recht versuchte, Peter Gertschs Platz als Vorstand der Pregianzer-Gemeinde auszufüllen, hatte vor kurzem eine seltsame Andeutung gemacht. Ob Barbara krank sei, hatte er wissen wollen, und konnte Leonard dabei nicht in die Augen schauen. Nein, hatte Leonard geantwortet und gefragt, wie Niederecker auf diesen Gedanken käme? Doch dieser hatte nur mit den Schultern gezuckt und es plötzlich sehr eilig gehabt, den Laden zu verlassen. Im Türrahmen hatte er sich nochmals umgedreht und gesagt, er sei jederzeit da, wenn die Plieningers Hilfe oder auch ein offenes Ohr brauchten. Für einen kurzen Moment hatte Leonard geglaubt, der Mann spiele auf die unterschlagenen Spendengelder an. Doch Niedereckers arglose, fast schon verlegene Miene sprach dagegen, und so hatte Leonard den Vorfall schnell wieder vergessen.

Mit den müden Schritten eines alten Mannes schloß er auch noch die Tür zum hinteren Teil der Hütte ab, holte Wodkaflasche und Becher hervor und goß sich einen kräftigen Schluck ein. In der Stille und Dunkelheit seines Geschäftes ließ er den quälenden Geistern in seinem Kopf freien Lauf:

Eigentlich hätte er allen Grund gehabt, mit sich und seinem Leben zufrieden zu sein. Der Krämerladen war von Anfang an ein Erfolg gewesen. Weder hatte es ihnen Mühe bereitet, die geeignete Hütte dafür zu finden, noch war es besonders schwierig gewesen, Waren zu beschaffen. Hier gab es einen, der Besen herstellte und diese gerne für ein paar Kopekchen an sie weiterverkaufte. Da gab es einen Sattler, der neben Flickarbeiten auch ganze Sättel herstellte und froh über einen regelmäßigen Abnehmer war. Überhaupt: Handwerker gab es wirklich genug! Korbmacher, Schmiede, Sattler, Eisengießer, selbst Schneider und Schuhmacher waren in genügender Anzahl in Odessa und den umliegenden Dörfern ansässig. Die schwäbischen Einwanderer staunten nicht schlecht, als sie dies feststellen mußten. So manchem aus ihren Reihen wurde damit ein gehöriger Strich durch die Rechnung gemacht – hatte er doch damit gerechnet, wegen seines Könnens überall mit offenen Armen empfangen und so binnen kurzer Zeit ein reicher Mann zu werden! Statt dessen mußten viele gelernte württembergische Handwerker zu Aushilfslöhnen bei ansässigen Meistern arbeiten – unterbezahlt, ausgenutzt und unglücklich.

Im Gegensatz zu ihnen konnte Leonard sich nicht beklagen, denn Barbara hatte mit ihrer Idee recht gehabt. In ganz Carlsthal gab es keinen Laden, in dem es all das zu kaufen gab, was die Einwanderer und andere Bewohner zum Leben brauchten. Alles mußte von den Leuten mühsam zusammengetragen werden. Und da viele auch nach Jahren in der neuen Heimat immer noch nicht die russische Sprache beherrschten, waren diese Einkäufe nicht einfach für sie. Nicht ahnend, daß das deutsche Wort »Pfund« dem russischen »Pud« zwar sehr ähnelte, aber eine völlig andere Maßeinheit war, verlangte einer beim russischen Getreidehändler »ein Pfund« Weizensamen und stand dann hilflos da, als der Mann ihm Sack um Sack – insgesamt vierzig Pfund – daherbrachte. Wie hätte er auch wissen sollen, daß er, um ein Pfund zu bekommen, ungefähr einhundert Solotnik hätte verlangen sollen, lamentierte er abends bei seinen Nachbarn, die alle schon ähnliches erlebt hatten.

Statt nun ihre Einkäufe einzeln in der Stadt, bei Handwerkern und bei den Bauern in der nahen und weiteren Umgebung zu tätigen, brauchten die Leute jetzt nur noch in ein einziges Geschäft zu gehen. »Leonards« stand in großen, deutschen Buchstaben auf dem Schild geschrieben, welches über der Eingangstür hing. Das Schild war ebenfalls Barbaras Idee gewesen. Bei dem Namen würde keiner auf den Gedanken kommen, das Geld dazu sei anders als mit ehrlichen Mitteln zusammengekommen, hatte sie gemeint. Nach kurzem Überlegen und einigen Skrupeln hatte Leonard eingewilligt und als erstes ein viereckiges Stück Blech und weiße und rote Farbe gekauft. Nachdem er mit viel Mühe große rote Buchstaben auf den weißen Grund gepinselt hatte, hatten sie das Schild unter viel Gelächter gemeinsam aufgehängt – er auf der Leiter und Barbara mit allen möglichen Kommentaren vom Boden her. Wenn er es recht überlegte, war das einer der ganz wenigen Augenblicke gewesen, in denen er mit seinem Weib glücklich gewesen war. Woran es aber lag, daß sie nicht einträchtig miteinander leben konnten, wußte er nicht. Einmal schob er Barbaras Launen auf den langen Winter, der auch andere schwermütig werden ließ. Dann wieder führte er Barbaras Launenhaftigkeit auf ein schlechtes Gewissen zurück, das sie wegen des veruntreuten Geldes hatte. Ihm selbst war jedenfalls nicht besonders wohl bei dem Gedanken, und er hatte sich fest vorgenommen, es den Pregianzern gegenüber irgendwann einmal wiedergutzumachen. Doch daß Barbara dieselben Skrupel hegte, bezweifelte er eigentlich. Vielleicht war sie auch einfach mit ihm als Ehemann unzufrieden? Obwohl – einen Grund zum Beklagen gab er ihr nicht. Außerdem war die ganze Sache doch sowieso ihre Idee gewesen! Sorgte er nicht für sie so gut oder besser, als jeder andere es getan hätte? Kümmerte er sich nicht Tag für Tag um ihr gemeinsames Geschäft?

Auch in dieser Hinsicht hatte Barbara recht behalten: Leonard verstand es, mit den Leuten umzugehen. Seine Kunden fraßen ihm aus der Hand wie zutrauliche Lämmer ihrem Hirten. Viele hatten Leonard bereits auf der Überfahrt als gerechten und ehrlichen Burschen kennengelernt, aber auch Fremde faßten schnell Vertrauen. Wer einmal bei Leonard eingekauft hatte, kam wieder und brachte dabei gleich Freunde, Nachbarn oder Bekannte mit. Der Leonard – das war einer, der wußte immer, was man wollte. Und deutsch konnte man auch mit ihm reden! Leonard selbst hatte erstaunt festgestellt, daß er mit der russischen Sprache kein Problem hatte: Er brauchte ein Wort nur zwei- oder dreimal zu hören, und schon war es ihm so geläufig wie das entsprechende in der Muttersprache. Die Russen freuten sich jedesmal, wenn der Schwabe mit ihnen auf russisch radebrechte, und sprachen ihm zuliebe langsamer und deutlicher als sonst.

Leonard erkannte, daß er die Zufriedenheit, die ihm als

Bauer, auf der Wanderschaft und später als Holzträger im Stuttgarter Schloß, versagt geblieben war, nun als Kaufmann im russischen Carlsthal hätte finden können. Wenn nur... Eilig wischte er diesen einen, besonders quälenden Geist beiseite und dachte statt dessen mit Schaudern an seine ursprünglichen Pläne: als Nachbar von Michael ein Stück Land zu bewirtschaften, um seinem Bruder auszuhelfen, wenn Not am Mann war. Vielen Dank! Dabei waren die württembergischen Bauern nicht schlecht bedient mit den Ländereien, die Zar Alexander ihnen zugewiesen hatte: Die Erde war fruchtbar und deren Erschließung nicht so schwierig, wie man anfangs befürchtet hatte. Die meisten aus Leonards Kolonie hatten schon im vergangenen Herbst einen Großteil der Felder für das kommende Frühjahr vorbereitet und den Winter damit verbracht, die eilig zusammengeschusterten Hütten auszubauen und wohnhaft zu machen. Anders Michael: *Er* mußte natürlich *zuerst* seine Hütte bauen, um im November festzustellen, daß der Boden über Nacht zu Eis erstarrt war und kein Umgraben, geschweige denn tiefergehende Ackerarbeiten mehr möglich waren ... Wenn es etwas in seinem Leben gab, das Leonard uneingeschränkt guthieß, dann war es die Tatsache, daß er sein Leben in Rußland ohne Michael eingerichtet hatte. Er nahm einen tiefen Schluck. Langsam glitt die Flüssigkeit durch seine Kehle weiter nach unten und hinterließ ein nicht unangenehmes Brennen. Trotzdem war Leonard von der Wirkung des Wodkas enttäuscht, denn selbst nach drei randvollen Bechern blieb *eine* Wahrheit immer die gleiche: Mochte Leonard auch noch so oft alle Gründe aufzählen, für die es dankbar zu sein galt, so machte doch alles seinen einzigen – seinen größten – Verlust nicht wett: Eleonore. Während der ganzen beschwerlichen Reise hatte er sich mit dem Gedanken, Eleonore so bald als möglich nachkommen zu lassen, Mut gemacht. Auch als er den Entschluß gefaßt hatte, Barbaras Angebot anzunehmen und sie zu ehelichen, hatte er seltsamerweise das Gefühl gehabt, dies für Eleonore zu tun, damit den Grundstein für ihr späteres Nachkommen zu legen. Hatte nicht Barbara angedeutet, in ein paar Jahren könnten sie sich wieder trennen und jeder seines Weges gehen? Er lachte bitter. Wie hatte er so dumm sein können! Er spürte, daß sein Gesicht warm und rot wurde. War dies die Schamesröte oder der starke russische Branntwein? Damals auf dem Friedhof hatte die Geldgier ihn verstummen lassen, hatte er sich zufriedengegeben mit Barbaras fadenscheinigen Aussichten auf eine spätere Trennung. Doch schon da hätte er wissen müssen, daß dies nicht so einfach gehen würde. Verheiratet war nun einmal verheiratet, ganz gleich, ob der Bund in Württemberg oder Rußland geschlossen wurde! Was würden die Leute dazu sagen, wenn er sich einfach von seinem Weib abwandte? Seiner Kundschaft mußte er dann ade sagen, das wußte er. Sicher, er konnte davonlaufen, sich wegschleichen wie ein Dieb in der Nacht, die Hosentaschen voll mit ein paar Rubeln, verschwinden in der Weite der neuen Heimat. Aber wäre er damit seinem Wunsch, Eleonore wiederzusehen, auch nur einen Schritt nähergekommen?

Unter dem rauhen Stoff seines Hemdes knisterte ihr Brief. Ein Brief, in dem sie mehr als deutlich anklingen ließ, daß sie der Idee, ihm zu folgen, gar nicht mehr so ablehnend gegenüberstand wie noch vor Monaten. Der zaghaft die spärlichen Aussagen seines letzten Briefes beklagte. Ihr wäre klar, daß er für lange Briefe jetzt sicher keine Zeit mehr habe, hatte Eleonore geschrieben, doch müsse er wissen, daß sie sich über jede noch so kleine Nachricht von ihm freue. Mit der ihr eigenen Offenheit hatte sie geschrieben, daß weder die Zeit noch die Entfernung es vermocht hätten, ihre Liebe zu ihm auszulöschen. Trotzdem bereue sie ihren Entschluß, Sonia zuliebe in Württemberg geblieben zu sein, keinesfalls, denn in der Tat hätte es eine gute Wendung mit Sonia genommen. Nun, da diese ihren Weg gefunden zu haben schien, fühle Eleonore sich frei, ihr eigenes Glück zu suchen.

Leonard stöhnte laut auf. Wie sehr hatte er einen solchen Brief herbeigesehnt! Doch was war er jetzt noch wert? Barbara war schwanger, in wenigen Monaten würde sie seinen Sohn oder seine Tochter zur Welt bringen. Mit einem Funkeln in den Augen, das er nicht zu deuten wußte, hatte sie ihm diese Neuigkeit am Mittagstisch eröffnet. Und gelacht hatte sie dabei, als wäre sie von allen guten Geistern verlassen! Leonard fröstelte es plötzlich. Wie konnte er da an Eleonore denken? Das war Gottes Strafe, flüsterte ein kleiner Teufel ihm ins Ohr. Strafe? War es nicht vielmehr Gottes Wink mit dem Finger, um ihn an seine Verantwortung zu erinnern? Ohne mit der Wimper zu zucken, hätte er die vor Gott geschlossene Ehe Eleonore zuliebe mißachtet. Nun sollte ein Kind daraus erwachsen – bei einer Ehe das Natürlichste von der Welt. Leonard hörte sich selbst höhnisch lachen: Es geschah ihm recht, daß er bei allen Überlegungen diesen einen Punkt übersehen hatte! Doch dann verwandelte sich sein Lachen in ein unkontrollierbares Schluchzen: Was sollte er nun Eleonore schreiben? Wie sollte er ohne sie weiterleben?

25

Die letzte Seite war vollgeschrieben. Katharina schloß erschöpft und ein wenig wehmütig ihr kleines, ledergebundenes Notizbuch. Schon wieder galt es Abschied zu nehmen von einem liebgewonnenen Begleiter. Morgen würde sie Fräulein von Baur ein neues besorgen lassen. Es würde wieder Wochen dauern, bis das Leder beim Aufschlagen so nachgab, daß es glatt auf ihrem Sekretär liegenblieb. Und doch konnte Katharina es kaum erwarten, die nackten, glatten Seiten mit ihrer Schrift zu füllen. Das Notieren ihrer Gedanken und der Erlebnisse war ihr zu einem täglichen Ritual geworden. Ihre Schläfen pochten, als würde jemand von innen mit einem silbernen Hämmerchen dagegenschlagen. Hoffentlich waren das nicht die Vorboten der fürchterlichen Kopfschmerzen, die sie nach wie vor immer wieder plagten. »Ach Maman, wo seid Ihr, wenn ich Euch brauche?« Katharina fiel nicht auf, daß sie die letzten Worte laut gesprochen hatte. Drei Monate war es nun schon her, daß Maria Feodorowna zurück nach Rußland gereist war. »Heimgereist«, wie sie selbst es nannte. Trotz allem Abschiedsschmerz konnte Katharina es gut nachvollziehen, daß ein Mensch völlig fremde Erde als seine Heimat und sein Zuhause bezeichnen konnte. Ihr selbst erging es mit Württemberg nicht anders: Sie war zwar erst seit zwei Jahren hier in Stuttgart, und doch hätte sie sich mit dem Land und seinen Leuten nicht vertrauter fühlen können, wäre sie hier geboren worden.

Warum nur fühlte sie trotzdem diese unendliche Leere, diesen tiefen Kummer in sich? Weil du undankbar, wehleidig und schwanger bist, schalt sie sich selbst. Trotzdem wollte die dunkle Wolke über ihr nicht weiterziehen. Ihre Schwangerschaft konnte es nicht sein, sie freute sich auf das kommende Leben und konnte es kaum erwarten, ihr viertes Kind gesund in ihre Arme zu schließen. Auch wurde sie von keinem der Leiden geplagt, über die andere Damen in ihrem Zustand so gerne klagten. Wie bei früheren Schwangerschaften sah Katharina auch dieses Mal keinen Grund dafür, sich monatelang nur der Muße hinzugeben. Nach wie vor ging sie ihrer Arbeit nach, spielte mit den Buben und mit Marie und begleitete Wilhelm bei allen möglichen offiziellen Anlässen. Obwohl ihm so manches Mal anzusehen war, was er davon hielt, mit einer hochschwangeren Gattin an seiner Seite ein Ehrenregiment hoher Offiziere oder ausländische Gäste zu empfangen.

War es der Besuch bei den Heimarbeiterinnen gewesen, der ihr zu schaffen machte? Das konnte schon eher sein, denn dabei hatte sie eine schmerzliche Wahrheit erfahren müssen: Trotz allen Bemühens würde sie nie ganz in die Herzen der Frauen sehen können. Sie konnte die schlichtesten Kleider tragen, die Haare in einem einfachen Zopf ohne Zierat tragen und versuchen, bei dem beißenden Geruch der Treppenhäuser nicht die Nase zusammenzuziehen – trotzdem trennten sie und die Frauen Welten. Sie wußte das, und die Frauen wußten es ebenfalls. Überall stieß Katharina auf die größte Verehrung, den freundlichsten Empfang. Die teilweise verschämte Befangenheit einiger Frauen angesichts des Besuches in ihren engen, dunklen Kammern tat dem keinen Abbruch. Katharina hatte ihnen, den Ärmsten der Armen, Arbeit gegeben. Saubere Arbeit, die ihnen nach Hause gebracht wurde, die sie dort verrichten konnten und die Woche für Woche wieder abgeholt wurde.

Katharinas Hintergedanke bei dieser neuen Form der Arbeitsbeschaffung war eine von Eleonore geäußerte Beobachtung in der Beschäftigungsanstalt gewesen. Mit hochrotem Kopf hatte sie verschämt die Frage gestellt, wo sich eigentlich die Kinder der Frauen während deren Abwesenheit von zu Hause aufhielten und ob man sich nicht um sie sorgen müsse. Innerhalb von wenigen Wochen hatte Katharina daraufhin zusammen mit den Mitgliedern des Wohltätigkeitsvereins ein System aufgestellt, welches den Frauen erlaubte, dort zu arbeiten, wo sie ihre Kinder unter Aufsicht hatten. Laubsägearbeiten aus Holz, kleine Tiere und Püppchen, die bunt angemalt jedes Kinderherz höher schlagen ließen, sollten hergestellt werden. Das Material und Mustervorlagen wurden den Frauen gebracht, um den Verkauf dieser Teile würde sich ebenfalls der Wohltätigkeitsverein kümmern.

Katharinas Vorstellung von spielenden, ihren Müttern zu Füßen sitzenden Kindern zerplatzte allerdings schon bei ihrem ersten Besuch wie eine Seifenblase: Saßen doch die kleinen Würmchen mit ihren Müttern am Tisch, eine Feile ungelenk in den Händchen haltend, während die Säuglinge – in viel zu enge Tücher gewickelt – schreiend in ihren Krippen lagen. So hatte Katharina sich das nicht vorgestellt. Nur mit Mühe gelang es ihr, die ihrer Ansicht nach herzlosen Mütter nicht mit Vorwürfen zu überschütten. Kurze Zeit später war sie froh, nichts gesagt zu haben. Denn wie Schuppen fiel es ihr von den Augen: Diese Kinder besaßen kein Spielzeug, und sie hatten auch keine Zeit zum Spielen. Statt dessen mußten sie helfen, das Spielzeug für glücklicher gestellte Altersgefährten herzustellen, um so zum Überleben ihrer Familie beizutragen!

Katharina war nach dieser Erfahrung zutiefst verstört.

Sie beschloß kurzerhand und gegen den Protest einiger Mitglieder des Wohltätigkeitsvereins, die Frauen nicht mehr stundenweise, sondern nach Stückzahlen zu bezahlen. Dadurch, so hoffte sie, würden die allesamt äußerst geschickten und flinken Heimarbeiterinnen auch ohne die Mithilfe der eher ungeschickten Kinderhände mit dem Lohn zurechtkommen. Doch trotz dieser Maßnahme kam sich Katharina vor wie jemand, der versuchte, mit einer kleinen Gießkanne einen riesigen Waldbrand zu löschen. Ein anderer Mensch hätte angesichts des Waldbrandes resigniert. Als Katharina jedoch an diesem Abend zu Bett ging, wußte sie, daß sie in Zukunft noch mehr für die Armen im Land tun mußte. Das war der einzige Weg – zu jammern und zu klagen hatte noch niemals geholfen!

Wilhelm. War es also doch Wilhelm, der sie immer wieder so abgrundtief seufzen ließ, daß sie bald die Hauptrolle in einem tragikomischen Theaterstück hätte spielen können?

Die Kutsche hatte schon abfahrbereit gestanden, als Maria Feodorowna ihre Tochter beiseite nahm, um sie von ihrem Gespräch mit Wilhelm in Kenntnis zu setzen. Katharina erinnerte sich noch genau an den Schock, den sie bei den Worten ihrer Mutter empfunden hatte: Nun wußte Wilhelm also, welch grausamen Tod seine geliebte Mutter hatte sterben müssen. Würde das Wissen ihn zu einem anderen Mann machen? Zu einem verbitterten Menschen? Nichts davon war eingetreten, und doch konnte sie sich diese Tatsache nicht mit Erleichterung eingestehen. Wilhelm ging seiner täglichen Arbeit so pflichtbewußt und beflissen nach wie zuvor. Den württembergischen Bauern zu helfen, die Landwirtschaft nach dem Katastrophenjahr 1816 wieder auf die Beine zu bringen war sein oberstes Ziel geworden. Und schon trugen seine Bemühungen die ersten Früchte: 1817 wurde im ganzen Land die frohe Kunde einer reichlich zu erwartenden Ernte gesungen. Seinem abwartenden und eher etwas nüchternen Naturell entsprechend, hatte Wilhelm diese ersten Erfolge nicht etwa überschwenglich gefeiert, sondern den unter seiner Leitung stehenden Landwirtschaftlichen Verein angewiesen, erst für das kommende Jahr ein vom König gestiftetes landwirtschaftliches Fest auszurichten. Nicht bereit, diese ersten, wichtigen Erfolge sang- und klanglos untergehen zu lassen, hatte Katharina daraufhin Johann, den Hauptkoch, beauftragt, zum Erntedankfest ein Festmenü auszurichten, in dem jede, aber auch wirklich jede Frucht und jedes Gemüse, welche im Land angebaut wurden, Verwendung fanden. Damit hatte sie Wilhelm – bei seiner Vorliebe für symbolträchtige Gesten – dermaßen erfreut, daß er den ganzen Tag über ihre Hand hielt und nicht mehr loslassen wollte.

Und doch konnte dieser jetzt glücklich verbrachte Tag Katharina nicht darüber hinwegtäuschen, daß es keine tiefe Innigkeit mehr zwischen ihnen gab. Wilhelm war ihr gegenüber stets höflich und freundlich, unterstützte jedes ihrer Anliegen und nahm sich für Unterhaltungen mit Katharina sogar mehr Zeit als vor seinem Gespräch mit Maria Feodorowna. Den beiden Buben gegenüber zeigte er sich besonders freundlich, und die kleine Marie besaß seine ganze Liebe. Dennoch fielen ihr die Worte eines russischen Gedichtes ein: »Liebe ist wie eine Hand im kühlen, rauschenden Wasser: Solange die Hand offen ist, fließt ihr alles entgegen. Schließt sie sich, greift sie ins Nichts.« Lag es womöglich an ihr, daß Wilhelm sich so distanziert verhielt? Hätte eine andere Gattin vielleicht eher die Gabe besessen, seine harte Schale zu knacken, seinen weichen Kern zum Vorschein zu bringen? Was sollte sie tun? Sie wußte sich keinen Rat. Bis auf einen. Erneut schraubte sie das Tintenfaß auf, holte Briefpapier hervor und tunkte ihre goldene Schreibfeder in die schwarze Tinte ein.

Sehr verehrter Graf Aschewujin,
aus einem Brief des Hofrats Butenew habe ich erfahren, daß Sie sich
derzeit in Stambul befinden. Erinnern Sie sich noch an unsere
Zusammentreffen in Radziwillow? Butenew meint, Sie würden es
nicht als eine zu große Mühe ansehen, für mich einige arabische
Pferde zu erwerben. Ich liebe die Pferde außerordentlich und bemühe
mich nach Kräften um die Verbesserung ihrer Rassen. Drei Hengste
und drei Stuten von der allerbesten Rasse und ohne jeglichen Fehler
würden nicht nur mir, sondern auch meinem verehrten Gemahl eine
große Freude bereiten. Besprechen Sie bitte mit unserem gemeinsa-
men Freund Butenew, wohin Sie die Tiere liefern sollen. Für Ihr lie-
benswürdiges Anerbieten sage ich schon heute vielen Dank und ver-
bleibe

mit Hochachtung und Ergebenheit
Ihre Katharina.

Wenn man Wilhelm überhaupt eine Leidenschaft zu-
schreiben konnte, dann war es die zu edlen Rössern. Im
Gegensatz zu seinem Vater, der im Laufe seines Lebens ein
halbes Königreich an Geldern für den Pferdekauf investiert
hatte, frönte Wilhelm dieser Leidenschaft jedoch nur in sehr
beschränktem Maße. »Wie kann ich vom ganzen Land
Sparmaßnahmen fordern, wenn ich selbst nicht dazu bereit
bin«, hatte er Katharina erst unlängst geantwortet, als sie
ihn auf die desolate Lage der Landesgestüte angesprochen
hatte. Nun, die beim polnischen Grafen Aschewujin bestellten Pferde würden durch ihr feuriges, frisches Blut nicht
nur den Landesgestüten einen Aufwind bringen, sondern
ihr persönliches, mit eigenen Geldern bezahltes Geburtstagsgeschenk für Wilhelm sein!
    Nachdem sie den Brief Fräulein von Baur zum sofortigen
Weitertransport überreicht hatte, gönnte sie sich eine Pause.
Schwerfällig stand sie von ihrem Schreibtisch auf und trat

ans Fenster, um die warme, süße Mailuft einzuatmen. Obwohl sie es weder sich selbst, geschweige denn einem anderen eingestanden hätte, bedurfte sie diesmal mehr Ruhepausen als bei ihren vorherigen Schwangerschaften. Abends fiel sie in einen so müden, bleiernen Schlaf, daß selbst die Alpträume der Nacht ausblieben. Jetzt blieb ihr gerade genug Zeit, um sich ein wenig auszuruhen, bevor ihre Berater zu einem weiteren Gespräch wegen der geplanten Sparbank erscheinen würden.

Sie läutete nach Niçoise, um sich die Zöpfe lockern zu lassen. Vielleicht würde dann das Pochen in den Schläfen nachlassen. Sie schloß die Augen, während die Kammerzofe vorsichtig Nadel für Nadel aus ihrem Haar löste.

»Madame arbeiten wieder einmal zuviel! Den ganzen Morgen nur Schreibarbeiten, den ganzen Nachmittag Besprechungen mit allen möglichen Herren, und der Abend wird Euch auch nicht alleine gehören! Und das in Eurem Zustand! Mon Dieu, wo soll das hinführen?«

»Nirgendwohin, Niçoise«, antwortete Katharina schläfrig. »Die Arbeit macht mir Spaß! Und außerdem: Einer muß sie schließlich tun!«

»Aber dafür sind doch die Berater da! Wozu seid Ihr schließlich Königin? Doch nicht, um mehr zu arbeiten als der strebsamste Untertan!«

Katharina lachte auf. »So kann man das natürlich auch sehen. Aber für mich bedeutet Königin zu sein ein Beruf – ob es gar eine Berufung ist, wage ich nicht zu behaupten, das sollen meine Nachfahren beurteilen, wenn ich erst einmal gestorben bin.«

»Dieses Gerede vom Tod! Brrr! Mir wird ganz schaurig zumute! Und Eure Majestät sollte auch nicht so leichtfertig davon sprechen, geliebte Königin.« Ihre Blicke trafen sich im Spiegel.

»Du hast recht! Laß uns von der geplanten Sparbank

reden. In vierzehn Tagen öffnet sie ihre Pforten. Was hältst du davon? Wirst du auch einen Teil deines Lohnes dorthin tragen?«

Niçoise war offene Gespräche dieser Art gewöhnt und fühlte sich insgeheim stets sehr geschmeichelt. Was jedoch kein Grund war, deshalb auf ihre unverblümte Ehrlichkeit zu verzichten. »Spare in der Zeit, dann hast Du in der Not! Ich glaube, daß Ihr mit dieser Devise hier im Lande sehr gut ankommen werdet.«

Katharina hob den Kopf, um Niçoises Blick im Spiegel einzufangen. »Meinst du? In England funktioniert es prächtig, wovon ich mich auf meiner Europareise selbst überzeugen konnte. Das ist zwar schon einige Jahre her, aber es heißt, die Ersparnisanstalten werden heute sogar noch besser angenommen als damals. Und auch mein früherer Schwiegervater, Herzog Friedrich von Oldenburg, weiß nur Gutes von seiner Landessparkasse zu berichten. Selbst kleinste Geldbeträge werden von den Dienstboten dorthin getragen, auf daß das Geld Zinsen bringe. Nach dem Elend, das ich in den letzten Jahren hier in Württemberg miterleben mußte, kann ich nur hoffen, daß die Menschen den Sinn einer solchen Einrichtung erkennen. In guten Zeiten einen Heller zur Seite zu legen tut niemandem sonderlich weh – und in schlechten Zeiten wird jeder dankbar sein, daß er es getan hat! Niçoise! Hörst du mir eigentlich noch zu?«

»Ja, jedes Wort habe ich gehört. Mir fiel nur gerade etwas auf ... Diese Landessparkasse Eures oldenburgischen Schwiegervaters – ihr Name klingt gut! Besser als diese schreckliche ›Ersparnisanstalt‹! Und auch besser als Eure Sparbank! Verzeiht mir meine Offenheit – aber ist es nicht so: Eine Bank ist für den einfachen Mann etwas, worauf er sich setzen kann. Da soll er plötzlich sein Geld hintun? Wüßte ich nicht von Euch, was es mit dieser Bank auf sich hat, wäre mir die Sache sicherlich auch suspekt. Und vor allem hätte ich kein Vertrauen! Eine Kasse, eine Schatulle – ja, das kennen die Leute. Da legen sie auch zu Hause ihre Wertsachen hinein. Was ist? Warum lacht Ihr?« Mißtrauisch schaute Niçoise Katharina an, die sich vor lauter Lachen den Leib halten mußte.

»Niçoise, du bist Gold wert! Eigentlich sollte ich dich zur Bank-, nein, natürlich zur Kassenvorsteherin ernennen! Da diskutiere ich mit einem ganzen Troß von Beratern Woche um Woche über diese neue Unternehmung – und wir sehen alle den Wald vor lauter Bäumen nicht mehr! Die erste württembergische Sparkasse! Das klingt wirklich gut. Ich bin gespannt, was Heinrich von Rapp dazu sagen wird...«

26

Ich kann mir einfach nicht erklären, warum er nicht mehr schreibt!« Das Beben in Eleonores Stimme war nicht zu überhören, obwohl sie sich große Mühe gab, verärgert auszusehen.

»Hast du schon mal daran gedacht, daß ein Brief auf einem so langen Weg auch verlorengehen kann?« fragte Johann, ohne von seinem Speiseplan aufzuschauen.

»Ja, schon. Aber das ist doch bisher nicht passiert! Selbst die Briefe, die er mir auf der Reise geschickt hat, sind alle angekommen.«

Nun sah Johann doch hoch. Wieviel Post war zwischen Eleonore und dem Holzträger hin- und hergegangen, ohne daß er etwas davon mitbekommen hatte? »Und woher willst du das so genau wissen?«

»Nun, das ist ganz einfach.« Das kleine Lächeln auf Lores Lippen schmerzte ihn wie ein Schnitt mit dem schärfsten Fleischmesser. »Wir wußten ja nicht, wie gut das mit der Briefbeförderung klappt. Deshalb hatten wir vor Leonards Abreise vereinbart, jeden Brief mit einer Zahl zu markieren. Daher weiß ich, daß kein Brief verlorengegangen ist. Nun habe ich aber seit März schon nichts mehr aus Rußland gehört – und jetzt haben wir bekanntlich Juni!« Eleonores Oberlippe zitterte bedrohlich. Heftig blätterte sie in einem der dicken Bücher, die vor ihnen auf dem Küchentisch lagen.

»Hör zu, es heißt doch immer, daß während der Winter-monate viele Straßen in Rußland unpassierbar sind. Viel-leicht hat es den Leonard ja in eine besonders unwirtliche Gegend verschlagen«, hörte Johann sich sagen und hätte sich gleichzeitig dafür ohrfeigen können! Wie kam er dazu, den rothaarigen Taugenichts auch noch in Schutz zu neh-men? *Gegen* ihn hätte er reden sollen! Ins gleiche Horn bla-sen wie Sonia, das Luder. Aber dann würde Eleonore womöglich mit ihm auch nicht mehr reden wollen. Kam sie nicht gerade deshalb, weil sie bei ihm immer ein offenes Ohr fand? Es lag nicht in seiner Art, über andere herzuziehen oder über ihre Gefühle zu spotten. Statt dessen hörte er sich ruhig an, was jemand zu erzählen hatte, ohne viel darauf zu antworten. Längst hatte er herausgefunden, daß die wenig-sten um einen Rat kamen. Die meisten wollten nur erzählen, jammern, über Erlebtes berichten, sich über vermeintliche Ungerechtigkeiten beklagen oder einfach Küchenklatsch weitertragen. Und deshalb waren sie froh, wenn Johann sich einer eigenen Meinung dazu enthielt.

Es war kurz nach Leonards Abschied gewesen, daß Eleo-nore das erste Mal bei ihm aufgetaucht war und ihn um Bücher gebeten hatte. Erfreut über ihren Wissensdurst hat-te er ihr gerne einige alte, weniger wertvolle Bücher gege-ben. Erst als sie diese wieder zurückgebracht hatte und er von ihrer Sorgfalt überzeugt war, gab er ihr auch ausgesuch-te Exemplare mit. Danach kam sie immer wieder zu ihm, meist nachmittags, wenn der Mittagstisch beendet war und die Vorbereitungen für das Abendbrot noch Zeit hatten.

Eine Zeitlang schwiegen sie, jeder über ein Buch gebeugt. Während sich Johann unentwegt auf einem kleinen Blatt Papier Notizen machte, fächerte Eleonore Buchseite um Buchseite mit fahrigen Bewegungen hin und her. Unauffäl-lig schaute Johann zu ihr hinüber. Seine Gefühle verunsi-cherten ihn, er wußte nicht, wie er damit umgehen sollte.

Nicht, daß er mit seinen sechsunddreißig Jahren keine Erfahrungen mit den Weibsbildern gehabt hätte! An Frauen, die von seiner kräftigen Statur, seinem kantigen Kinn, den gleichmäßigen Gesichtszügen und nicht zuletzt auch von seinem Posten als erstem Koch im Stuttgarter Schloß angetan waren, hatte es zu keiner Zeit gemangelt. Trotzdem hatte Johann keine zu seinem angetrauten Weibe gemacht. Er hatte einfach keinen Sinn darin gesehen. Noch nie hatte er das Bedürfnis verspürt, seinen Samen als Frucht in einem Frauenleib aufgehen zu sehen. Ganz im Gegenteil – bei seinen Amouren war er stets darauf bedacht, solche Umstände zu vermeiden. Bisher hatte er Glück gehabt, keine seiner Geliebten hatte je versucht, ihn mit einem Kind zur Heirat zu zwingen, und so war er bis zum heutigen Tage glücklicher Junggeselle geblieben. Wein, Weib und Gesang – dieser Spruch war wie für ihn gemacht. Nur, so ganz glücklich fühlte er sich neuerdings nicht mehr dabei. Er wußte nicht genau, wann es angefangen hatte. Aber er konnte die Tatsache nicht mehr übersehen, daß ein Blick in Eleonores zartes Gesicht, in ihre ernsthaften, braunen Augen, sein Herz dazu brachte, schneller zu schlagen. Vielleicht war nun die Zeit, dem ewigen Junggesellenleben ade zu sagen? Und wieso kam ihm Ochsen dieser Gedanke erst jetzt, wo schon die Hälfte aller männlichen Bediensteten des Schlosses um Eleonores Rock herumschlichen?

Mit ungewohnter Heftigkeit schlug Eleonore ihr Buch zu.

»Nirgendwo ist etwas über gebackenes Eis zu finden!« Sie blies die Luft aus ihren Wangen, wie nach einer körperlichen Anstrengung. »Ich weiß nicht, wo ich noch danach suchen soll. Ach, wahrscheinlich würde es auch gar nicht klappen. Dann gibt es eben eine Charlotte oder ein Soufflé zu den Tauffeierlichkeiten – was soll's! Das wichtigste ist doch sowieso die kleine Sophie, und daß sie und die Königin gesund sind. Wahrscheinlich werden die Taufgäste vor lauter Verzückung über die Prinzessin gar nicht mitbekommen, was sie essen!«

Johann warf einen kurzen Blick auf die runde Küchenuhr über der Tür. Es war noch nicht einmal halb vier – sie hatten noch gut eine Stunde Zeit, bevor es galt, sich ans Nachtmahl zu machen. Zeit, um ungenutzte Chancen wieder wettzumachen ...

»Wenn du jetzt fertig bist, komme ich vielleicht auch einmal dazu, ein oder zwei Dinge zu sagen.«

Aufgeschreckt über seinen strengen Ton sah Eleonore hoch.

»Erstens: Daß du in keinem der Rezeptbücher etwas über gebackenes Eis gefunden hast, heißt nicht, daß es so etwas nicht geben kann. Es heißt lediglich, daß vor dir noch niemand auf den gewagten Gedanken gekommen ist, so etwas herzustellen oder darüber zu schreiben. Zweitens sind es noch über zwei Wochen bis zur Tauffeier der kleinen Prinzessin. Genug Zeit, um ein neues Rezept auszuprobieren. Drittens: Wer den Mut hat, neue Rezepte zu ersinnen, muß auch den Mut haben, sie als erster auszuprobieren – wenn du willst, helfe ich dir dabei.« Und viertens läßt dich diese neue Aufgabe vielleicht den Rothaarigen schneller vergessen, fügte er im Geiste hinzu. Und fünftens werde ich alles tun, um dir dabei so nahe wie nur möglich zu kommen ...

»Du würdest mir helfen?« Eleonores Erstaunen war nicht zu überhören. Sie mußte ihn ja für einen besonders unfreundlichen Kauz halten! Wütend über seine eigene Zurückhaltung in den letzten Wochen und Monaten, versuchte er sein sanftestes Lächeln. Doch Eleonore war schon aufgestanden. »Ich habe ja schon eine Idee: Der Teig, in den ich das Eis hüllen würde, müßte so luftig sein, daß er in Windeseile durchgebacken ist. Gleichzeitig muß er so fest sein, daß das Eis ihn nicht genauso schnell durchweicht. Ein

Strudelteig wäre also nicht das schlechteste, vor allem, wenn ich ihn ...«

Mit leichten Schritten und einem festen Entschluß folgte Johann Eleonore in die Zuckerbäckerei.

27

S onia war schlecht gelaunt. Verdrießlich tunkte sie einen Lappen in den Wassereimer, wrang ihn kurz aus und wischte lustlos damit auf dem Boden hin und her. Zwischendurch hielt sie immer wieder inne, um wenigstens Gustavs Rückkehr ins Theater nicht zu verpassen. In der letzten Zeit ging er immer öfter ohne sie weg. Der Rotweingeruch seines Atems und seine weinselige Laune bei seiner Rückkehr sprachen dafür, daß er die Wirtshäuser der Stadt aufsuchte. Früher hatte er Sonia immer mitgenommen, sie unter den neidischen Blicken der anderen Männer wie eine Prinzessin mit den feinsten Happen gefüttert. Heute schob er sie grob zur Seite, wenn er wegwollte. Kam er dann zurück, wurde er meist aufdringlich und bestand darauf, daß Sonia alles stehen und liegen ließ, um seine männlichen Gelüste zu stillen. Sonia konnte von Glück reden, wenn sie es schaffte, ihn dann bis in seine Umkleidekammer zu bugsieren. Einmal hatte er sie auf den Stufen zur Bühne gepackt, ihre Röcke hochgeschoben und wie von allen guten Geistern verlassen in sie hineingestoßen. Es war auch schon vorgekommen, daß er sie in den langen, unterirdischen Gängen des Theaters an irgendeine Wand drängte und im Stehen nahm. Zuerst hatte Sonia sich von seiner plötzlich entfachten Fleischeslust und seinen leidenschaftlichen Überfällen geschmeichelt gefühlt. Einmal, mitten am Tag, waren sie dabei von Tobias überrascht worden. Ohne die Spur von Scham hatte sie ihm über Gustavs Schulter herausfordernd in die Augen geschaut, während Gustav gar nichts davon bemerkte. Für eine Schrecksekunde war Tobias wie angewurzelt stehengeblieben. Sein Entsetzen über Sonias Schamlosigkeit, der heimliche Schmerz des verstoßenen Liebhabers und die peinliche, nicht zu unterdrückende Lust bei dem Anblick, wie der ihm vertraute Leib von einem anderen in Besitz genommen wurde, spiegelten sich heftig in seinem jungen Gesicht wider. Tagelang war er danach mit gesenktem Kopf und einer selbstmitleidigen Miene herumgeschlichen, und Sonia hatte sich an ihrer Macht ergötzt, die sie über die Männer des Theaters hatte.

Erneut hielt sie mit dem Bodenputzen inne und rieb sich ihren schmerzenden Rücken. Allmählich begann sie an ihrer Macht zu zweifeln. Nicht *sie* inszenierte die leidenschaftlichen Zwischenfälle. Gustav war es, und sie hatte sich ihm lediglich willig zu fügen. Dabei machte es für ihn keinen Unterschied, ob sie selbst auch Lust dabei verspürte oder ob ihr seine plötzlichen Attacken eher Schmerzen bereiteten. Im ganzen Theater wurde schon darüber geredet, und Sonia hatte manchmal das Gefühl, als träfen sie nicht nur neidische, sondern auch mitleidige Blicke. War sie in den Augen der anderen nur Gustavs Hure? Eine, die herzuhalten hatte, wann immer den alternden Schauspieler die Lust überfiel? Ihrem Ziel, die überall anerkannte Geliebte des Hofschauspielers Gustav Bretschneider zu werden, war sie jedenfalls noch keinen Schritt nähergekommen!

Die vormittägliche Stille des Theaterhauses löste plötzlich Beklemmungen in ihr aus. Manchmal fühlte sie sich in den dunklen Hallen mit den vergoldeten Säulen und Wänden wie lebendig begraben! Sie schnaufte ärgerlich. Während nur zwei Türen weiter Melia Feuerwall auf ihrem mit feinster indischer Seide ausgeschlagenen Divan ruhte, um sich für die Strapazen des Abends frischzumachen, war sie,

Sonia, damit beschäftigt, den kalten Granitfußboden des Theaters zu wischen. Strapazen – ha, daß sie nicht lachte! Melia besaß alles: die feinsten Kleider, den aufwendigsten Haarputz, Hüte der neuesten Mode – und was tat sie dafür? Sie ließ sich allabendlich auf der Bühne ohnmächtig in Gustavs Arme sinken, während Hunderte von Zuschauern der feinen Gesellschaft begeistert Beifall klatschten!

Wütend schleuderte Sonia den wasserschweren Lumpen quer durch den Raum. Sollte Melia doch auf dem feuchten Boden ausrutschen und sich eines ihrer Spinnenbeine brechen!

»Es scheint, du kannst immer noch nicht besser putzen, seit du das Schloß verlassen hast«, hörte sie auf einmal eine gutgelaunte Stimme hinter sich sagen.

»Eleonore! Was machst du denn hier?« Wie vom Schlag getroffen zuckte Sonia beim Anblick ihrer Schwester zusammen. Sie hatten sich seit Wochen nicht gesehen. Sonia sollte also eigentlich über ihren plötzlichen Besuch etwas Freude zeigen. Doch ihre Verärgerung darüber, daß Eleonore sie mit einem Putzlumpen in der Hand antreffen mußte, war zu groß. In welch bunten Farben hatte sie sich oft ein Zusammentreffen mit ihr ausgemalt! Sie, die feine Dame vom Stuttgarter Theater, in ihr rosafarbenes Samtkleid mit den lila Bändern gekleidet, hätte dabei einen seidenen Sonnenschirm schwingend auf einer Parkbank gesessen, hätte Eleonore – küchenblaß und schmucklos wie immer in beigefarbenes Leinen gekleidet – freundlich, aber mit einer gewissen Distanz begrüßt. Statt dessen mußte sie aus der Hocke Eleonores gesunde Gesichtsfarbe, ihre wie reife Kastanien glänzenden Augen und ihr neues, wenn auch einfaches gestreiftes Kleid zur Kenntnis nehmen. Fast hätte man ihre Schwester als gutaussehend bezeichnen können!

»Sehr erfreut scheinst du ja nicht gerade über meinen Besuch zu sein!« Enttäuscht schluckte Eleonore eine weitere Bemerkung herunter. Dann hielt sie Sonia eine kleine, braune Papiertüte hin. »Da, probier mal. Die habe ich nicht nur selbst gemacht, sondern auch selbst erfunden.«

Nachdem Sonia mehrere Stücke von dem Konfekt gegessen hatte, das nach starkem Kaffee schmeckte, fragte sie etwas versöhnlicher nach: »Warum kommst du an einem ganz gewöhnlichen Wochentag hierher? Haben sie dich etwa hinausgeworfen?«

Eleonore lachte. »Nein, Gott behüte. Johann dachte nur, es wäre ein wenig Abwechslung für mich, ihn einmal auf seinen Einkaufsfahrten in die Stadt zu begleiten. Ich muß auch gleich wieder fort. Aber ich konnte es nicht übers Herz bringen, hierherzukommen und dich nicht zu besuchen! Was für ein Glück, daß ich dich gleich getroffen habe!«

»Ja, sonst bin ich selten hier, vor allem nicht so früh am Tage. Weißt du, wir vom Theater sind Nachtmenschen. Eigentlich helfe ich heute nur aus, weil eines der Putzweiber nicht aufgetaucht ist.«

Hocherfreut über Sonias offensichtliches Verantwortungsbewußtsein, über ihre Hilfsbereitschaft anderen gegenüber, begann Eleonore Neuigkeiten vom Schloß zu erzählen. Davon, daß Martini, dem Tischdiener des Königs, letzte Woche eine wertvolle Suppenterrine samt Inhalt hinuntergefallen war, woraufhin Frau Glöckner, die Hoftafelaufseherin, vor Schreck ohnmächtig geworden war und mit Riechsalz wiederbelebt werden mußte. »Wie gut, daß Johann gleich wußte, wo das Fläschchen mit dem Riechsalz stand«, brachte Eleonore unter Kichern hervor. Dann erzählte sie noch von der Tauffeier für die kleine Prinzessin, die am vorherigen Abend stattgefunden hatte. »Mein gebackkenes Eis hat so großen Anklang gefunden, daß ich besser die doppelte Menge gemacht hätte. Aber wer hätte gedacht, daß Katharinas Gäste nach einem achtgängigen Menü noch so viel Appetit auf mein Dessert haben würden! Wo sich

Johann doch die allergrößte Mühe mit der Zusammenstellung des Taufdiners gegeben hatte!«

Johann? Hörte sie den Namen Johann nicht etwas zu oft? »Gebackenes Eis?« fragte Sonia lustlos nach, woraufhin Eleonore sich in ausführlichen Beschreibungen ihrer neuen Dessertkreation erging. Was hatte es mit Johann und Eleonore auf sich? War der Hauptkoch etwa Lorchens neuer Verehrer? Bei dem Gedanken an seine kräftige Statur, seine fleischigen Arme und seine laute Stimme schauderte es Sonia. Nicht nur einmal hatte er sie wegen irgendeiner Lappalie gepackt und geschüttelt. Zweimal hatte er ihr sogar eine Ohrfeige gegeben! Warum, wußte Sonia nicht mehr so genau. Wahrscheinlich war es nur eine Kleinigkeit gewesen; seine Wutausbrüche waren schließlich in der ganzen Küche gefürchtet. Und dieser Mann, vor dem jeder kuschte wie ein dressierter Hund im Zirkus, sollte ein Auge auf ihre Schwester geworfen haben? Ihr Blick fiel auf Eleonores lebhaftes Gesicht, und der Zwang, sie zu verletzen, wurde immer stärker. »Was gibt es eigentlich Neues von Leonard?« unterbrach sie Eleonores Redeschwall. Mit Genugtuung beobachtete sie die dunkle Wolke, die sich über Lorchens viel zu dunkle und lange Wimpern schob und ihren Blick mit einem grauen Schleier belegte. »Leonard? Nicht viel Neues von ihm.«

Lustvoll stocherte Sonia weiter in Eleonores Wunde herum. »So ist das halt mit den Männern: aus den Augen, aus dem Sinn! Es bedarf schon einiges an weiblichen Reizen, um einen Mann halten zu können, das laß dir von mir gesagt sein. Aber tröste dich, Lorchen: Was hättest du auch in Rußland gewollt? Eine Familie, ein liebender Ehemann und ein eigenes Haus – das ist ja alles schön und gut, aber deine Backkünste hättest du dort nicht gebrauchen können. Ich weiß zwar bis heute nicht, was so schön daran sein soll, von morgens bis spät in die Nacht an einem heißen Backofen zu stehen, aber deinen Erzählungen nach scheint es dir zu gefallen.«

Eleonore seufzte. »Meine Arbeit bereitet mir viel Freude, das ist wahr. Es ist nur ... wie soll ich's sagen? Ich bin halt so enttäuscht von Leonard. Daß er sich gar nicht mehr meldet, hätte ich nicht geglaubt.«

Gar nicht mehr meldet? Sonias Laune machte einen gewaltigen Hüpfer nach oben. Trotzdem hielt sie es für angebracht, Eleonore einen weiteren Dämpfer zu verpassen. »Wie gesagt, so sind die Männer nun einmal. Keinem kann man trauen. Tut man es doch, dann hast du ja an mir gesehen, wo man landen kann.« Sie schniefte laut, schaute auf den Boden und beobachtete unter niedergeschlagenen Lidern Eleonores Reaktion.

Hatte sich die alte Jungfer dem Koch womöglich schon hingegeben? War die Beziehung der beiden schon weiter fortgeschritten, als sie, Sonia, es vermutete? Sie versuchte, einen weisen Blick aufzusetzen. »Ja, ja. Man hat es nicht leicht als Weib. Wie waren sie damals auf dem Schloß hinter mir her! Allesamt! Nicht einmal einen Eimer mit Küchen-abfällen konnte ich hinaustragen, ohne daß mir nicht einer der Burschen unter den Rock blinzeln wollte! Manch einer ist richtig grob geworden, wenn ich mich nicht fügte.« Sie seufzte abgrundtief. »Alle haben sie mich ausgenutzt – ob Küchenjunge oder Koch, in dieser Beziehung waren sie alle gleich...« Beschwörend packte sie Eleonore am Handgelenk. »Nimm dich in acht, Schwesterlein! Haben sie ihre Lust erst einmal gestillt, werfen sie dich weg wie einen alten Lumpen!« Beim Anblick von Eleonores erschrockenem Gesichtsausdruck mußte sie sich schwer beherrschen, um nicht laut zu frohlocken. So einfach war das! Nun hatte sie Eleonores Glück erst einmal mit einer gehörigen Portion Miß-trauen versalzen!

Als die Schwester gegangen war, trat Sonia auf den großen Wandspiegel zu, der in den letzten Monaten zu ihrem Freund und Feind zugleich geworden war. An manchen Tagen gefiel ihr das, was sie darin erblickte, so sehr, daß sie sich immer wieder davor hin- und herwiegte. Ihre blasse Haut, die nur noch selten das Tageslicht zu sehen bekam, stand in einem aufregenden Kontrast zu ihren dunklen Haaren, die dank einer heimlichen Waschung mit Melias Eichenblättersud noch dunkler als früher erschienen. Ihre Brüste, von dem guten und reichlichen Essen auf dem Schloß voll und rund geworden, hatten ihre Prallheit behalten, während ihre Taille durch das unregelmäßige Essen am Theater beinahe wieder so schmal geworden war wie damals, als sie noch auf der Straße gelebt hatten. Mit Kleidern und Tand geizte Gustav nicht, mochte er sie in der Öffentlichkeit auch nicht so ausführen, wie sie es sich wünschte. Ihr Kleiderschrank war jedenfalls um einiges besser bestückt als bei ihrer Ankunft am Theater, und in ihren Augen machte sie in jedem ihrer Kleider eine bessere Figur als Melia in ihren teuersten Roben. Warum fiel dies nur niemandem auf außer ihr selbst? Warum blieb das große Ereignis, auf das sie in ihrem Leben wartete, Tag für Tag aus? Sobald sie sich diese Frage stellte, dauerte es meist nicht lange, und der große Wandspiegel wurde ihr Feind. Die vormals elegante Blässe erschien ihr dann kränklich, ihre Kleider billige Kopien der wirklich feinen Gewänder. Und hatte Melias Haar nicht einen viel prachtvolleren Glanz als ihr eigenes? Sie machte einen weiteren Schritt auf den Spiegel zu, um sich ganz aus der Nähe betrachten zu können. Hing die Haut unter ihren Augen nicht täglich tiefer hinab?

Auf einmal hörte sie am Ende des Ganges eine Tür aufgehen und laut wieder ins Schloß fallen. Dann kamen kleine klappernde Schritte auf sie zu. Hastig sprang sie auf den Putzeimer zu, ergriff den alten Lumpen und begann, damit den Boden zu reiben, als hinge ihr Leben davon ab. Erst gestern war sie von Melia bei einem Ruhepäuschen in der Besuchergarderobe erwischt worden, heute wollte sie einem weiteren Donnerwetter aus dem Weg gehen.

»Sonia«, ertönte Sekunden später Melia Feuerwalls weinerliche Stimme. »Louise ist krank, fürchterlich krank. Lauter rote Pusteln hat sie, und ich kann nur zu Gott beten, daß sie mich nicht angesteckt hat. Nur, wer soll mir heute abend bei der Garderobe helfen?« Auf ihren Wangen tanzten rote Flecken, und ihre Augen waren verquollen, als habe sie den ganzen Morgen geweint. Sorgenvoll biß sie sich auf die Unterlippe.

Sonia erhob sich so anmutig wie möglich. Mit der linken Hand eine feuchte Strähne aus der Stirn streichend, versuchte sie einen kleinen Knicks. »Ich könnte Ihnen doch helfen, verehrte Dame.«

»Duuu?« Melia machte einen langen Hals wie ein Schwan und musterte Sonia von oben herab.

Bemüht freundlich sprach Sonia weiter. »Von Louise weiß ich, wie man mit solch feinen Roben wie den Ihren umzugehen hat, und Ihre prächtigen Haare bedürfen eh keines Schmuckes, obwohl ich mir natürlich die größte Mühe mit Ihrer Frisur geben werde.«

Melias skeptischer Blick ließ Sonia innerlich vor Wut fast platzen. Trotzdem verharrte sie in ihrer demütigen Haltung.

»Meinst du?« Die Hofschauspielerin seufzte und warf theatralisch die Hände in die Luft. »Nun, für ein paar Tage würde es vielleicht gehen... Mon Dieu! Welche Sorgen! Und das gerade jetzt! Ein Unglück kommt zum anderen..., wie werde ich vom Schicksal bestraft! Wahrscheinlich kann mir sowieso niemand mehr helfen...« Wieder schniefte sie laut vor sich hin.

Sonia spitzte die Ohren. War Melia womöglich auch schwer krank? Oder welches Unglück war ihr sonst widerfahren? Mit einem unfeinen Platsch ließ sie den Putzlumpen endgültig ins brackige Wasser fallen, um der Hofschauspielerin in ihre Garderobe zu folgen.

Den halben Vormittag war sie nun schon damit beschäftigt, zwei große Körbe Seidenblumen nach Farben zu sortieren, geknickte Blätter glattzustreichen und locker gewordene Anstecknadeln wieder anzunähen. Die Arbeit war zwar allemal besser als den Boden zu wischen, doch nach Louises vornehmem Getue hatte Sonia sich unter der Tätigkeit einer Kammerzofe viel mehr vorgestellt. Sie überlegte, ob es Melia wohl auffallen würde, wenn die eine oder andere Ansteckblüte fehlte. Die Hofschauspielerin lag wie eine Marmorstatue auf ihrem Diwan und seufzte vor sich hin. Vorsichtig schaute Sonia zu ihr hinüber, dann steckte sie eine tiefrote Seidenrose in ihre Schürzentasche. Im gleichen Augenblick stieg ein lautes Schluchzen vom Diwan auf und ließ sie vor Schreck zusammenzucken. Doch Melia hatte nichts bemerkt. Ihren Kopf in beide Hände gestützt, wiegte sie sich weinend hin und her.

Mit zwei Sätzen war Sonia an ihrer Seite. »Gnädige Dame, so beruhigen Sie sich doch!« Mehr aus Reflex denn aus Mitgefühl beugte sie sich über die weinende Frau und strich ihr tröstend über den Kopf. »Was ist denn so Schlimmes geschehen? So reden Sie doch, sonst muß ich mir Sorgen um Ihre Gesundheit machen!«

Melia hielt inne. Ihr Gesicht war tränennaß und vom schwarzem Kohlenstift verschmiert. »Reden? Nicht einmal das kann ich. Zum Schweigen verurteilt bin ich! Muß mein Schicksal alleine tragen, einsam, ohne die Hilfe anderer in Anspruch nehmen zu dürfen.« Wieder wurde sie von einem Weinkrampf geschüttelt.

Melias theatralische Redeweise ließ Sonia innerlich laut auflachen. Wahrscheinlich lag das ganze Drama in einem abgeknickten Schuhabsatz! Oder Madame hatte wieder einmal Mühe, die Verse für den heutigen Abend auswendig zu lernen! Melias nächste Worte ließen sie jedoch wie zu Stein erstarren.

»Die ewige Liebe hat er mir versprochen! Nur mir wolle er treu sein, den gesellschaftlichen Konventionen zum Trotz an unserer Liebe festhalten..., und ich glaube ihm. Trotzdem tut es fürchterlich weh, mit anzuschauen, wie...« Die nächsten Worte wurden von einem neuen Weinkrampf erstickt.

Sonia traute sich nichts zu sagen, sondern saß nur still daneben. Von Zeit zu Zeit strich sie über Melias Wange. Innerlich zitterte auch sie, allerdings vor Aufregung und Ungeduld, endlich mehr zu erfahren. So aufgelöst hatte sie Melia, die Grande Dame des Stuttgarter Theaters, noch nie erlebt.

Nachdem der Pfropfen erst einmal gelöst war, sprudelte es schließlich weiter aus Melia heraus: ihr ganzes Unglück als Geliebte eines verheirateten Mannes, der eine sehr hohe gesellschaftliche Position innehatte und sich nicht zu ihr bekennen konnte.

»Ich weiß sehr wohl, daß er sich einen Nachfolger wünscht, ja, diesen sogar dringend braucht«, brachte sie schniefend hervor. »Welchem Mann in seiner Position erginge es anders?« Der trockene, bittere Ton, der aus ihrer Kehle kam, glich mehr einem Husten denn einem Lachen. »Aber wäre ich ein Mensch, wenn ich beim Anblick seiner Angetrauten samt Neugeborenem nicht wenigstens ein bißchen Neid, ja, Eifersucht und Schmerz fühlen würde? Mein Herz ist nicht aus Stein, weiß Gott!«

So, wie Melia sich aufführte, konnte man fast annehmen, sie wäre mit dem König von Württemberg verbandelt, schoß es Sonia durch den Kopf. Hatte nicht Eleonore erzählt, im Schloß hätte es eine Tauffeier für die kleine Prinzessin gegeben? Doch der Gedanke war zu abwegig, als daß sie ihn weiter verfolgt hätte. Wahrscheinlich war Melias Geliebter ein reicher Kaufmann, dessen Weib gerade eben den langersehnten Sohn und Erben zur Welt gebracht hatte. Verdammter Gustav! Würde er sie öfter mitnehmen, wäre es ein leichtes für sie, herauszufinden, um welchen feinen Herrn es hier ging! Aber irgendwann würde es ihr auch alleine gelingen!

»Eine so große Künstlerin wie die gnädige Frau hat auch ein größeres Herz als wir einfachen Menschen«, antwortete Sonia deshalb treuherzig. »Wer auf der Bühne so gefühlvoll spielt, muß auch im wahren Leben ein überaus starkes Empfinden haben. Ich kann nur ahnen, was Madame erleiden muß.«

Ungläubig starrte Melia Feuerwall zu Sonia hinüber. So viel Mitgefühl und Scharfsinn hätte sie Gustavs Spielgefährtin gar nicht zugetraut! Vielleicht waren es nicht nur ihre Jugend und die wilde Weiblichkeit, welche die anderen Theatermitglieder so in ihren Bann zogen?

Wie ein Habicht seine Beute beobachtet, so ließ auch Sonia die Hofschauspielerin nicht mehr aus den Augen. »Ein offenes Wort kann manchmal sehr hilfreich sein, wenn man glaubt, von der Last eines einsamen Geheimnisses erdrückt zu werden. Sehr gerne würde ich Ihnen helfen, Ihre Sorgen zu tragen! Doch ich könnte gut verstehen, wenn Sie Ihr Vertrauen lieber einem anderen Menschen schenken.« Sie hielt die Luft an. »Soll ich vielleicht doch rasch nach Louise schauen? Vielleicht fühlt sie sich wieder etwas besser ...«

»Louise, pah!« Melias Stimme klang verächtlich. »Glaub nicht, daß ich nicht weiß, wie Louise hinter meinem Rücken über mich lästert! Und daß sie es mit dem Eigentum anderer nicht immer so genau nimmt, ist mir auch nicht entgangen, mag sie mich auch für noch so taub und blind halten.«

Die Seidenblume schien auf einmal ein Loch in Sonias Schürzentasche zu brennen. Was, wenn Melia sie dabei beobachtet hätte, wie sie das Ding hineingeschoben hatte? Wie hatte sie so dumm sein können, wo es doch hier um viel Wichtigeres ging!

Plötzlich richtete Melia sich auf. Sie seufzte noch einmal. »Das ganze Jammern hat wirklich keinen Sinn. Viel eher sollte ich mir ernsthafte Gedanken darüber machen, wie es nun weitergehen soll.«

Sonia runzelte die Stirn. Was wollte Melia damit sagen?

Die Schauspielerin hielt ihren Kopf schräg wie ein kleiner Vogel, der einen Wurm ins Visier genommen hat. »Vielleicht hast du recht, ich sollte wirklich jemanden ins Vertrauen ziehen.« Wieder folgte ihren Worten ein Seufzen. »Wahrscheinlich werde ich sogar nicht darum herumkommen . . .«

Sonia rückte näher, bis sie Melia direkt zu Füßen kniete. Sie *mußte* sie ins Vertrauen ziehen, sonst . . . Von unten suchte sie Melias verheulten Blick. »Die ganzen letzten Monate waren Sie so gütig zu mir, haben mich mit offenen Armen aufgenommen. Geben Sie mir die Möglichkeit, diese Freundlichkeit zumindest ein wenig zurückzuzahlen! Lassen Sie mich Ihre Last mittragen. Vielleicht weiß ich sogar einen Rat für Ihre Sorgen.« Ihr Blick wurde dunkler, glänzender. »Ich bin viel herumgekommen. Habe viel gesehen und weiß einiges über die Mannsbilder . . .« Die letzten Worte ließ sie verführerisch wie einen Zuckerbonbon in der Luft baumeln.

Damit hatte sie die Hofschauspielerin an der Angel. Doch was sie – überzeugt davon, ein offenes Ohr, aber auch eine verschwiegene Seele gefunden zu haben – in der nächsten Stunde zu beichten hatte, nahm selbst Sonia den Atem.

28

Ich geh' zurück. Das war's, was ich dir sagen wollte.«
Wie vom Schlag getroffen drehte Leonard sich zu Michael um. »Zurück?« Er wußte sofort, wovon sein Bruder sprach. Eine Blechdose, die er ins Regal einordnen wollte, fiel laut scheppernd auf den Boden. Seine Hände zitterten auf einmal wie die eines alten, russischen Mannes, die schwach geworden waren vom jahrelangen Wodkatrinken.

Michael hob derweil zu einem Klagelied über die russische Erde an, über das russische Wetter, die anderen Aussiedler und die Russen selbst. Wie selbstverständlich öffnete er dabei den Schrank, in dem Leonard eine Flasche Wodka für den eigenen Genuß sowie zwei Becher aufbewahrte. Er hatte sie von Leonji, dem Besenmacher, geschenkt bekommen. Leonard und Barbara hatten ihren Laden noch keine Woche geöffnet, als Leonji mit einem Armvoll Besen zur Tür hereingekommen war und diese zum Verkauf anbot. Über den Preis war man sich schnell einig gewesen und hatte das Geschäft, wie unter Russen so üblich, mit einem Schluck Wodka besiegelt. Als Leonji herausfand, daß er und der Württemberger den gleichen Namen trugen, war die Freude groß. Beim nächsten Besuch ließ er Leonard die beiden selbstgeschnitzten Becher da. Die Verzierung sei der russische Buchstabe L, erklärte er Leonard, für den die Becher mehr bedeuteten als nur der Freundschaftsbeweis eines wohlgesonnenen Geschäftspartners. Für ihn waren sie ein gutes Omen, ein Zeichen dafür, daß alles gut werden würde hier in Rußland. Welche Ironie des Schicksals also, daß Michael gerade aus ihnen auf seine Heimreise trinken wollte!

»... nein, nein, das mach' ich nicht mehr mit! Die Karla hat auch genug. Wenn's sein müßt', tät' sie lieber auf der Alb verhungern als hier in der Fremde, hat sie erst gestern wieder gemeint.« Er beendete seine Jammertirade mit einem ordentlichen Schluck Wodka.

»Was soll das Gerede vom Verhungern?« fragte Leonard barscher nach, als ihm zumute war. »Schließlich bin ich auch noch da, oder?« Tausend Erwiderungen lagen ihm auf der Zunge, es gab so vieles, was er Michael hätte sagen können. War nicht jeder seines eigenen Glückes Schmied? Warum hatten zum Beispiel die anderen Württemberger Bauern es zu einer recht ansehnlichen Ernte gebracht, wenn doch die russische Erde so gar nichts taugte? Das und viel mehr hätte er ihm sagen können, doch er blieb stumm. Was hätte es genutzt?

»Daß du uns oft ausgeholfen hast in der letzten Zeit, weiß ich wohl zu schätzen.« Mit gesenktem Kopf saß Michael da. Dies zu sagen fiel ihm sichtlich schwer. »Daß dein Weib damit nicht einverstanden war, haben wir auch mitgekriegt.« Schon war der Vorwurf in Michaels Stimme nicht mehr zu überhören. Mit einem hastigen Blick versicherte er sich, daß Barbaras Schatten nicht hinter dem Vorhang zu den Wohnräumen auftauchte. »Überhaupt, dein Weib! Wenn du mich fragst, fing damit das ganze Elend doch erst an! Wer hat denn damit gerechnet, daß du noch auf der Herreise eine heiratest? Wo doch ausgemacht war, daß wir gemeinsam hier anfangen. Wäre alles so gekommen, wie's geplant war, sähe heute einiges anders aus.«

Michael konnte nicht ahnen, wie recht Leonard ihm im

stillen gab. Du kannst nicht zurück, ich brauche dich hier, wollte er seinem Bruder ins Gesicht schreien. Wir sind doch ein Fleisch und Blut! Und: Was soll ich allein hier, in der Wildnis? Auf einmal fühlte er sich unendlich müde.

Eine Zeitlang saßen die beiden schweigend da. Nachdem Leonard seinen Becher geleert hatte, schenkte er sich erneut ein. »Wann wollt ihr fahren?«

»In zwei Wochen geht eine Kolonne von Odessa los. Wenn wir uns beeilen, schaffen wir das. Es gibt noch mehr Württemberger, die es zurück in die Heimat zieht«, antwortete Michael trotzig.

Leonard schenkte auch ihm nach. Hoffentlich blieben Barbara und der Junge noch eine Weile unten am Fluß. »Und was willst du tun in der neuen alten Heimat?«

Michael zuckte mit den Schultern. »Zuerst einmal gehen wir zu Karlas Leuten, wenigstens für einige Zeit. Danach wird sich schon etwas finden. Vielleicht steht ja unser alter Hof noch leer. Damals hat sich ja kein Käufer für den alten Flecken finden lassen.«

»Und hier willst du dein Glück nicht noch einmal versuchen? Schau die anderen an: Der Weizen wächst doch gut, und auch die Gerstenernte war bei den meisten recht ordentlich. Vielleicht müßtest du es bloß auf einem anderen Stück Land probieren.«

Michael schüttelte den Kopf. »Nein, nein. Ich hab' genug von Rußland. Die gebratenen Tauben fliegen einem nirgendwo ins Maul, das weiß ich jetzt. Aber wenn ich mich schon abrackere, dann will ich's lieber noch einmal in der Heimat versuchen. Ich bin eben nicht der große Eroberer – ich hätt' gar nicht erst weggehen sollen.«

Wieder pflichtete Leonard seinem Bruder insgeheim bei. Laut sagte er: »Du bist ja nicht freiwillig gegangen. Die schlechten Zeiten waren's, die dich zur Auswanderung getrieben haben.«

Michael nickte, und seine Miene war ungewohnt heiter. »Aber damit soll's ein Ende haben, heißt es. Ist dir nicht aufgefallen, daß kaum noch Leut' aus Württemberg rüberkommen? Der König und die Königin sollen viel für die Bauern im Land getan haben, heißt es. Und die schlimmste Not sei vorüber.«

»Wollen wir's hoffen.« Draußen wurde es langsam dunkel. Hunderte von kleinen Stechmücken flogen durch die offenen Fenster herein und tanzten wie wild um die Öllampe, die vor den beiden Männern auf dem Tisch stand. Es würde nicht mehr lange dauern, bis Barbara zurückkam. Sie wußte, daß Leonard es nicht gerne sah, wenn sie sich nach Anbruch der Nacht noch unten am Fluß aufhielt, und manchmal hielt sie sich daran. Was sie den ganzen Tag dort trieb, war Leonard schleierhaft. Sicher, die Hitze war unten am Wasser erträglicher als hier in der Talsenke. Selbst hier im Laden war es drückend schwül, und der Wodka in ihren Bechern fast lauwarm. Aber es ging doch nicht an, daß jemand nur der Hitze wegen den lieben langen Tag faul auf der Haut lag! Auf der anderen Seite war er ganz froh, Barbara aus dem Haus zu haben. Wenn sie da war, fühlte er sich ständig von ihr beobachtet, spürte ihren stechenden Blick in seinem Rücken.

»Sag einmal, ist dir in letzter Zeit etwas an meinem Weib aufgefallen?« Leonard nahm den Wodkabecher in die Hand und hielt den Atem an. Der Geruch der klaren Flüssigkeit erinnerte ihn plötzlich an bittere Medizin.

»Barbara?« Ihr Name kam so schrill und falsch heraus, daß Michael sich sofort verlegen räusperte. Das Thema war ihm sichtlich unangenehm. »Wie meinst du das? Was soll mir aufgefallen sein?«

Leonard seufzte. »Nun ja, findest du nicht, daß Barbara sich manchmal etwas seltsam benimmt?«

Michaels Miene und seine Worte enthielten nicht dieselbe

Botschaft, als er entgegnete: »So viel hab' ich nicht mit Barbara zu tun, als daß ich was zu ihrem Benehmen sagen könnte.« Doch weil Leonard stumm blieb, setzte er hinzu: »Sie ist manchmal vielleicht ein wenig zerstreut, oder zumindest kommt sie mir so vor.«

Leonard wurde hellhörig. »Ja, und? Weiter?«

Michael zuckte mit den Schultern. »Na ja. Manchmal spricht sie etwas seltsam daher..., aber was versteh' ich schon davon? Was soll das ganze Gefrage über dein Weib? Du müßtest doch selbst am besten über sie Bescheid wissen. Hast sie schließlich geheiratet!«

»Jetzt bleib halt sitzen, verdammt noch mal.« Leonard zog Michael an seinem Ärmel zurück. »Ich weiß, daß du Barbara nicht leiden kannst. Und daß dir meine Heirat mit ihr nicht in den Kram gepaßt hat, weiß ich auch. Aber ich hab' doch außer dir niemanden, mit dem ich reden könnte.« Er strich sich seine roten Haare aus dem Gesicht. »Ich versteh' das Weib einfach nicht mehr. Am Anfang, als wir hier ankamen, war alles noch ganz normal. Aber jetzt? Manchmal denk' ich, sie ist verrückt!«

Michael schaute auf. Jede Boshaftigkeit, jede Gehässigkeit waren aus seiner Miene verschwunden, doch das, was Leonard jetzt darin sah, gefiel ihm auch nicht sonderlich. »Na, na. So schlimm wird es auch nicht sein, oder? Außerdem: Mit einem Kind im Bauch sind sie alle etwas seltsam, das laß dir gesagt sein. Sogar meine Karla ist dann nicht hinten wie vorne. 's müßt' doch bald soweit sein bei deinem Weib, oder?«

Leonard nickte. »Lang wird's nicht mehr dauern mit der Niederkunft, das stimmt schon. Aber ob das alleine der Grund ist? Manchmal, da ist es so, als ob sie...«

Eine Zeitlang noch redeten die beiden Brüder wie Katzen um den heißen Brei, dann stand Michael auf. Leonard solle sich keine Sorgen machen, Weibsbilder seien eben wechselhaft wie Aprilwetter. Den Schweiß aus der Stirn wischend verabschiedete er sich.

Leonard blieb mit einem schalen Geschmack im Mund zurück. Aprilwetter? Barbaras Verhalten war eher damit zu vergleichen, daß es in der Hölle schneite und es im Himmel dafür glühende Funken schlug. Wie so oft erschien vor seinem inneren Auge Eleonores Gesicht, ihre warmen, braunen Augen und ihr jungfräulich wirkender Mund, dessen Oberlippe so oft wie vor Erstaunen leicht gekräuselt war. Sie mußte ihn für einen Lumpen halten, jetzt, da er ihr nicht mehr schrieb. Was hatte er nur getan! Verraten hatte er sie, wie einst Judas den heiligen Sohn. Statt der Silberlinge war es ein Säckchen Goldmünzen gewesen, für das er sein Liebstes auf der Welt verkauft hatte. Ein Schluchzen stieg aus seiner Kehle. Den Kopf mit seinen Händen gestützt, saß er da, von einem lautlosen Weinen geschüttelt, während es um ihn herum immer dunkler wurde. Er hätte den Laden zuschließen müssen, die Vorhänge vor die Fenster ziehen, um die Abertausende von Mücken abzuhalten. Nach Barbara hätte er suchen müssen, schon viel zu lange war sie weg, und er sollte sich eigentlich Sorgen um sie machen. Vielleicht war ihr unten am Fluß etwas passiert? War sie womöglich auf dem von Mäusen durchgrabenen Boden gestolpert und konnte nicht mehr aufstehen? Dennoch war er unfähig, sich zu erheben. Es kam ihm vor, als wären seine Glieder mit Blei ausgegossen, so schwer und müde fühlte er sich.

»Was hockst du da im Dunkeln wie ein Waldschrat in seiner Höhle?« Barbaras Augen glitzerten wie Flußkristalle in ihrem dunkel gebräunten Gesicht. Leonard zuckte zusammen, als ob er einen Geist gesehen hätte. Er hatte Barbara nicht kommen hören. Hinter ihr kam Josef zur Tür herein, sein Gesicht teilnahmslos und undurchsichtig wie immer.

»Barbara! Wo warst du so lange? Ich habe mir Sorgen

gemacht. Mußt du im Dunkeln noch draußen herumrennen? Noch dazu in deinem Zustand?« Mit einem Satz stand Leonard auf und räumte die Wodkaflasche und die beiden Becher in den Schrank zurück. Dann beeilte er sich, die beiden anderen Öllampen anzuzünden. Seltsam, bis gerade eben hatte die Dunkelheit ihm nichts ausgemacht. Seit Barbaras Eintreffen aber erschien sie ihm bedrückend, wie etwas, vor dem man flüchten mußte.

»Pah! Was soll mir schon geschehen? Ich kann gut auf mich selbst aufpassen, das hab' ich schließlich schon ein Leben lang getan.« Sie ging nach hinten in den Wohnraum. Leonard und Josef folgten ihr. Nachdem Barbara einen Laib Brot, Schinkenspeck und kleine, scharfe Rettiche auf den Tisch gestellt hatte, begannen sie mit ihrem Nachtmahl. Plötzlich kam sich Leonard mit seinem Gerede über Barbaras angeblich seltsames Verhalten komisch vor. Vielleicht war *er* derjenige, der etwas seltsam war. Kein Wunder, daß Michael nicht so recht gewußt hatte, was er antworten sollte. Auf einmal merkte Leonard, wie hungrig er war, und schnitt sich eine weitere Scheibe Brot und Speck ab. Barbara erzählte ihm von der wilden Verfolgungsjagd, die Bauer Hergenröder wegen seiner ausgebrochenen Ochsen veranstaltet hatte. Leonard hatte die Geschichte bereits im Laufe des Tages von mindestens drei anderen Augenzeugen gehört. Nun aber tat er so, als höre er alles zum ersten Mal, und lachte laut. Es kam so selten vor, daß Barbara Anteil nahm am Geschehen im Dorf. Genüßlich kauend saß er da. Erst nach einer Weile bemerkte er, daß Barbara zu essen aufgehört hatte. Ihre Augen waren plötzlich starr auf die Öllampe gerichtet. Die flackernde Flamme spiegelte sich in ihren dunklen Pupillen wider. Unwillkürlich verkrampften sich Leonards Oberarme, als gelte es, eine nahende Bedrohung abwenden.

»Da! In der Flamme! Das Kind, ein Flammenteufel!«

Von einer Sekunde zur anderen brach sie in ein unkontrolliertes Heulen aus und wiegte ihren geschwollenen Leib hin und her.

Leonard wollte zu ihr hinübergehen, sie tröstend in den Arm nehmen, beruhigen wie ein Kind. Statt dessen kam die Bleischwere von vorher zurück, und er blieb sitzen.

»Unser Kind wird ein Flammenteufel werden! Ich kann machen, was ich will. Die vielen Bäder unten am Fluß – alles umsonst! Ich weiß es, ich spür's! Verbrennen werden wir, alle verbrennen ...« Ihr Schrei zerriß die drückende Schwüle des Raumes und ging Leonard durch Mark und Bein. Selbst Josef schaute mit weit aufgerissenen Augen auf seine Mutter.

Barbara stöhnte laut. »Es kommt! Der Teufel kommt, er will raus auf die Welt, sein Unwerk tun! Herr im Himmel, ich kann ihn nicht mehr zurückhalten!« Sie packte Leonards Hände so fest, daß seine Gelenke krachten. »Geh und hol Peter! Peter Gertsch ist der einzige, der dem Teufel die Stirn bieten kann. Er ...« Ihre nächsten Worte gingen in einem weiteren Schrei unter.

Aufgeregt versuchte Leonard, sich aus Barbaras Umklammerung zu befreien. »Paß du auf deine Mutter auf«, herrschte er Josef an. Dann beugte er sich zu Barbara hinab. »Ich komme gleich zurück und bringe Hilfe mit.« Er rannte aus dem Haus, um die Frau des Nachbars zu holen. Diese hatte sechs Kinder zur Welt gebracht und würde schon wissen, was bei einer Niederkunft zu tun war. Schon vor Wochen hatte Martha Fauser ihre Hilfe angeboten, und Leonard hatte dankbar angenommen. Doch er wußte, daß es nicht nur praktische Hilfe war, die Barbara und das Kind dringend nötig hatten. Beide brauchten Gottes Beistand, um ihrem Wahnsinn zu entrinnen. Ja, es war Wahnsinn! Was er in den letzten Wochen und Monaten vor allen anderen, aber auch vor sich selbst zu verbergen versucht hatte, offenbarte sich nun kalt und grausam. Barbara war nicht normal im Kopf, ihre Stimmungsschwankungen waren nicht die eines launischen Weibes, sondern die eines kranken, verwirrten Menschen. Abrupt blieb er stehen, legte den Kopf in den Nacken und starrte in den nachtblauen Himmel. Warum Barbara?

Um ihn herum zirpten die Grillen ihr sorgloses Lied. »Gott im Himmel! Ich flehe dich an, hilf dem Kind, heil auf die Welt zu kommen. Bestraf es nicht für unsere Sünden, sondern laß uns, die wir gesündigt haben, dafür büßen!«

29

Die Geburt war schwer und dauerte sehr lange. Martha Fauser hatte in der Mitte der Nacht um Ablösung gebeten. Schließlich war sie seit dem frühen Morgen auf den Beinen und mußte in wenigen Stunden die Morgenmahlzeit für ihre eigene Familie richten. »Bei deinem Weib ist es wie bei einer Erstgebärenden«, hatte sie Leonard erklärt. »Sie will das Kind nicht loslassen. Dabei zerreißt es sie fast vor Schmerzen. Ich hab' so etwas schon einmal erlebt.« Marthas Gesicht hatte sich verdunkelt. »Damals ist's nicht gut ausgegangen. Aber gräm dich nicht«, hatte sie nach einem Blick in Leonards Gesicht hastig hinzugefügt. »Deine Barbara ist kräftig, und ihr erstes Kind ist es auch nicht. Nur wird's noch eine Weile dauern, bis es endlich soweit ist.« Dann hatte sie Leonard nach der Bachtalerin geschickt. Grete Bachtaler war seit einem halben Jahr Witwe. Ihr Mann Karel war im Frühjahr nach langer Krankheit gestorben, seitdem lebte sie allein in der kleinen Hütte am Ende der Gasse. Leonard dankte dem Herrgott für Gretes leichten Schlaf, der sie bei seinem ersten Klopfen an der Tür wach werden ließ. Ohne auch nur eine Frage zu stellen, hatte sie sich hastig Rock und Leibchen übergeworfen. Beim Hinausgehen kehrte sie noch einmal um und kramte in einer Schublade. Mit einem kleinen Fläschchen in der Hand folgte sie Leonard schließlich.

Martha war schon lange gegangen, und der Mond wich

den ersten Lichtstrahlen der Sonne, doch Barbaras Kind machte immer noch keine Anstalten, auf die Welt zu kommen. Ihre Schreie wurden immer unverständlicher, ihre Worte glichen eher den Lauten, die ein verletztes Tier ausstieß. Leonard gähnte und rieb sich die brennenden Augen. Obwohl er seit mehr als dreißig Stunden nicht geschlafen hatte, hätte er jetzt kein Auge zutun können. Josefs Lager hatten sie noch am Abend in den Ladenraum gebracht, wo er seitdem völlig unberührt von allem tief und fest schlief.

Nachdem die Gebärende ebenfalls in einen erschöpften Schlaf gefallen war, gönnten Leonard und Grete sich eine kurze Verschnaufpause am Eßtisch. Durch den Raum zog der erfrischende Duft des Pfefferminztees, den Grete gekocht hatte.

»Etwas ist nicht in Ordnung mit deinem Weib – was ist es?«

Leonard schaute auf. Seine Augen waren so rot wie seine Haare. »Ich weiß es nicht.« Er versuchte nicht mehr abzustreiten, daß etwas nicht stimmte. Grete war schließlich nicht dumm und hatte genug gesehen und gehört. Er schaute zu Barbara hinüber. Sie lag ruhig auf ihrem Lager, die Augen geschlossen, als existiere das Kind in ihrem Bauch gar nicht, als wäre das ganze Gerede um die Geburt nur ein böser Spuk gewesen. Doch Leonard wußte, daß der Frieden nicht lange anhalten würde. Es war nur eine kurze Zeit, um neue Kräfte zu sammeln, und er wäre froh gewesen, nicht reden zu müssen. Aber Grete wartete auf eine Antwort. Leonard schaute auf.

»Sie ist krank. Zuerst hab' ich geglaubt, sie sei halt ein launisches Weib, wir haben uns ja noch nicht lange gekannt vor der Heirat.« Er erzählte Grete, die erst mit einer späteren Kolonne gekommen war, wie er und Barbara sich nach Peter Gertschs Tod auf dem Schiff nähergekommen waren und die Heirat beschlossen hatten, um Barbara und dem

Jungen die Einreise nach Rußland überhaupt zu ermöglichen. Von Barbaras Plan und den unterschlagenen Goldmünzen erzählte er natürlich nichts. Doch er spürte, wie das Reden ihn befreite. Bei Grete war es anders als bei Michael, einem alten Weib gegenüber konnte er seine Ängste offen zugeben.

»... und dann ihr Gerede von einem Feuerteufel.« Er lachte hart auf. »Martha hat vorhin gesagt, Barbara sei wie eine Erstgebärende, die das Kind nicht herauslassen wolle. Der letzte Teil stimmt, der erste allerdings nicht! Barbara bildet sich ein, das Kind in ihrem Bauch sei der Leibhaftige selbst – deshalb will sie es nicht zur Welt bringen. So muß es sein, anders kann ich mir ihre verrückten Worte nicht erklären.« Seine Stirn war voller Sorgenfalten. »Was um alles in der Welt soll ich nur tun? Wie kommt sie auf so etwas? Und was, wenn sie recht hat?«

»Jetzt hör aber auf, Leonard Plieninger! Da hab' ich dich bisher für einen vernünftigen Mann gehalten – und jetzt dieses Gerede! Wenn ich als altes, dummes Weib so daherreden würde..., aber du!« Sie legte ihre Hand auf seinen Arm. »Du hast dich von deinem Weib anstecken lassen, das ist alles.«

»Aber was hat es mit Barbara auf sich?«

»Das weiß der Himmel. Wahrscheinlich ist sie wirklich krank, wie du sagst. Nur ist es ihr Geist und nicht ihr Leib, und das Kind schon gar nicht.« Grete nahm einen Schluck Pfefferminztee. »Woher so etwas kommt, weiß ich nicht! Obwohl – manchmal spielt einem das Leben so arg mit, daß es wirklich zum Verrücktwerden ist... Vielleicht vermißt sie die alte Heimat so sehr, daß sie darüber den Verstand verloren hat?« Sie zuckte mit den Schultern. »Ich wüßt' nicht, an wen du dich wenden könntest. Außer dem alten Doktor Gschwend gibt's hier ja weit und breit niemanden, der sich um unsere Krankheiten kümmert.«

»Doktor Gschwend!« Leonard spuckte den Namen verächtlich aus. »Was weiß der denn schon? Dem würd' ich nicht mal mein Vieh anvertrauen, wenn ich welches hätt'!«

Grete schwieg für einen kurzen Augenblick. »Ich weiß, es wird nicht mehr lange dauern, dann hat er sich sein letztes bißchen Verstand auch noch weggesoffen. Trotzdem: Als es damals mit meinem Karel zu Ende ging, da war er jeden Tag da, wie schlecht das Wetter auch war! Deshalb möcht' ich nichts Böses über ihn sagen. Und geholfen hat er ihm auch. Und deiner Barbara könnte er vielleicht auch helfen.«

»Und wie?« Leonard war mehr als skeptisch, doch wollte er die alte Frau, die schließlich ihre Nachtruhe für ihn opferte, nicht verärgern.

»Damit.« Grete Bachtaler hielt das kleine Fläschchen hoch, das sie beim Verlassen ihres Hauses eingesteckt hatte.

»Das ist Opium. Ein starkes Pulver, das die schlimmsten Schmerzen vertreibt.« Ihre Augen wurden glasig. »Meinem Karel hat's viel Qualen erspart, das weiße Zeug hier.«

»Aber Barbara hat doch keine Schmerzen, zumindest sonst nicht.«

Grete seufzte. »Es gibt auch Qualen, die nur im Kopf stattfinden, wie du soeben selbst gesagt hast. Hier hilft Opium, weil es den Kranken beruhigt, ihm Frieden schenkt.«

»Frieden – wie schön das klingt. Das ist es, was Barbara braucht.« Leonard spürte auf einmal ein völlig fremdes Gefühl in sich aufwallen. Nicht mehr die Wut auf Barbara und ihr gemeinsames, unglückliches Leben, nicht mehr Verzweiflung und Angst angesichts ihres täglich schlimmer werdenden Wahnsinns – sondern Mitleid. Die Frau, die ihm in den nächsten Stunden ein Kind gebären sollte, tat ihm leid. Ein Schwall der Erleichterung, warm wie ein Frühlingsregen, überflutete ihn, wusch ihn rein von seinen Sünden. Mitleid – damit konnte er leben! Mitleid, das war das Fundament, auf dem er die Zukunft bewältigen wollte.

»Und wie bekomm' ich das Zeug vom Doktor?«

»Das fragst du mich? Ha, mich hat's damals mein letztes Erspartes gekostet – nicht, daß ich auch nur einen Rubel bereue, o nein! Schließlich war's für meinen Karel. Aber du – du kannst den Doktor doch gleich in Naturalien bezahlen! Mit Wodka!«

Leonard nickte. Vielleicht war das wirklich eine Möglichkeit, um Barbara zu helfen. Vielleicht würde sie sogar wieder gesund werden von diesem weißen Pulver...

Ein schriller Wehruf beendete die Ruhepause. Während Grete sich am Lager der Gebärenden zu schaffen machte, erhitzte Leonard das warmgehaltene Wasser abermals auf den Siedepunkt, um es danach zum Bett zu bringen. Ein Stapel frische Leinentücher lag unberührt neben ihr, bereitgelegt für den eigentlichen Akt der Geburt. Barbara hatte wieder zu schreien begonnen, einzelne Worte, halbe Satzfetzen begleiteten ihre fahrigen Bewegungen. Mit jeder Wölbung ihres geschwollenen Leibes schrie sie auf, das meiste blieb unverständlich. »Feuer«, »Unheil« und der Name Peter Gertsch kamen immer wieder vor. Nichts schien sich nach dem kurzen Schlaf an ihrem Geisteszustand verändert zu haben, doch weder Leonard noch Grete blieb die Zeit, weiter darüber zu grübeln. Lange konnte es nun nicht mehr dauern, und ihre Schreie wurden immer schriller. Leonard hatte das Gefühl, als habe sich die Last in ihrem Leib tief nach unten gesenkt, doch er wagte nicht, näher hinzusehen, sondern hielt sich an Barbaras Kopfende auf. Um besser hantieren zu können, befreite Grete derweil Barbara von ihren hochgeschobenen Röcken und versuchte, ihre widerspenstigen Beine auseinanderzuhalten, um dem Kind für seinen Weg ins Leben Platz zu machen. Da plötzlich hörten Barbaras heftige Bewegungen auf. Ihr ganzer Leib lag wie leblos da, es schien, als habe sie die bevorstehende Geburt in letzter Minute abgeblasen.

»Das Luder will nicht«, preßte Grete aus zusammenge-kniffenen Lippen hervor. Schweiß lief ihr übers ganze Gesicht. Sie war die körperliche Anstrengung nicht mehr gewöhnt. Ihre Arme zitterten. Allmählich bekam sie es mit der Angst zu tun. Waren sie und Leonard der schwierigen Geburt überhaupt gewachsen? Barbaras Stöhnen wurde immer leiser. Da rannte Grete zum Tisch, holte das Fläsch-chen und rieb mit angefeuchtetem Zeigefinger etwas Opium auf Barbaras Lippen und ihr Zahnfleisch. Sie wußte, daß schon Kinder schwachsinnig auf die Welt gekommen waren, weil ihre Geburt zu lange gedauert hatte. Dasselbe befürch-tete sie jetzt hier. Ein Blick auf Leonards verschreckte Mie-ne ließ sie jedoch ihre Ängste für sich behalten. Es war schließlich schon genug von ihm verlangt, überhaupt einer Geburt beizustehen und noch dazu einer solch schwieri-gen!

Kurze Zeit später ging plötzlich alles wie von selbst: Bar-baras Leib nahm seine rollenden Bewegungen wieder auf, in regelmäßigen Abständen kamen nun auch ihre Wehen. Während Leonard Barbaras heiße, rote Stirn immer wieder mit einem feuchten Lappen abwischte, sprach er in leisem Singsang auf sie ein, wie er es auch bei einer trächtigen Stute oder Kuh getan hätte. Und dann war es endlich soweit: Mit einem letzten Schrei beförderte Barbara ihr Kind in die Welt. Ein kleiner, roter Leib, blutnaß und mindestens ebenso erschöpft wie seine Mutter. Geschickt durchtrennte Grete die Nabelschnur, bevor sie ein dünnes Tuch über Bar-baras nackten Leib legte. Nachdem sie das Kleine vom gröb-sten Blut reingewaschen hatte, legte sie es Leonard in den Arm. Keinem der drei fiel auf, daß eigentlich die Mutter das Kind als erste hätte halten sollen. Barbara hatte die Augen geschlossen, nur ihre sich hebende Bauchdecke verriet, daß sie noch am Leben war. Ein wenig Ruhe konnte ihr nach der anstrengenden Nacht nur guttun, beschloß Grete und deckte sie nach einer flüchtigen Waschung mit einer weiteren Decke zu.

Leonard liefen die Tränen übers Gesicht. Der salzige Fluß mochte kein Ende nehmen. Es war ein Mädchen, das greinend in seinen Armen lag. Ihre feuchten, am kleinen Köpfchen klebenden Kringellocken waren fast so rot wie seine eigenen. Ihr Weinen klang in seinen Ohren wie die süßeste Musik. Sanft wiegte er sie hin und her.

»Sie hat Hunger«, stellte Grete befriedigt fest. Sie hatte inzwischen die blutigen Laken und Tücher weggeräumt, den Wasserkessel geleert und frischen Tee aufgesetzt. Ohne Barbara zu wecken, öffnete sie deren Leibchen und drückte vorsichtig eine ihrer Brustwarzen zusammen. Schon bald quoll eine durchsichtige Flüssigkeit aus ihr hervor. Nur ungern gab Leonard das kleine Wesen her, und ohne Schamgefühl sah er zu, wie Grete seine Tochter an Barbaras Brust legte. Die Kleine begann sofort gierig zu saugen. Wieder wurde Leonard von einem heißen Schwall von Gefühlen überwältigt, wieder liefen ihm Tränen über die Wangen.

Grete lächelte. »Das haben wir doch gut gemacht, nicht wahr?« Sie gab Leonard noch einige Anweisungen für die nächsten Stunden und verabschiedete sich dann mit dem Versprechen, spätestens am Mittag wieder vorbeizuschauen.

Leonard blieb alleine zurück. Bald hatte er das Kind wieder im Arm. Er hätte Lea in die für sie vorbereitete Krippe legen können, oder auch an Barbaras Seite. Nichts davon brachte er fertig. Zutiefst erschöpft und doch hellwach saß er mit dem Säugling auf der Küchenbank, während draußen die letzten Nachtwolken von dannen zogen. Wie eine Löwin hatte es gekämpft, das rothaarige Mädchen. Konnte es da einen anderen Namen für sie geben als Lea? Nein. Sie würde die Kraft einer Löwin brauchen, um durch ihr Leben zu kommen.

Leonard schaute hinüber zu Barbara. Sie schlief nun tief und fest. Ihr Gesicht war entspannt und schön wie selten, umrahmt von den noch schweißnassen, dunklen Haaren. Nichts deutete auf ihren bemitleidenswerten Zustand, ihre Krankheit, hin. Auf dem Tisch stand das Fläschchen mit dem weißen Pulver, das ihr in Zukunft die ärgsten Seelenqualen erleichtern sollte. Im Laden nebenan hörte er Josef wach werden. Er hoffte, der Bub würde noch eine Zeitlang brauchen, bis er sich aufraffte, um nach seiner Mutter und seiner Schwester zu schauen.

Kleine Lea! Vorsichtig wickelte Leonard das weiche Tuch fester um ihren Leib. Die Morgenstunden waren kühl und verrieten noch nichts von der Gluthitze des kommenden Tages. Eine Mutter, die dem Wahnsinn näher war als dem Leben, ein Bruder, der so teilnahmslos durchs Leben ging als schlafwandle er, und ein Vater, der bis vor wenigen Stunden geglaubt hatte, sein Herz in der Heimat gelassen zu haben – das war Leas Familie. Tausende von Meilen entfernt von Württemberg sollte sie aufwachsen. Als Russin? Als Württembergerin? Leonard wußte es nicht. Aber war das überhaupt wichtig? Eines wußte er ganz genau: Was auch kommen mochte, welche Widrigkeiten er mit Barbara auch zu überstehen hatte – er würde für Lea da sein. Seine Arme verkrampften sich, und die Hände ballten sich unter Leas Leib zu Fäusten. Sie war sein Fleisch und Blut, und es sollte nur einer wagen, zu behaupten, sie sei die Frucht des Wahnsinns – er würde es mit ihm zu tun bekommen!

30

Während Lea ihren Kampf ums Leben gewann, mußte Tausende von Meilen davon entfernt in der alten Heimat ein anderes Lebewesen den seinen verlieren:

Schonungslos wurde die Frucht einer großen illegitimen Liebe aus Melia Feuerwalls Leib herausgekratzt, während Sonia ihre Hand hielt. Es war die gleiche Dachkammer, die gleiche Engelmacherin wie damals vor zwei Jahren, die die blutige Tat vollbrachte.

Den metallischen Geruch von Blut in der Nase, verzog Sonia das Gesicht. Ha, wie weit hatte sie es gebracht! Heute war sie es, die am Kopfende des abgedeckten Küchentisches saß und beruhigend auf die Unglückliche auf dem Tisch einredete. Mit einem Schaudern hörte sie wieder das schabende Geräusch der löffelartigen Geräte, die die bis zur Unkenntlichkeit verhüllte Frau benutzte, um Melia von ihrer ungewollten Last zu befreien. Diese wimmerte leise vor sich hin. Dicke, heiße Tränen liefen ihr in einem fort über das Gesicht, so daß man fast meinen konnte, sie bedauere den Akt, der an ihr vorgenommen wurde. Konnte das sein? Hätte sie womöglich das Kind am liebsten bekommen?

Sonia schüttelte sich innerlich wie ein nasser Hund. Melia hatte doch wirklich allen Grund, froh und dankbar zu sein, die Brut wieder loszuwerden! Sicher, die Angelegenheit selbst war lästig, aber was hätte sie mit einem

Bastard anfangen wollen? Noch dazu, wo sich sein Erzeuger, wer auch immer er war, nicht mehr blicken ließ?

Sonia hatte genau aufgepaßt: Es waren zwei Wochen vergangen, seit Melia ihr von ihrer mißlichen Lage berichtet hatte. Und kein Herr hatte sie seitdem besucht! Auch die Hofschauspielerin selbst war zu keinem Rendezvous aus dem Haus gegangen, sondern hatte ihre Räumlichkeiten nur zur abendlichen Vorstellung verlassen. Täglich hatte sie Sonia zu sich gerufen, um zu erfahren, ob diese endlich nun Namen und die Adresse der Engelmacherin ausgekundschaftet hatte.

Obwohl Sonia sich gleich am nächsten Tag vergewissert hatte, daß es die ihr bekannte Frau noch gab, tat sie Melia gegenüber geheimnisvoll. So leicht sei es schließlich nicht, ein vertrauensvolles Weib zu finden, das sich zu einer solchen Aufgabe bereit erklärte, hatte sie Melia getadelt. Sicher, Pfuscherinnen gäbe es zuhauf und Geschichten über deren blutende, zerschundene Opfer auch. Wenn Melia jedoch lieber selbst auf die Suche gehen wollte...? Jedesmal hatte sie hastig abgewinkt. Nein, nein, sie würde Sonias Erfahrungen vertrauen, nur wäre sie froh, wenn das Bangen endlich vorüber wäre. Selten hatte Sonia sich so gut gefühlt wie zu dieser Zeit, da die große Melia Feuerwall ihren Rat suchte wie ein kleines Kind, das sich verirrt hatte!

Sie zwang sich, ihren beruhigenden Singsang fortzusetzen, war dabei aber so in ihre Gedanken vertieft, daß sie im ersten Moment gar nicht bemerkte, daß die Frau an Melias Fußende aufgestanden war. Mit den blutigen Geräten in der Hand ging sie zu dem Waschtisch hinüber.

»Legt das Geld auf den Tisch«, rief sie den beiden über die Schulter zu. Dann begann sie, ihr Werkzeug abzuwaschen, als sei außer ihr niemand im Raum.

Sonia half Melia, sich aufzusetzen. Leichenblaß und mit einem zur Maske erstarrten Gesicht begann die Hofschauspielerin sich wieder anzukleiden. Jetzt, nachdem alles vorüber war, konnte diese es kaum erwarten, die stickige Dachkammer wieder zu verlassen. Am liebsten hätte sie Melia vor lauter Ungeduld die Strümpfe und Röcke aus der Hand gerissen und sie ihr hastig übergestreift. Doch sie zwang sich, gegenüber der sichtlich verstörten Frau Ruhe und Sicherheit auszustrahlen.

Die Engelmacherin hatte derweil ihre Sachen in eine große Umhängetasche gepackt und war zum Gehen bereit. An Sonia gewandt, sagte sie: »Du weißt ja, deine Freundin braucht jetzt soviel Ruhe wie möglich. Wenn die Blutungen anfangen, dann soll sie ein weiches Tuch benutzen. Und noch etwas: Ich kenne euch nicht, hab' euch nie gesehen. Das ist es doch, was ihr alle von mir wollt.« Ihr Blick war verächtlich. »Seltsam, ich habe gleich gewußt, daß wir uns wiedersehen würden.«

Mußte das Weib unbedingt erwähnen, daß Sonia schon einmal hier gewesen war? Sonia verspürte einen unbändigen Zorn.

»Wenn etwas nicht in Ordnung ist – versucht nicht, mich zu finden!«

»Was heißt das? Was kann denn passieren?« flüsterte Melia so heiser, als habe ihr jemand die Stimmbänder durchtrennt.

»Passieren kann immer was, ich bin schließlich kein Arzt, auch wenn ich mir redliche Mühe geb'. Dafür würdest du wohl kaum einen Arzt finden, der meine Arbeit zu tun bereit ist.« Die Engelmacherin zuckte mit den Schultern. Dann wurde ihre Stimme wieder versöhnlicher. »Aber sorge dich nicht: Du bist zwar etwas älter als deine Freundin hier – aber was sie gut überstanden hat, das wirst auch du überstehen!« Dann war sie verschwunden. Ihre Schritte, so schwer wie die eines Mannes, polterten eilig die steilen Holzstiegen hinab.

»Was heißt das?« fragte Melia abermals. Ihre Augen waren klein und verheult, ihr Gesicht blutleer und ihr Haar strähnig. Sonia konnte unmöglich so mit ihr auf die Straße gehen, wenn sie keine Aufmerksamkeit auf sich ziehen wollten.

»Nichts heißt das, nur daß ich schon einmal hier war«, antwortete sie, unwillig, mehr von sich selbst preisgeben zu müssen, als unbedingt nötig war. Sofort lenkte sie Melia von weiteren Fragen ab. »Haben Sie nicht gesagt, gnädige Frau müßten noch zu einem Treffpunkt? Sollten wir daher nicht versuchen, Sie ein wenig frischzumachen nach diesem schrecklichen Erlebnis? Madame sehen etwas mitgenommen aus, wenn ich das so sagen darf.« Tröstend strich sie Melia die feuchten Haare aus der Stirn.

Wenig später saßen sie in einer von Melia angemieteten Kutsche, die zwei Straßen weiter auf sie gewartet hatte. Ihrem eigenen Kutscher hatte sie für diesen Tag freigegeben. Obwohl Melia beinahe zum Laufen zu schwach war, ließ sie es sich jetzt nicht nehmen, dem Kutscher beim Einsteigen das nächste Ziel leise zuzuflüstern. Sonia hätte vor Wut platzen können. Statt dessen lehnte sie sich schläfrig ins Wagenpolster zurück. »Ach, ich könnte vor Erschöpfung einschlafen! Man sollte fast meinen, ich sei diejenige, die ...«

Melia hob sofort die Hand. »Schon gut, Sonia. Es dauert nicht mehr lange, dann sind wir wieder im Theater. Du kannst so lange die Augen zumachen und ein wenig ruhen. Ich bin dir sehr dankbar für alles, das weißt du ja.« Sie legte ihre kalte, weiße Hand auf Sonias dunkelgebräunte. Die Haut unter ihren Augen war fast durchsichtig, was die Augen selbst dunkel und riesengroß erscheinen ließ. Die Hofschauspielerin war schon eine besondere Schönheit, das mußte sich Sonia ungern eingestehen. Kein Wunder, daß sie einen geheimnisvollen hohen Herrn zum Liebhaber hatte gewinnen können. Auf der anderen Seite hatte dieser Melia in die gleichen Nöte gebracht wie jedes andere Weib auch, frohlockte Sonia. Dann tat sie, als ob sie schliefe, und beobachtete derweil immer wieder aus den Augenwinkeln ihre Fahrtroute. Zuerst konnte sie sich keinen Reim daraus machen, doch dann erkannte sie das trübe Wasser des Nekkars, an dessen Ufer die Kutsche plötzlich anhielt.

Mit einem kurzen Blick versicherte Melia sich, daß Sonia schlief. Dann stieg sie aus, wobei sie das messingfarbene Geländer der Kutsche fest mit ihren Händen umklammerte.

Kurze Zeit später hörte Sonia, die mißmutig im Inneren der Kutsche zurückgeblieben war, daß ein weiteres Gefährt anhielt. Vorsichtig steckte sie ihren Kopf so weit es ging zum Fenster hinaus. Trotzdem konnte sie nicht erkennen, wen Melia hier traf. Während die Hofschauspielerin sich seitlich von Sonia befand, hielt sich der Mann – daß es einer war, davon ging sie aus – hinter der Kutsche auf, so daß Sonia ihn nur von hinten sehen konnte. Außer einer dunklen Uniform – oder war es nur ein Anzug? – konnte sie nichts erkennen. Wütend blies sie die angehaltene Luft aus den Backen. Doch dann hielt sie inne. Sein rechter Arm kam in Sicht. Der Mann überreichte Melia einen cremefarbenen Umschlag . . . und dessen nicht genug! Er hielt außerdem ein dunkelblaues Etui in der Hand, das er Melia nun umständlich übergab. Seine gemurmelten Worte konnte sie nicht verstehen, aber Sonia wußte: Schmuck! Es war ein Schmuckstück, das Melia dort geschenkt bekam! Sie hatte schon oft genug die leeren, dunkelblauen Samtetuis auf Melias Frisiertisch bewundert. Auf einmal hörte sie Melia laut aufschluchzen. Mit einem Ruck lehnte sich Sonia wieder zurück und schloß die Augen. Im nächsten Augenblick erklomm Melia mühsam die zwei Stufen der Kutsche und ließ sich Sonia gegenüber nieder. Diese stellte sich weiterhin schlafend. Melia starrte aus dem Fenster. »Mon chéri, was tust du mir an?« flüsterte sie der eilig davonfahrenden Kutsche nach. Dann öffnete sie das Etui und zog eine goldene Halskette heraus. Sie war über und über mit roten und weißen Steinen besetzt. Kein Juchzen, kein Jubelschrei kam über ihre Lippen, nur ein abgrundtiefes Seufzen. »Juwelen und Edelsteine – ist das der Lohn für meine selbstlose Aufgabe der Frucht unserer Liebe? Oh, mon amour – was tust du mir an!« wiederholte sie und streichelte gedankenverloren über das Schmuckstück. Die roten Steine glitzerten in der Sonne, sie schienen zu glühen, aber im gleichen Augenblick wurde ihr Feuer von dem kalten Glanz der Diamanten abgekühlt. Melia merkte nicht, daß eine kleine, cremefarbene Karte hinunterfiel, dichtbeschrieben mit kleinen Buchstaben.

Sonia verrenkte sich beinahe den Hals, um etwas zu erkennen. Ihr Herz klopfte so laut und fest, daß sie Angst hatte, Melia würde es hören. Endlich wurde ihre Geduld, ihr langes Warten belohnt! Mit zusammengekniffenen Augen starrte sie auf den Boden, doch mehr als einzelne Wortteile konnte sie auf diese Entfernung nicht entziffern. »... geliebte Melia, ... möchte ich um Verzeihung bitten ... in ewiger Liebe und Leidenschaft verbunden ... danksagend ...« Und dann entdeckte sie das königliche Wappen und die Unterschrift. Ihr ganzer Körper wurde von einem Zittern erfaßt. Konnte es wahr sein? Doch, es *mußte* wahr sein: Wilhelm der Erste, König von Württemberg, verheiratet mit der ach so wohltätigen, vom ganzen Volk verehrten Russin Katharina, war Melia Feuerwalls Liebhaber! Und Vater ihres soeben beseitigten königlichen Bastards!

Nur mit allergrößter Anstrengung stellte Sonia sich weiter schlafend. Wenn das Eleonore wüßte, ha! Das war's, worauf Sonia gewartet hatte. Dieses Wissen war Gold wert! Was sie damit anfangen würde, das mußte selbstverständlich gründlich überlegt werden. Nur eines wußte sie schon jetzt ganz genau: Bald würde sie selbst Gold und Juwelen tragen, denen von Melia gleich!

Durch zwei schmale Schlitze beobachtete sie, wie ihrem völlig übermüdeten Gegenüber die Augen zufielen. Melias Lider waren beinahe durchsichtig vor Erschöpfung, und ein leises Stöhnen entfloh ihrer Brust. Vorsichtig schob Sonia ihren Fuß nach vorne und stellte ihn auf die Karte. Mit der Spitze ihres dünnen Schuhs gelang es ihr, sie auf ihre linke Seite zu schieben. Trotzdem wagte sie nicht, nach dem Kärtchen zu greifen, aus Angst, Melia würde darauf aufmerksam werden. Während die Schauspielerin immer wieder kurz die Augen öffnete, um mit leerem Blick nach vorne zu starren, legte die Kutsche Stück für Stück des Weges zum Theater zurück. Sonia saß wie auf heißen Kohlen. Doch dann wurde Melia just in dem Augenblick ohnmächtig, als sie die Einfahrt des Theaters erreichten. Blitzschnell griff Sonia nach unten und steckte die verräterische Karte ein.

Während sie die beiden Platzanwärter des Theaters hastig bat, Melia in deren Gemächer zu tragen, summte sie leise vor sich hin. Als erstes würde sie Gustav wissen lassen, daß er von ihr aus dorthin gehen könne, wo der Pfeffer wächst! Und danach würde sie sich in aller Ruhe überlegen, was sie mit ihrer Erkenntnis anfangen sollte.

31

Am 28. September 1818 schien es, als hätte jemand beim Wettergott persönlich vorgesprochen. Im ganzen Nekkartal herrschte strahlender Sonnenschein. Kein morgendlicher Frühnebel trübte Katharinas Blick aus dem Fenster. Seit Wochen drängte Wilhelm zum Aufbruch in ihr städtisches Domizil – Bellevue war für die kühleren Jahreszeiten einfach nicht geeignet – , aber Katharina konnte sich noch nicht dazu entschließen, so wohl fühlte sie sich in ihrer Sommerwohnung. »Nächste Woche!« lautete jedes Mal ihre Antwort, und bisher hatte das Wetter sie nicht im Stich gelassen. War es im vergangenen Jahr an Wilhelms Geburtstag schon empfindlich kühl und regnerisch gewesen, so hatte man diesmal einen zauberhaften Spätsommertag genossen, und auch der heutige Morgen verkündete nur Sonne. Dem Himmel sei Dank! Nicht auszudenken, wenn ihre Kutschen auf dem Weg zum Cannstatter Festplatz im verregneten Morast steckenbleiben würden!

Ihr Blick fiel auf das gegenüberliegende Stammschloß der Württemberger, die Wirtemberg, die hoch droben auf dem Rotenberg thronte, als wolle sie von dort aus über das Wohlergehen des Landes wachen. Das alte Gemäuer, Namensgeber für das ganze Land, strahlte auf Katharina eine Ruhe aus wie kein anderer Ort. In ihrer wenigen freien Zeit hatte sie sich schon mehrmals hoch zur Burg fahren lassen, war im ehemaligen Schloßhof gewandelt und hatte das Schild über der Stalltür bewundert, welches besagte, daß Conradus de Wirtenberg im Jahre 1090 hier erschienen war. Meist war sie dann noch zu Fuß zu der eine halbe Stunde entfernt liegenden Catharinenlinde spaziert, unter der nach einer Legende die heilige Catharina ruhte. Wie schön wäre es, nach ihrem Tod auch dort oben ruhen zu dürfen, hatte sie Wilhelm gegenüber einmal angemerkt, woraufhin dieser ihr hilflos eine Antwort schuldig blieb. Gespräche über den Tod mochte er nicht. Er betrachtete sie genauso argwöhnisch wie Katharinas von Zeit zu Zeit wiederkehrende Alpträume.

»Guten Morgen, Chérie.« Wilhelms Atem huschte kühl über ihren durch eine elegante Hochsteckfrisur entblößten Nacken.

»Wilhelm! Wie hast du mich erschreckt!« Sie fuhr herum. Ihre Augen waren auf gleicher Höhe, als sie vorsichtig seine Wangen küßte. Früher hatte sie Wilhelms niedrige Statur ein wenig gestört, heute fiel ihr seine geringe Körpergröße nur noch selten auf.

»Bist du gekommen, um dein Geburtstagsgeschenk abzuholen? Dann muß ich dich enttäuschen, Geliebter! Dein Gang war nämlich umsonst.« Kleine Lichter blinzelten in ihren Augen, ihr Mund zuckte, doch Wilhelm schien der scherzhafte Ton in ihrer Stimme zu entgehen.

»Ist nicht das heutige Fest mein Geschenk? Für mich und das Land?«

Warum nur hatte ihr Gatte so wenig Humor, fragte Katharina sich zum wiederholten Male. Sie legte ihm die Hand auf den Arm. »Und zwar das schönste Geschenk, das man sich denken kann!« Sie strahlte. »Glaube dennoch nicht, deine Gattin hätte dich vergessen! Wenn du mein Geschenk erst einmal siehst, weißt du auch, warum ich es mit einem Tag Verspätung übergebe.« Sie schickte ein kurzes Stoßgebet zum Himmel, daß die fünfzig arabischen

Pferde gesund und rechtzeitig auf dem Festplatz ankommen mochten. Der Weiler Stallmeister war zwar ein zuverlässiger Mann, doch allmächtig war er nicht. Um die Ankunft der Pferde vor Wilhelm geheimzuhalten, hatte er diese in den umliegenden Gehöften untergebracht, von wo sie heute allesamt wieder eingesammelt werden mußten. Und das war ein aufwendiges und schwieriges Unterfangen, da sämtliche Straßen wegen des Festes überfüllt waren. Wilhelm genoß den Blick nach draußen.

»Ist der Cannstatter Festplatz nicht eine sehr gute Wahl gewesen?«

»Die beste«, pflichtete Katharina ihm bei. »Wenn man die Fruchtsäule von hier so gut sehen kann, dann sicherlich auch schon von weit vor den Toren der Stadt!« Die vom Hofbaumeister gänzlich mit Früchten und Ähren des Feldes geschmückte Säule war so hoch wie ein zweistöckiges Haus, und große Körbe, gefüllt mit bunten Blumen, schmückten ihren hölzernen Sockel.

»Thourets Geistesblitz! Gibt es ein strahlenderes Symbol für dieses Fest als eine erhabene Säule?« Seine Augen wurden unruhig. »Ob wohl alles so verlaufen wird, wie wir es uns ausgedacht haben? Was, wenn zur Viehprämierung kein Bauer vorstellig wird? Was, wenn sich niemand für das ausgestellte Ackergerät interessiert? Oder wenn ...«

Katharina glaubte ihren Ohren nicht zu trauen. Wilhelm und Unsicherheiten? Hätte *sie* diese Zweifel geäußert, nach ihren Erfahrungen mit der unglücklich verlaufenen Eröffnungsfeier der Mädchenschule, wäre das verständlich gewesen. Aber Wilhelm, dessen Beraterstab seit Monaten mit der Planung des ersten landwirtschaftlichen Festes beschäftigt war?

Drei Stunden später war es soweit. Während Wilhelm hoch zu Roß auf den Festplatz einritt, folgte Katharina, eskortiert von der Stadtgarde, in ihrer Kutsche. Nur schwer hatte der königliche Zug sich seinen Weg durch die überfüllte Stadt bahnen können, immer wieder war es zu einem Stillstand gekommen, während Reiter der Stadtgarde für freien Durchgang sorgen mußten. So viele Besucher in der Stadt – für nur einen Tag! Katharina schalt sich, ihren ursprünglichen Gedanken, das Fest auf mehrere Tage auszudehnen, nicht mit mehr Nachdruck verfolgt zu haben. Doch es war nicht ihre Art, ihrem Gatten in die Amtsgeschäfte zu reden. Sie gab lediglich Anregungen und konnte nur hoffen, daß er sich diese zu eigen machte. In diesem Fall hatte er gesagt, ein mehrtägiges Fest würde die Leute nur unnötig von der Arbeit abhalten und hätte somit den gegenteiligen Effekt als erwünscht.

Unter den Tönen der Königshymne, die von mehreren Musikchören gleichzeitig gespielt wurde, erschallten aus tausend Kehlen Lobesrufe auf das Königspaar. Wohin Katharina auch blickte, überall strahlten ihr freundliche, glückliche Menschen entgegen. Keine mageren Lumpengestalten, keine mutterlosen Bettelkinder säumten mehr den Wegesrand, sondern stolze, zufriedene Menschen. In ihren Augen konnte Katharina vor allem eines lesen: Freude auf die Zukunft, keine Angst vor dem Morgen, sondern Zuversicht. Dieses Fest war wie eine Siegesfeier am Ende eines langen Kampfes, von dem man nicht immer gewußt hatte, ob er überhaupt zu gewinnen war. Und doch: Sie hatten den Hunger und das Elend bezwungen und waren nun hier, um das Leben zu feiern.

An der Fruchtsäule hielt die Kutsche an, und Wilhelm öffnete die Tür, um Katharina eigenhändig hinauszugeleiten. Vor ihnen, auf der abgesteckten Rennbahn, wo später als Höhepunkt des Tages das Pferderennen stattfinden sollte, hatten sich die Bauern mit ihren Kühen, Pferden und anderem Vieh aufgestellt. Katharina spürte, wie sich Wilhelm bei ihrem Anblick etwas entspannte.

Nachdem sie hier und da ein paar Worte gewechselt hatten, übernahm einer der Preisrichter das Wort. Mit einem Trompetentusch wurden den Besitzern der jeweils besten Tiere die Geldgeschenke und Gedenkmedaillen verliehen. Kaum einem fiel auf, daß die Zuschauer nur Augen für das geliebte Königspaar hatten und der Viehprämierung lediglich am Rande ihre Aufmerksamkeit schenkten. Schließlich stand man nicht alle Tage seinem König gegenüber, einem Rindvieh dagegen allemal!

»Schau, da drüben! Der König und die Königin!« Ungeduldig zog Eleonore Johann am Ärmel. »Jetzt laß uns halt hinübergehen zur Rennbahn, sonst bekommen wir nachher nichts mehr zu sehen!«

»Gleich, gleich«, antwortete Johann und war sofort wieder in sein angeregtes Gespräch mit Martini, dem königlichen Tischdiener, vertieft.

Nachdem Katharina allen Angestellten des Schlosses für den heutigen Tag freigegeben hatte, war es schnell beschlossene Sache gewesen, gemeinsam zum Festplatz nach Cannstatt zu gehen. Für jeden hatte dieses einen anderen Anreiz: Während die Knechte sich nach einem oder zwei ordentlichen Krügen Bier sehnten, erhofften die Küchenmägde sich ein paar Augenblicke mit ihren Auserkorenen. Für fast alle Männer war natürlich das Pferderennen ein wichtiger Anziehungspunkt, genau wie das für den Nachmittag angesetzte Fischerstechen auf dem Neckar. Die Frauen dagegen freuten sich, mit ins Haar gebundenen Bändern in ihren guten Schürzen ein wenig zu flanieren, so wie sie es bei den feinen Damen bewunderten. Das wichtigste jedoch war: einen Blick auf Katharina zu erhaschen, ihre prachtvolle Robe zu bestaunen und ihr kastanienbraunes, glänzendes Haar, welches Niçoise sicherlich wieder in eine besonders kunstvolle Form gebracht hatte.

So sehr sie ihre Arbeit auch liebte, Eleonore freute sich doch, endlich einmal aus der Küche herauszukommen und das zu essen, was andere zubereitet hatten. Und davon gab es genug: Backfische verströmten einen rauchigen Geruch nach frischen Kräutern und Holz. Daneben tropften dicke Bratwürste fettig ins Feuer, welches daraufhin qualmte und pustete. Es gab gebackene Kartoffeln, dazu salzige Gurken aus einem großen Holzfaß und dunkles, schaumiges Bier. An einer Ecke bot ein altes Weib gebrannte Mandeln und in roten Zuckerguß getauchte Äpfel feil, in die ein dünner Holzspieß gebohrt worden war. »Liebesäpfel« wurden sie genannt, und kaum waren Eleonore und Johann auf dem Fest angekommen, hatte er ihr einen dieser Äpfel gekauft und ihr dabei so tief in die Augen geblickt, daß Eleonore als erste wegschauen mußte. Ganz davon abgesehen hätte ihr der Sinn viel mehr nach einer Bratwurst gestanden. Doch ein Liebesapfel mußte es wohl sein.

Und das war's auch schon gewesen, was er an Aufmerksamkeit zeigte, schoß es Lore wütend durch den Kopf. Wenn doch wenigstens Sophie dabei wäre, dann hätte sie mit ihr den Festplatz erkunden können! Doch die war gleich zu Beginn mit den anderen Mägden davongezogen. Seit Eleonore an Liselotte Hofstätters Stelle Zuckerbäckerin geworden war, hatte Sophie sich seltsam von ihr entfernt. Unbeschwerte Gespräche und fröhliches Gekicher kamen zwischen ihnen nur noch ganz selten vor, und auch nur dann, wenn keine der anderen Mägde in der Nähe waren. Ansonsten zog Sophie deren Gesellschaft vor. So sehr Eleonore dies auch bedauerte, konnte sie doch nichts dagegen tun. Dafür versuchte nun Ludovika, die alte Köchin, immer öfter, mit Eleonore ins Gespräch zu kommen, doch dazu hatte sie keine Lust. Lieber würde sie stumm dasitzen wie ein Fisch, statt mit dem boshaften alten Weib über alle anderen Küchenangestellte zu hetzen – vielen Dank!

Seit Sonia im Theater untergebracht war, ließ auch sie nichts mehr von sich hören, sonst hätte Eleonore mit ihr über den Festplatz schlendern können. Doch wahrscheinlich wäre Sonia hier durch ihre flinken Hände oder ihr freches Mundwerk sowieso nur in Schwierigkeiten geraten.

Sie machte einen erneuten Versuch, Johann von seinem Zechkumpan wegzubekommen, allerdings ohne Erfolg. Gerade hatte er lachend seinen Kopf in den Nacken geworfen – wahrscheinlich hatte Martini einen seiner trockenen Scherze gemacht. Genug! Mit einem Ruck stand Eleonore auf. Sollten sich die Leute doch das Maul über sie zerreißen, das war ihr heute egal. Sie hatte nicht vor, ihren ersten freien Tag nach langer Zeit damit zu verbringen, Johann beim Biertrinken zuzuschauen! Bevor sie der Mut wieder verließ, überquerte sie mit eingezogenem Kopf die für den Abend aufgebaute Tanzfläche. Nachdem sie hastig den gezuckerten Apfel gegessen hatte, trat sie an einen der Bratwurststände und kaufte sich eine knusprige Wurst, auf die der Verkäufer eine ordentliche Menge Senf tat. Wie gut, daß sie daran gedacht hatte, ein paar Kreuzer einzustecken, sonst wäre sie Johann wirklich auf Gedeih und Verderb ausgeliefert gewesen! Vergnügt lief sie über den Festplatz und genoß dabei die deftige Leckerei. Die ausgestellten Pflüge interessierten sie weniger, auch die anderen Geräte nicht, sie wußte nicht einmal, wofür man diese überhaupt brauchte. Sie lachte herzhaft, als sie den Kindern beim Sackhüpfen zusah, und bewunderte die Behendigkeit der jungen Burschen, die wie Katzen den hohen Mast erkletterten, um die oben aufgehängten Brezeln abzuschneiden und den Herzallerliebsten zu bringen. Leonard wäre auch für mich hinaufgeklettert, schoß es ihr durch den Kopf. Er hätte jede Ecke des Festplatzes mit ihr erkundet und hätte nicht nur mit einem Bier in der Hand dagesessen wie ein Ochs vor dem Futtertrog! Doch dann verbot sie sich jeden weiteren

Gedanken an ihn. Viel zu oft noch mußte sie an Leonard denken, und das, obwohl er sie so schändlich im Stich gelassen hatte! Kein Lebenszeichen mehr seit vielen Monaten. Sie rechnete jetzt nicht mehr damit, jemals wieder von ihm zu hören, aber konnte man es wissen? Vielleicht...

Ein aufgeregtes Raunen ging durch die Menge und riß Eleonore aus ihrem Trübsinn, der so gar nicht hierherpaßte. Sie schaute auf und glaubte, ihren Augen nicht zu trauen: Eine riesige Pferdeherde, so edel und fein, wie sie noch keine gesehen hatte, wurde gerade von einem Dutzend Reitern auf die Rennbahn getrieben. Die Mähnen loderten im Wind wie seidene Fahnen. Es waren viele Schimmel darunter, ebenso viele Braune und Rappen, nur Füchse sah man wenige.

Eleonore spürte den trockenen Boden unter ihren Füßen erzittern, und es lief ihr kalt über den Rücken. Diese Schönheit! Diese Anmut! Wer immer diese Pferde sein eigen nennen konnte, mußte ein glücklicher Mensch sein.

»Herzlichen Glückwunsch zum Geburtstag!« Vor den Augen des versammelten Volkes küßte Katharina Wilhelm auf die Wange.

Sprachlos angesichts der hochblütigen Araberpferde, deren Anwesenheit die Cannstatter Rennbahn in eine völlig andere Welt verwandelte, ließ er Katharinas Kuß zu.

»Mögen die Pferde der württembergischen Zucht neues Blut verleihen, auf daß es bald überall heißen mag: Kein Roß ist so edel wie eines aus Schwaben!« Mit diesen Worten küßte Katharina Wilhelms andere Wange.

»Wie? Woher? Wer...« Immer noch war sein Gesicht ein einziger Audruck an Ungläubigkeit. Sicher hatte er gute Pferde im Stall, schließlich war deren Zucht eine der größten Leidenschaften seines Vaters gewesen. Und doch war der Bestand an herausragenden Rössern in württembergi-

schen Ställen in den letzten Jahren immer weniger geworden. Wie hätte es angesichts soviel schwerwiegenderer Probleme und Nöte auch anders sein können? Im Geist konnte
er schon die Nachzucht aus diesen hochblütigen Pferden,
gepaart mit ruhigerem, württembergischen Blut, vor sich
sehen: Reitpferde, so kräftig wie edel, so rittig wie sturmvoll,
so ...

Ein sanfter Druck an seinem Arm riß ihn aus seiner
Traumwelt. Ein Blick in Katharinas dunkle Augen, in deren
Tiefe viele der wichtigsten Männer Europas nur allzu gerne
ertrunken wären, durchflutete ihn mit Scham. Wieso erging
es ihm nicht wie den anderen? Nur mit Mühe gelang es Wilhelm, nach einem Räuspern mit seiner Ansprache zu beginnen. Erst nach einigen Sätzen hatte er sich warmgeredet,
gelang es ihm, die Aufmerksamkeit der Zuhörer zu fes-
seln.

Ein wenig abseits von der Königstribüne, am Rande der
Rennbahn, hatte Eleonore sich aufgestellt. Zu gerne wäre
sie weiter nach vorne gegangen, um einen besseren Blick auf
Katharina zu erhaschen, doch allein traute sie sich das nicht.
Immer wieder warf sie einen Blick über ihre Schulter, um
keinesfalls Johann zu verpassen, falls dieser sich doch noch
bequemte, herüberzukommen. Plötzlich hatte sie einen
atemberaubenden Duft nach Veilchen in der Nase und mußte niesen.

Das konnte doch nicht wahr sein! »Sonia?«

Die in dunkelblaue Rüschen gekleidete Dame drehte sich
zu ihr um, wobei sie mit ihrem Sonnenschirm mindestens
drei Männer am Kopf traf. Sie war es, die den unangenehm
kräftigen Veilchengeruch ausströmte. »Lorchen! Was
machst denn du hier?« Ihre schrille Stimme stand in einem
seltsamen Kontrast zu ihrer Erscheinung: Das über und
über mit kleinen, seidenen Röschen verzierte Kleid und der

in der gleichen Art herausgeputzte Schirm verrieten, daß keine Kosten gescheut wurden, um diesen Traum herzustellen.

»Das gleiche könnte ich dich auch fragen.« Eleonore spürte regelrecht, wie ihr der Mund vor Erstaunen offenstand. Sie konnte es einfach nicht fassen.

Statt einer Antwort zog Sonia ihre Mundwinkel kapriziös nach unten und begann, ihren Sonnenschirm zu drehen, was ihr ärgerliche Zurufe der Umstehenden einbrachte. Ungerührt machte sie weiter.

»Und wie siehst du eigentlich aus!« Als wolle sie sich vergewissern, daß es wirklich ihre Schwester in Fleisch und Blut war, zupfte Eleonore an Sonias Ärmel.

»Au, du tust mir weh!« Mit einem Ruck entwand Sonia Eleonore ihren Arm und zog sie undamenhaft hastig zur Seite. »Gefall' ich dir nicht?« Kokett drehte sie sich vor ihrer Schwester hin und her und hob dabei ihren Rock so weit an, daß ihre seidenen, im gleichen Blau eingefärbten Schuhe sichtbar wurden.

»Was hast du angestellt? Wo hast du diese Kleider her? Sonia!«

»Schsch! Schrei nicht herum wie eine dumme Gans!« Eine ärgerliche Falte zeigte sich auf Sonias Stirn. War das nicht wieder einmal bezeichnend für Lorchen? Sie seufzte. »Gekauft habe ich das Kleid, ganz einfach. Dieses und andere auch«, konnte sie sich nicht verkneifen hinzuzufügen.

»Und wo hast du das Geld dafür her? Verdient man als Putzmagd im Theater so viel?«

»Pah! Putzmagd bin ich schon längst nicht mehr! Heute weiß man meine Fähigkeiten sehr wohl zu schätzen. Und zu bezahlen!« Wieder folgte ein koketter Augenaufschlag.

»Und welche Fähigkeiten wären das, wenn ich fragen darf?«

»Nun, du würdest staunen, wenn ich alles aufzuzählen

begänne.« Sonia lachte schrill. »Aber wollen wir nicht hören, was unser geliebter König zu sagen hat? Fiel nicht gerade das Wort Rußland in seiner Rede?«

Verwirrt blickte Eleonore nach vorne zum Königspodest. Warum durchlief sie bei Sonias Worten ein heißkalter Schauer?

»... ist dieser heutige Tag ein Freudentag für uns alle. Unsere Bauern haben großen Anteil daran, daß der Hunger nicht mehr ständiger Gast in unserem Lande ist. Und so möchte ich ihnen Dank sagen! Ein dreifaches Hurra auf unsere Bauern!« Wilhelm hielt inne und wartete, bis die Jubelrufe der Menge abgeebbt waren.

Eleonore blickte mißtrauisch zu Sonia hinüber, die heftig Beifall klatschte. Was sollte dieses Ablenkungsmanöver? Als ob Sonia die Worte des Königs interessiert hätten!

»In unserer Freude über die gute Ernte dürfen wir jedoch diejenigen nicht vergessen, denen es nicht so gut erging. Wir alle erinnern uns: Viele unserer Landsleute haben in der größten Not ihr Heil in einer Auswanderung nach Rußland gesucht.«

Leonard! Was wußte der König von ihm und den anderen? Und warum klang er fast ärgerlich bei seinen Worten?

»Nicht für alle Württemberger war Rußland das gelobte Land, in dem Milch und Honig floß. Viele konnten die Sehnsucht nach der alten Heimat nicht überwinden. Und so kommt es, daß ein Teil der Auswanderer nun zu Einwanderern geworden sind: in unser geliebtes Württemberg!« Der König schaute in die Runde. Skeptische Blicke überall: Was wollten die Leute hier? Würden sie ihnen womöglich etwas wegnehmen wollen? Land? Brot? Das Johlen der Kinder, die sich am anderen Ende des Festplatzes vergnügten, schallte herüber, so still war plötzlich die versammelte Menge.

Wilhelm winkte Katharina, die einen Schritt hinter ihm stand, zu sich heran. »Meine geliebte Gattin und ich haben uns entschlossen, diesen Menschen wieder eine Heimat zu geben, in der sie erneut ihr Glück suchen können.« Seine Stimme nahm einen hochoffiziellen und zugleich gnädigen Ton an. »Noch in der nächsten Woche werden wir ein Programm für Rußlandrückkehrer bekanntgeben, welches vorsieht, diese in bevölkerungsarmen Landstrichen anzusiedeln.«

Die Menschen schauten sich an: Jeder wußte, was das bedeutete. Dort, wo der Boden am kargsten, die Winter am kältesten, die Sommer am trockensten im ganzen Lande waren – dort sollte die neue Heimat der Rückkehrer sein. Keiner beneidete sie, doch gleichzeitig stand den Bauern die Erleichterung ins Gesicht geschrieben: Wenigstens würden sie ihnen nicht zur Last fallen!

Eleonore hatte das Gefühl, als krabbelten Tausende von Ameisen über ihr Herz. Was bedeuteten die Worte des Königs für sie? Würde Leonard womöglich auch zurückkommen? Sie klammerte sich an diesen Hoffnungsschimmer und schalt sich gleichzeitig dafür. Warum konnte sie Leonard nicht einfach vergessen? So, wie er sie vergessen hatte? Und außerdem, glaubte sie ernsthaft, Leonard würde zurückkommen? Nein, was er sich in den Kopf gesetzt hatte, das würde er auch erreichen, ob in Rußland oder anderswo! Sie erinnerte sich noch so gut an seine glühenden Reden: daß er etwas aus sich und seinem Leben machen wolle. Daß er mehr erreichen wolle, als ewig ein Holzträger im Stuttgarter Schloß zu bleiben. Damals hatte Eleonore seine Worte nicht verstanden. Mehr aus seinem Leben zu machen – was bedeutete das? Sie wußte noch genau, wie verärgert sie damals gewesen war. Wollte Leonard sagen, sie lebten nur faul in den Tag hinein? War nicht alles gottgegeben? Leonard hörte sich fast schon so an, als habe man als kleiner Mensch die Möglichkeit, sein Leben zu wählen! Gut, das mochte für die feinen Herrschaften in den besseren Ständen vielleicht gelten, aber doch nicht für sie – die einfachen Leute!

Doch jetzt fiel Eleonore eine Wahrheit wie Schuppen von den Augen: Heute wußte sie es besser! Sie vergaß alles um sich herum, hörte weder den König, noch beachtete sie Sonia. Ein süßes Glücksgefühl, wie nach einem besonders gelungenen Kuchen, nur tausendmal stärker, überflutete sie. Heute verstand sie, wovon Leonard gesprochen hatte! Auch ihr reichte es nicht mehr, einfach in den Tag hineinzuleben. Auch sie wollte sich bessern, dazulernen, mehr verstehen von der Welt, mochte sie auch ein noch so kleines Rädchen sein! Sie lachte auf. Wie gerne hätte sie Leonard das erzählt! Er würde ...

»Ausgerechnet hier steckst du! Da such' ich den halben Platz nach dir ab, und hier am Rednerpodest finde ich dich! Und wen haben wir denn da?« Johanns Worte kamen langsamer als sonst, was wahrscheinlich an dem starken Bier lag, das er reichlich genossen hatte.

Obwohl sie selbst bei Sonias Anblick vor Erstaunen fast in Ohnmacht gefallen wäre, hätte sie Johann vor lauter Wut über sein unverhohlenes Gaffen und seine bewundernden Blicke am liebsten geohrfeigt. Hölzern entwand sie sich seiner besitzergreifenden Umarmung. »Sonia wirst du ja wohl noch kennen, oder? Jetzt hast du die ganze Rede des Königs verpaßt! Und das nur wegen ein paar Krügen Bier!«

Johann lachte unbekümmert auf. »Ein Fest ist zum Feiern da, oder täusche ich mich etwa?« Herausfordernd blickte er die beiden Schwestern an. Während Sonia ihm kokett zublinzelte, verzog Eleonore säuerlich ihren Mund. Er packte sie am Arm und faßte Sonia vorsichtig unter den Ellenbogen. »Laßt uns feiern! Morgen ist schließlich alles vorbei!«

Bewundernde Blicke begleiteten das ungleiche Trio über den Festplatz. Kaum einer der Bauern hatte solch ein breites Kreuz wie Johann oder seine muskulösen Oberarme. Neben ihm erschienen die beiden dunkelhaarigen Schönheiten, die eine schlicht und einfach, die andere pompös gekleidet, zierlich wie die feinsten Edelfräulein. Und wie begehrenswert! Mit geschwellter Brust versuchte Johann einen Scherz nach dem anderen, doch lediglich Sonia antwortete ihm mit einem Kichern. Eleonores Gesicht glich dem einer steinernen Statue. Hatte Johann nicht immer wieder seine Abneigung gegenüber Sonia kundgetan? Sich über ihr flatterhaftes Wesen, ihre angebliche Falschheit beklagt? Und jetzt?

Wie hatte sie sich auch nur für einen Augenblick einbilden können, Johann könne jemals Leonards Platz in ihrem Herzen einnehmen? Sofort schoß ihr vor lauter Undank die Röte ins Gesicht. War Johann nicht immer für sie dagewesen? Hatte sie in den letzten Monaten nicht mit jeder Frage zu ihm kommen können? Dennoch, er mochte ein netter Kerl sein, aber er war einfach nicht Leonard.

Sie schloß für einen Moment die Augen, als könne sie so vor dieser neuen Wahrheit davonlaufen.

Es war später Abend, als sie nach Bellevue zurückkehrten. Wilhelm hatte bei der Planung des Festgeschehens darauf bestanden, den Tag mit einem Theaterbesuch zu beenden. Obwohl Katharina sich passendere Abschlußgesten hätte vorstellen können, hatte sie dazu geschwiegen. Wilhelms Leidenschaft fürs Theater war schließlich nichts Neues für sie.

Jetzt war sie froh, nach dem langen Tag und dem endlosen Abend endlich wieder in Bellevue zu sein. Seit dem Tag zuvor hatte sie ihre Kinder nicht gesehen! Kurz überlegte sie, ob sie wohl einen Blick in die Prinzengemächer und das

Zimmer der beiden Mädchen werfen sollte, entschied sich aber dagegen. Welchen Sinn hatte es, ihre Nachtruhe zu stören? Sie schenkte sich eine Tasse lauwarmer Milch ein, die Niçoise wie immer neben ihr Bett gestellt hatte. Nach einem Schluck des honigsüßen Getränks verzog sie das Gesicht. Nein, danach stand ihr nicht der Sinn! Obwohl sie furchtbar müde war, fand sie doch keine innere Ruhe. Wie schön wäre es, bei einem Glas Rotwein die Geschehnisse des Tages nochmals gemeinsam Revue passieren zu lassen! Aber zu ihrer Enttäuschung hatte Wilhelm sich nach ihrer Rückkehr hastig zurückgezogen.

Seufzend trat sie auf den Balkon, der fast die ganze Vorderfront von Bellevue umfaßte – und glaubte ihren Augen nicht zu trauen.

»Wilhelm! Schnell, komm heraus!« Ohne auf seine Antwort zu warten, rannte sie den Balkon entlang. Hinter den durchsichtigen Vorhängen sah sie ihn am Schreibtisch seines privaten Schreibzimmers aufschrecken.

Sekunden später stand er genauso sprachlos wie sie neben ihr. Vor ihnen, auf dem Neckar, entfaltete sich ein Schauspiel, wie sie noch keines gesehen hatten: Sämtliche Schiffe, die am Nachmittag bei dem großen Fischerstechen mitgemacht hatten, fuhren nun gemeinsam den Neckar hinab. Beleuchtet von Abertausenden von kleinen Lampen, die sich im Wasser widerspiegelten, hatte die Flotte etwas Geisterhaftes und Mystisch-Schönes zugleich. Immer wieder verschwand eines der Schiffe hinter einer der Trauerweiden, so daß sich Hell und Dunkel in einem eigenen Rhythmus abwechselten.

»Schau, sie kommen näher.« Katharina hatte sich bei Wilhelm eingehakt. Durch den festen Stoff seiner Uniform spürte sie ein leichtes Zittern. Sanft verstärkte sie ihren Druck auf seinen Arm.

»Nichts davon habe ich gewußt, diese Überraschung ist

wirklich gelungen, wer auch immer sie geplant haben mag.«
Sichtlich bewegt trat Wilhelm einen Schritt näher an die
Balustrade.

Die Schiffe waren jetzt fast auf gleicher Höhe mit Bellevue. Auf einmal ertönte Musik, süß wie eine laue Sommer-
nacht. Wassernixen gleich sangen die Schiffermädchen ihr
Lied, begleitet vom Klang verschiedener Instrumente.

»Wie zauberhaft!« Solch ein Schauspiel hätte sie den
manchmal etwas nüchtern wirkenden Schwaben kaum
zugetraut! Wie sehr hätte Maria Feodorowna dies gefallen!
Und was für ein Jammer, daß sie die Kinder bei ihrer Rückkehr doch nicht geweckt hatte!

Auf dem größten Schiff entbrannte jetzt eine strahlende
Sonne, in deren Mitte Katharinas und Wilhelms Namen zu
lesen waren. Ein klangvoller Tusch folgte und eröffnete einen Reigen Dutzender von Leuchtkugeln, die von den umliegenden Schiffen abgefeuert wurden. Goldene Strahlen
schossen über den nachtblauen Himmel, kreuzten gegenseitig ihre Wege, um danach in einem rauchigen Bogen im
Wasser zu erlöschen.

Gerührt wie selten nahmen Katharina und Wilhelm diese
Liebesbezeugung ihres Volkes entgegen. Während ein hun-
dertfaches Hurra aus den Kehlen der Schiffer ertönte,
begann sich ihr Name im Lichterglanz langsam aufzulösen.

Kurz danach entfloh Wilhelm ohne viele Worte in seine
Gemächer. Katharina blieb mit schmerzendem Herzen
zurück. Warum hatte er diesen Hang zur Zurückgezogen-
heit in Augenblicken, wenn einzig und allein sie als Gesellschaft zur Verfügung stand? War ihm ihre Nähe unangenehm? Manchmal beschlich Katharina das Gefühl, als sei
ihre Ehe nicht mehr als die Verbindung zweier Buchhalter,
die gemeinsam die Geschäfte eines riesigen Landgutes zu
führen hatten: War das Tagesgeschäft erledigt, ging jeder

seines Weges. Dabei harmonierten sie, was die Belange des Landes anging, wirklich gut miteinander. Wieder einmal schalt Katharina sich für ihren Undank. Was wollte sie eigentlich noch mehr vom Leben?

War es ihr russisches Blut, welches sich so schmerzhaft nach etwas sehnte, das sie nicht einmal in Worte fassen konnte? In manchen Augenblicken glaubte sie, es zu fühlen: beim Klang einer Balalaika in einer Spätsommernacht wie der heutigen. Beim Anblick der schwarzen Schwäne im Teich von Zarskoje Selo, früher, in ihren Jugendtagen. Auch während Wilhelms teilweise unbeholfener Versuche zu Zeiten des Wiener Kongresses, sie aus ihrer Gleichmut zu holen, sie mitzureißen im festlichen Taumel. Ihr fielen Verse eines Gedichtes ein, das sie vor langer Zeit gelesen hatte:

»Wohl reizet die Rose mit sanfter Gewalt;
doch bald ist verblichen die süße Gestalt:
drum ward sie zur Blume der Liebe geweiht;
bald schwindet ihr Zauber vom Hauche der Zeit.«

War es so, daß der Zauber ihrer Liebe schwand? Oder hatte es ihn so, wie das Gedicht ihn verstand, nie gegeben? Mußte sie lernen, auf die süße Gestalt der Liebe zu verzichten? Oder war das alles Unsinn und sie eine hoffnungslose Schwärmerin, ewig auf der Suche nach Romantik? Vielleicht.

Urplötzlich regte sich in ihr ein Hauch von Unmut, reifer als kindlicher Trotz, aber ebenso nachdrücklich. Auch wenn Wilhelm es nicht wahrhaben wollte oder konnte: In ihrer Brust schlug nicht nur das Herz eines Buchhalters, sondern auch das einer liebenden Frau. Was sie für Württemberg tat, tat sie gleichzeitig auch für ihn. Und was sie für ihn tat, war ebenso Württemberg zum Wohle. Nur wenn Herz und Verstand zusammenarbeiteten, sei der Mensch ein Ganzes, hatte ihr lieber Freund Ludwig Uhland einmal gesagt, und: »Die Romantik ist hohe, ewige Poesie, die im Bilde darstellt, was Worte dürftig oder nimmer aussprechen; sie ist das Buch voll seltsamer Zauberbilder, die uns im Verkehr verhalten mit der dunklen Geisterwelt; sie ist der schimmernde Regenbogen, die Brücke der Götter ...«

Ein Lächeln entspannte ihr Gesicht. Vielleicht war es das. Vielleicht sollte sie nicht immer nur versuchen, mit Worten das in ihre Ehe zurückzuholen, was sie anscheinend vermißte. Wieviel sinnvoller war es doch, nach dem romantischen Ausklang des Tages zu versuchen, ihre Liebe ebenso romantisch wiederzubeleben!

Auf einmal entwickelte sie eine der nächtlichen Stunde unangemessene Hast. Als erstes löste sie die tausend Nadeln, mit denen ihre schwere Haarpracht zu einer Krone festgesteckt war. Was für eine Erleichterung, als ihre Haare endlich schwarzglänzend wie Chinalack bis zu ihrer Hüfte hinunterhingen! Statt zwei dicke Zöpfe zu flechten, breitete sie ihre Haare wie einen seidenen Umhang um ihre Schultern aus. Dem Himmel sei Dank, daß sie Niçoise schon zur Nachtruhe geschickt hatte! Diese hätte sicherlich Einwände dagegen gehabt und davon geredet, wie schwierig das Haar am Morgen zu entwirren sein würde.

Bald war sie bereit. In ihr zartestes Nachtgewand gekleidet, einer feenhaften Jungfer gleich, eingehüllt in den rosigen Duft zarten Lavendelpuders, öffnete sie die Tür, welche ihre Gemächer mit Wilhelms verbanden. Inständig hoffte sie, daß ihr Auftritt Wilhelm wieder das vor Augen zu führen vermochte, was er im geschäftigen Alltagsleben so leicht übersah: daß er eine Frau aus Fleisch und Blut vor sich hatte, die gerne bereit war, alles mit ihm zu teilen.

32

Die nächsten Wochen waren für Eleonore nicht einfach. Sie arbeitete Seite an Seite mit Johann und doch nicht Hand in Hand mit ihm. Wenn sie ihn aufsuchte, um die Menüfolgen abzusprechen und ihre Nachspeisen auf seine Hauptgänge abzustimmen, so war es, als träfen zwei Fremde aufeinander. Sie spürte seinen fragenden Blick und wich ihm immer wieder aus, indem sie sich mit fahrigen Bewegungen die Stirnfransen aus dem Gesicht wischte oder zu Boden blickte. Nach der Arbeit ging sie zwar weiterhin mit ihm im Schloßpark spazieren, doch schob sie oft Müdigkeit vor, um bereits nach wenigen Schritten umkehren zu können. An manchen Abenden blieben sie wie gewohnt am großen Küchentisch sitzen, jeder über ein dickes Rezeptbuch gebeugt, doch wollte sich auch hier die alte Vertrautheit nicht mehr einstellen. Manche seiner Umarmungen ließ Eleonore über sich ergehen, doch meist entwand sie sich ihnen. Und immer achtete sie darauf, daß nicht mehr daraus wurde. Leidenschaftliche Küsse und seine Hände unter ihrem Leibchen hätte sie nicht ertragen. Aber wie um alles in der Welt sollte sie ihm das erklären? Wie konnte sie ihm ihren Sinneswandel verständlich machen? Schließlich war nichts geschehen, was einen Keil zwischen sie getrieben hätte. Kein Streit, nicht einmal böse Worte hatte es gegeben. Sollte sie ihm etwa die Wahrheit sagen. Daß sie Leonard nicht vergessen konnte, ganz gleich, was für ein Hundesohn er auch sein mochte? Würde Johann sich damit abfinden? Oder würde er – aus gekränkter Männlichkeit – ihr das Leben fortan schwermachen? War es Feigheit, die sie schweigen ließ? Nein, das konnte Eleonore mit Sicherheit sagen, Feigheit war es nicht. Vielmehr war es so, als hielte irgend etwas sie davon ab, den nächsten Schritt zu tun. Manchmal war ihr, als warte sie auf etwas, als müsse etwas geschehen. Nur was? Solange sie sich in diesem Irrgarten der Gefühle befand, konnte sie sich Johann gegenüber auch nicht erklären. Ob sie nun wollte oder nicht – sie mußte jeden Tag nehmen, wie er kam, und dabei hoffen, daß Johann sich noch eine Weile hinhalten ließ.

Der vorweihnachtliche Trubel kam ihr dabei gerade recht. Eine Festlichkeit jagte die andere. Einfache Diners, feierliche Bankette, die Verköstigung von Jagdgesellschaften bis hin zu Tanzbällen und großen Gesellschaften – es verging kaum ein Tag, an dem weniger als hundert Gäste zu verköstigen gewesen wären, zusätzlich zu den Bewohnern des Schlosses. Ein reibungsloser Ablauf dieser Feste bedurfte ein hohes Maß an Planung und Organisation. Wehe, irgend jemand fiel auch nur für kurze Zeit aus! Dann konnte für nichts mehr garantiert werden. Mit Schaudern dachte Eleonore an den Tag zurück, als die Hoftafelaufseherin, Frau Glöckner, eines gebrochenen Knöchels wegen nicht zur Arbeit erschienen war.

Zum Mittagstisch hatte sich eine dreißigköpfige Delegation österreichischer Botschafter angesagt, am frühen Nachmittag wollte Katharina eine Tafel für zwanzig Damen mit ihren Töchtern – zukünftige Schülerinnen der Mädchenschule – bewirten, und für den Abend war ein festliches Bankett für zweihundert Gäste im großen Saal geplant. Während in den verschiedenen Küchenräumen die Vorbereitungen auf Hochtouren liefen, war draußen das Durcheinander perfekt: Niemand wußte, welches Geschirr zu welchem Anlaß zu nehmen war. Die fertigen Speisen stapelten sich auf den Anrichten und wurden schon kalt, während noch nicht einmal die Tafeln eingedeckt waren! Selbst Johann – sonst allen Dingen gewachsen – war hilflos wie ein kleines Kind, schließlich konnte er doch nicht eigenhändig die Tische decken! Aus Frau Glöckners Aufzeichnungen wurde nicht einmal Martini, der erste Hoftafeldiener, schlau. Dieser entschied endlich, daß für das Diplomatenmenü das silberne Service verwendet werden sollte, das hastig gedeckt wurde, während man den nichtsahnenden Gästen so lange im Vorsalon ein Glas Wein kredenzte. Was Katharinas Kaffeekränzchen anging, war Martini jedoch ebenfalls überfragt, und so staunten die Baronessen nicht schlecht, als sie Eleonores feine Sahnestückchen auf einem rustikalen, eigentlich für Picknicks im Schloßpark bestimmten Steinzeug serviert bekamen. Während die eine oder andere im stillen beschloß, diese neue Stuttgarter Mode der Schlichtheit auch auf ihrem Landgut einzuführen, wurde Fräulein von Baur von Katharina höchstpersönlich losgeschickt, um Frau Glöckner notfalls auf einer Bahre in die Hoftafelkammern bringen zu lassen, um dort für Ordnung zu sorgen. So kam es, daß die Bankettafel am Abend mit einem herrlichen – und dem Anlaß entsprechenden – Sèvres-Porzellan samt Aufsätzen, Vasen und Kandelabern eingedeckt war. Üppiger Blumenschmuck zierte die fast fünfzig Meter lange Tafel und verwandelte sie in eine Landschaft aus Damast, Blüten und Silber. Eleonore hatte sich für das Bankett etwas ganz Besonderes einfallen lassen: Statt die Menüfolge auf Papier zu verkünden, hatte sie für jeden Gast eine Oblate hergestellt und diese mit einer feinen Schrift aus Schokolade beschrieben. Ranken aus Marzipan und kleine Zuckerrosen verzierten diese eßbare Speisekarte, die als letzten Gang sich selbst ankündigte. Das entzückte Staunen der Gäste beim Anblick der kuriosen Süßigkeit war fast bis in die Zuckerbäckerei zu hören gewesen. Die Tischdiener berichteten Eleonore, daß viele Gäste sich gescheut hätten, ihre Menükarten zu verspeisen und diese statt dessen als Andenken mit nach Hause nahmen.

Nach solchen Abenden ließ die Königin es sich nicht nehmen, durch Fräulein von Baur Eleonore und den anderen Köchen ihr Lob auszusprechen. Sie selbst ließ sich nur noch selten in der Küche sehen, was ihr jedoch niemand übelnahm. Jeder wußte, wie sehr Katharina von ihren Amtsgeschäften in Anspruch genommen war. Oft kam es vor, daß Niçoise sich sorgenvoll über Katharinas Schlaflosigkeit ausließ oder sich über ihre fast unmenschliche Arbeitswut beklagte. Doch jeder im Schloß wußte, daß Katharina nicht mit dem üblichen Maß zu messen war. Und man war stolz auf die Königin, die wie eine wahre Mutter über das Wohlergehen des Landes wachte und sich nicht zu schade war, selbst überall dort Hand anzulegen, wo Not am Mann war.

Zu einem weiteren Treffen zwischen Eleonore und Katharina war es nicht gekommen. Manchmal kamen Eleonore die früheren Gespräche schon wie ein Traum vor. Hatte sie wirklich Katharina dazu geraten, eine Armenschule für die Kinder der in den Beschäftigungsanstalten untergebrachten Frauen einzurichten? Und hatte die Königin wirklich ihre Anregung aufgegriffen? Heute brauchte Katharina ihren Rat nicht mehr, die soziale Fürsorge im ganzen Land war besser geregelt als die Bücher eines manchen Statthalters, und auch die Armut schien eingedämmt zu sein. So sehr Eleonore sich mit allen anderen darüber freute, sie betrachtete die Entwicklung doch auch mit einer gewissen persönlichen Wehmut. Doch dann schalt sie sich als Wichtigtuerin, die wohl nichts anderes zu tun hatte, als alten Zeiten nachzutrauern. Galt es nicht, in die Zukunft zu blicken? War das nicht etwas, was die Königin sie zu lehren versuchte?

Nur – was mochte es für Eleonore in der Zukunft noch zu entdecken geben?

33

Es waren noch zwei Wochen bis Weihnachten. Nicht nur in der königlichen Hofküche liefen die Vorbereitungen auf Hochtouren, auch im Hoftheater ging es zu wie in einem Taubenschlag. Eine Probe jagte die nächste, wobei den Schauspielern die Uraufführung am Weihnachtsabend im Genick saß. Bis jetzt stimmte gar nichts: Kaum einem kam der noch fremde Text glatt über die Lippen. Melia fühlte sich in dem noch ungewohnten Bühnenbild wie in einem Irrgarten, während Gustav immer wieder die gleiche Treppenstufe übersah und stolperte. Jeder versuchte, gute Miene zum bösen Spiel zu machen, allen voran Peter Josef von Lindpaintner aus München, der erst vor kurzem Johann Nepomuk Hummel als Hofkapellmeister abgelöst hatte. Es war zum Verzweifeln: Kaum hatten sich die Ensemble-Mitglieder und Musiker an die Spielarten eines Hofkapellmeisters gewöhnt, kam der nächste – mit neuen Ideen, Arbeitsweisen und Ansprüchen.

Obwohl der Nachschub an Brennholz für die Öfen des Theaters nie ausging, fröstelte es Melia durch den dünnen Stoff ihres Kostüms. Es war erst fünf Uhr nachmittags, und sie wußte nicht, wie sie den Rest des Tages durchhalten sollte. Verstohlen schaute sie sich nach einem Stuhl um, auf dem sie kurz hätte ruhen können. Doch dann beschloß sie, die Zähne zusammenzubeißen. Schließlich war sie gleich wieder an der Reihe, und der nächste Akt war, was ihre Rolle anging, sogar der wichtigste. Allerdings war ihr schleierhaft, wie sie die jugendliche Liebhaberin, die ihrem Angebeteten sämtlichen gesellschaftlichen Konventionen zum Trotz bis ins ferne Arabien folgte, glaubhaft darstellen sollte. Ihre Beine schmerzten wie nach einem stundenlangen Marsch, ihre Knöchel waren geschwollen, und das aufgedunsene Fleisch quoll über den pelzverbrämten Rand der Samtstiefeletten hervor. Außerdem hatte sie das Gefühl, als bekäme sie beim Atmen nicht genügend Luft, was ihr permanent ein leichtes Schwindelgefühl bescherte. Und ihre Laune? Unwillkürlich stieß sie einen Schnaufer aus, der ihr sogleich die fragenden Blicke der Umstehenden eintrug.

Was glotzt ihr alle so blöd, hätte sie am liebsten in die Runde geschrien. Statt dessen zwang sie sich eines ihrer berühmten Lächeln ab, das die obere Reihe ihrer perlenweißen Zähnen entblößte und ebenso charmant wie hilflos wirkte.

Ein Schatten huschte auf sie zu. »Melia – ist dir nicht gut?« Sonia, im Kostüm einer arabischen Haremsdame, trat mit besorgter Miene auf sie zu. Vertraulich legte sie ihren Arm auf Melias. Sie zuckte, als habe ein glühendes Eisen sie berührt. »Du wirst doch nicht krank werden, so kurz vor dem großen Tag?« fragte Sonia mit zuckersüßer Stimme.

Melia spürte die Blicke in ihrem Rücken, die Gespräche der anderen wurden leiser. Keiner wollte auch nur den Hauch eines Skandals verpassen. Die so plötzlich erwachte Freundschaft zwischen der Hofschauspielerin und der Putzmagd war schon seltsam genug. Daß Sonia zur gleichen Zeit allerdings auch noch zur Schauspielerin aufgestiegen war, erfüllte einige mit kuriosem Staunen, die meisten aber mit Neid.

»Nein, nein, es geht schon. Ich gehe lediglich im Geiste schon die nächsten Szenen durch«, antwortete Melia ebenso süßlich. Gönnerhaft tätschelte sie Sonias Hand, während ihre Augen eisige Pfeile mit kaltem Gift abschossen. »Und es wäre besser, wenn auch du dich mit deinem Auftritt befassen würdest«, fügte sie in Anspielung auf Sonias dreimal verpatzten Abgang hinzu.

Es war nur eine geringfügige Rolle, bei der Sonia nicht ein Wort zu sprechen brauchte: Zusammen mit fünf anderen Frauen mußte sie während einer Wüstenszene über die Bühne huschen, in ein Haremsgewand gekleidet. Dabei war sie bisher jedoch jedes Mal zu langsam gewesen und hatte sich noch auf der Bühne befunden, als alle anderen schon hinter dem letzten Vorhang verschwunden waren. Melia war sich sicher: Wäre das Kostüm nicht so aufwendig gewesen – über und über mit goldenen Perlchen und silbernen Kugeln besetzt –, hätte Sonia sich mit dieser Nebenrolle nicht zufriedengegeben. So wie sie sich auch mit anderen Dingen nicht zufriedengab.

»Du hast ja recht, Melia.« Als wäre ihr der unprofessionelle Auftritt peinlich, schlug Sonia die Augen zu Boden. »Es ist nur so . . .«, flüsterte sie mit verzweifelter Stimme, »daß mich andere Dinge beschäftigen. Geschehnisse, die mich nicht mehr richtig zur Ruhe kommen lassen . . .«

Elendige Schlange! Was wollte sie dieses Mal? Noch mehr Geld? Eines von Melias Kleidern? Eine bessere Kammer? Nein, die hatte sie seit letzter Woche schon. Melia spürte, daß ihre Backenzähne aufeinander mahlten wie Mühlenräder. Wie hatte sie es nur so weit kommen lassen können? Sie, die Grande Dame des Stuttgarter Theaters, in der Hand einer dahergelaufenen Schlampe! Aber was war ihr schon anderes übrig geblieben, als Schweigegeld zu zahlen? Schweigegeld – Melia grauste es. Ja, es war an der Zeit, die Dinge beim Namen zu nennen! Keinem konnte daran gelegen sein, daß ihre Affaire d'amour ans Licht des Tages kam, so sehr sie die Heimlichkeiten manchmal haßte, ihr nicht und ihrem Geliebten schon gar nicht. Wie oft hatte

Melia schon den Tag verflucht, an dem sie Sonia ihr Vertrauen geschenkt hatte! Hätte sie sich doch selbst um die Lösung ihres Problems gekümmert, statt sich heulend in die Arme einer Dienstbotin zu werfen! Daß Sonia zudem die Identität von Melias Geliebten aufgedeckt hatte – wie schrecklich! Ein jammervoller Seufzer entfloh Melias Kehle. Womit hatte sie das verdient!

Wilhelm konnte sie damit nicht belästigen. Wenn er zu ihr kam, wollte er weder Probleme wälzen noch sich welche anhören. Natürlich hatte sie dafür Verständnis. Andererseits: Wem konnte sie sich anvertrauen? Die traurige Wahrheit war, daß es niemanden gab. Sie war Sonias Forderungen mit Haut und Haaren ausgeliefert. Noch reichten ihre Gelder aus, um deren Wünsche zu erfüllen. Doch Melia ahnte, daß es bald mit Geld nicht mehr getan sein würde. Der Anfang war schließlich schon gemacht: Eine Rolle im neuen Stück sollte es sein. Mit zusammengebissenen Zähnen war Melia zum neuen Hofkapellmeister gegangen und hatte für sie vorgesprochen. Noch heute könnte sie im Erdboden versinken, wenn sie sich an seinen fragenden Blick erinnerte! Natürlich war Melia ihr berühmter Ruf vorausgeeilt, und Lindpaintner hatte ihre Bitte deshalb umgehend erfüllt. Nochmals würde sie so etwas jedoch nicht tun, das hatte sie sich geschworen! Vor allem jetzt, nachdem Sonia sich als völlig unfähig erwies, auch nur einen gelungenen Schritt auf der Bühne zu tun! Nur – was würde als nächstes kommen?

Gustav rief nach ihr. Melia erkannte, daß das Bühnenbild für die nächste Szene umgebaut war. Sie war an der Reihe.

Dreimal ließ sie sich auf einer Sänfte auf die Bühne tragen, um dem Mond in einer sternenhellen Nacht mit einer perlenden Arie ihr Liebesleid kundzutun. Dreimal stockte sie an derselben Stelle und mußte neu beginnen. Jedesmal wenn sie zu »La Luna« aufschaute, blickte sie direkt in Sonias hämische Augen. Hätte sie ein Messer zur Hand gehabt, sie hätte nicht gezögert, es dem jungen Luder in den Leib zu rammen! Der Gedanke war noch nicht zu Ende gedacht, als sie erneut in ein tiefes, dunkles Loch fiel: War das wirklich sie selbst, die solche Mordgelüste hegte? Was drohte nur aus ihr zu werden?

Endlich, beim vierten Versuch, gelangte sie glockenrein und ohne zu stocken ans Liedende. Lindpaintners Erleichterung und die der anderen war nicht zu übersehen. Daß sogar Melia Schwierigkeiten mit dem neuen Stück hatte, wirkte auf ihre Mitspieler nicht gerade beruhigend. Melia war ihr Vorbild, ihre Hoffnung: Wer es schaffte, so lange berühmt zu sein – an dem galt es sich zu orientieren. Kam sie mit dem neuen Stück zurecht, würde ihnen das auch gelingen.

Später in ihrem Boudoir saß Melia lange Zeit fast reglos vor dem Spiegel. Hin und wieder strich sie sich mit einer ihrer weichen Bürsten durch das ausgekämmte Haar, doch jedesmal sank ihre Hand wieder müde in den Schoß. Bei jedem Blick in den Spiegel entdeckte sie eine andere Person: Einmal war es ihr »früheres Ich«, wie sie die Person im Geist nannte. Unbeschwert, lachend, jung. Bewundert von der ganzen Theaterwelt, gefeiert vom Publikum, hofiert vom ersten Mann im Land. Doch dann verschwand diese strahlende Gestalt in dichtem Nebel, und ein ein älteres Gesicht starrte ihr entgegen. Sie erschrak. War das ebenfalls sie selbst? So wie sie in einigen Jahren aussehen würde? Ein paar tiefe Falten um die Augen mehr, silberne Strähnen in der glatten Haarpracht, der Mund welk, verblüht wie eine drei Tage alte Rose? Nein, so wollte sie nicht aussehen! Sie schloß die Augen.

Sonia! Sie war an allem schuld! Nicht genug, daß sie sich

an ihrer Geldbörse vergriff – auch auf Melias Seelenheil hatte sie es abgesehen! Woher sollten sonst diese düsteren Gedanken kommen? Bald würde der Wahnsinn sie völlig in der Hand haben! Von Sorgen zerfressen würde sie vor Lindpaintner auf die Knie fallen müssen, um für die geringste Komparsenrolle zu betteln!

Nein! Sie schlug mit beiden Handflächen so heftig auf die Spiegelkommode, daß die Parfümflakons und Cremetiegel vibrierten. So weit würde sie es nicht kommen lassen! Sie würde sich zusammenreißen. Nichts und niemand – und das Luder Sonia schon gar nicht – würde ihren Ruf ankratzen, als handle es sich um unedlen Tand! Sie würde auch in Zukunft die junge Liebhaberin und nicht deren Schwiegermutter spielen. Sie würde auch weiterhin die Geliebte des einflußreichsten Mannes im Lande bleiben. Und sie würde sich auch weiterhin als Grande Dame des Stuttgarter Theaters feiern lassen, ohne daß für immer ein dunkler Schatten im Hintergrund auf sie lauerte! Es war an der Zeit, dem elendigen Spuk ein Ende zu machen.

Für einen kurzen Augenblick wägte sie noch das Für und Wider ab. Doch dann siegte ihre Entschlossenheit. Was hatte sie schon zu verlieren? Sie durfte gar nicht darüber nachdenken . . .

Ohne anzuklopfen stürmte sie in Sonias Kammer. Sie lag zwar unter dem Dach, war aber dennoch eine der geräumigsten im ganzen Hause. Süßer Veilchenduft hing in der Luft und verursachte in Melia den Drang zu würgen.

Sonia saß ebenfalls vor dem Spiegel und ging dort ihrer Lieblingsbeschäftigung nach: sich zu verschönern. Dabei wurden ihre Augen mit jedem Strich ihres Kohlestiftes schwärzer, ihre Wangen mit jeder Schicht Puder blässer, ihre Lippen mit jedem Griff in den Fettiegel dunkelroter, künstlicher. Ihr Mund wirkte wie eine riesige Wunde, umrandet von zwei fleischigen Wülsten. Doch das schien Sonia nicht zu stören. Betont langsam drehte sie sich zu Melia um und ignorierte deren Aufregung.

»Melia!« Mit einem arglosen Lächeln auf den Lippen, als stünden sich beste Freundinnen gegenüber, winkte sie die ältere Frau in den Raum.

»Sonia.« Melias Stimme klang frostig wie der Rauhreif, der draußen die Nacht in eine silberglänzende Welt verwandelte. »Ich bin gekommen, um dir zu sagen, daß ich nicht mehr gewillt bin, gute Miene zu deinem bösen Spiel zu machen.« Nicht umsonst galt sie als große Schauspielerin, niemand hätte ihr in diesem Augenblick die innere Aufregung, Wut und gleichzeitige Unsicherheit angemerkt.

Was Melia an Selbstbeherrschtheit an den Tag legte, machte Sonia an Unverfrorenheit wett.

»Wie soll ich das verstehen? Ein böses Spiel?« Sie schnalzte tadelnd mit der Zunge. »War es denn ein böses Spiel, daß ich dir aus einer Notlage herausgeholfen habe? Oder ist es ein böses Spiel, daß ich dir helfe, ein Geheimnis zu bewahren?«

»Tu doch nicht so scheinheilig! Und was ist mit dem ganzen Geld, das ich dir für dein Schweigen gezahlt habe?«

Sonia spielte die Erstaunte. Dann lachte sie klirrend. »Aber Melia! Ich glaube, hier liegt ein Mißverständnis vor. Das tust du doch nur, weil du mir helfen willst. Oder siehst du das etwa anders...?«

Am liebsten hätte sie der grellgeschminkten Person einen Schlag ins Gesicht verpaßt! Wieder erschrak Melia vor sich selbst. Nein, der Spuk mußte wirklich ein Ende haben! »Es ist mir egal, wie du dein Verhalten nennst.« Sie verbarg ihre vor Wut zitternden Hände hinter dem Rücken. »Ich bin gekommen, um dir zu sagen, daß es vom heutigen Tag an kein Geld mehr von mir gibt. Und keine Kleider. Keine Gefälligkeiten. Die Zeiten, in denen ich mich von dir habe melken lassen wie eine Kuh, sind aus und vorbei!«

Sonias Augenbrauen wölbten sich zu hohen Bögen. »Soo? Und was ist, wenn dein kleines Geheimnis in die falschen Ohren gelangt? Du weißt doch, was ich manchmal für ein Plappermaul bin.« Sie lachte gekünstelt, doch ihre Augen waren kalt wie zwei Bergseen. »Willst du das riskieren?«

Melia schnaubte verächtlich. »Erstens: Mit wem kommst du schon zusammen!« Die Betonung des »du« sagte mehr aus als ein Dutzend Beschimpfungen. »Ich habe mir von dir schon viel zu lange Angst einjagen lassen. Und zweitens: Wer glaubt schon einer dahergelaufenen Putzmagd?«

Wie eine Schlange schoß Sonia aus ihrem Sessel empor und stand nun Melia gegenüber. Ihre Gesichter waren keine Handbreit voneinander entfernt. Sonias Augen waren nur noch zwei schmale Schlitze, ihr Mund ein zusammengekniffener Strich. Plötzlich hatte sie jeden Reiz verloren.

»Ich bin keine Putzmagd mehr – vergiß das nicht. Dank deiner Hilfe bin ich Mitglied des Theaterensembles, genau wie du! Wenn ich etwas zu sagen habe, dann hat mein Wort Gewicht, dafür hast du schließlich gesorgt.« Sie lachte spöttisch. »Und vergiß nicht: Ich habe immer noch das Kärtchen.« Wieder kam ihr Lachen, doch sie hatte dabei ihre Mundwinkel verächtlich nach unten gezogen. »Was spielt es für eine Rolle, mit wem ich zusammenkomme! Das Kärtchen sagt mehr als tausend Worte. Und es ist schnell in einen Umschlag gesteckt und weggeschickt!«

Melia spürte, wie ihre Augen heiß wurden. Das Kärtchen! Wie hatte sie es vergessen können! Sie biß die Zähne aufeinander. Um nichts in der Welt hätte sie vor Sonia Tränen zeigen wollen, und wenn es Zornestränen gewesen wären! Ganz gelang es ihr jedoch nicht, in ihren nächsten Worten die Verzweiflung zu verbergen. »Was willst du für das Kärtchen haben? Gib es mir, und ich zahle dir, was du willst.«

»Ha, da wäre ich ja schön verrückt!« Längst versuchte Sonia nicht mehr, die feine Dame zu spielen. »Das Kärtchen behalte ich, und zwar an einem sicheren Ort! Was ich damit mache, wem ich es zeige und wann – das entscheide allein ich. Und zwar nach Lust und Laune ... Und deshalb rate ich dir, mich bei *guter* Laune zu halten ...«

Mit einem übertriebenen Schulterzucken wandte sich Sonia ab und ließ Melia stehen wie eine entlassene Dienstmagd.

Melia verharrte erschrocken. Alles war verloren. Ihr Plan – wenn man ihr unüberlegtes Handeln überhaupt so nennen wollte – hatte versagt. *Sie* hatte versagt. Statt Sonia einzuschüchtern, war das Gegenteil passiert. Entweder mußte sie nun täglich mit Sonias Willkür rechnen, oder sie tat, was die Erpresserin verlangte. Melia wußte, daß sie so nicht leben konnte. Und auch nicht wollte. Den Türgriff schon in der Hand, drehte sie sich noch einmal zu Sonia um, die gelangweilt vom Spiegel herüberstarrte. »Glaub ja nicht, daß du mit deiner billigen Erpressung durchkommst«, zischte sie. »Ich kenne eine Menge einflußreicher Leute, die es gar nicht schätzen würden, zu wissen, daß ein dahergelaufenes Biest ihre hochverehrte Hofschauspielerin erpreßt ... Deshalb hier und jetzt ein letzter Rat von mir: Wenn du nicht augenblicklich mit deinen Drohungen aufhörst, dann gnade dir Gott!«

Mit einem Donnerschlag ließ sie die Tür hinter sich zuknallen. Dann atmete sie erst einmal durch. Leere Worte, sicherlich. Nie und nimmer hätte sie sich einem Mitglied der feinen Gesellschaft anvertraut! Aber nach diesem großen Abgang konnte Sonia wenigstens nicht ahnen, wie erbärmlich es in Melia aussah, wie sehr sie wegen Sonias Drohungen zitterte.

Melia legte sich mit allen Kleidern auf ihr seidenes Bett. Stunde um Stunde verging. Das Öl in der kleinen Lampe auf dem Tischchen brannte bis zum letzten Tropfen nieder, und mit einem letzten Flackern wurde es dunkel im Zimmer. Ohne sich darum zu kümmern, blieb Melia liegen und starrte Löcher in die stuckverzierte Decke. Dunkelheit kam in ihr Leben gekrochen. Dunkelheit, die Angst einflößte. Dunkelheit, die wie ein Schatten jedes Licht aus ihrem Leben vertrieb.

Mitternacht war längst vorbei, als Melia einen Entschluß faßte.

Sie würde sich dieses Schattens entledigen. War es im Guten, mit ein wenig Einschüchterung, nicht gelungen, so mußte sie zu anderen Mitteln greifen. Sie mußte sich etwas einfallen lassen... Und bei Gott, es *würde* ihr etwas einfallen!

34

Tiefer Schnee verdammte das Dorf seit Wochen zur Untätigkeit. Kaum tat Leonard einen Schritt nach draußen, schmerzten seine Augen: Die weiße Unendlichkeit warf das Sonnenlicht zurück, machte es doppelt grell. Doch alles war besser als der ewige Nebel des Herbstes, versuchte Leonard sich zu trösten, als er mit zusammengekniffenen Augen durch den tiefen Schnee stapfte. Natürlich bemühten sich die Bewohner von Carlsthal, dem Schnee Herr zu werden. Mit Besen und Schaufeln, Ackergerät und Schippen – allesamt bei Leonard gekauft – wurde tagtäglich die Straße von den weißen Bergen geräumt.

Mit der rechten Hand wischte sich Leonard den Schweiß aus der Stirn, während er mit der linken die Tasche mit der schweren Last schulterte. Fünf Flaschen Wodka, jede davon in ein Stück Leinen gepackt, waren darin verstaut. Wie jeden Freitag wollte er sie zu Doktor Gschwend bringen und im Tausch dafür ein kleines Fläschchen mit dem weißen Pulver bekommen. Opium, ohne das Barbara nicht mehr leben konnte. Gift gegen Gift.

Bei dem Gedanken an sie wurden seine Schritte unwillkürlich schneller. Es war ihm nicht wohl, Lea mit Barbara allein zu Hause zu wissen. Beim Weggehen hatte er sich zwar vergewissert, daß die Kleine tief und fest in ihrer Krippe schlief und daß auch Barbara unter dicken Federdecken vor sich hin döste. Was aber wäre, wenn Lea aufwachte?

Wie würde Barbara reagieren? Josef würde ihr keine Hilfe sein, wie immer. Den lieben langen Tag saß er am Tisch und schnitzte mit einem Messer, das er von Leonij bekommen hatte, seltsame Muster ins Brennholz. Hätte er doch Grete oder Martha herübergeholt, schalt Leonard sich jetzt. Andererseits brauchte er nicht länger als eine halbe Stunde für seine Besorgung, was konnte da schon passieren? Die beiden Nachbarinnen sprangen schon oft genug ein, wenn es galt, Lea zu beaufsichtigen und nebenbei auch noch ein Auge auf Barbara zu haben. An normalen Arbeitstagen, wenn er von morgens bis abends im Laden hinter der Verkaufstheke stand, war er selbst für seine Familie da. Dann stand Leas Krippe neben ihm am Fenster, durch das die Wintersonne fiel und ihr Gesicht wärmte. Zwischendurch hastete er immer wieder kurz in die hinteren Räume, um nach Barbara zu schauen. Meistens schlief sie, doch manchmal lachte sie vor sich hin oder erzählte unendlich lange Geschichten, die niemand verstand. Mittags brachte Grete oft ein warmes Mahl herüber. Einen Teil davon zerdrückte Leonard zu einem weichen Brei, mit dem er Lea fütterte, die alles manierlich und ohne Widerspruch verzehrte. Erst wenn sie mit sattem, rundem Bäuchlein wieder in ihrer Krippe lag, teilte er den Rest in zwei Teller auf, holte Barbara an den Küchentisch und aß dann gemeinsam mit ihr. Zählten die gemeinsamen Mahlzeiten zu Beginn ihrer Ehe noch zu den Höhepunkten des Tages, so waren sie heute eine Art Geduldsprobe für ihn geworden. Mit ihrer Krankheit schien Barbara jede Art von Benehmen verloren zu haben. Von Woche zu Woche fiel es ihm schwerer, neben ihr zu essen, zuzuschauen, wie sie, einer Wilden gleich, das Essen vom Teller in ihren Mund schaufelte, als wolle es ihr jemand im nächsten Augenblick wieder abnehmen. Dabei schmatzte sie lauter als die zahnlosen, russischen Weiber, die an warmen Sommertagen vor ihren Hütten Sonnenblumenkerne kauten und die Schalen ausspuckten. An manchen Tagen war es so schlimm, daß Leonard sich selbst regelrecht zum Essen zwingen mußte.

Unbewußt wanderten seine Gedanken zurück in die Heimat. Wie es wohl Michael und seiner Familie ging? Hoffentlich waren sie gut von Karlas Verwandten aufgenommen worden. Außer ein paar Zeilen, hastig während eines Aufenthalts in der Türkei verfaßt, hatte er nichts mehr gehört. Es schien, als seien alle Fäden zwischen Carlsthal und Württemberg durchtrennt worden. Briefe aus Stuttgart bekam er schon lange nicht mehr. Trotz seines Schweigens waren zu Beginn noch einige zaghafte Schreiben von Eleonore eingetroffen. Doch irgendwann hatte sie es wohl aufgegeben, auf eine Antwort von ihm zu hoffen. Für welchen treulosen Wortbrecher mußte sie ihn halten! Dabei konnte sie das Ausmaß seines Verrats noch nicht einmal ahnen!

Das heilige Fest, der Jahreswechsel – im Stuttgarter Schloß gab es jetzt sicher alle Hände voll zu tun. Oh, er erinnerte sich noch so genau: Bis zum Umfallen hatte er als Holzträger Brennholz für die vielen Öfen der Hofküche vom nahegelegenen Lager heranschleppen müssen. Wer wohl jetzt diese Aufgabe innehatte? Doch wer es auch war und wie flink er sich auch bemühte – Johann, dem Hauptkoch, konnte er es sicherlich auch nicht recht machen. Der alte Menschenschinder! »Mehr Holz, mehr Holz! Schneller, du Tölpel!« Und schon hatte er zu einem Nasenstüber ausgeholt, weil ihm wieder einmal alles nicht schnell genug ging. Den vermißte Leonard weiß Gott nicht. Aber Eleonore! In der eisigen Kälte des Wintermorgens glaubte er, sein Herz wolle zerspringen, ein solch stechender Schmerz durchfuhr seinen Leib, wenn er auch nur ihren Namen dachte! War das die Strafe für all seine Sünden? Diese nicht enden wollende Höllenqual?

Noch bevor er sich auf andere Gedanken bringen konnte,

war er am Haus des Doktors angelangt. Vorsichtig stellte Leonard die schwere Tasche ab und rieb sich die schmerzende Schulter. Er klopfte an und wartete darauf, den schlurfenden Schritt des Doktors zu hören.

Wie fast alle Häuser in Carlsthal bestand auch dieses aus einem einzigen Raum, der als Schlaf- und Wohnraum gleichzeitig diente und in dem sich auch die Kochstelle befand. Doktor Gschwend untersuchte zudem auch noch in diesem Raum, wobei sich die Kranken einfach auf sein abgedecktes Nachtlager legen mußten. Niemanden im Dorf schien diese Vertrautheit zu stören, genausowenig wie die Tatsache, daß die Nase des Doktors schon am Vormittag rotverfärbt war und die Wodkaflasche, die immer und zu jeder Tageszeit auf seinem Tisch stand, schon zur Hälfte geleert. Dafür konnte man sichergehen, daß der Doktor einem selbst auch keine Vorhaltungen machte, wenn man im Suff über die eigenen Füße gestolpert war und nun einen verstauchten Knöchel aufzuweisen hatte. Oder wenn man in der Wut dem Weib ein blaues Auge geschlagen hatte. Gschwend verstand die Leute im Dorf. Und sie verstanden ihn. Wie hätte man den russischen Winter ohne Wodka ertragen sollen?

Kaum hatte der Arzt die Tür geöffnet, drückte Leonard ihm die Tasche mit dem Wodka in die Hand. Ohne ein Wort der Begrüßung folgte er ihm ins Haus. Während der Mann mit zittriger Hand die Flaschen in seinen Schrank räumte, verzog Leonard die Nase. Der Geruch nach Krankheit und die Ausdünstungen des Doktors mischten sich zu einer dunklen, stickigen Wolke, die Leonard den Atem nahm und ihm Übelkeit verursachte. Was tat er eigentlich hier?

Eigentlich hatte er allen Grund, dem Doktor dankbar zu sein, das wußte er. Was würde er ohne ihn und das weiße Pulver machen? Er mochte es sich gar nicht vorstellen!

Einmal hatte er Barbaras tägliche Ration von zwei kleinen Löffeln Pulver probehalber um die Hälfte gekürzt. Vielleicht hatte der Doktor die Dosis nur so hoch angesetzt, um kräftig an ihm zu verdienen? Vielleicht ging es Barbara auch mit der Hälfte des Mittels ganz gut? Er hatte einfach sehen wollen, was geschah. Die ersten Stunden hatte Barbara sich nicht anders verhalten als sonst, hatte in ihrem Bett gelegen, hin und wieder mit sich selbst geredet oder gelacht. Doch als Leonard sie zur Mittagszeit an den Tisch holen wollte, war's mit dem Frieden vorbei gewesen. Sie hatte zu zittern begonnen, als habe sie keinerlei Kontrolle mehr über ihren Körper. Ihre Beine hatten sich so verkrampft, daß sie kaum einen Schritt machen konnte, mit ihrer rechten Hand hatte sie Leonard derart heftig am Arm gepackt, daß er laut aufschrie. Unverständliche Laute kamen aus ihrem Mund, ihr Kopf flog hin und her, und Leonard hatte nur gehofft, daß weder Martha noch Grete in diesem Augenblick zufällig vorbeikamen. Keine von beiden hätte er je wiedergesehen, hätten sie sein Weib in dieser Verfassung erlebt. Selbst Leonard war Barbaras Gestammel und Toben unheimlich gewesen. Endlich, nach einigem Ringen, hatte er sich aus ihrer eisernen Umklammerung befreien können. Das Opium! Die tobende Frau für einen Augenblick allein lassend, war er in die Schlafkammer gerannt, um die Flasche mit dem rettenden Pulver zu holen. Als er in die Küche zurückkam, blieb ihm fast das Herz stehen: Mit schwankendem Oberleib stand Barbara über Leas Wiege gebeugt. Doch bevor sie die Kleine hochheben konnte, sprach er sie mit scharfer Stimme an. Sofort drehte sie sich um, die Augen fragend und rund. Als Barbara die hochgehaltene Flasche sah, kam sie mit unsteten Schritten auf ihn zu. Ohne einen Löffel zu besorgen, hatte er ihr von dem Pulver auf die gierig herausgestreckte Zunge geschüttet. Erst dann war es ihm gelungen, sie wieder in ihr Bett zu führen. Zur Sicherheit hatte er an diesem Tag den Riegel vor die Tür ihrer Kammer geschoben. Nicht auszudenken, wenn sie Lea etwas angetan hätte, nur weil er schlauer sein wollte als der Doktor selbst!

»Was macht das Kind?« Gschwend war mit einem frisch eingeschenkten Glas Wodka auf Leonard zugetreten.

»Alles in Ordnung.« Leonard stand der Sinn nicht nach schönen Reden. Er wollte das Pulver und dann nichts wie heim.

»Wie geht's der Frau?«

»Auch gut«, brummte er ungeduldig. »Ist's ein Wunder bei dem ganzen Zeug, das sie schluckt?«

Der Doktor kicherte. »Eine Prise davon würde deine Laune auch bessern. Dann würdest du genauso gackern und singen wie dein Weib! Jaja, eigentlich sind sie doch beneidenswert, die armen Irren: diese Sorglosigkeit, diese Einfalt!«

Als habe er in einen Haufen schleimiger Schnecken gefaßt, wand sich Leonard hin und her. Mußte der Doktor in dieser Deutlichkeit über Barbaras Verfassung sprechen?

Mit listigen Augen hielt Gschwend ihm das kleine Fläschchen hin. »Kannst froh sein, daß ich das Zeug so regelmäßig besorgen kann. In der Heimat wär' das nicht so leicht, das kannst du mir glauben! Hier jedoch wächst die Pflanze, aus der sie das Pulver machen, an jeder Ecke.«

Leonard hatte sich schon wieder zum Gehen gewandt. Keine Minute länger als nötig hielt es ihn hier, im Haus des Doktors. Wenn es ihm nur anders gelänge, an das Mittel zu kommen! Tausend Dinge konnte er für seinen Laden besorgen – doch woher er das verdammte, weiße Pulver bekommen sollte, fand er einfach nicht heraus. Und so war er abhängig von dem Doktor, genauso, wie Barbara von dem Pulver abhängig war.

Was für ein Leben. Ihn schüttelte es, als habe er etwas Falsches gegessen. Wäre Lea nicht gewesen – er hätte keinen Augenblick gezögert, sondern wäre schon längst auf und davon, irgendwohin. Rußland war groß.

Lea! Der Gedanke an sie ließ seine Schritte schneller werden. Er konnte es kaum erwarten, wieder bei seiner Tochter zu sein. Sie zu beschützen, sie vor allem Unbill des Lebens – und vor ihrer Mutter – zu bewahren war sein Lebensinhalt geworden. »Leonards«, sein Laden, war nur noch Mittel zum Zweck. Wenn er von frühmorgens bis spät in den Abend hinter der Ladentheke stand, tat er dies mit dem Wissen, Lea damit vor Hunger und Not zu bewahren. Wenn er sich um immer neue Waren für seine Kunden bemühte, um ihnen so die mühevollen Fahrten nach Odessa zu ersparen, tat er dies für Lea. Im Geiste sah er sie schon als junge Frau hinter der Theke stehen, ihre feuerroten Haare zu einem dicken Zopf gebunden, mit einem Lächeln für jeden Kunden. Die schweren Arbeiten würde er natürlich weiterhin übernehmen, schließlich wollte er auch in Leas Jugendjahren noch nicht zum alten Eisen gehören! Aber vielleicht konnte sie später einmal die schriftlichen Dinge erledigen, das Ein- und Ausgabenbuch führen, mit den Lieferanten abrechnen? Ein kleines Lächeln huschte über sein Gesicht. Es wurde Zeit, nach Hause zu kommen. Zeit, »Leonards« zu öffnen. Wahrscheinlich warteten die ersten Kunden schon vor der Tür auf ihn. Seine Schritte wurden immer schneller.

Völlig arglos bog er in die Gasse ein, in der das Haus mit dem weiß-roten Ladenschild stand. Keine böse Vorahnung bereitete ihn auf die Katastrophe vor, die ihn dort erwartete. Seine Nase nahm den starken Geruch nach verbranntem Holz wahr, ohne daß seinem Gehirn dabei die unselige Verbindung gelang. Selbst als er vor den lodernden Flammen stand, in denen die Umrisse seines Hauses nur noch schemenhaft zu erkennen waren, konnte er einfach nicht fassen, was er sah. Was geschah. Er war wie gelähmt. Er hörte die

Schreie der Menschen um ihn herum, er sah Leute von einem Haus zum nächsten rennen, Wassereimer in der Hand, und starrte geradeaus ins Leere. Jemand schrie ihn an, ein anderer zog ihn am Ärmel, irgendwo begann eine Frau schrill zu kreischen.

Der Feuerteufel!

Barbara.

Lea!

Mit einem Schrei, der dem eines tödlich verwundeten Tieres glich, löste Leonard sich endlich von der Stelle, an der er so reglos gestanden hatte. Auf einmal konnte es ihm nicht schnell genug gehen. Er prallte mit einem Mann zusammen, stieß ihn grob zur Seite. Je näher er an das brennende Haus herankam, desto heißer schlugen ihm die Flammen entgegen. Nichts mehr war zu spüren von der eisigen Kälte des Morgens. Heiliger Vater im Himmel! Alles durfte wahr sein, aber nicht das! Jede Strafe würde er ertragen können, nur diese eine nicht. Lea. Lea. Lea. Nur noch ihr Name dröhnte in seinem Kopf, wurde wie ein Echo von seinem Herzen zurückgeworfen. Er dachte nicht an Barbara, nicht daran, wie das Feuer entstanden sein mochte. Er dachte nicht an die Gefahr für sein eigenes Leben, als er in die brennende Hölle stieg, die sein Zuhause gewesen war. Er dachte nicht an den Verlust von »Leonards« oder daran, wie er einen Teil davon in Sicherheit bringen konnte.

Er mußte Lea retten.

35

Die Nacht des Jahreswechsels hatte sich Sonia nicht unbedingt freiwillig zum Grübeln ausgesucht.

Sie seufzte. Warum nur hatte sie beim Gedanken an die letzten Wochen das Bedürfnis, sich zu winden wie ein Fisch an der Angel?

In den letzten Tagen hatte das Stuttgarter Theaterhaus einem Taubenschlag geglichen: Boten waren ein und aus gegangen, die Blumenbouquets, Präsente oder Einladungen zu verschiedenen Feierlichkeiten überbrachten. Die Premiere des neuen Stückes war besser über die Bühne gegangen als die meisten Beteiligten erwartet hatten. Wieder einmal sonnte sich das Stuttgarter Theaterensemble im Glanz des überschwenglichen Lobes. Bei einem heimlichen Blick durch die angelehnte Tür von Melias Boudoir hatte Sonia der blanke Neid gepackt: Der Raum glich einem Blütenmeer, in dem Melias Ankleide und ihr Spiegeltisch wie kleine Inseln unterzugehen drohten. Dessen nicht genug: Nach jeder Abendvorstellung wurde sie von einer anderen Kutsche abgeholt, um sich in den besten Häusern Stuttgarts weiter feiern zu lassen. Sonia würdigte sie dabei mit keinem Blick. Wenn sie sich zufällig in einem der langen Gänge trafen, tat Melia so, als wäre sie Luft für sie. Sonia nahm dies wütend aber hilflos zur Kenntnis. Genauso wie die Tatsache, daß ihr kurzer Auftritt als Haremsdame ihr weder Ruhm noch besondere Bewunderung eingebracht hatte. Von herrschaftlichen Einladungen ganz zu schweigen!

Deshalb saß sie auch heute abend wieder in ihrer Dachkammer, ohne daß sich irgendein anderes Theatermitglied zu ihr gesellt hätte. Die alte Garde der Schauspieler hatte noch nie viel Interesse an ihr gehabt, Gustav Bretschneider einmal ausgenommen. Das wußte sie. Gustav selbst hatte sich längst mit einer anderen Gespielin getröstet, deren Liebesschreie allabendlich nach der Spätvorstellung aus seinen Räumen drangen. Nicht, daß sie den alten, ungewaschenen Lüstling je zurückhaben wollte!

Von den anderen Ensemblemitgliedern, die wie sie einfache Nebenrollen spielten, hatte Sonia von Anfang an nicht viel wissen wollen. Jetzt bereute sie, zu dem einen oder anderen besonders schnippisch gewesen zu sein. Sie wußte, daß für den Jahreswechsel in einer der nahegelegenen Weinstuben ein großes Fest geplant war. Das hatte sie aus dem aufgeregten Getuschel um sie herum herausgehört. Sie selbst war jedoch weder eingeladen worden, noch hatte man sie um ihre Mithilfe gebeten. Entgegen ihrer sonstigen Art, aus jeder Lage das Beste für sich herauszuholen, hätte sie sich nun lieber die Zunge abgebissen, als wegen einer Einladung bei den anderen für schönes Wetter zu sorgen! Dazu hatte sie den Kopf viel zu voll mit anderen Dingen. Da war zum einen Melias abweisendes Verhalten. Sie schien sich wirklich nichts mehr aus Sonias Drohungen zu machen. Wie mochte das sein? Nahm Melia die Gefahr, daß ihre Liebschaft mit dem König bekannt wurde, wirklich so auf die leichte Schulter? Das konnte und wollte Sonia einfach nicht glauben. Doch bisher hatte sie keine Gelegenheit gehabt, ihre Drohungen zu wiederholen und dadurch herauszufinden, wie weit es mit Melias Sorglosigkeit her war. Stand die Hofschauspielerin nicht auf der Bühne, war sie entweder von Bewunderern umringt oder auf dem Weg zu einer der vielen Festlichkeiten, für die Stuttgarts Wintersaison berühmt war.

Gedankenverloren griff Sonia in das kleine Körbchen mit Konfekt, das auf dem Tisch neben ihrem Bett stand. Ein Geschenk von Eleonore, das sie ihr allerdings schon vor einigen Wochen überreicht hatte. Während der Feiertage und des Jahreswechsels hätte sie keine Zeit für einen Besuch, hatte sie Sonia erklärt. Keine Zeit, pah! Es geschah Eleonore recht, daß sie schuften mußte wie ein Ochse. Da hatte sie, Sonia, es doch viel besser. Sie würde den Jahreswechsel eben alleine feiern! Und zum Feiern hatte sie doch allen Grund, oder?

Sie schaute sich in ihrer Kammer um und versuchte, wieder die gleiche Begeisterung zu verspüren, die sie beim Einzug gehabt hatte. Ein so großes Zimmer für sich allein! Columbina hätte Augen gemacht, wenn sie gewußt hätte, wie gut es ihre Töchter getroffen hatten. Zumindest eine ihrer Töchter... Ob sie mit Eleonores Wahl, sich freiwillig Tag und Nacht abzuschinden, einverstanden gewesen wäre, bezweifelte Sonia.

Warum war sie dann so unzufrieden? Warum konnte sie sich nicht einfach in ihrem Bett mit der weichen Federdecke zurücklehnen und darauf warten, was das neue Jahr ihr bringen würde?

Gerade als sie die Augen schließen wollte, hörte sie es: ein leises Knacken vor ihrer Tür. Sofort saß sie aufrecht und hielt die Luft an. Wer trieb sich da draußen herum? Wer versuchte mit aller Mühe, keinen Lärm zu machen, nicht gehört zu werden? Plötzlich war wieder diese seltsame Beklemmung da, die sie in den letzten Wochen des öfteren gespürt hatte. So verrückt es sich auch anhören mochte: Jemand verfolgte sie. Jemand hatte es auf ihr Wohlergehen abgesehen.

Auf Zehenspitzen stieg sie aus dem Bett und lief zur Tür,

um zu lauschen. Wer war da draußen? Handelte es sich um den gleichen Mann, der sie schon mehrmals bei ihren Gängen durch die Nachbarschaft verfolgt hatte? So wie auch gestern?

Sie hatte die Hoffnung auf eine Einladung in der letzten Minute noch nicht aufgegeben und war deshalb zu dem Putzmachergeschäft einige Straßen weiter gegangen, um neue Bänder für ihr Haar zu kaufen. Zuerst war sie so tief in Gedanken versunken gewesen, daß ihr der untersetzte Mann gar nicht auffiel. Erst als sie nach einiger Zeit wieder aus dem Geschäft trat, nahm sie ihn wahr. Den hatte sie doch vorher schon vor dem Theater gesehen! Ein seltsamer Zufall? Auf dem Rückweg sah sie immer wieder vorsichtig über die Schulter nach hinten – stets war er da, keine fünf Schritte von ihr entfernt. Warnglocken schlugen auf einmal laut und aufdringlich in ihren Ohren. Hier war einer, der es auf sie abgesehen hatte!

Auf dem Gang war es jetzt totenstill. Sonia starrte auf den Schlüssel im Schloß und versuchte sich zu erinnern, in welcher Stellung die Tür damit abgeschlossen war und in welcher offen. Den Schlüssel einfach umzudrehen wagte sie nicht. War der Mann wirklich draußen, würde ihm das Geräusch ihre Angst verraten. Sie verharrte so lange reglos hinter der Tür, bis sie den Drang, Wasser zu lassen, nicht mehr aufhalten konnte. Nachdem sie den Pot de chambre benutzt hatte, setzte sie sich vor ihren heißgeliebten Spiegeltisch. Beim Anblick ihres Spiegelbildes wurde sie langsam wieder etwas ruhiger. So kopflos konnte – und mochte – sie sich nicht. Sie mußte die Ruhe bewahren und nachdenken. Eigentlich war alles doch ganz einfach.

In ihrem Inneren wußte sie längst, was der Mann von ihr wollte. Was nutzte es, sich etwas anderes vorzumachen. Und sie wußte auch, von wem er geschickt worden war.

Melia. War er ihr Gehilfe? Angeheuert, ihr Angst einzujagen, ihr Wilhelms Karte mit den verräterischen Worten abzunehmen?

Von den Straßen drang betrunkenes Gelächter zu ihr hoch, fröhliche Schanklieder und Musikfetzen. Tränen der Wut liefen Sonia übers Gesicht. Was war nur geschehen? Vor wenigen Wochen noch hatte die Welt ihr gehört, und jetzt schien sie von ihr vergessen worden zu sein! Draußen in der ganzen Stadt feierten die Menschen den Jahreswechsel, während sie verlassen in ihrer Kammer saß, die Furcht als einzigen Kameraden. Das hatte sie weiß Gott nicht verdient! Und wer war schuld an ihrer Misere? Melia Feuerwall und sonst niemand. Was hatte sie denn schon von ihr gewollt? Doch nur ein bißchen am schönen Leben der gefeierten Schauspielerin teilhaben! Hatte sie dafür nicht geschwiegen wie ein Grab? Eine andere wäre längst mit ihrem Wissen durch die Stadt gerannt – Klatsch und böse Gerüchte an allen Ecken wären die Folge gewesen. Und was war Melias Dank? Ihr einen gedungenen Bösewicht auf den Leib zu hetzen, der sie einschüchtern sollte!

Sie lachte trocken auf. Nicht mit ihr! Was sollte das ganze Zittern und Jammern eigentlich? War sie denn von allen guten Geistern verlassen? Wenn Melia dachte, es würde ihr gelingen, sie mundtot zu machen, dann hatte sie sich getäuscht! Sie war nicht umsonst Columbinas Tochter...

Immer noch darauf bedacht, nicht durch unnötige Geräusche auf sich aufmerksam zu machen, kramte sie in der Schublade ihres Spiegeltisches nach einem Bogen Papier. Zum ersten Mal in ihrem Leben war sie dem alten Gelehrten, mit dem Columbina eine Weile herumgezogen war, dankbar. Er, der immer so viel Aufhebens wegen Eleonores Namen gemacht hatte, hatte der Straßenräuberin vorgeschlagen, gegen eine geringe Beteiligung an ihren Einkünften den beiden Mädchen das Lesen und Schreiben beizubringen. In der Hoffnung, daß diese Fähigkeiten ihr einmal bei ihrer Arbeit zugute kommen würden, hatte Columbina eingewilligt. Und so hatten die beiden Schwestern – Eleonore mit Eifer, Sonia nur widerwillig – Lesen und Schreiben gelernt.

Während sie sich mit dem eingetrockneten Deckel des Tintenfasses abquälte, wurden ihre Gedanken immer klarer. Sie würde sich nicht kleinkriegen lassen. Weder von Melia noch von ihrem Helfershelfer. Mochte Melia im Augenblick auch feiern und den Kopf hoch tragen wie eine Gans – ihre Zeit war längst abgelaufen. Sie wußte es nur noch nicht!

Ein hämisches Grinsen breitete sich auf Sonias Gesicht aus, als sie mit ungeübter Hand und tintennasser Feder Wort für Wort auf den zerknitterten Bogen Papier schrieb. Immer wieder lauschte sie zwischendurch mit hocherhobenem Kopf nach Geräuschen auf dem Gang. Doch da war nichts mehr – Gott sei Dank! Vielleicht hatte sie sich das Knacken auch nur eingebildet. Aber den Mann, der sie verfolgte hatte, den gab es – da war sie ganz sicher! Und deshalb mußte sie sich jetzt beeilen.

Auf den Knien machte sie sich unter dem Fenster an der Holzleiste zu schaffen, die zwischen Boden und Wänden angebracht war. Endlich hatte sie ein Stück gelockert. Sie griff in die Öffnung und holte ein Päckchen heraus. Bald hielt sie das Kärtchen in der Hand. Zusammen mit ihren Zeilen steckte sie es in einen Briefumschlag. Verflixt! Sie hatte keinen Siegellack! Sollte ihr Vorhaben daran scheitern? Sonia überlegte kurz, dann wickelte sie den Briefumschlag in ein Stück altes Papier und versteckte ihn in der Öffnung. Es mußte sein. Sie mußte ihr Zimmer verlassen. Noch einmal atmete sie tief durch, dann öffnete sie mit einem Ruck ihre Tür. Nichts. Totenstille. Schnell rannte sie hinunter in den Amtsraum, wo tagsüber die Belange des Theaters geregelt wurden. Schnell hatte sie eine Stange roten Siegellack gefunden, genauso schnell war sie wieder oben in ihrer Kammer. Doch dann mußte Sonia erstaunt feststellen, daß das Anbringen des Lacks nicht so einfach war, wie sie es sich vorgestellt hatte. Als der Briefumschlag endlich mit einem dicken Klecks versiegelt war, schrieb sie vorsichtig mit großen Lettern den Namen des Empfängers auf die Vorderseite.

Sonia lehnte sich zurück und wartete vergebens auf ein Gefühl der Zufriedenheit und Genugtuung. Statt dessen tauchten neue Fragen auf: Wie sollte sie den Brief jetzt, mitten in der Nacht, loswerden? Was, wenn der Mann doch noch irgendwo draußen auf sie wartete? Sie starrte aus dem Fenster. Noch immer waren ungewöhnlich viele Menschen auf den Straßen, viele davon mit Laternen, einige mit Fakkeln. Daß die Silvesternacht jemals so gefeiert worden war, daran konnte Sonia sich nicht erinnern. Andererseits – wann hatte ein Jahreswechsel schon einmal etwas Gutes verhießen? Doch wie es aussah, schauten die Leute frohen Mutes ins nächste Jahr. 1819. Sonia zuckte mit den Schultern. Ihr war es gleich, welche Jahreszahl man schrieb. Aber die belebten Straßen, die vielen Lichter – die kamen ihr gerade recht. Sie rechnete kurz nach: Es war noch nicht Mitternacht, denn die Kirchenglocken hatten bislang nicht geläutet. Das bedeutete, daß Lorchen oben in der Hofküche sicher noch mit ihren Kuchen zu tun hatte. Auch gut. Wenn ihre Schwester schon keine Zeit hatte, sie zu besuchen, dann würde Sonia eben *ihr* einen Besuch abstatten!

Nachdem sie sich ein letztes Mal vergewissert hatte, daß wirklich niemand im Gang auf sie lauerte, hastete sie – ihren dunklen Umhang umgeworfen, ein dunkles Tuch um den Kopf und den adressierten Briefumschlag in der Rocktasche – hinaus in die letzte Nacht des Jahres.

Sonia mischte sich unter die feiernden Menschen auf den Straßen und ließ sich von ihrem Treiben mitziehen. So kam sie im Schutz der Menge kurze Zeit später am hinteren Schloßtor an. Nachdem der Wachmann, der Sonia noch von früher kannte, sie eingelassen hatte, ging sie auf dem schnellsten Wege durch die teilweise unterirdisch gelegenen Gänge zur Zuckerbäckerei. Obwohl ihr sicherlich ein guter Grund für ihren Besuch eingefallen wäre, wollte sie nicht unbedingt Johann oder Ludovika über den Weg laufen. Warum sich unnötigen Fragen aussetzen? Doch das Glück schien in dieser Nacht auf ihrer Seite zu sein. Wie sie vermutet hatte, herrschte in den einzelnen Küchenabteilen noch rege Betriebsamkeit. Die Köche und ihre Helfer waren viel zu sehr beschäftigt, als daß sie von ihrer Arbeit aufgeschaut hätten.

Vor Eleonores Küchenabteil waren auf langen, schmalen Tischen mit silbernen Zuckerperlen verzierte Kuchen aufgereiht, die nur auf ein Zeichen von Martini warteten, um als letzter Gang aufgetragen zu werden. Unwillkürlich mußte Sonia über Eleonores Geschick staunen: Aus Teig hatte sie die Jahreszahlen 1818 und 1819 geformt, die sich mit schönster Regelmäßigkeit auf den Tabletts abwechselten. Der Geruch von gebackenem Marzipan und Zimt strömte von dem Gebäck aus, es stand in einem hübschen Kontrast zu der weißglänzenden, eleganten Zuckerkruste. Mit spitzen Fingern drückte Sonia tiefe Löcher in einige der Kuchen. Sofort begann die Zuckerkruste zu zerbröseln, und kleine Silberperlen kullerten auf den weiß-silbernen Porzellantellern davon. Sonias Augen funkelten kalt wie Polarsterne, als sie ihr Werk bewunderte. So war es schon viel besser. Zuviel Vollkommenheit konnte sie nicht ausstehen!

»Sonia! Was für eine Überraschung! Was machst du denn hier?« Mit schweißfeuchten Händen umarmte Eleonore ihre Schwester. Sonia ließ es steif über sich ergehen.

Sie zwang sich zu einem gnädigen Lächeln und einem leichtherzigen Plauderton, als sie Eleonore von der Premiere des neuen Stückes erzählte. Ihren eigenen Part schmückte sie dabei zu einer weiteren Hauptrolle aus. Eleonore lauschte mit runden Augen, während sie sich am Spülbecken zu schaffen machte. Der Stolz auf Sonia war ihr ins Gesicht geschrieben.

»Aber eigentlich bin ich nicht gekommen, um dich mit meinen Theatergeschichten aufzuhalten. Nein, sag nichts! Ich weiß, daß du unendlich viel zu schaffen hast und ich dir nur im Weg stehe.« Beschwörend hob sie die Hand, um Eleonores Erwiderung im Keim zu ersticken. »Doch mein Besuch hat auch einen wichtigen Grund. Denn ich komme als Botin – von wem, darf ich dir allerdings nicht sagen. Denn das ist ein Teil der Überraschung...«

»Als Botin? Überraschung? Wovon redest du?« Eleonore lachte erstaunt auf.

Mit einem kurzen Blick zur Tür versicherte Sonia sich, daß sie immer noch alleine waren. Dann trat sie ganz nahe an Eleonore heran und zog den Umschlag aus der Tasche. »Hier steht alles drin, haben sie mir gesagt. Eine Überraschung für die Königin, vorbereitet vom Ensemble des Theaters. Genaueres wollten sie nicht einmal mir sagen, so geheimnisvoll soll alles zugehen.«

»Wie schön! Die Königin liebt Überraschungen! Es heißt, sie schwärme noch heute von dem fackelbeleuchteten Zug der Schiffer am Abend des Cannstatter Festes! Weißt du, damals, als die Schiffe allesamt den Neckar hinabgefahren und an Bellevue vorüber...«

»Jaja«, antwortete Sonia ungeduldig. Glaubte Eleonore etwa, daß sie alle Zeit der Welt hatte? »So etwas Ähnliches wird es wohl dieses Mal auch sein.« Sie zwang sich zu einem versöhnlicheren Ton. »Ich habe den anderen versprochen, daß ich dafür sorge, daß die Königin den Brief am Neujahrsmorgen bekommt. Glaubst du, das ist zu schaffen?«

»Aber sicher doch!« Eleonore wischte sich ihre feuchten

Hände an der Schürze ab. Behutsam nahm sie den Brief entgegen und legte ihn aufs höchste Brett des Wandregals. »Wenn Niçoise morgen früh kommt, um das Gebäck für Katharinas Morgentee abzuholen, werde ich ihn ihr höchstpersönlich übergeben. Ich bin doch froh, wenn ich bei so einer aufregenden Sache helfen kann! Da fängt das neue Jahr für unsere Königin gleich richtig an!«

Sonias Augen blitzten. »Das kannst du laut sagen.«

Nachdem sie die stickige Hitze von Eleonores Zuckerbäckerei verlassen hatte, fröstelte es Sonia kurz, als sie wieder in die klirrende Kälte der klaren Dezembernacht hinaustrat. Mit einem Lächeln und einem koketten Augenaufschlag verabschiedete sie sich etwas später von dem Wachmann.

Armer Tropf. Während sie ihre Röcke zusammenraffte, um schneller voranzukommen, dachte Sonia an ihre Dachkammer. Schon bald würde sie unter ihrer dicken Federdecke liegen. Warm, trocken, sicher. Erst dann würde sie sich den Genuß gestatten, sich das weitere Geschehen im Schloß am Neujahrsmorgen auszumalen. Eine Überraschung für die Königin – in der Tat! Daß es auch böse Überraschungen gab – bald würde Katharina um diese Erfahrung reicher sein. Unwillkürlich lachte sie auf. Sollten Melia und ihr Geliebter sehen, wie sie ihren Kopf wieder aus der Schlinge bekamen! Daß sie sich heute nacht endgültig und unwiderruflich um ihre Geldquelle gebracht hatte, machte ihr nichts weiter aus. Sie würde eine neue ausfindig machen. Schließlich hatte sie schon immer für sich sorgen können. Vielleicht war es an der Zeit, ihre alte Liebelei mit Tobias Richter wieder aufzuwärmen? Nachdem er eine der größten, männlichen Nebenrollen bekommen hatte, war sein Ansehen in der Stuttgarter Theaterwelt erheblich gestiegen. Wenn sie sich seiner ein wenig annahm, würde er ihr vielleicht sogar zu einer besseren Rolle verhelfen können? Sie seufzte erleichtert auf. Das neue Jahr erschien ihr plötzlich gar nicht mehr so düster wie noch zu Beginn des Abends.

Sie konnte es kaum erwarten, in ihre Kammer zu kommen. Nur noch drei Gassen, dann würde sie schon in die breite Allee einbiegen, die am Theater vorbeiführte. Ihre Schritte wurden schneller.

Sie sah weder den Schatten, der sich von der Mauer löste, noch spürte sie den Luftzug, den die weit ausholende Handbewegung des Mannes verursachte. Der dumpfe Schlag des Holzprügels traf sie jäh und unvermutet am Hinterkopf, in dem Augenblick, als sie ihre Angst zum ersten Mal seit Wochen vergessen hatte.

Einen Atemzug später war Sonia tot.

36

So sternenklar die Neujahrsnacht gewesen war, so düster begann der erste Tag des neuen Jahres. Regenfluten peitschten gegen die Fenster, und die nackten Baumkronen bogen sich hilflos im Wind. Weder drinnen noch draußen schien es Tag werden zu wollen.

Deprimiert schaute Katharina sich in ihrem Schlafgemach um: Nicht einmal das Licht aller angezündeten Lampen vermochte es, den Raum aufzuhellen. Die Bilder an den Wänden warfen unselige Schatten, der Baldachin ihres Bettes erschien ihr wie eine zusätzliche dunkle Wolke, die sie zu erdrücken drohte. Um wacher zu werden, setzte sie sich aufrecht hin, doch immer wieder fielen ihre Augen zu. Diese bleierne Schwere in ihren Gliedern kannte sie gar nicht! Dabei hatten die Neujahrsfeierlichkeiten nicht länger gedauert als andere Feste auch, schon um ein Uhr hatte sie sich zur Nachtruhe legen können. Und schlechter geschlafen als sonst hatte sie auch nicht. Sie zog eine Grimasse. Trotzdem fühlte sie sich heute früh wie erschlagen. Die Verführung, sich tief unter ihren Decken zu vergraben, war fast zu groß. Eine prächtige Art, das neue Jahr zu begrüßen! Faulenzen wie ein Tagdieb! Allerdings hatte nicht auch sie einmal ein klein wenig Ruhe verdient? Die Buben und die beiden Prinzessinnen wußte sie bei Milena sehr gut versorgt, dringende Geschäfte gab es heute auch nicht zu erledigen, und Wilhelm würde sie sowieso nicht vor Mittag zu Gesicht bekommen. Was also sprach dagegen, sich noch ein wenig Schlaf zu gönnen?

Es klopfte sanft an ihrer Tür. Niçoise trat mit ihrem Morgenkaffee und der Post ein. Ein ganzer Stapel Dankesschreiben für Einladungen und neue Einladungen warteten auf ihre Beantwortung. Hastig blätterte sie die einzelnen Briefe durch. Wie schade – weder von Maria Feodorowna noch von ihrem Bruder war etwas dabei! Doch was hatte sie angesichts der unpassierbaren winterlichen Straßen in Rußland anderes erwartet? Dennoch legte sie den Stapel enttäuscht beiseite.

Nachdem sie Niçoise mit einem Neujahrsgruß entlassen hatte, genoß sie die erste Tasse Kaffee, dessen Geruch allein schon ausreichte, um ihre Lebensgeister wieder ein wenig anzufachen. Was würde das neue Jahr bringen? Noch waren die kommenden 365 Tage wie weiße, kleine Steinchen. Farblos, nackt, nichtssagend. Erst im Rückblick würden sie wie bunte Teile eines Mosaiks erscheinen, die zusammen ein farbenfrohes Motiv abgaben. Lag es nicht an ihnen selbst, den weißen Steinen Farbe zu geben, um am Ende eines Jahres ein besonders schönes Motiv zu erhalten?

Eigentlich konnte sie bisher ganz zufrieden sein. In den drei Jahren seit ihrer Ankunft in Württemberg hatte sie wirklich viel erreicht. Der Wohltätigkeitsverein, die Armenschulen, Kinderaufbewahrungsanstalten und nicht zuletzt die Beschäftigungsanstalten – alles gut besuchte Einrichtungen, die dazu beitrugen, die Armut im Land zu lindern. Aufseufzend starrte sie aus dem Fenster, gegen das immer noch der Regen schlug. Dem Himmel sei Dank, hatten die Bauern im letzten Sommer eine gute Ernte eingefahren! Eine weitere Mißernte hätte den Tod vieler Menschen bedeutet, ohne daß auch nur eine von Katharinas Maßnahmen daran etwas geändert hätte, das wußte sie. Die Armut zu verwalten hieß schließlich nicht, sie zu bekämpfen!

Sie schüttelte verwundert den Kopf. Erst jetzt, da sie sich endlich einmal Zeit für eine Rückschau gönnte, fiel ihr auf, daß eigentlich alle ihre Pläne recht erfolgreich waren. Allerdings war es ihr immer noch nicht gelungen, die grandiose Sammlung mittelalterlicher Gemälde der Gebrüder Boiserée für Württemberg zu erwerben. Für das kommende Frühjahr war zwar eine Ausstellung der wichtigsten Bilder hier in der Stadt geplant, doch die Summe, die die Brüder für den Erwerb der Kunstgemälde angesetzt hatten, war nicht unerheblich. Sie seufzte. Vielleicht würde der Ankauf dieses Jahr gelingen? Wenn sie nochmals alles durchrechnete...

Nun hielt sie es kaum noch im Bett aus. Doch sie zwang sich, liegenzubleiben.

Ruhe war für sie gerade jetzt äußerst wichtig. Für sie und das Kind in ihrem Bauch. Gedankenvoll schenkte sie sich eine neue Tasse Kaffee ein und trank ihn mit kleinen Schlukken. Sodann zwang sie sich, eines von Eleonores wunderbaren Rosinenbroten zu essen. Für sich und das Kind in ihrem Bauch. Wie reich wurde sie doch vom Schicksal beschenkt! Es war ihr nicht nur vergönnt, Württemberg eine Landesmutter zu sein – auch eigener Kindersegen blieb ihr nicht versagt. Diesmal würde sie Wilhelms heißersehnten Kronprinzen das Leben schenken, das spürte sie. Noch wußte er nichts von ihrer erneuten Schwangerschaft, sie hatte ganz sichergehen wollen, bevor sie ihm die gute Nachricht beibrachte. Vielleicht würde sich in den nächsten Tagen eine passende Gelegenheit ergeben? Noch immer bekam sie Wilhelm viel zu selten zu sehen. Seine Regierungsgeschäfte fraßen den besten Teil des Tages auf – und die meisten Abende noch dazu. Und doch hatte sie das Gefühl, als wären sie sich seit der Nacht des Volksfestes wieder ein wenig nähergekommen. Der Nacht, in der sie ihren Sohn gezeugt hatten. Drei Schwangerschaften in drei Jahren... Vielleicht war sie deshalb so müde? Unfug! Sie freute sich schon auf Maria Feodorownas Antwort, wenn diese von ihrem zukünftigen Enkel erfuhr. Vielleicht war die Ankunft des neuen Erdenmenschen Maman sogar einen Besuch wert? Noch heute würde sie ihr schreiben! Doch zuerst mußte sie die übrige Post beantworten, mochte auch nichts besonders Interessantes darunter sein. Je schneller sie ihre Korrespondenz Fräulein von Baur übergab, desto eher konnte sie mit einer Nachricht aus Pavlovsk, dem Landsitz ihrer Mutter, rechnen. Sie balancierte das silberne Tablett mit den Briefen so lange auf ihren Knien hin und her, bis sie mit ihrer Schreibunterlage zufrieden war. Dann griff sie nach dem gläsernen Tintenfaß samt Feder und begann mit der Arbeit.

37

Zwei Wochen waren vergangen seit dem verheerenden Feuer, bei dem Barbara ums Leben gekommen war.

Erst langsam kam Leonard wieder zu sich. Die meiste Zeit über war ihm jedoch zumute, als sei er in einen dichten Nebel eingehüllt, durch den er nur schwerlich sehen und hören konnte. Nur Lea gelang es, den Nebel zu durchdringen. Kaum begann sie mit fester Stimme ihren Hunger, ihren Durst oder ihre Einsamkeit zu melden, war Leonard neben ihrer Krippe, um sie zu füttern oder in den Schlaf zu wiegen. Damit verbrachte er seine Zeit. Damit und mit der Erinnerung an den schrecklichen Tag, der ihm so vieles genommen hatte, was ihm lieb und teuer war.

Barbara war tot. Daß sie ihren Tod mit großer Wahrscheinlichkeit selbst verschuldet hatte, war für Leonard genauso unwichtig geworden wie die Tatsache, daß sie in den letzten Monaten nur noch eine Last für ihn gewesen war. Kein Mensch sollte so grausam sterben müssen! Nicht einmal die Tatsache, daß sie beinahe auch Lea umgebracht hätte, konnte er Barbara übelnehmen. Zu sehr war er in Selbstvorwürfe verstrickt. Warum hatte er die beiden alleine gelassen? Warum um alles in der Welt hatte er nicht Grete oder Martha geholt, bevor er sich auf den Weg zum Doktor machte?

»Leonards« gab es nicht mehr. Alles, was er in den letzten beiden Jahren mit seinen eigenen Händen aufgebaut hatte, war zerstört worden. Lediglich zwei geschwärzte Eckbalken, die wie dunkle Mahnmale emporstanden, waren von dem Krämerladen übriggeblieben. Nichts, aber auch gar nichts war von den Flammen verschont geblieben, die hölzernen Regale und Schubladen, Besen, Schaufeln, Stoffballen – alles hatte gebrannt wie Zunder.

Daß Lea überlebt hatte, ohne auch nur einen Kratzer davonzutragen, war ein Wunder, für das Leonard Gott jeden Tag aufs neue dankte. Schreiend, mit rußverschmiertem Gesicht, hatte sie in ihrer Wiege gelegen, während um sie herum die Wände glühten, der Boden mit lodernden Feuerstellen übersät war und die Luft durch die grauschwarzen Nebelschwaden, die Leonard den Atem nahmen, immer dicker wurde. Nachdem er Lea in Sicherheit gebracht und draußen einer Nachbarin übergeben hatte, war Leonard erneut hineingestürzt, diesmal auf der Suche nach Barbara. Die Männer, die so tapfer wie erfolglos mit Wassereimern gegen das Feuer ankämpften, hatten mit aller Kraft versucht, ihn zurückzuhalten. Vergeblich. Leonard wußte, daß er sein Leben in Gefahr brachte, doch der Drang, auch Barbara zu retten, war stärker.

Es sollte ihm nicht gelingen – Gott hatte ihm nur ein Wunder zugebilligt.

Nacht für Nacht verfolgte ihn nun ihr Bild, wenn er sich mit Lea im Arm auf der fremden Schlafstätte hin und her wälzte. Barbara war unter dem großen, umgestürzten Regal, dessen Rückwand als Trennung zwischen Laden und Wohnraum gedient hatte, eingeklemmt gewesen. Ohnmächtig oder schon tot – Leonard war keine Zeit geblieben, dies herauszufinden. Selbst fast ohnmächtig, hatte er an ihrem Arm gezogen, mit bloßen Händen versucht, das riesige, brennende Holzteil von ihr zu heben, als er von hinten grob an den Schultern gepackt wurde. Im letzten Moment hatte jemand den wild um sich schlagenden Mann nach draußen gezogen, bevor alle vier Dachbalken gleichzeitig nach unten prasselten, um dem gierigen Feuer neues Futter zu liefern. Baumhoch waren die Flammen in den Himmel geschossen, jeder Versuch, zu löschen, war nun sinnlos geworden. Von Barbaras Sohn Josef war keine Spur zu sehen gewesen. Auch er mußte jämmerlich in den Flammen umgekommen sein.

Ganz Carlsthal hatte mit Leonard dagestanden, um die Feuerwache zu halten. Fassungslosigkeit, Angst um die Nachbarhütten, Schrecken und Trauer hatten sich auf den Gesichtern der Zuschauer abgezeichnet. Kaum einer konnte seinen Blick von dem Feuer wenden. Es war um die Mittagszeit gewesen, als die Flammen endlich zu immer kleineren Feuerherden zusammenschrumpften. Und es war früher Nachmittag, als diese gelöscht waren und nur noch der Gestank des Verbrannten in der Luft hing.

Hilflos tuschelnd gingen die meisten langsam nach Hause mit gesenkten Armen und Köpfen. Sie ließen Leonard nur ungern stehen. Sowohl Martha als auch Grete traten an ihn heran und versuchten, ihm Lea aus dem Arm zu nehmen, um sie dorthin zu bringen, wo Wärme und eine Mahlzeit auf sie warteten. Doch wie angewurzelt stand Leonard vor den Resten seines Hauses, Lea mit eisernem Griff im Arm, als habe er Angst, daß sie ihm als nächstes genommen wurde.

»Leonard, komm. Wir müssen gehen. Lea friert. Soll die Kleine sich den Tod holen?« Mit faltiger Stirn beobachtete Leonji, wie sein Freund auf die harschen Worte reagieren würde. Schreien, Toben, Heulen, ein Wutausbruch oder blanker Haß – alles hätte Leonji erwartet und wäre damit fertig geworden. Doch schien sämtliche Kraft aus Leonard gewichen zu sein. Und damit sein Widerstand. Wie ein lebloses Bündel ließ er sich von Leonji durch die Gassen ziehen, bis sie an dessen Hütte angelangt waren. Widerstandslos zog er die verbrannten Kleider aus. Als Leonjis Frau

Bilenka Lea nehmen wollte, um sie mit einem Brei zu füttern, blitzten seine Augen kurz auf, doch dann übergab er der älteren Frau den Säugling.

Keiner der drei Menschen hatte an jenem Tag noch viel gesprochen. Leonji und Bilenka hatten beschlossen, Leonard und seiner Tochter ein Heim zu geben, mochte die eigene Hütte noch so klein, die eigenen Vorräte noch so mager sein. Beides war mehr, als Leonard aufzuweisen hatte.

Auch jetzt, zwei Wochen später, wäre es Bilenka nie in den Sinn gekommen, bei Leonji nachzufragen, wie es denn mit ihren beiden Gästen weitergehen solle. Wie lange sein Freund und dessen Tochter wohl noch zu bleiben gedachten.

Da ihre eigenen Kinder – allesamt Mädchen und zum Glück ordentlich verheiratet – aus dem Haus waren, war sie überglücklich, mit Lea wieder junges Leben bei sich zu haben. Wann immer Leonard es zuließ, übernahm sie es, die Kleine zu waschen oder zu füttern. Von Leonard selbst merkte man kaum etwas in der kleinen Hütte. Auch was ihre Vorräte anging, brauchte sie sich keine Sorgen zu machen. Tag für Tag kamen die Carlsthaler vorbei, um etwas Eßbares für Leonard und die kleine Lea zu bringen: zwei Eier, einen Scheffel Gerste, Brot, ein Stück geräuchten Schinken.

Wäre es nach ihr gegangen, hätten die beiden bleiben können, solange sie wollten. Doch sie wußte, daß dies nicht ging. Ein Mann, der nur Löcher in die Decke starrte und sich um seine Tochter kümmerte – das war kein gesunder Zustand. Schließlich war Leonard noch nicht alt! Ein gesunder, kräftiger Bursche wie er, den man bisher nie unbeschäftigt gesehen hatte? Wenn man so zu ihm hinüberblickte, mußte man fast fürchten, daß er wie Barbara dem Wahnsinn verfallen würde. Kam ein Besucher, nickte Leonard nur kurz mit dem Kopf, sprach jedoch kein Wort. Von Tag zu Tag wurden die Carlsthaler hilfloser: War das noch der gleiche Mann, der immer einen Scherz auf den Lippen hatte? Der für jede ihrer Sorgen ein Ohr und oft auch einen Rat hatte?

Etwas mußte geschehen, beschloß Bilenka, während sie mit einem großen Messer einen Kohlkopf in grobe Streifen schnitt, um daraus eine Suppe zu kochen. Etwas, das es vermochte, Leonard den Schmerz um Barbara zu erleichtern. Das ihn ins Leben zurückholte. Gedankenvoll setzte sie einen Topf Wasser auf, schüttete eine ordentliche Prise Salz und einige Pfefferkörner hinein und wartete darauf, daß das Wasser zu kochen begann.

Gerade als der Deckel auf dem schwarzen Topf zu hüpfen begann, kam ihr ein Gedanke – so einfach und simpel und doch so richtig, daß ihr Herz vor lauter Aufregung gleich schneller schlug. Sie schaute zum Fenster hinüber, wo Leonji die letzten Feinarbeiten an einer hölzernen Tabakdose erledigte. Kaum spürte er ihren Blick im Rücken, drehte er sich um. Sie winkte ihn zu sich her. Die Kohlstreifen verkochten zu musigem Brei, während Bilenka Leonji von ihrer Idee erzählte.

Nachdem sie mit Leonard schweigend den verkochten Kohl und dicke Scheiben schwarzes Brot gegessen hatten, sprang Leonji auf, packte seine dicke Felljacke und rannte aus dem Haus.

Es war später Abend, als er endlich zurückkam. Leonard hatte sich schon zum Schlafen zurechtgelegt, seine Augen waren jedoch noch weit aufgerissen und leer wie immer.

»Leonard, steh auf!« Heftig rüttelte Leonji an seinem Arm. Ohne eine Antwort abzuwarten, trat er an den einzigen Schrank im Raum, holte eine Flasche Wodka und drei Becher heraus und stellte alles auf den Tisch. Bilenka zwinkerte er kurz zu. Noch drei Mal mußte er Leonard am Arm rütteln, ihn fast hochziehen, bis er ihn endlich am Tisch sitzen hatte. Er ließ sich auf der Eckbank gegenüber nieder. Dann goß er drei Becher randvoll mit Wodka, reichte einen davon Leonard und prostete ihm zu. Sobald dieser seinen Becher angesetzt hatte, kippte er seinen eigenen mit einem Zug hinunter. Dann schenkte er Leonard nach und wartete erneut ab, bis auch dieser Becher leergetrunken war.

Erst jetzt begann er mit seiner Rede. Er packte Leonard an beiden Händen, und sein Blick suchte den des Freundes.

»Leonard, Barbara ist tot. Du bist es nicht. Du lebst. Ich frage dich: Wie lange dauert es noch, bis du das merkst?« Ein kleines Flackern in Leonards Augen verriet ihm, daß er zuhörte. Ein gutes Zeichen. »Deine Tochter lebt. Lea. Wann wirst auch du wieder damit beginnen, ein richtiges Leben zu führen?« Er drückte seine Hände fester zu.

»Ich... weiß... es... nicht.« Leonards Stimme klang rostig. Aber er sprach. Leonji atmete innerlich auf. »Wie soll ich...? Wie soll ich weiterleben, nach allem, was geschehen ist?«

Die beiden Männer schwiegen. Bilenka, die sich zu ihnen an den Tisch gesetzt hatte, machte Leonji ein heimliches Zeichen, doch dieser winkte ab. Jetzt war der Zeitpunkt gekommen, Leonard sprechen zu lassen. Was er selbst zu sagen hatte, konnte bis später warten.

»Wie soll ich weiterleben, wo ich doch weiß, daß ich an Barbaras Tod schuldig bin? Habe ich denn das Recht dazu?« Seine Augen waren weit aufgerissen, seine Miene ein einziges Fragezeichen.

Leonji schüttelte den Kopf. »Was geschehen ist, ist Schicksal. Du kannst nichts für das Feuer. Du hast alles getan, um Barbara zu retten. Nein, Freund, die Zeit, die

Toten zu beweinen, ist vorüber. Jetzt ist es an der Zeit, sich um die Lebenden zu kümmern.«

Leonard zuckte zusammen, als habe er einen Schlag bekommen. »Wen habe ich denn noch außer Lea? Mein Weib ist tot, meine Familie zurück in der Heimat...« Wieder wurde seine Stimme brüchig.

Zum ersten Mal schaltete Bilenka sich ins Gespräch der Männer ein. »Du brauchst eine Gefährtin.« Sie lächelte sanft. »Wären meine Töchter nicht allesamt verheiratet – dir hätt' ich gern eine davon zur Frau gegeben.«

»Ja, es ist Zeit, daß du dich nach einer neuen Mutter für Lea umsiehst. Es ist nicht gut für ein Kind, ohne Mutter aufzuwachsen. Und du kannst dich auch nicht ewig um sie kümmern.«

»Und warum nicht? Was habe ich schon sonst den lieben langen Tag zu tun?«

»Eine ganze Menge, mein Freund!« Wieder hielt Leonji ihm einen vollen Becher Wodka hin. »Laß uns anstoßen.«

Ein bitteres Lachen kroch aus Leonards Kehle. »Auf was kann ich noch anstoßen?« Grob schob er Leonjis Hand zur Seite.

»Zum Beispiel darauf, daß du eine Menge Freunde hast, die zu dir halten! Die dich für Manns genug halten, um ihr Vertrauen in dich zu setzen.«

»Wovon redest du? Was soll das?«

Da erzählte Leonji ihm von seinem und Bilenkas Plan. Davon, daß er den ganzen Nachmittag unterwegs gewesen war, um Leonards frühere Lieferanten zu besuchen, zumindest diejenigen, die in der Nähe wohnten. Iljuschin, den Messerschmied. Stepanowitsch, den Müller, Franz Scheufele, den Kürschner. Die Leinenweber Gebrüder Schwalb. Davon, daß sich alle bereit erklärt hatten, Leonard Ware zu liefern und auf die Bezahlung bis nach deren Verkauf warten zu wollen. Und er erzählte Leonard davon, daß die er-

sten Carlsthaler schon damit begonnen hätten, die Unglücks-
stelle von Schutt und Asche zu befreien, um eine neue Hütte
für Leonard und seine Tochter zu erbauen. Kleiner zwar als
die alte, mit einem kleineren Ladenraum und einer einzigen,
winzigen Kammer zum Schlafen und Wohnen, dafür aber
neu, warm und trocken. Die Zeit dazu war günstig: Jetzt, im
Winter, hatten die Carlsthaler Bauern eh nicht viel zu tun
und waren um jede Abwechslung froh, mochte sie in diesem
Fall auch mit Arbeit verbunden sein. Sicher, die Tage waren
kurz – doch wenn man des Morgens recht früh mit der
Arbeit begänne, dann würden sie Leonards neues Heim in
wenigen Wochen fertigstellen können.

Die beiden strahlten den fassungslos dreinschauenden
Mann an. »Du siehst, Arbeit gibt es genug für dich. Du
mußt nur damit beginnen.« Leonjis Wangen waren rot vor
Freude und Wodka.

»Dann fehlt dir nur noch ein Weib zum neuen Glück.
Du mußt deinem Herzen einen Stoß geben und dich unter
den jungen Mädchen von Carlsthal umsehen. Stepanowitschs Tochter, zum Beispiel, die wäre...«, setzte Bilenka
erneut an und wollte gerade weitersprechen, als Leonard
seinen Stuhl mit einem heftigen Ruck nach hinten schob.
Seine Augen leuchteten mit einer inneren Glut, die bisher
weder Leonji noch Bilenka je in ihnen gesehen hatten. Er
schaute von einem zum anderen. Seine Unterlippe zitterte,
und Bilenka hatte Angst, er würde im nächsten Augenblick in Tränen ausbrechen. Hatten ihn ihre Worte über
Stepanowitschs Tochter so sehr an seinen Verlust erinnert?

»Mein Herz hat schon gewählt. Vor langer, langer Zeit.
Nur habe ich nicht darauf gehört, sondern hab' mich verführen lassen wie einst Judas in der alten Schrift.«

Verständnislos blickten die beiden Russen sich an. Was
war das nun wieder für ein seltsames Gerede? Jetzt, wo

sie endlich das Gefühl hatten, zu Leonard durchgedrungen zu sein, ihn in ihre Welt zurückgeholt zu haben?

Da begann er den beiden Alten von Eleonore zu erzählen, die ihrer Schwester zuliebe in der Heimat geblieben war. Er erzählte von der langen Reise nach Rußland, vom Tod des Predigers Peter Gertsch und davon, wie er dessen Witwe Barbara kennengelernt hatte. Von ihrer eiligen Heirat, weil es sonst keine Einreise für Barbara und ihren Sohn Josef gegeben hätte.

»Und El...eonore? Was ist aus ihr geworden?« Den fremden Namen auszusprechen fiel Bilenka schwer.

»Verraten habe ich sie. Verraten und verkauft, so einfach ist das. Sobald sie ihre Schwester gut untergebracht wußte, hätt' sie nachkommen wollen. Mehr als einmal hat sie mir das geschrieben. Und ich? Habe einfach nicht drauf geantwortet.«

Bilenka und Leonji schauten sich an. Dann schüttelte Bilenka den Kopf. Männer konnten manchmal so töricht sein, daß sie nicht einmal das Einfachste auf der Welt erkannten!

Sie klatschte in die Hände. »Aber siehst du denn nicht? Das Schicksal meint es gut mit dir, Leonard!« Sie ignorierte seine zusammengekniffenen Augen, seine gerunzelte Stirn. »Barbara gegenüber hast du deine Schuldigkeit getan: Du hast ihr geholfen, als sie in der größten Not war. Ohne dich hätte sie vor den Toren von Mütterchen Rußland umdrehen und heimkehren müssen. Ob du dich ihrer aus Liebe oder anderen Gründen angenommen hast – was spielt das noch für eine Rolle? Wichtig ist, du hast dich um sie und um ihren Sohn gekümmert. Und du hast sie gepflegt, als sie krank war. Nun sorgst du für ihre Tochter, besser, als sie dies je vermocht hat.«

Sie schaute ihn an. Ihre Augen leuchteten warm und weise.

»Ist es nun nicht an der Zeit, dich wieder an die erste große Liebe deines Lebens zu erinnern? Hat diese Frau – Eleonore – nicht sogar ein Recht auf dich, jetzt, wo das Schicksal
dich wieder freigegeben hat?« Ihr Gesicht war nur wenige
Handbreit von dem seinen entfernt, ihre Stimme beschwörend wie die einer Heilerin.

»Schreib ihr! Schreib deiner Eleonore. Und erklär ihr
alles, was geschehen ist.«

»Erklären, daß ich eine andere zur Frau nahm? Wie soll
das gehen?«

»Laß dein Herz sprechen, nicht nur deinen Verstand. Bitte Eleonore um Verzeihung. Und gib ihr damit die Möglichkeit, dir zu vergeben. Frauen haben große Herzen – größer,
als ihr Männer das manchmal für möglich haltet.«

38

Katharina hatte sich schon bis zur Hälfte der Korrespondenz durchgekämpft, als sie den etwas zerknitterten Umschlag in die Hände bekam. Ungeduldig, endlich mit ihrem Brief an Maria Feodorowna beginnen zu können, riß sie ihn auf – in der rechten Hand schon die Feder gezückt, um eine weitere Einladung abzulehnen. Nie würde sie das Gefühl vergessen, als sie der Karte und dem auf billiges Papier geschriebenen Begleitschreiben mit seinen schrecklichen Worten ansichtig wurde! Sie war zusammengefahren, und die Hälfte der schon beantworteten Briefe war von ihrem Bett, das Tintenfaß auf dem Silbertablett gefährlich auf die linke Seite gerutscht. Doch Katharina hatte nur wie gelähmt dasitzen können, den widerlichen Brief in der Hand.

Hochverehrte Königin,

wissen Sie eigentlich, daß Ihr verehrter gatte seit
ewigkeiten eine liebschaft hat? Mit der hofschauspielerin
Melia Feuerwall. Was muß er doch für ein
unglücklicher mann sein, wenn er zu der alten hexe geht!
Und was müssen sie für eine armselige ehefrau sein,
ha.ha.ha!

Wie rabenschwarze Spinnen schienen die krakeligen Worte ihr entgegenzuspringen. Nein! Nein! Nein! Das konnte nicht wahr sein! Ihr Kopf konnte nichts anderes mehr denken. Die Tränen liefen ihr übers Gesicht, tropften auf das Papier. Kein rationaler Gedanke war mehr möglich. Daß Papier und Schreibstil auf eine völlig ungebildete Person hinwiesen, die aus gänzlich anderen Kreisen stammen mußte. Daß nichts von allem, was dieser Mensch schrieb, bewiesen war. Daß Wilhelm das Kärtchen einer Frau lange vor ihrer Ehe geschrieben hatte. Daß die Worte vielleicht sogar von einem armen, geistig verwirrten Menschen stammen konnten. Dunkle Erinnerungen an Briefe ihres Vaters, geschrieben im fiebrigen Wahn seiner Krankheit, kamen zurück und trugen dazu bei, ihr Seelenheil weiter zu zerrütten. Solche Worte hätten aus der Feder Zar Pauls stammen können. Mit diebischer Freude hatte er gegen beinahe jeden am Zarenhof intrigiert.

Stunde um Stunde saß sie reglos im Bett. Von Zeit zu Zeit öffnete sich vorsichtig ihre Tür, und Niçoise schaute herein. Mit fast übermenschlicher Anstrengung bemühte sich Katharina jedes Mal um eine alltäglich klingende Stimme und schickte Niçoise mit der Erklärung weg, sie litte unter unsäglichen Kopfschmerzen.

Erst viel später – war darüber schon Abend geworden? – waren wieder klarere Gedanken möglich, und Katharina hatte begonnen, Stück für Stück ihres verwundeten Herzens herauszuschneiden, in der Hoffnung, mit dem verbleibenden Rest überleben zu können.

Sie wußte nicht, ob sie ihrem Herrgott für ihren messerscharfen Verstand und ihre Fähigkeit, auch einer ungeliebten Wahrheit ins Auge schauen zu können, dankbar sein sollte. Hätte sie mit der Situation besser umgehen können, wenn sie eine Frau gewesen wäre, die Vasen an die Moiré-bezogenen Wände warf? Die laut tobend durch ihre Gemächer rannte, sämtliche Hofdamen um sich versammelnd, nach Bestätigung und Trost jammernd? Sie wußte es nicht. Ganz davon abgesehen, daß ihr dazu die Hofdamen fehlten, wie ihr in einem Moment bittersten Galgenhumors durch den Kopf schoß. Was verschiedene private Dinge anging, war lediglich Fräulein von Baur ihre Vertraute, anderes wiederum schrieb sie sich in Briefen an ihre Mutter vom Herzen. Und dann war auch noch Wilhelm ihr Vertrauter... welch blanker Hohn! Das meiste hatte Katharina jedoch schon immer mit sich selbst ausgemacht. Von Kindesbeinen an war ihr diese Art, mit Konflikten umzugehen, vertraut. Und so wäre ihr etwas anderes auch jetzt nicht in den Sinn gekommen.

Konnte der Schreiber mit seinen Anschuldigungen recht haben? War sie so mit Blindheit geschlagen, daß ihr Wilhelms Liebschaft verborgen geblieben war? Hätte sie nicht irgend etwas fühlen müssen? *Hatte* sie nicht sogar etwas gespürt? Immer wieder hatte sie das Gefühl gehabt, Wilhelms Herz gehöre nicht ihr allein. Nur hatte sie als Nebenbuhlerin nie und nimmer eine andere Frau vermutet, sondern einzig und allein Württemberg mit seinen Staatsgeschäften! Wie blind war sie doch gewesen! Sie, die sich auf ihre Menschenkenntnis so viel einbildete! Die vielen Abende, die er ohne sie verbracht hatte... Hätte sie nicht öfter nachschauen müssen, ob er sich wirklich in seinen Schlafgemächern befand, um nach den Anstrengungen des Tages eine frühe Nachtruhe zu genießen?

Ein dicker Kloß bildete sich in ihrer Kehle, und sie wurde von neuen Weinkrämpfen geschüttelt. Hatte der Schreiber recht mit seiner Anschuldigung, sie wäre eine armselige Ehefrau? Hätte sie mißtrauisch sein sollen wie eine Bürgersfrau, deren Gatte dem Dienstmädchen einen Blick zuviel zuwarf? War sie nicht über solches Verhalten erhaben? Sie wußte es nicht mehr.

Wilhelms zeitweilige Verschlossenheit, seinen Unwillen,

Gefühle zu zeigen – all das hatte sie immer wieder auf seine unglückliche Kindheit geschoben. Daß die Gründe für sein abgekühltes Verhalten ihr gegenüber viel näher in der Gegenwart zu finden waren – darauf wäre sie nie gekommen! Eine andere Frau! Melia Feuerwall, die Schauspielerin. War das die Erklärung dafür, daß er über alle Maßen vom Theater fasziniert war? Zu welch lächerlichen Figuren in seinem Possenspiel hatte Wilhelm sie alle gemacht?

Wortfetzen surrten durch ihren Kopf. »Wilhelm kann keiner Frau treu sein«, und »So stur der Vater, so flatterhaft der Sohn«, und »Treu' und Lieb' sind in Württemberg wohl zweierlei Stiefel«. Sie überlegte krampfhaft, wo sie diese Sätze schon einmal gehört hatte. Auf dem Wiener Kongreß war es gewesen! In der Zeit, als sie sich kennengelernt hatten. Ja, damals hatte es den einen oder anderen Zweifler gegeben, ob Wilhelm wohl der Richtige für Großfürstin Katharina Pawlovna sei. Sie wischte die Erinnerungen wie eine lästige Fliege fort. Was für einen Sinn machte es, in der Vergangenheit nach einer Erklärung für die Gegenwart zu suchen? War nicht genau dieser Versuch ihr zum Verhängnis geworden?

Sie versuchte, sich Melia Feuerwall vor Augen zu rufen, die Widersacherin, die Nebenbuhlerin. Kaum glaubte sie, ihr Gesicht vor sich zu haben, verwischte es wieder und verwandelte sich zu einer Figur auf der Stuttgarter Hofbühne. War es vielleicht das, was Wilhelm an dieser Frau so reizte? Die vielen Gesichter der Schauspielerin? War sie Wilhelm zu fad – zu wenig facettenreich?

Mittlerweile nahm Katharina die Worte des Schmähbriefes völlig für bare Münze. Zu ihm zu gehen, ihn einfach nach der Wahrheit zu fragen wäre ihr nicht in den Sinn gekommen. Ihr, die sonst jeder menschlichen Begegnung gewachsen, nie um ein passendes Wort verlegen war, fehlten nun nicht nur die Worte, sondern auch der Mut für eine solche Konfrontation.

An diesem Tag verließ sie ihr Zimmer nicht mehr und empfing auch keine Besuche. Mit schlechtem Gewissen dachte sie an ihre Kinder, die wahrscheinlich sehnsüchtig auf ihren Besuch warteten. Morgen. Morgen würde sie weiterleben.

Rastlos verließ sie in dieser Nacht immer wieder ihr Bett, um ans Fenster zu treten. Draußen prasselte immer noch der Regen, der das Licht der Straßenlaternen zu einem schmutzigen Braun dämpfte und die Stadt verdunkelte.

Am nächsten Morgen stand ihr Entschluß fest: Sie würde auf eigene Faust herausfinden, ob die Anschuldigungen des Briefeschreibers zutrafen. Gleich heute würde sie Wilhelm nachfahren, ihn kontrollieren, wie ein Soldat von seinem Oberst kontrolliert wurde. Schon bei diesem Gedanken schauderte sie. Und doch, es mußte sein. Welche Pläne hatte Wilhelm für den heutigen Tag geäußert? Krampfhaft dachte sie nach, doch ihr wollte nichts einfallen. War vielleicht *das* ihr Fehler? Daß sie oft nicht einmal wußte, wo der König sich befand, einfach annahm, er würde seinen Amtsgeschäften nachgehen?

Draußen war es noch nicht einmal hell, als sie sich barfüßig in seine private Schreibstube schlich. Sie suchte mit den Augen Stück für Stück seinen Schreibtisch ab und haßte sich dafür. Als sie mit zittriger Hand seinen Kalender aufschlug, wurde der Kloß in ihrem Hals klumpig und bitter. Dann fand sie, was sie gesucht hatte: »Elf Uhr, Scharnhausen, M.«

Die Räder der Kutsche machten auf den regenüberschwemmten Pflastersteinen schmatzende Geräusche, das Fell der beiden Pferde glänzte grauschwarz wie frisch gegossenes Eisen. Der Kutscher hatte seinen Kopf tief in den Kragen seines Umhangs gezogen. Nur wenn er seinen Pferden ein Kommando zurief, hob er ihn ein wenig an. Graue

Regenbäche liefen über seine Wangen und tropften in nicht enden wollenden Bahnen auf seine Brust.

Obwohl es ein ganz normaler Samstag war, schienen Stuttgarts Straßen wie ausgestorben. Außer zwei Brauereifuhrwerken und einem Postillion war er seit Beginn seiner Fahrt noch keinem anderen Gefährt begegnet. Noch diese eine Fahrt, dann würde er zum Mittagstisch und einem ordentlichen Krug Bier ins nächste Wirtshaus einkehren und dort abwarten, bis der schlimmste Regen vorüber war!

Auf der steiler werdenden Straße hinterließ der Atem der Pferde in der kalten Regenluft kleine, weiße Wolken. Noch ungefähr drei Meilen bis Scharnhausen. Verfluchtes Wetter! Ein Schauer lief dem Kutscher über den Rücken. Seit zwei Tagen hatten sie noch keine trockene Stunde gehabt, dafür Regen, Schneeschauer und zur Abwechslung einmal Nebel. Hätte er das Geld nicht so dringlichst gebraucht – hätte er die Fahrt wohl abgelehnt. Noch dazu, wo sein Fahrgast einen recht seltsamen Eindruck auf ihn machte. Ohne Mantel, mit regendurchnäßten Samtstiefeletten, dafür mit einem dicken Schal über Gesicht und Haaren, so daß er außer den Augen nichts erkennen konnte, war die Frau eingestiegen und hatte als Ziel Scharnhausen genannt. Scharnhausen oben auf den Fildern – das bedeutete mindestens vier Taler für die Fahrt! Da konnte er schlecht nein sagen. Zur Sicherheit hatte er sich jedoch vorab von der seltsamen Dame das Geld zeigen lassen, um nur ja keiner Zechprellerin aufzusitzen. Er seufzte tief auf. Nicht einmal eine Pfeife, an der man sich hätte wärmen können, konnte man bei diesem Wetter zum Glühen bringen.

Die Frau im Inneren der Kutsche starrte krampfhaft auf das zerschlissene, rote Leder der gegenüberliegenden Sitzbank. Leise schlugen ihre Zähne aufeinander, und ihr Unterkiefer zitterte.

Wie hatte sie nur so töricht sein können, ohne Mantel in dieses Wetter hinauszulaufen? Hier draußen in der eisigen Kälte dieses nassen Januarmorgens bekam ihr Handeln plötzlich eine wahnsinnige Note, die sie erschreckte. Was geschah mit ihr? War sie nicht mehr Herrin über ihre Sinne? Sich wie eine Diebin verkleidet aus dem Schloß zu schleichen, ohne jemandem Bescheid zu sagen?

Wie hatte sie überhaupt so töricht sein können, auf diese Mission zu gehen? Was erwartete sie sich davon?

Katharinas Kehle wurde eng. Sie wußte genau, was sie davon erwartete. Gewißheit.

39

Die Stimmung im Stuttgarter Schloß war so düster und bedrückend, daß fast jeder, der durch die stillen Gänge huschte, das Bedürfnis hatte, an die frische Luft zu flüchten, um wieder tief durchatmen zu können. Nichts erinnerte mehr an das rauschende Fest zum Jahreswechsel, wo Frohsinn und Gelächter vom Ballsaal bis in alle Ecken des Schlosses geschallt hatten. War seitdem wirklich erst eine Woche vergangen? Besucher wurden abgewiesen und auf spätere Termine vertröstet. Das ständige Kommen und Gehen im offiziellen Teil des Schlosses war auf ein Minimum reduziert.

Beinahe die ganze königliche Familie lag von Krankheit geplagt nieder. Beide Leibärzte, die Herren Jäger und Ludwig, eilten zwischen den einzelnen Krankenzimmern hin und her. König Wilhelms Rheuma mochte ihm zwar große Schmerzen bereiten, machte den Ärzten jedoch weniger Sorgen als der Katarrh der beiden Prinzessinnen, die vom Husten geschwächt nach ihrer Mutter riefen. Erst nach der Konsultation eines Kollegen, der auf Krankheiten bei Kindern spezialisiert war, fand sich ein heilbringender Saft. Die Kinderfrau tat ihr Bestes, um ihnen die Mutter zu ersetzen, liebkoste sie des Tags, behütete sie bei Nacht, war immerfort zur Stelle, um Tee in die ausgetrockneten Kehlen zu flößen oder kalte Wickel auf die erhitzten Leiber zu legen.

Katharina selbst lag ebenfalls krank danieder, völlig entkräftet und mit hohem Fieber. *Sie* war es, die die Leibärzte ratlos und besorgt machte. Wie konnte eine so harmlos beginnende Erkältung zu einer so unheilvollen, alle Kräfte aufsaugenden Krankheit auswachsen? Und das gerade bei Katharina, die in der Vergangenheit fast übermenschliche Kräfte besessen zu haben schien, über die Jäger und Ludwig mehr als einmal ins Staunen geraten waren. Wie leicht hatte die Königin die beiden Schwangerschaften ertragen! Kein Klagen und kein Jammern war je über ihre Lippen gekommen, nicht einmal bei der Geburt der kleinen Marie, die weiß Gott nicht als leicht zu bezeichnen gewesen war! Es konnte nur eine Frage weniger Tage sein, bis Katharina wieder ihre Kraft zurückgewann, um der Krankheit die Stirn zu zeigen! Die beiden Ärzte schwankten zwischen verhaltenem Optimismus und Ratlosigkeit. Welche Auswirkungen mochte Katharinas Krankheit auf das heranwachsende Kind in ihrem Leib haben? War diese fünfte Schwangerschaft womöglich der Grund für ihre anhaltende Schwäche? Ihr leerer Blick, ihre völlige Teilnahmslosigkeit, waren ebenfalls fremd an ihr. Lediglich das Wissen um die beiden kranken Töchter brachte sie dazu, sich bei Fräulein von Baur oder einem der Ärzte nach ihnen zu erkundigen. Alle beeilten sich natürlich, sie zu beruhigen: Die Kinder seien zwar kränklich und etwas angeschlagen, doch keinesfalls ernsthaft erkrankt, die Königin brauche sich keinerlei Gedanken zu machen. Seltsamerweise erkundigte sie sich jedoch kein einziges Mal nach ihrem Gatten, der schließlich ebenfalls daniederlag.

Welche Köstlichkeiten Johann und seine Köche für die Königin auch anrichteten – fast alles kam unangetastet wieder zurück. Jedesmal, wenn Martini mit einem Tablett in der Hand in der Tür zur Hauptküche erschien, hielt die versammelte Küchenmannschaft unwillkürlich den Atem an. Und jedesmal wurden ihre Hoffnungen durch ein Kopfschütteln von Martini enttäuscht. Nein, wieder hatte die Königin keinen Bissen angerührt.

Zu der Sorge um ihre Gesundheit kamen unzählige Gerüchte um den Ursprung ihrer Krankheit. Sie solle ohne Mantel und ohne passendes Schuhwerk hinaus in den Regen gegangen und erst Stunden später völlig durchnäßt zurückgekommen sein. Tränen seien ihr dabei übers Gesicht gelaufen, und am ganzen Körper soll sie gezittert haben. Jeder fragte sich, was um alles in der Welt Katharina bei diesem Wetter draußen gemacht hatte? Ein geheimes Treffen? Und mit wem?

Nicht einmal Niçoise konnte sich darauf einen Reim machen. Zuerst war sie ziemlich verschnupft darüber gewesen, von der Königin über ihren Ausflug nicht ins Vertrauen gezogen worden zu sein. Nachdem jedoch die schlimme Erkältung aufgekommen war, überwog die Sorge um Katharina. Auf das Drängen der anderen Bediensteten hin sprach Niçoise endlich Fräulein von Baur auf die seltsamen Umstände von Katharinas Ausflug an – und wurde von ihr barsch zurechtgewiesen. Sie solle sich um ihre eigenen Angelegenheiten kümmern, und das sei auch dringend allen anderen Klatschbasen im Schloß angeraten! Katharina habe lediglich einen Spaziergang unternommen und dabei ihren Mantel vergessen. Dabei habe sie sich erkältet. Nichts, aber auch gar nichts anderes stecke hinter ihrer Krankheit, und würde Fräulein von Baur auch nur einen erwischen, der hinter vorgehaltener Hand über andere Ursachen spekuliere, bekäme dieser es mit ihr zu tun!

»Das habe ich jetzt davon«, schniefte Niçoise unter Tränen, »als Klatschbase bin ich verschrien, und das wahrscheinlich für immer und ewig.«

Eleonore stellte einen Becher mit heißer Milch vor sie hin und tätschelte beruhigend ihre Schulter. Dann setzte sie sich Niçoise gegenüber. Geräuschvoll trank Niçoise einen

Schluck von der heißen Flüssigkeit. Ludovika, Sophie und Frau Glöckner, die um Neuigkeiten über Katharinas Zustand willen sogar aus ihrer Porzellankammer gekommen war, standen im Türrahmen.

»Und sonst? Hat die Baur nichts von einem Brief gesagt?« wollte Ludovika wissen.

Niçoise schüttelte nur den Kopf. Seit Tagen kursierten Gerüchte über einen Brief, der die Königin veranlaßt haben sollte, schutzlos in den strömenden Regen hinauszulaufen. Zwar waren auf dem Bett der Königin und überall auf dem Boden Briefe verstreut gewesen, als Niçoise am Neujahrstag immer wieder einmal bei Katharina hereingeschaut hatte. Mehr hatte sie jedoch nicht gesehen. Als sie am darauffolgenden Tag erneut das Schlafgemach der Königin betreten hatte, war kein einziges Blatt Papier mehr zu sehen gewesen. Das silberne Tablett, auf dem Katharinas Post sonst lag, war völlig leer gewesen. Erst als Katharina nach ihrem unvernünftigen Ausflug so krank geworden war, war Niçoise dieser Umstand wieder eingefallen. Seltsam, noch nie war es vorgekommen, daß die Königin sämtliche Korrespondenz hatte erledigen können. Immer waren einige Schreiben übrig geblieben, oder es waren neue hinzugekommen. Wer hatte es so eilig gehabt, die Post der Königin verschwinden zu lassen? Hatte es mit der Neujahrspost der Königin etwas auf sich?

Mit tränenverschmiertem Gesicht schaute Niçoise auf. »Und was ist, wenn Fräulein von Baur einfach nichts von einem bestimmten Brief wußte?« Sie schaute Eleonore an. »Du hast mir doch auch einen Brief für die Königin übergeben. Und ich hab' ihn zu den anderen aufs Tablett gelegt, ohne daß Fräulein von Baur etwas davon gemerkt hatte. Vielleicht stand etwas ganz Schreckliches darin?« Mit einem Ruck schob sie den Becher Milch von sich. »Womöglich bist du sogar schuld an ihrem Zustand! Und weil ich den Brief weitergegeben habe, ich gleich mit dazu! Was da drinstand, möchte ich wissen! Los, rede! Jetzt und sofort.«

Plötzlich waren alle Augen auf Eleonore gerichtet. »Das weiß ich nicht! Ich hab' ihn doch auch erst kurz vorher bekommen! Es ... sollte eine Überraschung werden. Eine Überraschung für Katharina. So etwas Ähnliches wie damals im Herbst, mit den Schiffen auf dem Neckar. Mehr weiß ich auch nicht.«

»Aber von wem du den Brief bekommen hast, wirst du Unschuldslamm doch wohl wissen«, drängte Ludovika.

»Oder hast du ihn am Ende selber geschrieben? Hast womöglich lauter Bösheiten hineingeschrieben, um die Königin zu ärgern?« Feindselig wartete nun auch Sophie auf eine Antwort.

Eleonore fühlte sich plötzlich wieder wie am Tage ihrer Ankunft im Schloß: ungeliebt, verachtet, jemand, der lediglich einen kurzen Blick auf die heile Welt der anderen erhaschen darf, bevor er davongejagt wird wie ein Dieb.

»Sonia hat ihn mir gegeben ... in der Neujahrsnacht«, kam ihre lahme Antwort. Sie wußte natürlich, was sie nun zu erwarten hatte. Und sie konnte es den Frauen nicht verdenken, daß sich ihre ganze Sorge um die Königin nun in Ärger auf Sonia und infolgedessen auch auf sie selbst verwandelte. Böse Beschimpfungen und wüste Anschuldigungen mußte sich Eleonore anhören und versuchte nicht einmal, sie zu entkräften. Seit Niçoise von den vielen Briefen in Katharinas Zimmer berichtet hatte, war ihr der Brief von Sonia nicht mehr aus dem Kopf gegangen. Welch teuflischer Inhalt mochte nur darin gestanden haben? Welch üblen Scherz hatten die Theaterleute mit Katharina getrieben? Wohin hatten sie die Königin im strömenden Regen beordert? Sie schalt sich heftig für ihre Dummheit, für ihr argloses Vertrauen in Sonia. Warum nur hatte sie sich von ihr benutzen lassen – für welches Schergenspiel auch immer? Heiße Tränen stiegen in Eleonores Augen, schamvoll, hilflos und schuldig.

So hörte sie zuerst gar nicht, daß erneut ihr Name gerufen wurde, diesmal von einer Männerstimme. Erst als jemand an ihrer Schulter rüttelte, schaute sie auf.

Es war Johann. »Reiß dich zusammen, Eleonore. Es ist etwas Schlimmes geschehen... Sonia ist tot. Erschlagen aufgefunden worden. Schon am Neujahrstag. Gerade komm' ich vom Leichenhaus, wo sie seit Tagen liegt.«

»Was sagst du da? Sonia – tot?« Eleonores Tränen versiegten plötzlich. Ihr war, als bliebe gleichzeitig ihr Herz stehen. Die anderen schlugen bestürzt die Hände vor die Münder.

Johann schüttelte den Kopf. »Purer Zufall war's, daß ich überhaupt was erfahren hab'!« Er scheuchte Niçoise weg vom Tisch und ließ sich selbst gegenüber Eleonore nieder. Sie schaute ihn nur stumm an.

Johann atmete tief durch. Daß Eleonore nicht in Weinkrämpfe ausbrach und auch nicht tobte oder schrie, machte die Sache ein wenig leichter für ihn. Trotzdem, ganz wohl war ihm bei Eleonores Teilnahmslosigkeit auch nicht. Schließlich wußte jeder, wie sehr sie ihrer Schwester zugetan war. Vorsichtig versuchte er, der Wahrheit durch die Wahl geeigneter Worte die Härte zu nehmen. »Schon seit Tagen war in der Wirtsstube am grünen Baum, unten am Marktplatz, von nichts anderem mehr die Rede als von der Toten, die sie am Neujahrsmorgen gefunden hatten. Ein junges Ding soll es gewesen sein, und schön dazu. Mit eingeschlagenem Schädel soll sie dagelegen haben, im Gebüsch, gar nicht weit von hier.«

»Du hast doch vorhin gesagt, Sonia hätte dich in der Neujahrsnacht besucht! Mit eingeschlagenem Schädel... heilige Maria im Himmel!« unterbrach Ludovika seine

Rede und bekreuzigte sich. Die anderen taten es ihr gleich.

Johann schaute erst zu ihr hinüber, dann zu Eleonore. »Stimmt das?«

Eleonore nickte. »Ja, sie war kurz hier. Weil ich wochenlang keine Zeit für sie hatte, hat sie mich besucht. Noch vor Mitternacht ist sie wieder gegangen.« Ihr Stimme wurde brüchig. »Aber, wer hat sie umgebracht? Warum erfahre ich erst heute davon? Warum mußte sie sterben?« Sie schaute von einer zur andern. Beschämt guckten die Frauen zur Seite. Bei dem Gedanken, daß sie vor wenigen Minuten noch so böse über die Tote gesprochen hatten, war ihnen gar nicht wohl. Aber konnte denn einer ahnen, daß ...

Wieder schüttelte Johann den Kopf. Irgendwie konnte er das Ganze selbst noch nicht fassen. »Keine Ahnung. Im Theater scheint sie wohl auch niemand zu vermissen, sonst hätt's doch wenigstens eine Anfrage bei den Gendarmen gegeben, und sie wären so darauf gekommen, um wen es sich bei der Toten handelte. Wäre ich der Sache nicht nachgegangen ... Aber irgendwie hat mich die Geschichte nicht in Ruhe gelassen. Ich weiß nicht warum, aber ich hatte gleich das ungute Gefühl, ich würde die Tote kennen, von der die ganze Welt redet.«

»Wahrscheinlich gibt's kein hübsches, junges Ding in der Stadt, das du nicht kennst«, sagte Ludovika trocken, was ihr einen ärgerlichen Seitenblick von Johann einbrachte.

»Auf alle Fälle hab' ich mich heut' überwunden und bin ins Leichenhaus.« Er seufzte tief. »Mir ist selbst noch ganz unheimlich. Da lag wirklich Sonia, wie wir sie alle kennen. Vom Mörder hätten die Gendarmen noch keine Spur, wußte der Leichenaufseher zu berichten.«

Langsam wurde den anderen Frauen Eleonores Beherrschung unheimlich. Kein Weinen, keine einzige Träne für die geliebte Schwester? Vielleicht hatte sie noch gar nicht verstanden, was Johann ihr mitgeteilt hatte?

Immer wieder stellte sie die gleiche Frage, doch Johann wußte nicht mehr, als er schon gesagt hatte. »Warum? Warum hat sie sterben müssen? Wer bringt eine junge Frau um?«

Johann räusperte sich. Was jetzt kam, war mindestens so schlimm wie das Vorherige. »Wenn du von ihr Abschied nehmen willst, mußt du dich beeilen. Sie soll noch heute unter die Erde kommen, wurde mir gesagt. Wär' der Boden in den ersten Tagen des Jahres nicht so schwer gewesen, dann wär' sie wahrscheinlich schon längst...«

»Wo finde ich das Leichenhaus?«

»Unweit vom östlichen Stadttor. Ich geh' mit, wenn du willst. Das ist weiß Gott kein Ort für Weiber.«

Betreten sahen die anderen Frauen Eleonore an. Um nichts in der Welt hätten sie in ihrer Haut stecken wollen!

»Wieso?« Eleonores Augen waren kalt wie Steine in einem Flußbett. »Sonia liegt doch auch dort. Und für sie scheint's der richtige Ort zu sein.«

40

Tam... tam... tim ta... tim ta... Musik? Musik! Eine leise, immer wiederkehrende Melodie. Ein Mädchen vor einem Klavier, auf einem runden, sich drehenden Hokker sitzend. Übt mit konzentrierter Stirn immer wieder die gleiche Stelle einer Partitur, stolpert immer an der gleichen Stelle über die eigenen Finger. Zur Nacht straff aufgebundenes Haar, das auf der Kopfhaut ziept. Unlust – Tristesse. Maman! Wo war Maman? Hatte sie nicht gute Nacht sagen wollen? Ein Griff in die Haare. Die Zöpfe, zu straff. Wo waren Milusja und Ryska? Warum war keines der Kindermädchen da?

Das Mädchen steht auf, geht zur Tür. Die langen Gänge sind dunkel. Kein Mondlicht kommt von außen durch die schmalen, ovalen Fensteröffnungen, nirgendwo ist eine Tür geöffnet, kein Licht aus einem dahinterliegenden Zimmer. Ein Lichtstrahl fällt auf die endlose Reihe von Ölportraits verstorbener Romanovs, schnelle Schatten entlang der Wände.

Das Mädchen bleibt im Türrahmen stehen, unbemerkt.

Schritte. Männer. Offiziere sind es, das Mädchen kennt ihre goldverbrämte Uniform.

Das Mädchen friert. Die Nacht ist kalt. Wo blieb Maman? Warum bekam Papa so spät noch Besuch? Noch dazu hier, im part privée des Schlosses.

Schreie! Dumpfes Poltern, Rufe. Noch mehr Schreie.

Das Mädchen bekommt Angst. Es will zurück ins Zimmer, doch seine Füße sind am Boden angewachsen. Wieder ein Lichtstrahl auf dem Gang, schnell. Alexander!

Sie will nach ihrem Bruder rufen, doch kein Ton kommt aus ihrer Kehle. Will die Hand ausstrecken – gelähmt wie ihre Beine. Dann noch mehr Schatten vorbei am Türspalt, Alexander in ihrer Mitte. Er schreit, weint, und sie zittert vor Angst. Tränen laufen über ihre Wangen, sie . . .

»Nein!!!« Schweißnaß schreckte Katharina hoch. Wild suchten ihre Augen den Raum ab. Wo war sie? Was war geschehen? Ihre Zähne schlugen unkontrolliert aufeinander, ihr Atem ging rasend schnell und stockend zugleich. Nur ein Alptraum. Sie sank in ihr Kissen zurück, der Rücken feucht und kalt vom Schweiß. Nichts war geschehen, sie war im Stuttgarter Schloß, alles war wie immer.

Nur ein Alptraum. Immer wiederkehrend, immer der gleiche. Oder doch nicht? Es dauerte einen Augenblick, bis ihr klar wurde, daß sie weitergeträumt hatte als in den Angstträumen der vergangenen Jahre. Die Musik, die langen dunklen Gänge – beides kannte sie aus unzähligen Nächten. Dazu die unbestimmte Angst, das Wittern einer sich nähernden Gefahr. Wie ein dichter, undurchlässiger Kokon hatte sich diese Angst jedesmal um sie gelegt, Schicht für Schicht, hatte ihr die Luft zum Atmen genommen, bis sie aufwachte. Anders dieses Mal: Das Mädchen im Traum war sie selbst! Und der Traum war gar kein Traum allein, dies alles hatte stattgefunden! Ein unfreiwilliges Stöhnen kroch aus ihrer Kehle. Sie hatte das Rätsel ihrer düsteren Nächte entschlüsselt. Warum gerade jetzt?

Noch nie hatte Katharina sich so allein gefühlt. Ihre Wangen glühten, ihr Kopf brannte wie Feuer. Warum nur saß niemand an ihrem Bett, der ihre Hand hielt und dem sie von der grausamen Nacht im Michaelsschloß, von der Ermordung ihres Vaters, dem Zaren Paul I., hätte erzählen können? Langsam, Stück für Stück, kam der ganze Schrecken jener Tage zurück: Der laute Aufschrei am nächsten Morgen, als der Ermordete in seinem Schlafgemach entdeckt wurde, die spontanen Freudenfeste in der ganzen Stadt über den Tod des verhaßten Tyrannen, ihre eigene, unendliche Schuld über die tief drinnen verspürte Erleichterung, darüber, nichts getan zu haben, zugesehen zu haben. Maman, die mit keinem Wort auf das Verbrechen einging. Die mit steinerner Miene den Beisetzungsfeierlichkeiten beiwohnte. Alexander, der ebenfalls keine Zeit für die Fragen der Schwester hatte.

Wie die Steinchen in einem Mosaik fügte sich nun alles zusammen, doch bei diesem Mosaik fehlten die Farben. Alles war nur schwarz und weiß. Wie ihre Alpträume.

»Ewige Schlaflosigkeit – ist das die Strafe für meine Sünde?«

Sie erschrak. War noch jemand außer ihr im Raum? Nein, die brüchige, schwächliche Stimme war ihre eigene.

»Wilhelm – wo bist du?«

Wo waren ihre Kinder, wo ihr Gatte? Etwas Quälendes schlich sich in ihren Kopf, wand sich um ihre mühsamen Gedanken wie eine Schlange. Ihr war, als sei ihr Hirn ein einziger luftleerer Raum. Bevor sie weiterdenken konnte, verlor sie das Bewußtsein.

Als sie das nächste Mal aufwachte, spürte sie die Gegenwart anderer an ihrem Bett. Sie roch das süße Parfüm von einem ihrer Ärzte und konnte sich nicht daran erinnern, welchem der beiden Männer es zuzuordnen war. Sie versuchte die Augen zu öffnen. Vergeblich. Sie spürte einen Atem ganz nah über sich. Hörte Stimmen.

»Sie schläft.«

»Was spricht sie? Ich kann keines ihrer Worte verstehen.«

»Sie phantasiert.«

»Jetzt spricht sie russisch. Vielleicht sollten wir jemanden holen, der der Muttersprache der Königin mächtig ist?«

Nun hörte sie eine Frauenstimme. Spröde, hell. Fräulein von Baur, ihre Hofdame. Sie sagte etwas zu den beiden Ärzten, doch auch ihre Worte ergaben keinen Sinn. Diese Schmerzen! Diese unglaublichen Schmerzen auf der rechten Gesichtshälfte. Oder war es die linke? Warum tat keiner der Ärzte etwas dagegen? Vielleicht wußten sie nichts davon. Sie mußte es ihnen sagen. Endlich konnte sie ihre Augen halb öffnen, doch schon diese kleine Bewegung tat unendlich weh.

»Die Schmerzen..., wie Feuer..., im Gesicht...«

Im nächsten Augenblick wurde sie von einer heißen Woge erfaßt, die wie ein stürmischer Wind durch ihren Kopf raste. Ein feuerrotes Wirbeln hinter ihren Augen zerfetzte eine innere Wand ihres Schädels, gleichzeitig war ihr, als lösten sich kleine Teile in ihrem Kopf. Sie hörte sich laut schreien, wie ein tödlich verwundetes Tier. Wieder wurde sie ohnmächtig vor Schmerzen.

Immer wieder kam sie zu Bewußtsein, doch nur, um es kurze Zeit später wieder zu verlieren. War es Tag? War es Nacht? Nichts machte mehr einen Sinn. Ständig spürte sie, daß Menschen etwas mit ihr taten: sie umbetteten, ihre Stirn mit feuchten Tüchern abrieben, wohltuend kühle Lappen mit einer scharf riechenden Flüssigkeit auf ihre Unterarme legten. Sie nahm wahr, daß die Menschen sich bemühten, leise zu reden. Dennoch vermischte sich das Stimmenwirrwarr in ihren Ohren zu einem einzigen, lauten Getöse. Immer wieder versuchte sie, sich ihnen mitzuteilen. Ihr Mund war schon ganz trocken vor lauter Reden, doch niemand reagierte auf ihre Worte. Es war, als befänden sie sich in verschiedenen Welten.

Zwischendurch war ihr, als sehe sie sich selbst im Bett liegend, von oben, wie mit den Augen einer anderen Person. Quer über ihre Brust verlief ein Riß, wie eine Wunde. Konnte denn niemand sehen, daß ihr Herz gebrochen war? Warum nur tat niemand etwas, um die weit auseinanderklaffende Wunde wieder zu schließen? Dann kamen die Erinnerungen zurück. Das schreckliche Bild, dessen sie in Scharnhausen ansichtig geworden war. Ihr Entsetzen, ihre absolute Ungläubigkeit selbst noch im Augenblick des Offensichtlichen. Ihre Flucht vor der Wahrheit, hinaus in den strömenden Regen. Weg, nichts wie weg! Wilhelms Rufe, die erstaunten Blicke des Kutschers, seine wüsten Beschimpfungen, als sie an ihm vorbeirannte, anstatt wie ausgemacht wieder bei ihm einzusteigen. Die Kälte.

Mehr und mehr Menschen standen um ihr Bett herum. Durch die weiße Wand ihrer geschlossenen Lider konnte sie alle erkennen: ihre Söhne, die beiden Prinzessinnen, Milena. Milena, die gute Seele, der große Tränen die Wangen hinabliefen. Wilhelm mit dunklen Augen. Ihre Ärzte. Alle waren versammelt. Drängten sich aneinander wie Schäflein in einer Herde. Der Vergleich gefiel Katharina. Sie lachte. Der Schmerz, der sofort darauf durch ihr Antlitz schoß, war unmenschlich. Sie spürte, daß ihre Lebenskraft immer schwächer wurde. Ein Feuer, dem das Brennholz ausging. Sie wollte so vieles sagen, zu den Kindern, auch zu Wilhelm. Kein Wort kam über ihre Lippen. War etwa schon alles gesagt? Sie konnte es nur hoffen.

Am 9. Januar 1819 schloß Katharina von Württemberg ihre Augen, um in der nächsten Welt weiterzuleben.

– Epilog –

Ulm, Württemberg, im Herbst 1820

»*Das Gute sowohl in der Natur als im Leben muß
seine Reife erreichen, um gut zu sein.*«

KATHARINA VON WÜRTTEMBERG

41

Das Ufer der Donau war mit größeren und kleineren Gruppen von Menschen übersät wie eine Wiese mit bunten Blüten. Morgen war der große Tag. Morgen würde sie losgehen, die lange Reise nach Rußland! Die Aufregung der Menschen war deutlich spürbar.

Fast alle reisten in Gesellschaft, kaum jemand war alleine unterwegs – geschweige denn als Frau, so wie Eleonore! Trotzdem fühlte sie sich seltsam geborgen. Sie spürte zwar die neugierigen Blicke der Leute, hörte ihre leise getuschelten Fragen, doch verunsichert war sie deswegen nicht. Das Bewußtsein, mit jedem Tag ihrer Reise Leonard ein Stück näher zu kommen, wärmte sie von innen heraus so sehr, daß ihr Strahlen selbst für andere sichtbar war.

Ja, sie war auf dem Weg nach Rußland. Auf dem Weg in ein neues Leben. Im Grunde genommen war dies schon ihr drittes Leben, ging es ihr durch den Sinn, während sie den Kindern zusah, die sich am seichten Flußufer vergnügten: Die Jahre auf den Straßen Württembergs, unterwegs mit Sonia und Columbina, der Sackgreiferin – das war ihr erstes Leben gewesen, das abrupt von einem Tag auf den anderen geendet hatte. Damals, als Sonia mit ihrem unmöglichen Plan, auf dem Stuttgarter Marktplatz die Bediensteten der königlichen Hofküche zu überfallen, gescheitert war.

Mit der Arbeit als Zuckerbäckerin hatte ihr zweites

Leben angefangen. Wer hätte geglaubt, daß sie dafür so viel Talent besaß?

Eleonore schob sich ihre beiden Gepäckbündel hinter ihrem Rücken zurecht und streckte sich dann auf ihrer mitgebrachten Decke aus. Es war klug gewesen, einen Tag vor der eigentlichen Abfahrt des Schiffes hierzusein. So hatte sie sich in aller Ruhe bei dem Kapitän der »Hedwig« anmelden, hatte mit Sorgfalt bei den Händlern im Hafen die letzten Nahrungsmittel einkaufen können. Allerdings reisten längst nicht mehr so viele Menschen aus wie noch vor zwei Jahren. Wer jetzt nach Rußland ging, so hatte der Kapitän versichert, der habe meist schon Verwandte dort, denen er nun nachreisen wolle. Auf seinen fragenden Blick hin hatte Eleonore ihm erzählt, daß es in ihrem Falle nicht viel anders war. Auch sie würde jemandem nachreisen, ihrem zukünftigen Mann nämlich. Doch erst nachdem sie ihm Leonards Briefe und die russische Genehmigung zur Einreise gezeigt hatte, war er zufrieden gewesen.

Sie seufzte. Tief drinnen verspürte sie nicht nur freudige Erwartung, sondern sie war auch ein wenig traurig. Seltsamerweise fühlte sie sich jedoch nicht unwohl dabei, sie hatte das Gefühl, als würde dies dazugehören. Die Augen geschlossen, die vergnügten Schreie der spielenden Kinder im Ohr, ließ sie endlich auch ihren schmerzlichen Empfindungen ihren Lauf.

Nun fing bereits ihr drittes Leben an, und dabei hatte sie das Gefühl, noch längst nicht mit allem, was bisher geschehen war, abgeschlossen zu haben: Sonias Tod, kurze Zeit später der völlig unerwartete, viel zu frühe Tod der Königin, an dem sie sich mitschuldig fühlte. Gutgläubig, wie sie war, hatte sie Sonias Brief an die Königin weitergegeben, ohne von dessen Inhalt auch nur eine Ahnung zu haben. Vielleicht war wirklich nur von einer harmlosen Überraschung des Stuttgarter Theaterensembles für die Königin die Rede gewesen. Vielleicht aber auch nicht. Vielleicht hatte der Brief tatsächlich etwas damit zu tun gehabt, daß Katharina sich auf diesen seltsamen, letztendlich todbringenden »Spaziergang« begeben hatte? Sie würde es nie erfahren. Das Gefühl der Mitschuld aber würde sie, wie vieles anderes, in ihr neues Leben mitnehmen.

Sowie auch die Ungewißheit über die Umstände von Sonias Tod. Nachdem sie davon erfahren hatte, war sie sofort zur nächsten Gendarmerie gegangen. Doch wurde ihr dort kaum mehr gesagt, als Johann schon gewußt hatte. Auch ein anschließender Besuch im Stuttgarter Theater hatte keine neuen Aufschlüsse gebracht. Eleonore war lediglich mit dem Gefühl weggegangen, daß ihre Schwester dort nicht sonderlich gut gelitten gewesen war. Sie schien, entgegen ihren Erzählungen, recht wenig mit den anderen Theaterleuten zu tun gehabt zu haben, Eleonore war überrascht gewesen, wie wenig diese von Sonia wußten. Nicht einmal, daß Sonia eine Schwester hatte, war ihnen bekannt, geschweige denn die Tatsache, daß Sonia sie in der Nacht ihres Todes in der königlichen Zuckerbäckerei besucht hatte. So war ihr nichts anderes übrig geblieben, als einsam Abschied von Sonia zu nehmen. Die eine oder andere Träne hatte sie dabei natürlich vergossen. Mochte ihre Schwester auch kein sonderlich »guter« Mensch gewesen sein, mit eingeschlagenem Kopf sollte niemand sterben müssen!

Je länger Sonias Tod zurücklag, desto weicher wurde Eleonores Herz ihr gegenüber wieder. Erstaunt stellte sie fest, daß es sich mit ein wenig Mitgefühl viel besser leben ließ als mit der Hartherzigkeit, die Sonia kaum hatte vermissen lassen.

Sie setzte sich auf. Fast hatte sie das Gefühl, als säße sie einem Beichtvater gegenüber, als würden ihre Sünden eine nach der anderen reingewaschen. So schmerzlich das Nachdenken über die Vergangenheit auch war, so reinigend empfand sie es gleichzeitig. Vielleicht war es ein Fehler gewesen, Sonias Tod und alles andere, was geschehen war, immer nur zu verdrängen? Auf der anderen Seite war ihr danach kaum Zeit zum Nachdenken geblieben: Die Arbeit in der Küche mußte weitergehen, die Menschen auf dem Stuttgarter Schloß mußten weiterhin mit Speisen versorgt werden. Nach Katharinas Tod waren Eleonores süße Köstlichkeiten zwar nicht mehr so oft gefragt gewesen, dafür hatte sie aber in anderen Küchenabteilen ausgeholfen, wo Not am Mann war. An diese Monate erinnerte sich Eleonore noch heute ungern. Ihr war, als läge über dieser Zeit eine große, dunkle Wolke, unter deren Schatten die einzelnen Tage und Monate zu einer einzigen grauen Masse verschwammen.

Dann war Leonards Brief angekommen, ebenfalls völlig überraschend. Seine mühsamen Erklärungen, schonungslos offen. Nachdem die erste Ungläubigkeit über seine Unverfrorenheit gewichen war, hatte Eleonore nur noch weinen können. Zu groß erschien ihr sein Verrat, als daß sie ihm je hätte verzeihen können. Eine andere zu heiraten, mochte deren Lage auch noch so mißlich gewesen sein! Dafür den Kontakt mit ihr gänzlich abreißen, sie mit ihren Hoffnungen allein zu lassen!

Doch nachdem das Gefühl, im tiefsten Inneren verletzt worden zu sein, ein wenig nachgelassen hatte, war Raum freigeworden für eine nüchterne Betrachtungsweise. Wer weiß, ob sie nicht an Leonards Stelle genauso gehandelt hätte. Außerdem war sie es doch gewesen, die ihm nicht nach Rußland gefolgt war! Vielleicht hatte sie einfach zuviel verlangt? Und hatte sie nicht auch eine Zeitlang geglaubt, in Johann einen annehmbaren »Ersatz« für Leonard gefunden zu haben?

So waren im Laufe der Zeit andere Regungen in ihr aufgekommen. Mitgefühl, aber auch stille Bewunderung dafür, wie Leonard sein Schicksal gemeistert hatte. Was immer das

Schicksal ihm an Prüfungen auferlegt hatte, er hatte sie angenommen und bewältigt.

Leonard und ein Krämerladen – unter allen Offenbarungen seines Briefes war dies sicherlich eine der kleineren, und doch war Eleonore heute noch genauso überrascht wie zu Anfang. Es fiel ihr schwer, sich Leonard als Händler vorzustellen. Wann immer sie an ihn in Rußland gedacht hatte, war es als Bauer gewesen, auf dem Hof seines Bruders. Und nun dies! Michael Plieninger war anscheinend längst wieder in der alten Heimat zurück und hatte auf einem zugewiesenen Stück Land Fuß gefaßt. Und Leonard hatte mit der Hilfe der anderen Dorfbewohner damit begonnen, seinen Laden wiederaufzubauen. Und sie war auf dem Weg, ihm dabei zu helfen! Und gleichzeitig Lea eine Mutter zu werden. Sie hatte zwar von beidem – dem Krämerladen und dem Kleinkind – keine Ahnung, doch irgendwie würde sich schon alles finden, da war Eleonore ganz sicher. Außerdem gab es in Leonards Nachbarschaft genügend Frauen, die ihr am Anfang gerne behilflich wären, hatte er in einem seiner letzten Briefe geschrieben.

Trotzdem hatte sie nicht sofort alle Brücken hinter sich abgerissen. Briefe waren zwischen Carlsthal und Stuttgart hin- und hergegangen, zuerst zögerlich, krampfhaft um die richtigen Worte bemüht. Dann flüssiger, mit alter Vertrautheit.

Zeitgleich mit König Wilhelms Bekanntmachung seiner Heiratspläne mit seiner Kusine Pauline hatte Eleonore ihren Entschluß gefaßt. Vielleicht hatten die beiden Dinge sogar etwas miteinander zu tun: Daß der König nur knapp ein Jahr nach Katharinas Tod erneut heiraten wollte, konnte Eleonore nicht verstehen. Sicher, als Staatsmann mußte er anders handeln als die einfachen Leute, und daß aus der Ehe mit Katharina noch kein Thronfolger hervorgegangen war, mochte auch eine Rolle spielen. Trotzdem zeigte es

Eleonore auf schmerzliche Weise, daß im Grunde jeder Mensch ersetzbar war, selbst eine so große und gütige Landesmutter wie Katharina. Da wäre eine Nachfolgerin in der Zuckerbäckerei bei ihrem Weggang erst recht schnell gefunden, darüber brauchte sie sich weiß Gott keine Gedanken zu machen! Was also hielt sie noch in Stuttgart? Von da an konnte es ihr nicht schnell genug gehen. Der Brief an Leonard, ihre Erkundigungen bezüglich des Reiseverlaufs, seine Antwort, die Ausreisegenehmigung der Behörden! Am Ende war ihr nur noch ein Weg geblieben: hinauf zum Rotenberg, um Königin Katharina ein letztes Mal zu besuchen. Direkt von dort war sie nach Ulm aufgebrochen, von wo aus das erste Stück der langen Reise nach Rußland auf der Donau losgehen würde.

In der Zwischenzeit war es dunkel geworden. Die Familie, die ihr Lager ganz in der Nähe aufgeschlagen hatte, lud Eleonore zum gemeinsamen Abendessen ein, was sie gern annahm. Doch kaum hatte man das letzte Stück Brot verzehrt, den letzten Schluck Wein getrunken, verabschiedete sie sich wieder, um ein wenig abseits ihr Nachtlager aufzuschlagen. In den nächsten Monaten würde sie sicher über freundliche Gesellschaft froh sein – heute jedoch schätzte sie das Alleinsein noch mehr als alles andere. Zudem hatte sie gar nicht das Gefühl, wirklich allein zu sein, so sehr wanderten ihre Gedanken zwischen allen Menschen, die ihr lieb und teuer waren, hin und her. Bald waren nur noch die Geräusche des Flusses zu hören und vereinzelt das Zirpen der Grillen, ansonsten war alles still um sie herum. Der Boden fühlte sich nun feucht und kühl an, und Eleonore kramte nach ihrer zweiten Decke, um diese ebenfalls auf den Boden zu legen. Eine Jacke als Kissen, ihr Mantel als Decke, so legte sie sich für die Nacht nieder. Nie hätte sie gedacht, daß sie sich beim Schlafen unter freiem Himmel je wieder so sicher fühlen könnte! Wie in alten Zeiten ... Ein

Lächeln huschte über ihr Gesicht. Könnte Columbina sie so sehen, wäre sie sicherlich stolz auf sie! Und Leonard ebenfalls! Ach, Leonard...

Wie würde wohl der Sternenhimmel über Rußland aussehen?

- ENDE -

Anhang

Nachwort

Bei einem historischen Roman vermischen sich Fakten und Fiktion, deshalb hier einige Anmerkungen zu meiner Arbeitsweise:

Auch in Wirklichkeit war Königin Katharina über alle Maßen kreativ, fleißig und ihrer Zeit ein riesiges Stück in ihrem Wirken voraus. Die erste Beschäftigungsanstalt gründete sie in meinem Roman im April 1817, in Wirklichkeit jedoch etwas später, das gleiche gilt für die Einweihungsfeier des Katharinenstiftes. Der Besuch von Katharinas Mutter fand in Wirklichkeit erst im Herbst 1818 statt, im Buch schon im Jahre 1817.

Über die Ursachen der Gesichtsrose, die letztlich zu Katharinas Tod geführt hat, schweigen sich die meisten Historiker aus bzw. belassen es bei einigen Andeutungen. Nur an wenigen Stellen (u. a. in »Württemberg und Rußland« von Susanne Dieterich, DRW-Verlag) wird die Version genannt, die auch ich in meinem Roman verarbeitet habe.

Die Bauarbeiten zur Grabkapelle auf dem Rotenberg wurden erst wenige Monate nach Katharinas Tod begonnen (Grundsteinlegung 28. Mai 1819), zuvor war sie auf einem Trauergerüst in der Stiftskirche aufgebahrt. Im Buch nimmt Eleonore ein Jahr nach Katharinas Tod auf dem Rotenberg Abschied von ihr.

Die Geschichte von Eleonore und Sonia sowie die von Leonard ist frei erfunden. Die Tatsache, daß viele Württemberger aufgrund der Hungerjahre nach Rußland, welches damals als »das gelobte Land« galt, ausgewandert waren, ist jedoch wahr.

Anmerkungen

1) »Blumenkranz auf dem Sarg unserer allgeliebten unver-
geßlichen Königin von Württemberg«, Exzerpt aus einem
Gedicht Ludwig Uhlands. Aus: »Sammlung aller Trauerre-
den und Gedichte auf die verewigte Königin Majestät mit
ihrem allerhöchsten Bild«, Stuttgart 1819

2) »Einkehr« von Ludwig Uhland, Transkription nach der
Gedichthandschrift von Ludwig Uhland vom 20. November
1811. Aus dem Katalog »Baden und Württemberg im Zeitalter Napoleons«, Bd. 1.2, Württembergisches Landesmuse-
um, Stuttgart 1987

Quellen

Für alle diejenigen, die Spaß an der württembergischen Geschichte gefunden haben und selbst weiterlesen möchten, hier nun eine Liste von Büchern, die mir während meiner Recherchen hilfreich waren:

- »Württembergische Geschichte«, von Karl Weller, Silberburg Verlag, Stuttgart 1963
- »900 Jahre Haus Württemberg«, herausgegeben von Robert Uhland, Verlag Kohlhammer, Stuttgart 1984
- »Herzöge Bürger Könige – Stuttgarts Geschichte, wie sie nicht im Schulbuch steht«, von Hermann Missenhärter, J. F. Steinkopf Verlag, Stuttgart 1987
- »Baden-Württembergische Portraits«, herausgegeben von Hans Schuhmann, Deutsche Verlags-Anstalt, Stuttgart 1988
- »Eine Alb-Reise im Jahr 1790«, von F. U. Köhler, Texte Verlag Tübingen, neu 1978
- »Baden-Württemberg im Zeitalter Napoleons« – 3 Kataloge zur Ausstellung des Landes Baden-Württemberg vom 10. Mai bis 15. August 1987
- »Alltagsgeschichte des deutschen Volkes«, Band I und II, Pahl-Rugenstein Verlag
- »Das Stuttgart-Buch«, von Seytter, 1888
- »Im Namen des Königs« – Strafgesetzgebung und Strafvollzug im Königreich Württemberg 1806–1871, Paul Sauer, Stuttgart 1984
- »Katharina Pavlowna – Königin von Württemberg«, von J. Merkle, Verlag Kohlhammer, Stuttgart 1989
- »Königin Katharina von Württemberg«, von Max Rehm, Stuttgart 1968
- »Der schwäbische Zar – Friedrich, Württembergs erster König», von Paul Sauer, Stuttgart 1986

- »König Wilhelm I. von Württemberg. Ein Bild seines Lebens und seiner Zeit«, von Karl-Johannes Grauer, 1969
- »Catharina Pavlovna, Königin von Württemberg. Einflüsse, Leben, Leistungen«, herausgegeben vom Archiv der Universität Hohenheim, Stuttgart 1993
- »Festschrift des Königin-Katharina-Stifts Stuttgart zum 150jährigen Bestehen«, von Decker-Hauff, Stuttgart 1968
- »Katharina von Rußland, Königin von Württemberg und ihr Spital«, von Decker-Hauff, Stuttgart 1980
- »Frauen im deutschen Südwesten«, herausgegeben von Birgit Knorr und Rosemarie Wehling, Verlag Kohlhammer, Stuttgart 1993
- »Württemberg und Rußland – Geschichte einer Beziehung«, von Susanne Dieterich, DRW-Verlag, 1994
- »Das Diner«, von Rob. Stutzenhofer, Druck und Verlag Rudolf Mosse, Berlin 1895
- »Die Hofküche des Kaisers. Die k. u. k. Hofküche, die Hofzuckerbäckerei und der Hofkeller in der Wiener Hofburg«, von Josef Cachée, Verlag Amalthea
- »Ostwanderung der Württemberger 1816–1822«, Sammlung Georg Leibbrandt, Verlag S. Hirzel, Leipzig 1941
- »Auswanderung aus dem Raum des späteren hohenzollerischen Lande nach Südosteuropa im 17. und 18. Jhd.«, von Werner Hacker, M. Lieners Hofbuchdruckerei KG, Sigmaringen
- »Die Deutschen im Osten – vom Balkan bis Sibirien«, von Klaus-Dieter Schulze-Vobach, Hoffmann & Campe, Hamburg 1989
- »Die Auswanderung aus Württemberg nach Südrußland 1816 – 1830«, Inaugural-Dissertation von Heinz H. Bekker, Eberhard-Karls-Universität Tübingen, 1962